情系平顶山

冰言 王生喜 麻永福 主编

春风文艺出版社
·沈阳·

图书在版编目（CIP）数据

情系平顶山 / 冰言，王生喜，麻永福主编 . -- 沈阳 ：
春风文艺出版社，2025. 1. -- ISBN 978-7-5313-6920-2

Ⅰ . I217.1

中国国家版本馆 CIP 数据核字第 202535PP05 号

春风文艺出版社出版发行

沈阳市和平区十一纬路 25 号　　邮编：110003

成都市兴雅致印务有限责任公司印刷

责任编辑：孟芳芳　　　　　　　　责任校对：张雨菲
装帧设计：四川悟阅文化传播有限公司　幅面尺寸：170mm×240mm
字　　数：305 千字　　　　　　　　印　　张：17
版　　次：2025 年 1 月第 1 版　　　印　　次：2025 年 1 月第 1 次
定　　价：78.00 元　　　　　　　　书　　号：ISBN 978-7-5313-6920-2

吴家梁　　　　　　　　松树沟　　夫皮泉　　大坡
　　　学房庄子　塞迈尔梁　　　　　　盘盘梁
　　　　　　　　　　　　　　　　　　　　桥桥
　　　　　　　　　　　　　　　　　　　孙家湾

　　　　　　　　　　　　　　　　　　　　台台上

北梁闯南眺望平顶山　　　　　　　下泉子

旱地粮仓平顶山　师玉生/摄

2013年平顶山退休老干部职工联谊会合影

平顶山老领导潘进昌

乡土文学作家李玉广

2009年1月部分平顶山原农中师生合影，前排老师左起娄生奇、丁巨年、陈光忠、孙成武，后排学生左起杨永信、杨万成、麻永福、王生喜

豆禾竞春　李天仁/摄

桦树梁刺玫迎春绽放　麻永福/摄

桃儿豆（鹰嘴豆）开花节节高　李天仁/摄

半坡山花半坡禾　李发有/摄

山花烂漫　李晓芳/摄

夏日白色的豌豆花盛开　李晓芳/摄

油菜花装点平顶山夏日　胡勇跃/摄

丰收在望　李天仁/摄　　　　　　景色宜人平顶山　陈国斌/摄

金色平顶山　西北石油局退休干部白学鹏/摄

平顶山秋景　崔新华/摄

抢茬子　丁建斌/摄

踏雪上街归来　李天仁/摄

平顶山冬韵　李天仁/摄

平顶山冬韵　李天仁/摄

多彩的平顶山　康正忠/摄

色彩斑斓的平顶山　陈辉/摄

青黄交接　胡勇跃/摄

麦田似织锦　西北石油局退休干部任春梅/摄

神龙飞天　丁学礼/摄

木垒河裹挟平顶山　冰言/摄

追肥　李天仁/摄

收工回家　马玉山/摄

桃儿豆成熟了　李天仁/摄

包产到户初期的春种　李天仁/摄

点种　郭卫新/摄

汗滴禾下土　李天仁/摄

独特的扇镰镂豆子　严萍/摄

卷豆瓜子　陈国斌/摄

雨前夜间抢收　林晓麟/摄

联合收割机大显神威　陈国斌/摄

豌豆抢成熟　西北石油局退休干部田萌/摄

下镰收割　陈国斌/摄

拉豆挂子　西北石油局退休干部李越英/摄

拉捆子　王新元/摄

摊场打豌豆　师玉生/摄

转圈跑得欢　陈国斌/摄

扬场　杨光/摄

归仓之前　张克予/摄

丰收的喜悦　曹敏/摄

叼羊　杨恒军/摄

叼羊高手　江洪涛/摄

姑娘追轻轻地打在身上　杨志俊/摄

雪地祥龙　俞秀萍/摄

绿丝毯上放养牛　李天仁/摄　　　　　绿丝毯上放羊牛　常东/摄

羊儿出圈了　常东/摄

骑着电驴放马　李天荣/摄

加工粉条　郑成勇/摄

回娘家　朱建华/摄

敬老孝老　冰言/摄

冬日乐趣　李天仁/摄

冬日乐趣　李天仁/摄

旅游胜地神龙潭　冰言/摄

神龙潭石壁岩画　冰言/摄

平顶山东梁古墓群

考古队员精心观察研究

平顶山古墓出土的陶器　丁万胜/提供

平顶山古墓出土的石人及3000年前的欧罗巴人种陶俑　丁万胜/提供

情系平顶山

平顶山村落旧貌　冰言/摄　　　　　　平顶山新住宅　冰言/摄

平顶山采风图

《情系平顶山》阅读推介语

　　走进《情系平顶山》这本书，你将穿越时光隧道，来到平顶山这个淳朴的山村。在这里，你会沉浸在浓浓的故土情怀中，感受山村生活的真挚和深厚。这是一本让人陶醉的文集，诉说着山村的故事，传递着平凡生活的真谛。

　　作者们用生动的笔触，勾勒出山村的风景如画，勾勒出村民的纯朴坚韧。他们用文字，诉说着山村的日出日落，诉说着人们的喜怒哀乐。每一篇散文都是一首山村之歌，一段心灵的交响乐。

　　这本书不仅仅是一本记录山村的书，更是一扇窗户，让我们透过文字看到了平凡生活中的美丽和伟大。它是一份回忆，献给每一个热爱山村的人；它将启迪，唤起我们对家乡的深情。

　　《情系平顶山》会让你亲近山村，感受到那份别样的人情味，探寻那份特有的乡村情感。这是一本值得珍藏的书，因为山村，才是我们真正的根。

序言

　　随手打开百度引擎搜索地名"平顶山"，发现我国地名为平顶山的地方不在少数。河南省的平顶山市、辽宁本溪的平顶山赫然排在前列，当然也能搜到位于新疆木垒县的平顶山。本书记叙和展现的，正是木垒平顶山这个祖国大西北边陲山村的风土人情和悠悠往事。

　　"露从今夜白，月是故乡明。"平顶山人早已将自己对家乡的热爱之情铭刻在骨子里，融入了血液中。那些曾经在平顶山生活、工作过的"外地"人，无一不对平顶山怀有眷恋之情。一直以来，反哺家乡，报效桑梓都是本书编者的美好愿望。

　　2021年春节，本书的三位编者携家人在乌鲁木齐市北京路的羊村小馆相聚，把酒言欢中主编提议：由我们三人发起，编辑出版一本关于家乡平顶山的书吧！出书的事情很快就确定了。当那些与平顶山有着各种渊源的人得知本书编者的出书倡议后，纷纷表达出他们的极大热情与兴趣，同时这一倡议也引起了当地众多文学、摄影爱好者的共鸣与响应。以自身的经历和所见所闻，真实再现家乡的历史变迁、倾力弘扬先辈的奋斗精神、热忱讴歌家乡的时代风貌、用心传承家乡的文化精粹，成为大家的共同心愿。

　　经过两年多的筹稿编纂，《情系平顶山》终于付梓成书。编者首先要真诚感谢本书的所有作者。感谢曾经在平顶山教书育人、播撒知识火种的李玉广老师、丁巨年老师，以及旅居美国的陈光忠老师，虽然他们都已年逾古稀，可他们宝刀不老，饱蘸着对平顶山深情的笔墨，书写了多篇优秀的散文或诗歌；感谢丁万荣搜集、整理、编撰了《平顶山历史沿革》，彰显了平顶山人"自强不息，厚德载物"的高贵品质；感谢木垒县摄影协会会长李天仁，西北石油局退休干部师玉生、白学鹏等朋友，他们提供了珍贵的摄影作品；感谢木垒县照壁山乡党委赵吉刚书记对本书编撰的关心和支持，赵书记安排张倩女士为本书提供了"旱地粮仓摄影大赛"的获奖作品；感谢周忠德老师提供了《木垒民兵剿匪记》的珍贵史料文献；还要感谢丁建年、陈国斌、王以武、张辉、刘慧霞、丁彩霞、陈桂萍等朋友的不吝赐稿。

平顶山景色秀美，水土丰沛，历史文化悠久，本书收录的图片或文字作品有限，很难将平顶山全方位、深层次地展现给读者。编者估计，还有不少文学艺术爱好者愿意通过其作品为平顶山增辉添彩，但因本书编者无法和他们取得联系，"挂一漏万"就在所难免了，编者在此深表遗憾与歉意。

"沉舟侧畔千帆过，病树前头万木春。"在《情系平顶山》面世之际，本书编者衷心祝愿平顶山的未来更加美好，衷心祝愿家乡的父老乡亲们日子越过越红火。

是为序。

编者

2023年8月

目录
CONTENTS

平顶山神韵

◇李玉广

　　站在木垒县城的街头极目南望，在照壁山西南方向有一处高高的台地挟持在两山之间，就像一个巨大的观礼台，稳稳当当地坐落在县城的南缘，木垒河的西岸，以居高临下的气势静静地俯瞰着繁华热闹的县城。这就是素有"木垒县旱地粮仓"之称的平顶山了。

　　木垒县城的人，习惯地把到平顶山去叫作"上山"。上山的路有好多条。有路面宽阔的乡村柏油路，也有崎岖蜿蜒的山间碎石路，还有九曲回肠般的羊肠小道。平顶山位于县城以南15公里处。你乘车从县城出发，沿人民路一路南行，途经龙王庙水库，到三眼泉后驶过一座军用铁桥，就进入了平顶山的地界。沿着乡村公路向西南方向继续前行，经河台子、南湾、红石崖子后，向西不远，就是平顶山原大队所在地——下泉子了。如果你想徒步上山，也可以沿木垒河南行，到龙王庙水库南缘后向西折行，走下河岸，蹚过木垒河后再斜插着进入西南方向的小西沟，然后沿沟一路向南顺坡而上，爬上石渣子坡后，再转向西南顺坡而下，眼前那一窝绿油油的所在，就是平顶山的中心腹地——平顶山村的所在地下泉子了。殊途而同归，各有各的乐趣，各有各的风景。

　　平顶山的地势非常奇特，远远看去，整个山包浑然一体，既看不到参差巍峨的高峰峻岭，也看不到重岩叠嶂的悬崖峭壁。绵延的丘陵，平缓的坡势，平坦的山顶，俨然就是一尊从天而降的卧佛，斜倚着身躯横卧在巍峨的

天山脚下。由于山顶平缓舒展无挺拔高耸之势，因此被人们称为平顶山。但是，如果你能够有机会深入平顶山的腹地，你就会惊奇地发现，在四面山梁的拱卫中，平顶山其实更像一个四面环山的聚宝盆。一条开阔的沟谷从位于木垒河畔的河坝沿村一路向西延伸，经杨家泉沟、红石崖子、下泉子、杜家泉沟到东城沟，从东到西横贯平顶山腹地，形成了一条与外界交往东进西出的黄金通道，也是南坡与北梁各条道路的交会地。也正是这条黄金通道将平顶山这块聚宝盆分割为南北两大板块。位于黄金通道南坡的帽盒山俨然就像一顶黄绿相间灰褐杂陈的大草帽，斜扣在平顶山最高峰的顶端，以其潇洒的风度彰显着平顶山伟岸的神采；在帽盒山的脚下，向西望，孙家湾、汴家湾从东向西一字排开；向东看，白石头沟，干沟横向毗连。与南坡相对峙的是北梁，北梁山势比较平缓，因为在北梁的制高点上有一座民国年间修建的碉堡，所以当地人也称其为碉堡梁。

站在碉堡梁上极目远眺，平顶山连绵的丘坡上，阡陌相连，绿浪翻波麦菽飘香。白生生的豌豆花，金灿灿的油菜花，粉嘟嘟的荞麦花，蓝莹莹的胡麻花，绿浪翻滚的豆海，金波荡漾的麦浪各以其独特的风姿在不同的季节里竞相绽放着自己的神韵和风采。在背阴潮湿的梁湾里，在宽阔平坦的草甸上，一丛丛枝头缀满了橘黄色小花的野蔷薇，一株株浑身长满了毛刺枝头绽放着淡紫色花朵的马刺盖，一墩墩修长挺直随风摇曳的芨芨草，一朵朵开放在墨绿色剑叶丛中的蓝莹莹的马莲花，还有那像金黄色的小星星一样撒满了绿油油草甸子的蒲公英……将平顶山每一条沟岔，每一道山洼都装点得花团锦簇，分外妖娆。夏秋季节，倘若你在朝阳刚刚露出微曦的时分登高远望，万道霞光为群山罩上了一袭薄薄的红纱，平顶山的丘坡原野如锦似绣，就像九天之上织女的织布机里刚刚织好的一匹匹五彩斑斓的锦绣彩缎从高高的天幕上悬垂而下，一条条，一幅幅，一层层，一沓沓巧妙地陈列在广袤的天宇之上。五光十色美轮美奂赏心悦目的旖旎风光，让人心旷神怡，陶然而醉。

与平顶山的山阴阳相济珠联璧合相得益彰的还有平顶山的水。

流经平顶山的河是木垒县最大的河——木垒河。这条涵养着木垒河文明的母亲河，从崇山峻岭高山峡谷间喧嚣而下，奔涌而出，所到达的第一站就是平顶山。位于木垒河西岸平顶山区域内的河坝沿、河台子即由濒临木垒河而得名。

一条木垒县最大的河培育了木垒河最早的文明，位于平顶山的干沟口新石器时期遗址，就坐落在木垒河畔平顶山区域内的干沟口。

平顶山是木垒县最早有人类活动的地区之一。考古发掘证明：早在4000多年以前，平顶山一带就有人类活动的足迹，有许多古人遗留下的丰富文化遗存。考古工作者在石人子沟发现了上千座石堆墓和居址、岩刻画；在干沟口发现了细石器遗址和数百座石堆墓、石圈墓；在平顶山发现了大型石圈土堆墓和石人。特别是木垒河东岸"干沟遗址"的文化现象，它的发现，填补了新疆考古史上一项空白，具有很重要的历史价值和考古意义。

2012年，在位于平顶山干沟口的木垒河出山口处，一道雄伟壁立的拦河大坝将波涛汹涌奔流而下的木垒河水拦腰截断，一汪明镜似的高峡平湖犹如一块晶莹剔透的翡翠美玉镶嵌在木垒河河谷的中游。这就是自治区富民兴牧水利工程之一的木垒县三眼泉水库。

三眼泉水库的建成为木垒河流域的百姓带来了福祉，同时也为风光旖旎的平顶山景区增添了一个新兴的旅游景观。

星罗棋布的山泉流水是平顶山又一道亮丽的风景。

平顶山的泉多，可以说是有沟就有泉。镶嵌在各沟各汊的山泉，就像一面面波光粼粼的明镜，喷涌着涓涓的溪流，涵养着这里的沃土良田，滋养着这里的一草一木，也为一方百姓提供了饮水之便。仿佛是上天对平顶山人的格外眷顾，大凡是人口聚集的地方，就都有一眼清冽甘甜水量充沛的山泉。有的坐落在沟脑，有的镶嵌在谷底，也有的出人意料地在半山腰现形。

就说下泉子的那眼甘泉吧。这眼泉与众不同的地方是终年四季都不会有泉水从泉眼漫溢而出自动流出地面。它就好像人体上的肚脐眼一般凹陷着镶嵌在平顶山腹地的谷底，与其说是一眼泉，倒不如说是一口井，当地人很形象地称其为"下泉子"。"下泉子"细细的泉眼深埋在地下，甜美的泉水悄无声息地款款涌出，无论丰年还是旱年，泉里的水量似乎都没有多大增减。水量充沛时，它不满不溢；干旱缺水时，它也不枯不涸。泉中的水面距离泉口大约在两米，水面离泉底大约也在两米，你说奇也不奇？打水时，只需将驴缰绳挽在水桶上放下去就可以满满当当地提上一桶水来，就像通常人们从井里取水一样。

在距离"下泉子"不到一公里的红石崖子的阳洼坡上，半山腰突然冒出

了一眼清泉，泉不大但常年经流不息。据当地老户人说，只要在这股泉眼里安上一条管子，清凌凌的泉水就会流到自家的水缸里。

在"下泉子"与红石崖子之间，在刘家庄子、李家庄子、郑家庄子附近还有大大小小好几眼清泉，清冽甘甜的山泉流水从泉眼中漫溢而出，形成了一条山涧小溪。溪水顺着山势流向谷底，在开阔平坦的凹地里聚集，天长日久就自然而然地滋润出了一大片水草茂盛的沼泽湿地。

一方水土养一方人。在平顶山地界内的孙家湾、汴家湾、帽盒山、白石头沟、西大岈、北梁都拥有自己的母亲泉。在平顶山的地名中"泉""沟"特别多。什么李家泉沟、刘家泉沟、王家泉沟、杨家泉沟、杜家泉沟、徐家泉沟、盛家泉沟、何家泉沟……林林总总不下几十条。甘甜纯净的山泉流水，养育了世世代代的平顶山人，赋予了他们醇厚善良宽容质朴聪慧伶俐的美德。我常听一些出生于平顶山的人士带着七分感恩三分自诩的神情在人前"老王卖瓜"般地自卖自夸：我们是喝平顶山的泉水长大的，做事实诚，为人真诚，脑子也管用。言谈举止间就会情不自禁地流露出难以掩饰的得意。

有位朋友告诉我，平顶山的山泉流水的走向，以下泉子往南通向马圈湾的大路为界，路西面各沟各汊的山泉溪水大多向西流入了东城河；路东面各沟各汊的山泉溪流大都汇入了木垒河。灿若明镜星罗棋布的镶嵌在山坳沟谷甘甜清冽的一眼眼清泉，纵横交错密如蛛网的一条条山涧溪流，编织成一个庞大的山泉水系网络，犹如人体的血液循环系统，遍布平顶山的每一道山岭，每一条沟谷。正是这一眼眼高山之泉，养育了这里的生灵万物，滋润着这里的沃土良田。高山之泉，是平顶山人名副其实的生命之泉。

在平顶山，唯一没有泉的村落就是与木垒河有一山之隔的南湾。它属于河坝沿村，却只能与木垒河隔山相望。这里没有河，也没有泉，但上苍是公平的，这里却能打出井来。这里的井虽然比较深，但水量充沛终年不竭。据当地人说，这口井与河台子山脚下的三眼泉同为一条地下水系。有人曾做过实验：将麸皮倒入井中，过上一两天，就会在三眼泉里看到这些麸皮。言之凿凿，不由你不信。如此看来，这口井也不过是一眼因为埋藏地下较深而没有机会露头的泉。

三眼泉是平顶山水量最为充沛的山地甘泉，是平顶山的镇山之宝，也是木垒县城镇生活用水的主要水源地。

三眼泉，平顶山的老人也称其为"三碗泉"，传说是天界的福禄寿三星奉玉帝之命巡游下界时，偶遇不测滞留平顶山脚下，在酒酣耳热之际，将三盏盛满御酒的翡翠玉碗掷下后落地生根，化作福禄寿三碗清泉，后人遂称其为"三碗泉"或"三眼泉"。

三眼泉位于木垒河西岸，平顶山北缘临河的一块突兀而起的犁铧形台地上。这里正好是木垒河峡谷的出口之处，也是平顶山与照壁山的交会之地。在三棵虬枝交错绿叶繁茂翠绿欲滴的参天古杨荫蔽下，三眼清泉环环相扣一字儿排开。纯净甘洌清凉爽口的泉水从树根处以每秒5升的流量喷珠泻玉般地涌流而出。临河而居的三眼泉，坐落于芳草萋萋绿茵如织的丘坡之下，掩映在婆娑葳蕤的灌木丛中。一团团茸茸如絮的水草，一片片婀娜娉婷的浮萍，点缀着澄碧见底爽冽甘甜的清泉，充溢着迷人的阴柔之美，别有一番风韵。

更为令人称奇的是，大自然的鬼斧神工竟然在平顶山丘坡连绵的怀抱深处，刀劈斧削般地造就了一处有神龙潜卧的水潭——神龙潭。

神龙潭的水源来自南面的松树沟。从沟脑一眼清泉中潺潺流出的一条小溪，沿着沟谷从南向北顺势而下的溪水，在奔流途中却突然间钻入一条山岩的隙缝，变成了一条潜流暗河，继续一路北行。当溪水流到神龙潭附近后，这股暗流，突然又从地下岩缝中冒了出来，一路欢歌地顺着峡谷南端的石壁急匆匆从陡峭的山崖上一泻而下，骤然形成了两道跌水瀑布。第一道瀑布在石壁半腰冲刷出三个小水潭，潭水不深，清可见底；第二道瀑布颇为壮观，一条银白色的水帘从近10米高的绝壁上画出一道绚丽多彩的弧线，顺势一跃而下，在谷底飞溅起无数雪白的水花，冲刷出一个七米方圆的大水潭，被飞流直下的瀑布激起的一层蒙蒙的水雾笼罩在微波涟漪的水面上，更为潭水罩上了一层神秘的面纱，深幽幽的潭水呈黛绿色，莫知其深浅。潭水的深不可测激起了当地山民们无尽的遐想，按照民间潭深必有蛟龙的说法推测，此深不见底的大水坑一定是蛟龙潜藏之处，龙王坑便由此得名。

龙王坑是神龙第四潭，也即神龙潭的主潭。在主潭之下，还有三个不太大的水潭，潭水清冽澄澈，倒卧潭底的一块块刀削般的岩石清晰可见，就连游鱼在水中嬉戏的情景也可以一览无余。

神龙潭大大小小，深深浅浅的七泓水潭，巧妙地编织成一幅自然天成的

七珠连环赏心悦目的美景。有传说称：这七泓水潭是王母娘娘为她身边的七位仙女特意量身打造的沐浴之地。为保证安全，王母还特意委派一条神龙常年执勤护卫。据说，神龙潭的名称也是由此而来。

在平顶山石圈子沟神龙潭三面的崖壁上，如今还赫然保留着远古先民们凿刻的上百幅形态各异的岩画，画面上的内容以动物为主：有奔腾跳跃于山岩绝壁上的北山羊，有悠然温顺地在草地上吃草的双峰驼，有体格肥硕威武健壮的马鹿，还有雄姿英发双角硕大弯曲的盘羊……其中还有一幅牧人头戴尖顶帽，带着牧羊犬在草原上放牧的岩画。画中的牛、羊或大或小，形态各异，栩栩如生。这些先民的遗存物，为我们研究这一地区的历史提供了珍贵的佐证，也为平顶山石圈子沟神龙潭神奇的自然风貌镀上了一层熠熠生辉的人文色彩，披上了一袭更加让人好奇的神秘外衣，以其独特的魅力彰显着平顶山源远流长的文化底蕴。

土沃泉滋的平顶山是木垒县最主要的山旱地产粮区之一。这里气候湿润雨量充沛，土头厚土质好，黑黑的土壤肥得流油，适宜多种旱地农作物的种植。冬小麦、豌豆、土豆、鹰嘴豆、扁豆、大豆、荞麦、油菜、胡麻、谷子、糜子等农作物的产量和品质在全县一直处于"拔稍子"的领先水平。特别是平顶山的"土豆"和"天山白豌豆"则更是享誉全疆的"金豆豆"和"银豆豆"。平顶山人工种植的贝母，也曾一度以其优良的药物品质而在区内外享有盛名，在市场上走俏。在靠天吃饭的年代，平顶山的庄稼基本上是旱涝保收，即使再旱的年成也不会颗粒无收。在木垒县有一句广为流传的谚语："瞎了戈壁滩，成了平顶山。"说的就是遇到大旱之年，戈壁滩上的庄稼就会因干旱歉收甚至绝收，但平顶山呈现出的却是五谷丰登的丰收景象。平顶山旱地粮仓的美名也正是由此而来。

平顶山水草丰茂草场广阔，是优良的山地草原牧场。居住在平顶山的农户，无一例外都是农牧兼营。除了种地务习庄稼之外，养牛、养羊、养马、养驴、养猪也是每家每户必不可少的营生。每到夏秋季节，茂盛的牧草就像一张张绿茸茸的地毯一样，覆盖了平顶山的每一道山梁，每一条沟谷。在微风的吹拂下，青青的牧草荡起一波一波的绿色的涟漪，汇成一片波澜起伏的草的海洋。成群成群的牛羊，三五成群的骏马、毛驴，星星点点地散落在草甸上悠然自得地吃草。远远看去，就好像一张张荡漾在草海中五颜六色的船帆。那份浑然不觉的悠闲、那份自得其乐的惬意，真的让人羡慕。有人曾调侃地说：平顶山的羊，吃的是中草药，喝的是矿泉水，屙的是六味地黄丸。虽说是一句玩笑话，可说的也是实情。

平顶山就好像一本永远读不完的立体画册，一册永无句号的抒情诗章，一卷没有结尾的音乐曲谱，它的每一页、每一册、每一卷、每一曲都会让你心潮澎湃，激情荡漾。

平顶山有一张俊美刚毅的脸庞；平顶山有一副敢于担当的肩膀；平顶山有一腔宽厚包容的胸膛；平顶山还有一双聪慧睿智的眼光——这，就是平顶山的神韵，平顶山人的希望。

踏遍青山人未老

——平顶山老领导潘进昌侧记

◇杨永信

在中国人民解放军建军 95 周年之际，借回木垒避暑的机会，本人和妻子丁彩霞专程看望了平顶山的老领导，95 岁高龄的潘进昌老前辈。

潘老身体康健、行动自如、精力旺盛、思维敏捷、热情开朗、言辞流利、谈吐明了，当年往事记忆犹新。当我握着潘老的手自我介绍并说明我还代表王生喜、麻永福等同学来看望他时，老领导说："你们都很优秀，为平顶山争了光，是平顶山的骄傲，平顶山的学生们都很优秀。"他接着说"你的哥哥杨永义是党员，很攒劲，在九队当干部多年，给群众办了不少好事"。

当彩霞向潘支书做了自我介绍后，潘老说："你们丁家的人都很攒劲能干，你妈妈是共产党员，当过妇女队长，干得很好。你父亲丁鹤年也是共产党员，踏实攒劲，不论干什么，都干得像模像样。你二叔丁假年是老共产党员，和我一起在大队领导岗位上共事多年，他办事认真，工作扎实。你三叔也是共产党员，先后在几个生产队担任领导，干得很出色。你四叔丁松年因公致残，仍在轮椅上坚持工作。你五叔丁建年当老师，有学问，曾是县政协委员。你爷爷丁尚仁是平顶山的第一批共产党员，他先后在粮站、北山煤矿、铜矿担任领导，口碑很好。你大哥丁万荣能力强，先后当公社书记、水利局局长，对农村发展、水利建设贡献大，给平顶山和其他地方的农民解决了吃水难的问题。"

潘支书曾担任平顶山大队领导几十年，他筚路蓝缕、呕心沥血，一心扑在工作上，为集体、为群众做了大量工作。可在交谈中他缄口不谈自己，而是说："那时候闵永泉、窦殿文、杨多仓、丁假年、韩秀英等担任大队不同岗位的领导，大家心往一处想，劲往一处使，我们配合得很好，成绩是大家的。"

潘支书工作作风扎实，深入基层，心系群众。他对平顶山的土地状况、山泉水系、农林畜牧、四季变化、贤士能人、困难群众了如指掌，烂熟于心。无论春夏秋冬，总能在田间地头，农户院落看到他检查工作，体察民情的身影。记得在我回乡务农期间的一个夏天，我和队上的哑巴殷柏外等几个人到夹皮泉犁地种菜籽。一个哈萨克族牧民赶着一群羊在那里放牧，他不看管羊群，羊跑到我队的豌豆地里啃吃豆苗。当追赶警告多次无果后，我抓了一只小羊宰了煮肉吃。这天恰好潘支书单人单骑检查工作，途经白石头沟、帽盒山、吴家梁之后到了夹皮泉。牧民向潘支书告了状。潘支书批评我了，不过从此之后，牧民放的羊，再没进庄稼地。

潘支书不仅工作上勤勤恳恳、兢兢业业，对自己要求也相当严格，他坚持原则，公而忘私。尽管那时候给自己的子女亲朋安排个工作是较为容易的事，可他中学毕业的女儿至今仍在土地里刨食。

潘老担任平顶山领导期间，非常重视平顶山的教育事业，注重学校建设，把水平高、能力强的文化人安排到学校培育农家子弟。在那个特殊的年代，他顶着压力支持学校"以学为主，兼学多样"。潘老 1954 年入党走上大队领导岗位，担任大队党总支书记 10 余年后于 1974 年主动让贤，不再担任党总支书记，将大队的主要领导岗位让给精力旺盛、年富力强的王生云、杨有智等年轻人。他负责平顶山的教育工作，全身心扑到教育上，为平顶山的教育事业做出了卓有成效的贡献，使平顶山的众多农家子弟成为栋梁之材和有文化的劳动者。

耄耋之年的潘支书依然以一个共产党员的标准严格要求自己。他积极参加所在党支部开展的组织活动，按时亲自到支部交纳党费，坚持天天看报纸、听新闻，时刻关心国家大事。思想紧跟形势，对当前大好的政治局面、社会发展、美好生活大加赞赏。他说："当年我们憧憬未来美好生活时说'楼上楼下，电灯电话，犁地不用牛，点灯不用油'，社员都说我们在吹牛皮，看看现如今，连座机电话都不用了，用手机既方便功能还多，犁地、收割都智能操控，出门不骑驴，不骑马，连摩托车也不骑了，小卧车遍地都是。农民种地国家给补贴，上了岁数有补助，看病有合作医疗，得了大病有医疗保险，生活在这样时代是多么幸福啊！"

潘老的晚年生活能够过得滋润幸福，得益于有潘永生、刘秀英这样的好儿子、好儿媳及其他子孙们。他们悉心伺候，精心照顾，饮食起居安排得井井有条。

潘支书虽然年事已高，可他抽烟喝酒的嗜好一直没有丢弃，我听老同学潘永生讲，老爷子兴趣来了一次喝200毫升高度白酒也没事。为了博得老人开心，我提出和潘老喝两杯，潘永生欣然同意，并拿出了珍藏的伊力特。潘老两杯下肚后提出要和我划拳。潘老出拳快，叫得准，我这几十年未伸过手的臭拳在他面前只有招架献丑的份。

踏遍青山人未老。时代越来越进步，社会越来越美好，生活越来越幸福，祝愿潘老身体康健，童心不泯。为潘老的强健体魄，高尚情操点赞，也为潘老的子孙们孝顺的高贵品行点赞！

2022 年 8 月

"山乡文化排头兵"李玉广

◇杨永信　王生喜

禾苗感恩雨露，是因为雨露的滋润能使它拔节孕穗，茁壮成长；雄鹰感恩蓝天，是因为天空能让它展翅腾飞，自由翱翔；平顶山人感恩李玉广，是因为他长期为平顶山的众多农家学子传道、授业、解惑，为他们插上改变命运的翅膀。李玉广饱含深情地眷恋平顶山，浓墨重彩地描绘平顶山，激情满怀地讴歌平顶山。李玉广是宣传平顶山的大使，是当之无愧的"平顶山文化旗手"。

李玉广，身材颀长，仪表堂堂，落笔成诗，出口成章，教书育人，桃李芬芳，勤学不怠，教学相长，笔耕不辍，谱写华章。

"安贫乐道不图显，淡泊名利站教坛。呕心沥血育英华，无怨无悔自坦然。"这是李玉广几十年执教生涯的真实写照。他把毕生心血奉献给了山区教育，是名副其实的平民教育家，山区学子的引路人。回顾他的大半生，他只钟情于一个职业——人民教师；只热衷于一项事业——教书育人；只追求一种人生境界——为人师表；只专注一门爱好特长——妙笔生辉，文化润疆。他的人生轨迹可归结为：山区教育的开拓者，师资培训的奠基者，教育改革的探索者，教育督导的参与者，民主管理的呼吁者，木垒文化的传播者。

教书育人　桃李芬芳

1962 年，19 岁的李玉广从昌吉师范毕业，被分配到木垒，开始了长达四十一年的"三尺讲台育桃李，一支粉笔写春秋"的教书育人生涯。

李玉广最初在英格堡任教三年，1965 年 8 月，为充实平顶山的师资力量，县文教科调他到平顶山任教。

来平顶山之前，正值全县教师在木垒县中学集中培训学习。学习期间，县医院一位病人因手术大出血，县委宣传部来人动员参加学习的教师献血。患者的血型是 AB 型，经化验只有李玉广和另外两名教师的血型与患者匹配，于是他们三人到医院为患者输了血。输血回学习班不久，宣传部又来人找到李玉广说："患者生命垂危，还需要输血，你能不能再献一次？"救人要紧！李玉广二话没说，毫不迟疑地再次来到医院，又给患者输了一次血。尽管年轻，可一天两次输血，这不是一般人能够做到的。这是一位具有高贵品质的热血青年舍己救人，勇于奉献精神的具体体现。

李玉广在平顶山大队小学任教三年带出两个毕业班后，于 1968 年秋调入刚创建不久的平顶山农中任教。

平顶山农中坐落在木垒河西岸，三眼泉南一公里处的河台子。这里正好是木垒河峡谷出口，也是平顶山与照壁山的交会之地。农中面朝喷珠泻玉的三眼清泉，背依连绵起伏的青山良田，波涛汹涌的木垒河水在山脚下川流不息。河滩上一株株白杨树参天耸立，碧翠欲滴，一片片嫩绿的树叶在微风中飒飒作响。这里处处充溢着灵秀之气，这里正是平顶山传道授业的风水宝地，培育人才的摇篮。在平顶山农中这个特殊的教书育人岗位上，他扑下身子一干就是三年。

李玉广奉行他为师从教的座右铭："师为校之本，德为师之魂。"以"咬定青山不放松"的顽强意志投身到农中的教学、建设之中。

初到农中，摆在李玉广面前的是几间简陋的校舍，几十套简易的桌椅，六十多亩河滩水浇地，五十多亩山坡旱作地，几头用于耕种农田的耕牛及承担运输任务的马匹、毛驴等农耕畜力，还有迎接他的几十名渴求知识的农家子弟。

李玉广在平顶山农中任教之时，正是"读书无用，造反有理"的特殊时期。学生上课没教材，学生家长没信心，教育经费没保障。为了破解这一道道难题，李玉广和他的同事们筚路蓝缕，艰苦创业，践行了山区教师的神圣职责。没教材，对李玉广来说就是"张飞吃豆芽——小菜一碟"，他凭借已有的知识储备，自己动手编写教材。学生家长没信心，他就利用教学、劳动间隙，翻山越岭，穿沟跨壑，走访学生家庭，向农民朋友们宣传学习文化知识的好处，遇到经济困难的学生他便倾囊相助。为改善办学条件，改善教职工和学生生活，减轻学生上学的经济负担，他还和其他同事们一起，自己动手开展勤工俭学活动。

农中，开办之初是一所半耕半读的学校，农活自然少不了。春天，李玉广扶着犁拐跟在牛屁股后面甩着鞭子犁地耕种；夏天，扛着锄头和同学们在河坝里给洋芋除草耘土；秋天，提着镰刀和同学们一起到麦田里收割、拉运。

平顶山南部的深山里盛产药用价值和经济价值都很高的中药材——贝母，挖药是解决学校经济拮据，来钱最容易的生财之道。李玉广是挖药的组织者，参与者。每年的5月下旬至6月中旬，他都和同事们带着学生进山，吃住在山里二十余天，采挖贝母。

为解决校舍不足的问题，李玉广和其他教职工、学生发扬自力更生、艰苦奋斗的革命传统，自己动手修建。这时的李玉广由教书匠转行成了泥瓦匠。师生们发挥专长，各显其能。有的自告奋勇当木匠，做门窗、上大梁，担檩条、挂椽子全部包揽；有的一马当先当瓦工，吊线、砌墙、抹墙泥、上房泥一类的泥水活全权负责；没有一技之长的学生，也都各有分工当起了小工，递砖搬土坯、挖土和泥、后勤服务……同样忙得不亦乐乎。经过连续几年的艰苦创业，五十多间校舍陆续拔地而起，基本解决了学校教室、宿舍、办公室、食堂和其他用房。

"种瓜得瓜，种豆得豆。"多年后，李玉广在农中栽培的众多"苗子"毕业后，有的继续深造学有所成，有的走上了领导岗位，有的成为专业技术骨干，有的担任了人民教师，他们在各自的岗位上挑大梁，担重任，做出了不菲的成绩。一种收获颇丰的自豪感在他心中油然而生。

"能者多劳，量材录用。"经过几年的教学实践，上级教育部门认准

李玉广是可塑之才，遇到棘手繁杂的问题都会优先想到他。1971年南闸筹办中学，东风公社文教办把李玉广调往南闸中学任教。1973年，木垒县文教科举办教师培训班，又把他调到教师培训班任教。1975年，木垒县创办"五七"大学并将教师培训班并入"五七"大学，李玉广顺理成章地成了"五七"大学的教师。一年之后，李玉广又被调到木垒县中学任教，时隔不久，为强化木垒县的师资培训，李玉广重返"五七"大学。

1979年，木垒县为增强师资队伍的教学能力，提高教师文化水平，成立了教师进修学校。李玉广受命担任教师进修学校校长、党支部书记。这期间，李玉广除了给教师授课，还负责学校的行政、党务工作。自1973年举办师资培训班至1988年，通过文化补习、教材教法过关、学历达标进修等多种形式，为提高木垒县中小学教师的文化业务水平和学历合格率做出了重要贡献。作为主管领导和主要任课教师，李玉广是教师培训的有功之臣。1986年，他调任县教育局副局长，主管业务工作。在此期间，他千方百计与内地多家师范院校联系委培、代培事宜，为提高木垒县中学教师学历达标率做出了积极努力。为了让委培人员获得相应的文凭，时任县委书记陈金山亲自多方联系协调办理，在县委领导的协调下，李玉广多次到乌鲁木齐等待、守候，找分管教育的时任自治区党委副书记贾那布尔、自治区政府副主席毛德华、自治区纪委书记石庚等领导汇报情况，强调木垒县师资匮乏的现状，后经自治区领导同内地师范院校协调，使参加委培的教师们如愿以偿地拿到了毕业文凭。

当教师培训学校的工作走上正轨，木垒县的师资队伍得以改善后，县委组织部一纸任命，将李玉广调入木垒县最大的学校——木垒县一中任校长、党支部书记。受命于危难之际的李玉广与全校师生勠力同心，奋楫笃行，开始了长达十年的中学教育管理工作。

李玉广在木垒县一中任职期间，从改革入手，以感情留人，以岗位定编，以制度管人，按能力竞岗，靠劳动（组织学生摘棉花）创收，用教学质量指标考核。十年励精图治，木垒一中的面貌发生了可喜的变化，良好的学风初步形成。木垒一中被命名为州级文明单位，昌吉州德育先进集体，自治区实验室建设先进单位，自治区勤工俭学先进集体，高中会考达到昌吉州中等偏上水平，部分学科成绩位列全州前五名之内，高考升学率也走出低谷，呈现出逐年攀升的势头。他自己也多次被评为县、州、区三级优秀教育工作者，党风廉政建设先进个人，优秀共产党员，自治县知识分子拔尖人才等。

1998 年，在县一中任职达十年之久的李玉广，调任县教育局党委副书记，兼政府督导室主任、县教育工会主席。在新的岗位上，李玉广仍然以一名优秀共产党员的标准严格要求自己，继续踔厉奋发，踔事增华，为木垒县的教育事业竭尽全力奉献着、专心致志操劳着。彰显出李玉广"春蚕到死丝方尽，蜡炬成灰泪始干"的高贵品格。

勤学不怠　教学相长

经过几年的小学、中学教学实践，组织上认定李玉广是一棵有提升潜力，有发展前景的好苗子。"好钢要用在刀刃上"，总是不断地给他压担子，让他挑大梁。把具有创新性、艰巨性的任务交给李玉广承担。李玉广深知"打铁还需自身硬"，自己原有的知识很难满足不断加码的工作需要，只有不断充电，发奋读书，更新知识，才能够迎接挑战，胜任新的工作。

李玉广在平顶山任教期间，充分利用这难得的时光读书学习，《矛盾论》《实践论》熟读成诵。除了学习毛选，他还认真阅读了鲁迅先生的大部分散文、杂文、小说等。

在木垒县教师培训班和"五七"大学任教期间，李玉广为了拓宽思路，厚积薄发，提高教学水平，托人从辽宁、西安、上海等地搜集了各种版本的《语文基础知识》教材学习钻研，取各家之长编写讲义授课。为了夯实学科基础，做到居高临下驾驭教材，他又在已有基础上进一步系统学习了高等院校中文系的主要课程，特别是在《现代汉语》《古代汉语》《普通逻辑》《文艺理论》《中国文学史》《外国文学史》等教材上狠下了一番功夫。

"五七"大学筹建图书室后，李玉广遵照毛主席"读点马列""学点哲学"的要求，认真学习了马克思和恩格斯的《共产党宣言》，马克思的《哥达纲领批判》，恩格斯的《反杜林论》《社会主义从空想到科学的发展》《家庭、私有制和国家的起源》，列宁的《马克思主义的三个来源和三个组成部分》《国家与革命》《共产主义运动中的"左派"幼稚病》等经典著作。这无疑对他的世界观、人生观、价值观和思想方法产生了重要影响。

哲学是一门深奥复杂抽象的学问，李玉广带着问题学哲学，在学习哲学中提问题。哲学能够使人聪明睿智，明辨是非，高瞻远瞩，清晰认识世界，恰当处理问题。李玉广学哲学，善于联系实际，结合生活现象，总结归纳，深入浅出，删繁就简，总结出了浅显易懂的授课方式。一次新户大队举办生产队领导和大队领导参加的毛泽东哲学著作学习班，苦于没有合适的人选上课，当得知李玉广老师具有这方面的专长后，特邀他给干部们上课。李玉广欣然接受邀请，来到新户大队，给学员们上了一堂生动的哲学课。他联系人们司空见惯的生活常识和生产实际，对《矛盾论》《实践论》中的一些基本原理做了生动形象、深入浅出的讲解。讲解时，他自始至终没翻书本，没看讲稿，滔滔不绝地讲了一个多小时。台下的书记队长们聚精会神，走火入魔般地聆听他的宣讲。授课结束时，台下爆发出一阵发自内心的热烈掌声。下课后，领导们围到他的身边，由衷地赞叹说："李老师，你讲得太好了，不看书，不拿讲稿，引用名言，一字不差。你还能联系我们农村的实际讲，使我们都能听得懂，记得住，回去也能用得上。"

李玉广在工作之余，教学间隙，见缝插针，坚持自学，努力成就自我，在语文和文学方面的教学授课都拿得起，放得下。根据不同阶段的工作需要编写了《语文基础知识》《小学语文教学法》《现代汉语语法讲义》《现代汉语修辞学讲义》《形式逻辑讲课提要》等自编教材。尽管李玉广水平高超，能力出众，讲课风格备受学生、学员推崇，他还是为了进一步提高自己的学历水平和文化素养，报名参加了新疆广播师范大学汉语言文学专修科学习。由于他底子扎实，基础稳固，再加上刻苦用功，专注执着，学习成绩格外突出，成为木垒县全面完成学业，通过在职进修取得文凭的第一人，其中《现代汉语》的考试成绩高达 98 分，名列全疆第一。

笔耕不辍　谱写华章

按照地方有关规定和国家的退休政策，李玉广 2001 年离岗，2003 年退休。了解李玉广的人都深知李玉广这匹宝马良驹，尽管卸了驮子，他定然会老骥伏枥，驰骋疆场。

退休后的李玉广成了县委机关、政府部门争抢的对象。木垒县委聘他为

"党建巡察员"，县检察院聘他担任"预防职务犯罪巡视员"，成职教中心聘请他担任"电大"兼职教师，县关心下一代工作委员会聘他担任常务副主任，县政协聘他任"文史资料撰稿员"。李玉广以一名老共产党员崇高的使命感和责任感欣然接受应聘，竭尽所能，充分发挥自己的专长，担其职，尽其责，在每个岗位上都发挥了应有的作用。他曾应聘在电大主讲《现代汉语教程》《古代汉语教程》《外国文学》《普通逻辑》《现代教育思想》等课程。同时他还给县教育局举办"教师职业道德教育""素质教育""中小学德育"专题讲座，给县党校举办的大专班辅导面授《公共关系学》《宏观经济管理学》等课程。

担任政协的文史资料撰稿员，使李玉广能够名正言顺地全面查阅、了解木垒县的古今变迁，研究木垒县的历史沿革，实地查看木垒县的历史遗迹，地貌风光，采访收集乡土文化，民风民俗，给他钟爱的文学创作增添了丰富的史料素材。他为政协文史资料《回望木垒》撰写文史稿件近百篇，连续多年被评为优秀撰稿员。

"欣逢盛世年华，亦当老有所为。"李玉广在人生的金秋之年，以他卓越的文学才华，用手中的如椽之笔为培育"木垒河文化"这棵根深蒂固、枝繁叶茂的参天大树，做出了突出贡献。

2012 年，李玉广被推选为县作协副主席。2013 年，李玉广被授予"木垒县首届有突出贡献的杰出人才"光荣称号。由于他在老龄、老干部工作和关心下一代工作上的突出贡献，他还先后被评为昌吉州老有所为先进人物、昌吉州优秀老干部和关心下一代先进工作者。

2014 年，李玉广的第一部散文集《漫话木垒河》由新疆科技出版社出版发行。散文集收录了他的原创作品计四十多篇，二十多万字。之后他又将自己创作的作品编辑为文史资料集《教坛春秋》、教育论文集《园丁寄语》、诗词说唱集《说唱木垒》等共四部一百万多字的文集，用于内部交流。

2013 年，为更加深入地挖掘和整理木垒河蕴藏的丰富文化资源，进一步弘扬木垒河文化，培育木垒河精神，木垒县文广局聘李玉广任主编，编撰《木垒河文化资源集萃》一书。为保质保量地完成这一艰巨任务，李玉广广泛收集资料，精心谋划编排。历时一年，《木垒河文化资源集萃》一书于2014 年初完成，在县文化体育旅游广播电视局内部发行，得到了州县领导、

有关部门专家的一致好评。

2014年开始，李玉广花了近两年的时间，围绕"历代诗人咏木垒"这条主线，采用"诗话"的形式撰写系列文稿，对唐代到当代的四十多位诗词名家所留下来与木垒有关的近百首诗赋作品，做了品赏解析，编撰成赏析文稿四十多篇，定名为《木垒驿路诗话》，于2015年由县文学艺术家联合会、中共木垒县委老干部局联合编印内部发行。他的散文作品《一碗泉小记》被收入自治区文联期刊《民族文汇》；《照壁山》《英格堡》两篇散文在《回族文学》发表；《照壁山览胜》《三泉流韵酒飘香》等十多篇散文在《昌吉日报》发表；《漫话木垒河》等十六篇散文被收入由中共木垒县人民委员会、木垒县人民政府主编，由新疆美术摄影出版社发行的散文集《文化·生态·木垒》《神奇·景观·木垒》。2020年，他还将自己退休后撰写的部分作品收集整理编辑成《金秋漫笔》《似水流年》《说唱木垒》三部文集，约一百篇文稿，用于存档和内部交流。

2007年，木垒县老龄协会成立时，李玉广被推选为常务副会长。李玉广与协会一班人精心组织，合理安排，不到一年的时间里，构建起了县、乡、村三级老协工作网络。把木垒县老龄工作开展的丰富多彩、有声有色。其间李玉广亲自策划举办了多次老年文艺会演及老年戏曲演唱会、新疆曲子展示会、少数民族中老年民歌演唱会及老年养生保健知识讲座、老年养生保健知识竞赛等，并承办了昌吉州老年健康教育管理经验交流会。这些内容丰富、形式活泼、寓教于乐的活动，不仅展示了老年人的风采，丰富了退休人员的业余生活，还陶冶了老年人的情操，锻炼了身体，增长了知识。

在老龄委，李玉广既是副会长，又是协会一支笔、"公众秘书"、义务编剧。每当夜深人静的时候，他就在键盘上操练，在屏幕中耕耘，多年来，他为木垒县老年文艺群团编写了歌词《胡杨颂歌》《鸣沙山放歌》，新疆曲子联唱《木垒风光美》《建党百年铸辉煌》，表演唱《木垒山城面貌新》，群口快板《老年科学养生经》，塔合麦西热甫唱词《打赢脱贫攻坚战》《民族团结一家亲》，诗朗诵《老人礼赞》等上百篇。其中有多篇作品在区州县文艺会演中获奖。李玉广给木垒县的老年朋友们奉献了一道道具有地域特色的文化盛宴，饕餮大餐。

李玉广不仅为编排文艺节目尽心出力，还通过文字展现了老年人老有所学、老有所乐、老有所为、老当益壮的精神风貌。他撰写了两万多字的专题文集《夕阳晚霞相映红》，用以鼓舞老年人的士气，激发各老年群团服务社会的积极性。同时还担任主编创办《木垒老年之友》《老干部之友》期刊，为宣传老龄及老干部政策法规，交流老龄老干工作经验，反映老年群体心声，维护老年人合法权益搭建了平台。

李玉广情系故乡英格堡，当得知故乡英格堡要策划编撰《真情回望英格堡》时，他立刻执笔劲书，写下了《美丽公主的家园——英格堡》《百年沧桑话老街》《一草一木总关情》等佳作，为老家英格堡献上了一片真挚的思乡、爱乡、赞乡之情。

李玉广情系平顶山，他把奉献了青春、汗水、智慧的平顶山当作自己的第二故乡，把书写平顶山，塑造平顶山，宣传平顶山当作义不容辞的责任。虽然李玉广在平顶山任教期间，就跑遍了平顶山的沟沟岔岔，山湾山梁，对平顶山的地形地貌、花草树木、山泉分布、村落布局、农耕畜牧了如指掌，烂熟于心，可他文风严谨，为达到描写的细腻全面，准确无误，又多次爬山钻沟，一处处走访，一遍遍查看，一项项核实，写出了《平顶山神韵》《平顶山赋》《夏日神龙潭》《天山采药记》《天赐神泉——三眼泉》《平顶山农中琐记》《风光旖旎马圈湾》等脍炙人口的佳作。将一个风光秀美的平顶山、神秘传奇的平顶山、热烈鲜活的平顶山全景式展现在世人面前。

"不经一番寒彻骨，怎得梅花扑鼻香。"李玉广呕心沥血，辛勤耕耘，劲笔写木垒，放歌颂山乡，为弘扬木垒河文化付出了辛勤的劳动，取得了丰硕的成果。

尽管李玉广在平顶山任教时间不长，但平顶山的农家学子受益匪浅，后来在"五七"大学、木垒一中，仍然聆听李玉广的教诲，接受李玉广的栽培，从而走出大山，从事自己心仪的事业；平顶山的大部分老师在教师培训班接受过李玉广的培训。现在的平顶山人还常看到年逾古稀的李玉广在山区忙碌的身影。"吃水不忘挖井人"，平顶山人发自内心地赞美李玉广，感谢李玉广。

一片冰心守净土，两袖清风德艺馨。
＿＿＿＿＿＿＿＿＿，胸有大爱照汗青。

通讯到此，本该填上第三句（颈联或叫转句）终结全篇，又因两作者吟出多款颈联："桃李不言自成蹊"（桃李不言，下自成蹊）；"修身立志笃行远"（修身立志，笃行致远）；"满腹经纶称文豪"（满腹经纶，堪称文豪）；"妙笔生辉赞家国"（妙笔生辉，赞颂家乡，赞颂祖国）……难以取舍定夺之时，心生一计：何不让读者仁者见仁，智者见智，由自己选择，或者补上自吟自创的颈联。

2022年1月

情系平顶山

◇杨永信

岁月不居，星霜荏苒，时光如水，白驹过隙。"闲云潭影日悠悠，物换星移几度秋。"掐指算来，本人离开平顶山已有四十余年之久，其间也常回去看看。2021年7月，又一次上山，返回途中，在北梁南坡的观景台停留拍照。再次向南瞭望那久违的山洼（wā）梁坡，看着那熟悉的山形地貌，山路村落，心潮澎湃，难以平静。此刻描写故乡的散文《寸笔土里生》的宣传语又在耳畔响起："故乡是什么？是小时候想要逃离，长大后却回不去的地方。在故土成长的岁月，早已融进了血液、骨髓中，无法割舍。故乡以外的地方都叫他乡，故乡那么小，但在漂泊者的眼中又是那么大，他乡那么大，却又安放不下归心。"下山之后，似乎一颗躁动不安的心还在山中，思绪在曾经上学、掏鸟、驮柴、挖药、骑马、饮驴、割荨麻、捋灰条、放羊、喂猪的场景中飞旋，心猿意马，难以自拔。于是坐到电脑前指敲键盘、眼瞅屏幕，搜肠刮肚、绞尽脑汁，想把藏在内心深处的那份恋乡情节，借用奇妙万能的文字表述出来。

山形地貌

平顶山位于天山东部北坡的第二级山坡，它的东面、南面偎依着木垒河，西面与东城镇接壤，北面与南闸相连。

说平顶山是东天山北坡第二级山坡，是因为天山伸入新疆伊犁后，向南北两边分叉，中间形成伊犁、吐鲁番等几个大小不等的盆地。平顶山以南的第一级山坡应该从分水岭算起，横贯东西的大顶、小顶成为木垒县和鄯善县的分界，大、小顶以北有多条向北的沟汊，延伸到木垒河上游的大南沟段，河北岸是高高垒起的石崖土坡，所有的泉水、雪水都流入木垒河，然后向东再向北流经木垒县城。木垒河就像一个反写的阿拉伯数字"7"裹挟着平顶山（地理形态的平顶山区域远大于当年行政区划的平顶山）。第二级山坡是由木垒河北岸的高台平缓过渡，从华树梁、盘盘梁、吴家梁、帽盒山等处向北倾斜延伸的山沟山坡，所有的山泉溪流都被横贯东西的北梁阻挡，或经大沟向西流向东城口，或蜿蜒向东流入木垒河。第三级山坡则是北梁北坡一直北延到木垒县城。

平顶山地形的特点是：南长北短中间凹，南高北高中间低。站在下泉子北面的碉堡梁上嘟噜一转看一圈，就能够望见人民公社时期的所有生产队：河坝沿一队，红石崖子二队，南湾十三队，北梁三队，西达坂四队，台台上五队，卞家湾六队，华树梁七队，孙家湾八队，夹皮泉吴家梁九队，帽盒山十队，白石头沟十一队，下泉子十二队，甘沟口牧业队。平顶山的大队部设在下泉子。

平顶山，蓝天白云，绿水青山；雾霾不及，沙尘罕见；远离闹市，夏凉冬暖；负氧充足，洗肺养眼。

平顶山，沟浅坡缓，地势平坦；土肥地沃，遍布山泉；牧草茂盛，牛羊满山；土豆豌豆，品质超凡。

平顶山，民风淳朴，传承懿范；崇尚文化，教育为先；地灵人杰，卧龙藏仙；群英荟萃，风流尽显。有诗云：

山外青山平顶山，沟浅坡缓天湛蓝。
高瞻远瞩深呼吸，洗肺养眼赛神仙。
稼穑欢歌牛羊肥，英杰遍疆留美谈。
白云悠悠现美景，山泉笑迎客万千。

平顶山平均海拔 1650 米，冬暖夏凉，气温偏低，无霜期较短，年降水量适中。20世纪60年代以前，平顶山地广人稀，人们种庄稼是春种秋收中间不用管，外地人戏称平顶山人种的是"扁头庄稼"（夏季不干活光睡觉，把头都睡扁了）。后来随着外来人员的不断迁入，土地超载，一些贫瘠的干梁陡坡也被开垦种植庄稼，一度还出现过闹饥荒的年景。

平顶山南部，九队地界内有一处五六百平方米的平地，遗留着古老建筑物遗迹，当地人称它"学房庄子"，地图上也清晰地标注着"学房庄子"四个字。说明这里曾经是一所学校，它揭示了平顶山人自古以来就尊师重教，崇尚文化的教育理念。

平顶山虽山泉遍布，但都在较低洼的半山坡或山沟中，人们的饮用水一般都靠人挑驴驮，山泉水只能浇灌在沟底开垦的极少菜地。平顶山人曾多次想把泉水引上山梁山坡，用以人畜饮用和浇灌农田，种植蔬菜，但因难以解决渗漏和穿越石崖，都有始无终。直到21世纪初，从平顶山走出去的丁万荣担任木垒县水利局局长后，利用管道将沟底的泉水引到人们居住处的制高点，既方便了人畜饮水，同时还能够浇灌部分菜地。

平顶山虽被木垒河半包围，但河水几乎不惠及平顶山人。20世纪六七十年代，平顶山派工酬劳修建龙王庙水库，开凿甘沟口干渠，是因平顶山和新户同归东风公社所辖，吃"叮当水（雪水）"的北闸人、喝山泉水的平顶山人都识大体、顾大局，服从调配，发扬风格，无私奉献。为修建龙王庙水库，平顶山还献出了三条年轻的宝贵生命。我三姐的婆家在新户，本人常到新户串门，在新户，有人会问我："你从山上下来，河坝里的水大不大，龙王庙水库的水多不多？"那几年，龙王庙水库的水保障了新户的农田浇灌，农业喜获丰收，新户农家开始添置缝纫机、自行车、手表、收音机等"大件"。我就回答说："木垒河的水着实大得很，满水库漂的都是'三转一响'。"

"爱美之心，人皆有之。"平顶山也一样爱面子，它善于装扮点缀自己。将自己令人生畏、望而却步的沟壑险境、悬崖峭壁掩映于外地游人的视野。真实的平顶山是每条沟的沟脑上端都有沟壑幽深、犬牙石峡、悬崖蔽日、峭壁百仞之景象。赛迈尔沟由松树沟向下延展，途经学房庄子西侧来一个大大的拐把子湾，学房庄子西侧和我家的墙后面都只有正午见日光，沟两侧是参差不齐的绝壁耸立，令人望而生畏。王生喜家门前的大沟始于杜家泉沟，是平顶山西侧的一条自东向西的峡谷，峡谷两侧山势险峻，灌木丛生。站在驴尾巴梁头的悬崖顶上向下俯瞰，令人耳晕目眩腿脚发软。八队学校（现在的中国木垒农业公园服务中心）东侧的沟东是一块平坦之地，居住着七八户人家，而沟下的山泉就在连山羊也无法涉足的悬崖陡壁之下……神龙潭三周的峭壁与上述地形相比，用小巫见大巫来形容一点也不为过。

　　1963 年至 1977 年，本人在平顶山度过了十四年最珍贵、最美好的时光（其间 1966 年在奇台上学）。是平顶山的山泉水哺育我长大，是平顶山的五谷油肉让我身体强壮；是平顶山的领导筚路蓝缕，艰苦奋斗，赓续传承了平顶山人固有的尊师重教优良传统，尽心尽力为我和我的同学们创造了学习条件；是平顶山的老师诲人不倦，呕心沥血，用知识武装了我的头脑；是平顶山的乡亲们教会我诚实待人，用心做事；是平顶山的劳动磨炼、造就了我的不畏艰险，坚忍不拔，有了"丈夫当朝碧海而暮苍梧"的雄心大志；是平顶山的一次偶然机遇，让我萌生了做一名工程师的初心梦想。只因为有平顶山的铢积寸累，日就月将，才使我水到渠成地走出大山，继续深造，成就了今天的我。千言万语也倾诉不尽我对平顶山的眷恋，抒发不完我对平顶山的感激。

求知进取

　　1963 年冬天，一个扬风交雪的早上，我背着书包，怀揣从甘肃民勤开来的转学证，跟着朱安津、范兴仁两名高年级的学生顶风冒雪到 5 公里外的大队学校报到。走进二年级教室后，老师说座位不够，不能接收，我在这里只上了一天学就回来了。我大爹大妈也觉得天冷路远，不上就不上吧。

　　1964 年秋天，平顶山孙家湾五队（后来的八队）新办学校，我赶紧去报名。老师只有刘玞基一个人。招收学生的标准是能够数出 1 到 30 这 30 个数字。本人顺利成为孙家湾学校的一年级新生。新生年龄相差很大，我居中间。

　　刘玞基是一名科班出身的教师，他工作严谨，待人和蔼，对学生既严格又热心。那时候学生们的家景都不怎么好，为了节省纸笔，刘老师上午在教室给学生上课，下午把学生带出室外，看着学生们在地上用手指写字。

刚上课时，我们在三间办公用房略加改造的教室里上课，原先的窗户拆了还没安装新窗芯。10月16日下午，刘老师正在给我们上课，忽然响起沉闷的轰隆声，紧接着大地颤动，课桌摇晃，房顶的陈灰嗖嗖下落。刘老师立刻大喊："地震了！后面的同学从窗户往外翻，前面的同学快速从门往外跑，到篮球场中间集中。"当刘老师带着最后一名同学到球场时，轰隆声消失了，大地颤动停止了。后来才知道，那不是地震，声音和震动来自学校西南500公里开外的罗布泊，那是我国第一颗原子弹试验成功，巨大的爆炸威力将声波、地震波传到了平顶山。

入冬之前，生产队领导把两筐土果子提到了学校操场，说是队上要试种果树，给每个学生分发两个果子，要求把果肉吃了，果核交回去。当我分到两个果子时，发现地上有个果核，我立刻捡起来攥在手里，我吃了一个果子，交了两个果核，一个果子装到储褡里带回家送给大妈品尝。

刘老师各门课程都拿得起放得下，开设的所有课程都由他一人教授。他还是一名篮球健将，有空就带着学生打篮球。

每到冬季，学生的家务事少，下午放学后喜欢打球的同学就和刘老师一起打球。如果刘老师有事不打，班上的范兴义、任建国、黄培福、罗万学、贾成怀、赵大有、孙宽义、杨万武等同学及本人就集中在一起打球，人多打全场，人少打半场。没想到，在这松木篮球架下，黄土篮球场上，培育了范兴义这样一颗木垒县的篮球明星。

八队学校自开办以后，每年一个年级一个班递增。开办的第二年，刘珠基的妻子李秀莲调入学校，第三年李桂芬调入学校，第四年，师范毕业的张志孝、孔一颂夫妇分配到学校。

李秀莲开朗活泼，待人热情，工作踏实认真，乐于关心帮助同学，深受学生的喜爱。李桂芬沉着稳重，办事细心，知识丰富。九队高年生的两个儿子高文贤、高文杰的名字就是李桂芬给取的。

说到取名，本人也曾给他人取过名。从平顶山九队走出去的长跑健将范兴柱出生后耳朵上有个桩桩，取名就叫桩桩，到了上学的年龄，范兴义、范兴礼带着弟弟去上学，还没取大名，我想起了语文课上学的："没有中国共产党的努力，没有中国共产党人做中国人民的中流砥柱，中国的独立和解放是不可能的。"建议取名叫范兴柱，他们弟兄三个也同意，就这样范兴柱有了大名。

从四年级开始，本人所在的班由张志孝担任班主任并负责教语文。张老师见多识广，满腹经纶，教学风趣，赢得了同学们的喜欢，同学们的学习成绩也得到提升。孔一颂文静秀气，除了学科知识丰富，还有一副好嗓子，全校的音乐课自然由她负责。

本人因有底子，基础好，学习一直名列前茅。

当1970年该毕业上初中时，新疆教育体制改革，由秋季招生改为春季招生。同时根据"学制要缩短，教育要革命"的指示精神，小学学制由六年改为五年，使得我们这届学生又上了半年六年级，与五年级的学生同时毕业。

1971年春天，平顶山农中迎来了建校以来最多的新生。我们这届学生入校时，学校虽然也搞勤工俭学，耕种部分土地，但课程按照全日制中学的要求开设，已不是先前半耕半读的模式。平顶山几所小学两届毕业班的学生都涌入农中，新生人数超过100人。原来设在三眼泉旁的农中因校舍不足，将农中迁入大队学校联合教学办公。初一年级分设两个班。

当时农中有八名老师，他们是沈殿清、陈光忠、娄生奇、翁德英、杨淑秀、刘兴全、宋成武、丁巨年。这批老师是平顶山教育界的精英，是农中建校以来实力最强的师资队伍。尽管那时候生活艰苦，交通不便，可他们抛家撇舍，爱岗敬业，恪尽职守，"三尺讲台育桃李，一支粉笔写春秋"，把全部心血和热情都用到了教书育人上。"名师出高徒"，可以说我们这一届学生是平顶山农中建校以来最受益的一届学生。

沈殿清老师虽然只有高中文凭，可他基础扎实，勤奋好学，工作踏实能干，一直担任学校的领导。他艰苦办学的事迹曾在木垒县、昌吉州乃至整个新疆传颂。初二的第三学期开始由他教我们数学，讲的是三角函数等内容较为复杂的课程，沈老师虽然江苏方言较重，但他讲解耐心，同学们同样有较大的收获。

陈光忠是新疆大学数学系的高才生，因当时语文教学力量略显薄弱，由陈老师教我们语文。陈老师不愧为老牌大学生，讲课生动，发音标准，字正腔圆，深受同学们喜爱。记得在讲《罗盛教》这一课时，他给同学们朗读课文，那三声"罗盛教！""罗盛教！""罗盛教！"撕心裂肺的呼唤，让人惊悸，使人焦灼，同学们仿佛都被他带到了朝鲜的冰河现场。

陈老师非常重视学生的作文写作，他会根据教学进度和学生参与各类活动和劳动实践合理布置作文，事后再根据同学们的写作情况进行鞭辟入里、情景交融、合乎逻辑的讲评，使同学们的写作水平得到快速提升。初二夏季，同学们进山挖药回来后，他布置了一篇题为《踏遍青山人未老》的作文，王生喜写得较为突出，陈老师就以王生喜的作文为范文，进行讲解点评，使同学们较好地掌握了写作要领。在班里，王生喜是陈老师最得意的门生，后来他调回乌鲁木齐市工作，一次王生喜前去看望，陈光忠特意买了两张电影票，让他的妹妹陪王生喜观看。陈光忠是否想把王生喜认作自己的妹夫，不得而知。

陈光忠不仅语文课讲得好，还主动参与我们班的数学教学活动。他十分注重同学们的思想情绪变化，当他发现不少同学在学习数学中出现自满苗头时，及时进行了一次有一定难度的数学测试。结果两个班只有本人和王生喜考了60多分，其他人都没及格。过后经他讲评，没有偏题怪题，全是基础知识，从而使同学们认清了学无止境的道理。

杨淑秀是八名教师中唯一的女性，她形象好，颜值高。她和丈夫李焕智（大队学校教师）是同届同班的师范毕业生。初一时由她教我们数学。她讲有理数时深入浅出，形象透彻。来自不同学校的同学都憋着一股劲，暗暗竞争，听课精力集中，作业仔细认真，期末考试，都交出了较好的答卷，本人也考出了理想的好成绩。

杨淑秀老师能歌善舞，只要学校或大队搞文艺演出活动，需要排练节目时，她就上午给学生上课，下午、晚上带着学生排练，常常顾不了家，照看不了孩子。为了工作，她把孩子交给邢志坚的母亲照管，她和她的学生邢志坚处得如同亲姐妹一般。

翁德英老师来自江苏南京，讲究生活情调，平时穿着光鲜，打扮时尚，给人感觉他是一个浪漫富有的人。尽管那时候物质匮乏，衣料色泽单调，他经常一天换几套衣服，由此在平顶山出现了"一天三换衣"的新词语。

翁老师生活穿着讲究，课堂教学更讲究。初二时，他给我们讲授平面几何，口述手比，切中要害，干净利落，绝不拖泥带水。学生的情绪受到感染，学习兴趣得到极大提高，同学们对他所讲的内容掌握得扎实而牢固。除

了教数学，他还给我们上地理，因为他讲课有技巧，富有感染力，使我们这些窝在山湾的井底之蛙对中国的版图有了全新的认识。

翁老师讲数学，本人是最受益的学生之一。他在讲平行线时问了我一个问题，我未能正确回答，他很不满意。之后他多次在我的作业本上加注批语："故步自封""墨守成规""不敢越雷池一步""学习如逆水行舟，不进则退"……他既让我学到了数学内容，还让我丰富了语文知识。

宋成武是我初中的第二任语文老师。他身材不算魁梧，但动作机智灵巧，发音高亢洪亮，讲课有板有眼。他音乐天赋禀异，笛子吹得好，唱歌是他特有的强项。几个班的音乐课都由他上，同学们都非常喜欢听他唱歌，一曲歌罢，常常赢得同学们的一片欢呼叫好声。宋老师虽然个头不高，可他球技好，人灵活，跑得快，是篮球场上的活跃分子。

娄生奇老师主要给我们上物理课，也上过部分数学课。他不仅课讲得好，还写得一手美观漂亮大气的字。据说小时候他父亲严格要求，以竹板子警示，使他练就了写字及其他方面的才能。那时候，课外书籍匮乏，从没见过字帖长什么样。娄老师写在黑板上的字，学生下课后也舍不得擦去，本人和很多同学就利用课间仿照练习，一段时间后，同学们的书写水平有了较大提高。

平顶山的大才子丁巨年老师幽默风趣，文采好，笔力强。填词写诗做文章手到擒来，俗语成语歇后语张口便是。自从学过《范进中举》的课文之后，很多同学在私下里都叫他"丁举人"。他没怎么给我们班上课，但他所教的学生对他讲课的风格、风趣的语言、描绘的情景、漂亮的板书佩服得五体投地。

刘兴全老师身材高大魁梧，擅长体育，打篮球具有先天优势。因他是其他班的主课老师，只给我们上过体育课。据他教的学生范兴义、卢发仁、严寿山等讲，他讲课情景交融，绘声绘色。在讲《武松打虎》时，他的动作、架势俨然就是现场打老虎的武松，同学们对他讲的课印象深刻，记忆牢固。

李玉广老师是平顶山农中的创始人之一，他的能力、水平、教学特色得到了学生（学员）高度赞颂。不知何因，我无缘他的课堂，本人在校学习期间，他调离了平顶山，未能聆听他的讲课，接受他的教诲，成为我此生一大遗憾。

我们这批同学在上小学的时候，都看过湖南消除血吸虫病的新闻纪录片，有喜欢琢磨的学生，对老师们的姓氏进行了排序：丁、陈、杨、娄、宋、翁、沈，并用谐音别字念出来，估计是为了读起来顺口，再则刘兴全老师是一位同学的亲戚，顺口溜中唯独没把"刘"字排进去。

2008年12月，陈光忠老师从美国俄亥俄州回乌鲁木齐料理其父亲的后事，2009年1月6日，在陈老师返美的当天，王生喜、麻永福、杨万成和本人邀请居住在乌市、昌吉的娄生奇、丁巨年、宋成武等老师在乌鲁木齐市南湖路的百万庄酒店为陈老师送行。席间有老师问起了给老师排序的学生是谁，我们几个人也说不清谁是原创，就随意说道："虽然对老师姓氏排序的做法是对老师的不敬不尊，但他让我们牢牢记住了初中教我们的老师都是谁。"

农中搬迁到大队学校后，学生全部实行走读制。大部分学生的家距离学校四五公里，有的甚至有八九公里。学生走路上学，既锻炼了身体，又预防了近视。农村的孩子，放学回家后，不是去参加生产队的劳动，就是拾粪割猪草干家务，作业只能利用晚上在煤油灯下完成。尽管这样，到初中毕业，我们这批学生没一个戴眼镜的。

1971年秋，在九队住队的干部能说会道，思想工作做得好，除让队上订了好几份报纸，还动员家家户户都订了两三份报纸。次年，从大队部取报纸的任务交给了我们这些走读生。上百份报纸并不轻，一路上本人和范兴义、贾成琦、王山清等人轮流背报纸袋，后来干脆猜拳，谁输了谁背。

夏季天太热的时候，我和九队的王生强、朱安明、王山清等几个人放学回家时，就绕行和十队的盛作华、潘永生、潘永福，十一队的邹顺庆、王幸福、冯全林等同学一起走，到十队闫家庄子北边石圈沟的水塘里游泳洗澡。

这个水塘的水来自九队南面的松树沟、夹皮泉及八队桥南面的泉沟，从我家墙后流过，流到石圈沟时，从一处七八米高的石崖形成瀑布落下，沟的东西两面都是石崖，牲畜从北面进来，跑不到别处去，所以取名石圈沟。后来不知是哪位圣人给它取了个新颖别致又神奇的名字——神龙潭。接着在神龙潭又发现了石崖上古老的岩画，现在这里成了远近闻名的旅游景点。

冬季降雪之后，九队的同学们就脚踩自制的滑雪板，一路向北，顺着平缓的山坡风驰电掣地向着学校滑行，俨然是《林海雪原》中描写的剿匪战士。

既然叫农中，劳动是少不了的。每年春、夏、秋三季，同学们都得背上行李住进河坝沿农中空闲的教室，春天到河滩开垦的地里种洋芋，夏天除草耘土，秋天犁地收洋芋。平时，学校聘用沈宏飞和石玉玲的姥爷李树增看护农田、照看校舍兼放牛喂牛。

我们这批学生，不仅学业成绩好，体育方面也不示弱。1972年初夏，东风公社在新户中学召开学区中学生运动会。我们这些天天走山路的山里娃，练就了一副好身手、一双好腿脚，赛跑、跳远、投掷都不输他人。比赛中本人获得5000米长跑第一名，王幸福、张巨壁、何礼义等也都在各自所参加的项目上取得好成绩。

运动会后，为了备战参加木垒县的中学生运动会，选拔出来的优秀运动员集中到新户中学集训。在新户中学一边上课，一边训练。其间，认识了徐正烈这位出色的语文老师，也结识了高永瑞、秦安兵、王开科、魏玉秀、韩瑞红等一批新同学。

集训期间，抽调陈国珍的父亲给我们做饭，他知道我是他女儿的同学，打饭格外照顾，有次特意把牛腿骨留给我吃，还说吃了牛腿跑起来更攒劲。

在木垒县中学生运动会上，本人取得了3000米中长跑第三名的成绩。因为有平顶山跑山路的底子，后来在西安地质学校的运动会上获得过5000米长跑第二名，冬季环城赛第六名。

在农中就读期间，老师教得卖力，学生学得起劲，同学们收获颇丰。特殊年代，政策变化无常。招生由秋季改为春季才一年多，又改回秋季招生，使我们这批学生和老师又多接触半年，也多受教半年。

本指望上完初二，接着上初三，可平顶山农中不打算开办初三。这之前，有的同学开始转往其他学校，王生喜、杨万成、吴瑛转学到新户中学，丁彩霞转学到县中学。因我们班的孙宽仁字写得美观漂亮，1973年6月，我们这届同学都手捧着孙宽仁填写的毕业证书离开了学校。

1973年秋天，我们这些回乡务农的毕业生收到了振奋人心的好消息：平顶山农中决定开办初三，让我们返校继续上学。消息虽好，但上学的过程和结果并不十分理想。

当我们再次踏进学校的时候，我们这届学生人数由最初的一百多人，减少到三十多人，不少人拿到初中毕业证已经心满意足，不再继续读书。好几名有水平、实力强的老师离开了学校。由于这个时期，小学生数量猛增，大队学校的校舍不能继续让给中学使用，农中又搬回了河坝沿。

农中原先在河坝沿办学时，一个班也就十几二十个学生，全校师生农工加起才六七十人。现在要接纳三个年级一百好几十人，校舍远远不够。为了解决这一难题，我们初三班和其他班的同学都付出了太多的艰辛和代价。

开学后的前一个多月，基本没上文化课。学生住到先前的教室里，全班同学奋战几十天，为现在的河坝沿留下了一处平顶山的"半坡遗址"。按照校领导安排，在学校南侧的半坡上挖坑盖地窝子宿舍。首先在斜坡上挖出三个 10 多米长、4 米宽、近 2 米深的坑，坑的里面留出 0.5 米高的土台当作睡觉的炕。然后到河滩砍伐白杨树，伐倒的树，主干做檩条，树梢、粗枝当椽子，细枝树叶当房耙，上面铺上麦草压上土，建成两男一女三间"学生宿舍"。

将那些 10 多米长，又粗又湿又重的檩条椽子从 800 多米开外的河床抬到高出河床 100 多米的窝棚上，可没少费劲。一根檩条要七八个甚至十多个同学抬，刚开始按照最初的小组分工搬运，人员高矮不齐，像董福生、杨存文等同学个子比较高，而刘永忠、冯全文等同学个子比较矮，大个子压得受不了，小个子使不上劲。后来按身高分组，抬运木料，才有所改善。

地窝子宿舍建好了，同学们搬入"新家"，时令已进入冬季，总算能在教室里上课了。这个季节昼短夜长，晚上，同学们裹着厚厚的棉被趴在阴冷潮湿的宿舍里的"炕"上，在昏暗的煤油灯下完成作业。

因刘玉桂、刘玉莲的家距离学校只有咫尺之遥，不少女同学可没少沾她们的光。晚自习写作业时，余秀玲、殷玉芬、郭冬梅、邢志坚、闵秀华等同学就分别到她们两家写作业。刘玉桂、刘玉莲的母亲淳朴善良、热情大方，知道同学们生活艰苦，有时候还能给写作业的同学提供夜宵吃。

第二学期，开学没上几天课，天气热了，学校又安排我们初三班脱土块，背石头，挖地基，自己动手修建一栋新教室，我们又成了一帮泥瓦工。

一年的时光，转瞬即逝。虽然我们这批同学知道用功，学习刻苦，无奈，太多的时间被繁重的劳动占用，文化学习收效甚微。

平顶山流行"油饼子不可卷肉，有福不可重受"之说，我们这一届学生正应了这个说法。虽然我们遇到了平顶山办学史上实力最强、水平最高，教学专业的好老师，虽然我们学习刻苦，基础扎实，可我们这一届同学与高中无缘。我们的上一届如刘永茂、陈秀军、刘慧荣等，我们的下一届如王生年、刘永贵、朱安英等都上了高中，唯独到了我们这一届毕业时县上、公社都不招收高中生，正规的上学读书到此为止。

因我们这批学生，基础扎实，成绩优异，在后来的招工招干、参军、选拔代课教师及恢复高考的考学中都具有明显优势。

毕业不久，马德林、杨存文、董福生等人被顺利招工，冯全文被招为粮食系统干部。杨多宽被推荐上师范，杨存元被推荐上卫校。杨万成、范兴义光荣参军，在部队二人均晋升提干，范兴义荣任连长，杨万成成为一名团级军官。石玉玲、杨秀琴、郭冬梅、丁彩霞、刘玉莲、赵大有、林正彩、麻永福、王生喜、杨永信、盛作华、潘永生、张巨壁、刘永忠、贾成琦、周学武等被选拔为代课教师，后来这些人经试用转正，大部分成为公办教师。有些在任教期间被选拔为行政干部，其中刘永忠先后担任乡长及享受副县级待遇的建设局局长。

1977年恢复高考后，我们这届同学很多人报考中专。其中王生喜、麻永福、杨永信、石玉玲、高玲、闵秀花、吴瑛、王庆仁、何成虎等同学分别被地质、水利、交通、卫生、师范等学校录取。王生喜边工作边自学进修，考取陕西师范大学研究生并获得硕士学位，后来晋升为教授，担任新疆财经大学应用数学学院院长。麻永福通过自学钻研，取得教授级高级工程师职称，成为享誉全疆的水利地质工程专家。本人通过自学，获得北京人文函授大学毕业证书和新疆成人自学考试毕业证书，被中国石化聘为高级经济师。

我们这届学生，发育成熟得似乎要晚一些。三年半的初中学习，一个个都已成了十七八岁的大姑娘，帅小伙，在情感方面并不是那么激进开放。不像其他地方的中学生那样敢爱敢表白。

或许正是这批人"不畏浮云遮望眼，自缘身在最高层"，心无旁骛地刻苦钻研，不做花痴，不为情羁，努力成就自我，才铸就了我们不向困难低头，勇于拼搏，勇往直前的可贵品质。

有道是"千里姻缘一线牵"。虽然我们在校时"两耳不闻窗外事，一心只读圣贤书"，可皇天有知，月老有情，最终促成了我们这个班的孙淑丽与林正彩、郭冬梅与张巨壁、邢志坚与李锋柱、丁彩霞与杨永信八人结为四对 伉俪。

童年趣事

这部分内容似乎放到"学生时代"之前更合适，可我更早的童年不在平顶山，本人习惯了东拉西扯，"狗拉羊肠子"，就容许我在这里胡侃吧。

谈趣事，还得再说说平顶山的地形地貌。平顶山人习惯把中间低洼的斜坡叫作"山"，山主要分为阳山、阴山、石山、草山。石山多为阳山，草山多为阴山。阳山日照强，化雪快，春来早，植被稀疏，阴山光照弱，化雪慢，春来迟，植被茂盛。

每年3月底，阳山冰雪消融，青草发芽，有种叫"乌月"（经网上查询，它的根茎很像老鸹蒜，但叶子和花与平顶山的乌月有些差异，本文就按"乌月"叙述）的植物在石头缝里露头了，它绿色的叶子有点像蒜苗，地表以下的表皮是红色，根部是一个指头蛋大小的圆骨朵，像独头蒜，吃起来甜滋滋的。每当这个时候，我们这些刚上学或未上学的孩子们就三五成群，拿上药铲或縻驴的铁桩（平顶山人把驴用长绳子拴到青草茂盛的地方让驴吃草叫縻驴，草地上没东西拴驴，就在绳头连个铁桩，铁桩不用榔头、石头钉，可用脚踩下去）挖乌月。和乌月伴生的有种植物叫片刀神（当地叫法，不知其学名叫什么），叶子和乌月很像，地表以下及根部的骨朵都是白色，其味发苦，据说有毒，我们这些大点的孩子除了挖乌月，另一项任务就是看管小点的孩子不要摔下石崖，不要误食片刀神。生长乌月的石山上还生长一种比大葱矮小的野葱，平顶山人叫它胖牛葱，挖乌月的同时发现胖牛葱，也挖一些拿回家，在面条饭里用清油炝一勺胖牛葱花调进去，饭格外香。

刚入夏时，各种各样的小鸟开始叼草枝、衔泥巴，为搭窝造房忙得不亦乐乎，燕子用泥巴将窝建在住家户屋檐下的梁上，麻雀衔鸡毛、马尾等柔软物品把窝建在墙洞墙缝里，不怕晒，喜欢热的鸟把窝建在阳山的石崖上，喜欢阴凉的鸟在阴山矮小的土崖下挖个洞建新家，有种直上直下飞行，类似直升机的天雀直接把窝建在地埂或庄稼地里的平地上。

每当小鸟们衔草搭窝时，我们这帮小孩们就把眼睛擦得雪亮，注意观察小鸟建窝的位置，谁先发现就归谁所有。之后经常去看窝的变化，一个蛋、两个蛋……有的小鸟最多能下七个蛋。蛋下够了，雌鸟就一直趴在窝里孵小鸟，小鸟孵出后，是鸟爸鸟妈最辛苦的时候，它们四处飞忙，衔小虫、叼蚂蚱喂小鸟。刚孵出的小鸟，浑身没毛，嘴巴是黄的，之后逐渐开始长毛，嘴黄一点点褪去，当长出翅膀、嘴黄只剩一点点的时候，孩子们就把小鸟连窝端，掏回家，拿小鸟当玩具供弟妹侄子们玩。有次，一个伙伴在阳圪的石崖缝瞅下了一窝小鸟，当我们去掏时发现每只小鸟的头顶都有几个小洞，有虫子在洞里蠕动，大失所望之后，扫兴而归。又一次我在阴圪的土崖下瞅准一窝小鸟，放暑假的那天路过去看，窝里有七只蛋。一个多月后我去掏小鸟，到窝前一看，窝里没有小鸟，只有一只很大的鸟，小小的窝几乎盛不下它那肥硕的身体，我把它掏了回来，大人们见了说这是一只鹞子。后来学过"鸠占鹊巢"的成语之后我想，这个成语是不是由"鹞占鸟巢"演变而来的？

一次，我们几个小孩在上学的途中，发现有两只老鹰一直在学房庄子西面的沟壑飞来飞去，我们就爬到沟壑东面的山坡上观察，原来是老鹰在沟壑西边的悬崖上搭窝。过了一个多月再去看时，老鹰叼着食物往窝里送，我们就把这一发现告诉了喜欢玩鸟的殷伯忠大叔。过了两天，殷大叔让我带着他去掏鹰。他先在沟壑东面的山坡上观察攀爬悬崖的路线，然后到沟壑西面悬崖的上面，慢慢下到鹰巢，抓了小鹰又上来。小鹰只有一只，当时不知咋回事，后来才知道，鹰妈妈是要优胜劣汰，训练自己的幼崽儿弱肉强食的凶悍本性，让其相互残杀，以弱者之体果强者之腹。当小鹰只剩一只时，开始觅食喂养。殷伯忠把个头比成年鸡还大的小鹰拿回家后，用绳子拴了喂养。喂的食物主要是宰了鸡的鸡下水，庄稼地里抓的老鼠等，家养的小鸡若跑到小鹰的活动范围就会被它吃掉。一次我在路上看到一条被人打死的蛇，回来后告诉了殷伯忠，他拿了把火剪把蛇夹了回来喂小鹰，小鹰先把蛇头啄到嘴里，然后一点一点吞咽，几分钟后，一条一元硬币粗，六十多厘米长的蛇被小鹰全部吞到了肚子里。到了秋天，小鹰已长成大鹰，体重超过三公斤，食量也大增，已经不好再继续拴养。殷伯忠决定放生，我们几个小孩陪着殷伯忠到掏小鹰的沟壑对面，给鹰解掉绳子，拍了几下鹰脊背，鹰获得自由，展开双翅飞向蓝天。

到冬天，捉麻雀，套嘎达鸡（嘎达鸡学名石鸡，有的地方叫呱呱鸡，有的地方叫嘎嘎鸡，有的地方叫尕啦鸡），既有趣还解馋。

当大地被积雪覆盖后，麻雀就飞到住户家的院子里觅食。开始人们将门板放到院子里，用棍子支起来，棍子上拴根绳子拉到屋里，在门板下及周围撒些秕谷子之类的食物，人在门口观察，当麻雀进入门板下时，猛拉绳子，门板落下，接着去收获成果。掀起门板，下面只有被压扁的一两只。分析原因是门板不透风，门板下落形成的风把麻雀吹走了。后来改用背篓扣，可揭起背篓抓时，有不少麻雀乘机溜出背篓飞了，总结教训后，改用筛子扣，效果好多了。夜里，麻雀在牛圈、草房等屋顶下的空隙里栖息过夜。人们在睡觉前，将手电筒蒙上黑布，中间开个小孔，手电筒只有一小束光透出，照准麻雀悄悄走到近前一逮一个准。拿回家后和点泥巴裹到麻雀上，埋进炉膛的灰中烧，麻雀烤熟后，一掰泥巴，连毛脱落，露出诱人的金黄色，扒掉内脏，撒点咸盐，那麻雀肉是真香啊。

在平顶山，夏天很难看到嘎达鸡，一到冬天，成群结队的嘎达鸡，在阳圢里穿行觅食。嘎达鸡，红爪子红嘴红眼圈，两肋有黑色或栗色斑，个头比鸡小，比鹌鹑大，长得美丽，刚下过雪，阳圢也被雪覆盖，就是捕捉嘎达鸡的好时机。嘎达鸡喜欢群居，一般几十只一群在阳圢觅食。它飞行距离不长，有三个人就可抓住嘎达鸡。看准嘎达鸡的位置，一个人去追，另外两个人选择不同位置等着，当嘎达鸡飞来时惊吓它，这样折腾几次过后，嘎达鸡就会往雪里钻，钻进雪的嘎达鸡，就可以轻而易举地抓住了。另一种捕捉嘎达鸡的办法是用马尾绳套，先搓几根两米多长的结实麻绳（麻绳和地面颜色接近，隐蔽性强），用马尾双折搓成较细的多条绳，把有尾头的一端按二三十厘米的间隔拴到麻绳上，早晨上学时，带上绳套，带点喂鸡的食物，途中，在阳圢选一处不易被行人发现，雪较薄的地方扫开雪，将麻绳两头固定到石头上铺展，再将马尾绳从梢部掏折形成嘎达鸡的头、爪子能钻进去的一个个圆扣，撒上食物，清除周边人为痕迹，然后去上学，下午回来时去看收获。前面两次去看时，有嘎达鸡留下的痕迹，撒的食物被吃了，可没套住嘎达鸡，细心查看绳扣发现，有的马尾扣断了。经过向套嘎达鸡的高手范兴义请教才知道，是我拴麻绳的石头太大了，套住的嘎达鸡用猛力起飞时把马尾绳挣断飞跑了。后来按照他讲的方法，选择适中的石头拴麻绳，嘎达鸡用猛力起飞时，石头随之挪动，不会挣断马尾绳。这一来我也能套住嘎达鸡

了，最多的一次套住了五只。嘎达鸡的肉真好吃，比家养的鸡肉香。难怪现在有人通过圈养嘎达鸡发家致富。

虽说烧麦穗、烧洋芋没有烧麻雀、炖嘎达鸡的味美，可它也是令多少人向往的美味。每当夏季收割的豌豆、小麦往打麦场上拉的时候，为达到颗粒归仓，生产队就会组织学生娃复收，到拉走豆瓜子、麦捆子的地里捡豆角、拾麦穗。捡豆角时，小麦长到了八成熟，拾麦穗时，青稞长到了八成熟，这样的麦穗、青稞穗是烧着吃的最佳时候。在捡豆角的间隙，孩子们就会到旁边的麦地里挑嫩大的麦穗捆成小把，捡一些干枯的豆秧点着，火烧旺时，把麦穗放到火苗上旋转着烧，当麦芒烧光，感觉烧熟时离开火，凉一会儿，每次拿两三个麦穗双手揉搓，用嘴吹走麦壳和灰尘后填进嘴里。拾麦穗时，嫩青稞穗，照此方法烧青稞穗，只不过燃料换成了麦秆。烧青稞粒比烧小麦吃起来更香。娃们提着豆角、麦穗筐返回时，一个个都成了张飞脸。

烧洋芋是暑假过后，秋季开学的事。下午放学回家吃过饭后，三五个孩子提上筐子、拿上铁锨到收获后的洋芋地里翻地捡洋芋。到地里挖上一阵子后，孩子们就开始务习烧洋芋吃。将地里比拳头大的土块疙瘩捡到一起，垒一个下大上小的空心楼子，留一个灶门，用地边捡来的干草、麦秸等燃料点火在炉膛里烧。当土疙瘩烧得由黑变成白里透红时，挑选大小比较均匀的洋芋放到炉膛内，然后压塌土楼，用棒子砸碎锤绵土疙瘩，让洋芋在滚烫的土里焖焐二十分钟后扒开土，开始吃那皮黄瓤沙的洋芋，那滋味比现在吃海鲜香得多。

驮柴挖药

山区农家的孩子，除了冬季稍有空闲，其他时间都在跟头绊子地忙活。拾牛粪，割荨麻，捋灰条，喂猪饮驴，储备驴羊过冬的草料都是半大小子的活。除了这些，还有重要的一项是赶着毛驴进山驮柴，用于冬季取暖做饭。每到星期天或放暑假后，成群结队的孩子赶着毛驴到南边木垒河对岸的沟汊驮回干枯的柳树枝干，码成柴垛，放到冬季烧火。

本人12岁时，赶一头毛驴进山驮柴；13岁以后，每次都赶两三头毛驴进山。

凌晨从炕上爬起来穿戴好，在驴背上捆好鞍子，和临近的严寿山、高天清、朱安明等搭伴，骑毛驴进山。我们一般都选择到马依提沟、栖依提沟、骆驼达坂沟、半截沟等一些拾掇柴火方便的沟里去驮柴。大约走一个半小时到达预定的地方。把驴拴好，将装馍馍的袋子挂到毛驴够不到的树枝上。提上斧头，拿上绳子，上到山岇的高处，在密集的松树中间找到较粗较直的干枯柳树，连根拔下来，再砍掉腐朽的树根和枝条。当收集到够驴驮的时候，用绳子捆到一起，顺着沟槽捞到拴驴的地方，边歇息边喝水吃馍馍。接下来将每个驴驮的柴火分成两捆捆好，然后捆紧驴背上的鞍子，把柴火的根部用绳子捆挂到鞍桥子上，梢部自然捞到地上，赶着毛驴往回走。

深秋的一天，我和严德山搭伴进山驮柴，当我们把柴火从岇上捞下来后，发现有两头驴挣断缰绳跑了，我俩赶快跑出山沟去找，望见驴在很远的地方吃草。当我们把驴再次赶回到放柴火的地方时，天已经黑了下来。等到把柴火搭到驴背的鞍桥子上时，整个山沟里黑乎乎的啥都看不见了，好在"老驴识途"，我们就紧紧跟着毛驴往前走。走着走着，发现前面有发光的东西，走到近前一看，原来是腐朽的柳树根发出的荧光。我扳了好几块，给每头驴的鞍子上放一块，我们跟着荧光走，方便了好多。

冬季，天冷路滑，夜长昼短。进山驮柴，不仅人受罪，牲口照样也遭罪。一次我和我二哥赶了四头牛、两头驴到山里驮柴，返回上达坂时，因山泉水结冰，将一处必经的石节子陡坡全都冻上了冰，一头牛快要走出陡坡时滑倒滚了下来，一只牛角生生给碰掉了。我赶紧捡起牛角给套进去，又用手绢包扎住。接下来弟兄俩取出斧头剁冰，开出一段防滑路面后，再赶牲口前行。那只碰掉的牛角后来也没能长上，从此这头牛有了一个新的名字——独角兽。

天山盛产贝母。贝母是医用价值很高的中药材，用于止疼止血，促进伤口愈合、止咳平喘等等。20世纪六七十年代，一公斤干贝母的收购价高达13.5元。我把天山当作我的银行，将贝母称作我的金元宝。每年的5月底到7月初，我都会利用一切能够挤出的时间（有时甚至编谎逃课）挖贝母。从小学三年级开始，家里的油盐酱醋开销和本人的穿戴、学习用品，全靠挖贝母的收入支付。

那时候。学校的经费非常有限，维修改造和新建校舍的开支，就靠学校组织学生挖贝母来解决。从小学四年级开始，学校就给学生安排挖贝母的任务，有时停课让学生自行去挖贝母交到学校。每次交贝母时，我都是自己留一点，拿上大部分忐忑不安地交给学校，可每次过秤的结果，都是我交的多。

上中学后，学校也每年组织学生进山，吃住在山里挖贝母。

初一时，学校安排初二班和初一班的一半学生进山挖药，称之为学军；一半同学留下来住到河坝沿农中的旧校舍，打理河滩上种植的洋芋，负责给洋芋除草、耪土，称之为学农。

划分时，将个头高、身体壮、力气大的挑出来进山，将随父母下放，来自乌鲁木齐的杨少林、温秀梅、孙新生等同学及年龄小、个头矮、身体弱的同学留下来学农。

杨万成作为学军班的班长上山，本人作为学农班的班长下地。这一安排，着实让我这样一位体质不差，个头不矮的挖药好手感到憋屈，觉得我这块挖药的好钢没有用到刀刃上。

学校驮口粮锅灶和人员行李的牲畜有限。为了便于管理，不让学生赶自家的毛驴进山，同时为了体现负重行军的真实感，学生全部背行李进山。

为保障安全和不让学生负担过重，沈殿清校长在动员会上交代了进山的注意事项，安全要求。当谈到个人行李问题时，他本想说，男同学和男同学搭伴，女同学和女同学搭伴，两个人带一套行李，这样既省劲，睡觉还暖和。可他说的时候表述成了"不管男女两个人带一套行李，两个人盖一床被子，可热和了"。动员会后几个乖张的学生添油加醋，把沈老师的讲话篡改成了"男女两个人盖一床被子，可热和了，不知你们有没有这样的体会，我是有的"。

学军班的同学从山里返回河坝沿农中的那天中午，我带着学农班的同学早早去路上迎接。学农班的同学经过一上午大太阳底下的劳作和折腾，一个个蔫头耷脑，有气无力，队形松散稀拉。我们走出一公里多后，远远看见学军班的同学迎面走了过来，范兴义吹着口哨带队行进。

范兴义不愧是当兵的坯子。在他的指挥下，学军班的同学个个头戴树条编制的凉帽，步伐整齐，精神饱满，威武雄壮，一副雄赳赳、气昂昂的样子。再看看我带的队伍，萎靡不振，狼狈不堪，相比之下，我实在是羞愧难当。虽然难堪，也得挽回点面子。我灵机一动，通知我带来的同学去帮学军的同学背行李。这下两支队伍全打乱了，难分彼此。

挖药靠的不是个头高，身体壮，力气大，而是靠有经验，会观察，懂技巧。靠近天山的七、八、九、十、十一队的学生就比其他人挖得快，挖得多。第二年挑选进山挖药的人员时，优先考虑离山近的学生，本人自然被列入挖药的团队。

挖药是个技术活。会挖的人，首先观察寻找适合贝母生长的山岇，到达地点，瞅准药苗，一手提起药铲用力剁下，随之一翘，翻起不大的一块土，另一只手从土的底端捡起药蛋，顺手再将翻起的土块填进坑，挖得快，还不损伤草场。不会挖药的人，双手用力挖出一个坑，再寻找药蛋，既慢又费劲，坑大遍地土，还损伤草场。

平顶山九队的学生靠山最近，平时挖药机会多，水平高。这一年挖药的前三名被九队的学生包揽了。范兴义始终名列第一，第二名在王山清和本人之间变换，每天挖的数量都在三公斤以上（一般三公斤湿贝母可晾晒一公斤干贝母）。

在采挖贝母的过程中，男同学争先恐后，女同学也不甘落后。为了学技巧，提速度，杨秀琴、李桂芝、邢志坚、魏凤莲等跟着本人一起去挖。有女同学跟着，我只好选择开阔坡缓剌少的地方去挖。这样的地方药苗稀疏，药蛋较小，但行走不费力，安全有保障。到达挖药的地点，本人从下铲位置、入铲深度、撬铲检药、回填土坑等方面给她们讲解示范，并告诉她们：要挖大留小，选择苗粗苗壮的挖，小的留待来年再挖。

和女同学一起挖药，我挖的数量减少了，女同学挖的数量明显增多，合起来算，效率比之前有了较大提高。

别看女生们在岇上挖药表现平平，可到了锅边，个个都是技艺高超的神手。

山里挖药，早饭一般都吃洋芋拌汤泡馕，之后带个干馕当午饭，最讲究的一餐是晚饭。同学们下山回来，负责做饭的张玲、张芬已经和好了面，备好了菜，烧开了水。女同学们过秤交完药，放下药铲，到河边洗手洗脸回来，全都围到了锅边，帮忙做饭。最值得回放的场景是那精彩的揪面片。一群女生围站在热气腾天的锅边，一双双灵巧的手在空中舞动，面片向着锅里飘飞，就像是一群白色的蝴蝶嗅到了锅里的香气，争前恐后地扑向锅中。

为了给同学们加油鼓劲，为了给学校留下宝贵的勤工俭学影像资料，陈光忠老师特意从木垒县照相馆借了架120照相机，拍摄同学们爬山挖药的情景。从山里回来后，他冲洗放大，在学校展出。

离开木垒前，本人几乎年年都挖药。上小学时挖，上中学时挖，当了教师还在挖。

当教师的时候，带领学生进山挖药，可比当学生的时候操心多了。我是小学高年级的班主任，学生的方方面面，哪一项都不敢懈怠。

班上有位女生患有夜游症，有天夜里，睡到半夜翻起来往山沟里跑，睡在一起的女同学挡不住，抓她还会被她动手打，无奈之下，跑过来叫我。当我追上这位女同学时，她已走出好远。我抓住她后，将她的一只胳膊搭在我的肩上，把她架了回来。

有些男同学喜欢爬到悬崖上欻大黄吃。对这样的事，老师们一点都不敢马虎，从严管控。进山十多天平安无事。没想到返回途中出事了，黄培忠、赵多福、李文忠等学生悄悄溜出队伍，跑到山坡上欻大黄，黄培忠从一处陡坡滚下来，头被石头碰破。听到呼唤，我赶快跑上去，将湿贝母挤碎敷到他的伤口上，用手绢包扎好，把他从山坡上背下来，又让他骑驴往回走。

黄培忠的父亲不知从哪儿得到消息，挖药的师生刚回到学校，他就来了，看看儿子没啥事，便转身向我走来。我举措不安，心想，他可能要对我发火，提出什么苛刻要求。不承想他不但没有责怪我，反倒感谢我，说我替他儿子敷药包扎，背着他下山，让我费心了。这样善解人意的好家长真是令人敬佩呀！

经过统计挖药数量，我一个人挖的贝母超过好几个人的总和，校长刘玞基知道我喜欢钢笔，在对挖药突出的学生进行奖励时，特意买了一支英雄关勒铭金笔作为奖品发给了我。

驯马骑马

近年来，但凡是沙漠、山区的旅游景点，就有人拉着骆驼牵着马，招揽游客骑乘赚钱做生意。对于这些，本人连多看一眼的兴趣都没有，只是有时同行的朋友或同事想体验新鲜过把瘾时，本人帮着摆弄一下拍个照，仅此而已。在平顶山，骑马扬鞭的威风洒脱、惊险刺激我早已享受过了，在塔里木盆地骑骆驼的摇晃颠簸、揉搓屁股也早已体验够了。

平顶山的生产畜力主要是牛、马、驴。沙漠之舟骆驼只有十二队饲养，主要用它冬季到北塔山驮煤。拉骆驼驮煤，同学张巨壁有切身体会：来回七八天，去时人骑骆驼，虽说摇晃颠簸受冻，也还算不了什么，回来时可就遭罪受累了，每峰骆驼驮两块一百多公斤的大煤，每天都要早搭晚卸，尤其是寒风刺骨的早晨搭驮子，戴着笨重的棉手套操作不灵活，脱了手套一会儿手就冻得发木，这不是一般人能够胜任的活计。

平顶山人有这样的说法：牛累驴苦，马享清福。实行家庭联产承包责任制之前，牛、马归集体所有，驴由各家各户私人散养。牛有多累？春季二牛抬杠犁地种庄稼，冬季进山驮柴驮木头，秋季拉麦捆。山地拉麦捆，牛套的是爬车，牛拉一车麦捆上坡时累得直喘粗气。驴有多苦？一年四季不识闲，春秋驮粪驮草，夏季驮柴，每天还得驮水。除此之外，人们还要骑着它走亲访友上街买东西。只有马，身份尊贵显赫，干得多是体面活。

马按雌雄分为骒马（母马）、儿马（种马）、骟马。骒马只在夏收打场时拉着石滚打一段时间的场，儿马不当坐骑，不干农活，只有骟马既干农活，又当交通工具。

儿马虽不干活，但它是马群中最为优秀出色的。平顶山的马一般都散养，除坐骑和承担农活的骟马以外，骒马、小马都放出去让自行吃草，平时不用人管，由儿马管理操心。为方便辨认，每个生产队都在马大腿上烫个烙印。九队马的烙印是上边一个"山"，下边一个阿拉伯数字"9"，直观看更像个"岁"。在户外，狼是马的天敌。遭遇狼群时，骒马围成一圈头向外，把马驹圈在中间，儿马则在圈外，当恶狼向马群进攻时，儿马那长长的鬃毛高高竖起，打着响鼻，在圈外奔跑，一会儿前腿腾空，双蹄猛刨，一副踩死恶狼的架势。一会儿两条后腿腾空猛踢，力度大得惊人。儿马与狼搏斗时，鬃毛会冒出火红的烈焰（这或许是寒冷冬天的静电反应）。经过搏斗相持，狼见无机可乘，只好认输离去。

马是遵循伦理道德的典范，小骒马长到三岁时就要分流换群，否则难以繁殖。

　　马，能够显示人的排场阔气，尤其结婚娶亲，就显得格外突出。20世纪90年代以前，平顶山的人结婚娶亲，都以马为交通工具。马的多少，马的气势，彰显男方家的显赫与否。娶亲用马，一般八到二十匹骒马不等，每匹马都用鲜艳大红的绸缎装饰。威武雄壮的高头大马脖子上戴上吵子（挂满马脖子的一串铜铃铛），由新郎骑乘，飞奔中铜铃声响彻山谷。温顺乖巧，配备雕饰精美马鞍的马，留给新娘骑，将调皮捣蛋性子烈的马，专门留给女方家乖张刁难的西客（女方家送亲人员称西客）骑。如果西客人少，一次接回来，人多，取回新娘之后，再接一趟。

　　平顶山的领导出行都配有专门的坐骑。大队领导四季骑大马，生产队领导夏季骑春季调训的小马，冬季骑大马。假如一群骑马人走到一起，可以根据马的形象及配饰判断谁的官大，谁是主要领导。一般大领导骑的马都比较高大威武，膘肥体壮，配饰档次高。不过也有例外，有的领导工作作风深入，天天骑马下基层，爬山进农田，马吃草料的时间少，体力消耗大，其形象就很普通很一般了。

　　山区骑马办事，方便快捷省力，但也存在弊端。长期骑马，会使人形成O形腿（俗称罗圈腿），经常骑马放牧的哈萨克族牧民，即使立正站立，两膝之间也可穿过足球。骑马形成的O形腿，虽对劳动、工作不会有多大影响，但难以通过征兵参军、舞蹈演员等选拔。本人虽骑马不算太多，经常参加体育锻炼，双腿还是留下了轻微的O形。

　　九队养马较多，人口较少，除了队领导配备坐骑，普通社员外出办事也可以骑马，只是需要请示组长，征得同意。本人上初中时，我二哥是九队队长，给他配有坐骑。春天从马群里选一匹刚进入三岁的马驹拉回家，我和二哥把马拉到上年秋天犁过的歇地里调训：第一天实现人和马的接触，摸头摸背，摸耳朵摸屁股，消除马对人的顾忌，然后二哥牵着马，我往裸背上骑。骑上去，摔下来，摔下来，再骑上去，好在我人灵活，体重轻，越摔骑马的劲头越大。到马不跳不跑老实的时候，在马蹄子上拴根长绳固定到草茂盛的地方让其吃草过夜。第二天，又把马拉到歇地里，给马戴上嚼子，重复几次第一天的动作后，往马背上搭鞍子，紧好肚带，我骑到马上，二哥拉着马缰绳慢行，之后缰绳交给我，拽着马嚼绳在地里走，地里跑。调训三四天后，接着按照"压走马"的要领训练。让马跑起来后，一边用脚磕马肚皮，一边将马嚼绳向上提，让马头抬起，当马头扬到一定高度时，马跑的姿态发生变化，人在马背上感觉非常舒适，没有了颠簸之感，说明这时马已按走马的步伐行进。这匹普通马，硬是让我们弟兄俩调训成了走马。马随人性，由我调训出来的马性子跟我一样，老实温顺，不怒不恼，谁都可以随便骑。

1974 年夏天，因我大妈生病，需要照顾，我就骑着春季调训的黄骠小走马上学，早上骑马到河坝沿农中，卸去马鞍脱掉马嚼子，把马拉到河滩套上马绊（用皮绳和铁转环加工的三叉绳，套在马蹄上，使马只能挪步，不能快走，稍快就会栽倒）让其吃草，下午放学骑马回家，成为学校一名惹眼的"骑读生"。没走几天，班上的邢志坚、郭冬梅也因家中有事，下午尾随我回家，一个身强力壮的男生怎好意思自己骑马，而让弱女子走路？过了南湾，本人只好下马，让给她们二人轮流骑，到杜家泉沟三人分道扬镳，我再骑上马加快速度回家。

平顶山九队所在的夹皮泉及以南的马圈湾，在清代是皇家的育马之地，九队也曾出过几匹好马，其中一匹在木垒县的赛马会上拔得头筹。还有一匹枣红马表现也很突出，不过这匹马性子烈，胆子小。有一匹全身通红，鼻梁及其以上一条洁白，取名叫鲜帘子的马，是出了名的天生"大走马"。普通马，慢跑起来咚驰咚驰颠得人难受，快跑起来，前蹄后蹄轮番腾空着地蛙奔子。走马就不一样了，跑起来左右蹄同时轮番启动着地，虽然跑得飞快，可马背上的人感觉如履平地。这匹鲜帘子走马成了各级领导和很多牧民眼中的香饽饽。我只骑着它上过两趟县城，进过几次山，感觉骑走马真是一种享受。后来这匹马莫名其妙地在九队人的视野中消失了。

有年冬天，那匹性子烈、胆子小的枣红马成为我二哥的坐骑。入冬降雪后，要给马钉马掌。钉马掌本是铁匠干的活，铁匠铺门前都栽有间隔两米的粗柱子，上面固定一根横梁，专门用于钉马掌。我家门前也栽了钉马掌的木桩，我二哥心灵手巧，胆大心细，马掌自己钉。马通人性，钉过几次马掌的马，都知道这是对它好，很配合。把马拴到柱子上，用绳子拉起马蹄放到木墩上，用推刨刀铲平蹄子，放正马掌，钉五个尖钉，两个平钉（夏季也常骑的马，在春季拔掉尖钉，换上平钉），四个蹄子轮流一遍完事。

就是这匹枣红马，给我留下了惊恐后遗症。一次骑着它去新沟办事，经过木垒县食品公司的屠宰场时，冒着热气的羊血流出围墙，膻腥味浓郁，满天遍地都是觅食的乌鸦，这马本来就胆小，见此情景，早已发毛，可就在这时，马前蹄下的一张报纸旋飞起来，马惊了，使出最大能量狂奔！骑马惊跑，司空见惯，倒没什么。糟糕的是，房漏偏逢连阴雨，惊马的左前方，从一家住户的房后蹿出一群野狗，惊跑的马急速向右一闪，就是这一闪，把我的魂都吓飞了。幸亏在这千钧一发之际，我右脚用力猛踩镫，远离马鞍的屁股回到了鞍子中间。若不是这一脚，很可能就是人摔下马脚套镫，结果只剩一个字：死！自此以后，即便是骑自行车或是开汽车，碰到前面飞起的纸片，我都会猛然发怵，心往上提。

　　1985年夏天，已离开平顶山八年，很少和马打交道的我，担任重力分队队长，在伊吾县淖毛湖盆地进行石油重力普查。当把测量、重力小组分派出去后，有了一段空闲时间。这时候从哈密来了一位探寻玛瑙矿的年轻人，请求我带他查看玛瑙。我让吉普车驾驶员开车，带他看过几处有玛瑙的地块后，来到两个牵着三匹马的人前停了下来。三匹马中，有匹枣红马，屁股滚圆，浑身油光发亮，一看就是匹很久没骑没使唤过的马。我让牵马人给我骑一下，牵马人痛快地把马缰绳递给了我。我接过缰绳，从鞍桥上拉下马嚼绳，把缰绳盘到马鞍上，紧肚带时，牵马人上前阻拦，说这马性子烈，他们拉了三天都没敢骑。我看看这里地形平坦开阔，土地松软，我说没事，顺手要过他手上的马鞭，左脚踩镫，跃身上马。刹那间，这马如离弦之箭，蹿了出去。这马想给骑手一个"下马威"，我想你有多大本事尽管使出来。我双脚猛磕马肚皮，右手扬起马鞭狠抽马屁股，马跑得更凶更快，跑出两公里多后，我一拽马嚼绳，掉头又往回跑，距离起点不远时，马奔跑的速度变慢，显得老实顺从了。这匹马让我在中蒙边境的淖毛湖盆地享受了一次回到故乡骑马的感觉。

　　乌鲁木齐鲤鱼山公园生态园饲养着来自世界各地的多匹汗血马。汗血宝马古今驰名，蜚声中外。我去观看过几次。后来决定无论收费多少，我都要骑上它在表演场溜几圈，感受一下它到底有什么特别之处，比咱平顶山的马强在什么地方。当我要买票时售票员告诉我，只能由服务人员牵着，在一个狭小的空间像推磨一样转几圈，我放弃了乘骑汗血宝马的尝试。我看见那些表演队员骑着汗血马在表演场行走跑动，或许是表演场地有限，只看出汗血马步伐较为轻盈，感觉它与平顶山的走马没有多大的不同之处。

回乡务农

本人虽然从小学四年级开始，就利用放学后下午时间和假期参加生产队的劳动，割麦、打场、拉捆子的活都干过，可直到我考学离开平顶山，也未能成为一名合格的农民。作为平顶山的农民，犁地、扬场是最起码的基本功。可我犁地拐疙楞，扬场甩不匀，也就占住了身强力壮人勤谨，苦活累活难不住，不然会让人瞧不起。

（一）割麦

初三刚毕业就到照壁山割麦子（九队所在地海拔高，有些农作物不适宜种植，又在木垒县城东边的照壁山下开垦了两千多亩旱地种植小麦）。为了加快收割进度，队上分组相互竞赛，我和王山清都报名到朱安昌当组长的小组，王山清因家庭成分原因，之前经常被安排干重活，朱安昌痛快地接受了他。轮到我，朱安昌先让我跟着他割了一下午的麦子，中间他故意加快速度，想甩开我，但我紧追不舍，下午收工，我成为他的组员。后来组与组比赛，我们组始终位列第一。

照壁山夏收，主要抽调能够离开家的已婚男社员和单身男女社员及放暑假回来的初高中学生收割。因缺少人手，割麦子就是一场持久战。照壁山的麦子稀疏干燥，只能采用"抓把子"方式（左手抓麦，右手拿镰刀割）收割。割上一段时间，抓麦秆的左手除大拇指外，其他指头的指甲都被磨破，从指缝里往外渗血。女的都会用碎布缝制精巧的指套保护手指头。在割麦子的女工中高文玲体弱年龄小，她是第一年参加收割的高中生，当休息磨镰刀时，我就帮她把镰刀给磨了。嘿，这下倒好，贾福玉、卢艳玲、王忠花等几个大姑娘的镰刀全都摆在了我面前。"虱子多了不怕咬"，"一只羊是放，一群羊也是放"。反正磨刀也费不了多大劲，我就一把接一把地磨。刀磨完了，也该起来割麦子了。还是学问高的人更在意投桃报李，一次高文玲回家返回后，特意给我送了几只结实耐磨的指套。这年冬天，中学生在学校流行传看手抄本小说，高文玲把《三〇三号房间的秘密》带回家，借给我看。那我也不能白看，看完归还时在书中夹了张字条，写了几句鼓励她专心学习的话："三〇三号有秘密，分散学习注意力，待到学业有成时，提笔蘸墨著新书。"

照壁山收割结束，社员们返回平顶山继续收割。有一天放卫星和其他队竞赛，九队的主要参赛成员还是朱安昌这个组的照壁山原班人马。比赛那一天，我们三更出工，半夜收工，挑选比较好割的东迤坡地收割，因东迤地麦子长得好，可以用踢镰子收割。所谓踢镰子就是先割一大把麦子做支护，左脚撑托，左腿护挡，右手拿镰刀撒欢了砍。一边砍，一边用左腿将割倒的麦子推着前行。每两人一组，前面的人腰间背着捆麦子的腰子，当割够半捆时，抽一根腰子铺展，把割的麦子用镰刀理顺，放到腰子上，后面的人再将割的麦子理顺打颠倒放到上面，将腰子勒紧捆好，再继续向前收割。为了省劲，从坡的最上边开镰，斜着坡往下割。一天下来，平均每人收割小麦 7.3 亩。这也成为我割麦的最高纪录。

（二）打场

第二年夏收，没让我去照壁山，而是留到山上打场。安排打场的只有我和五十多岁的王柏生两个男社员，其他都是女的。按收割的顺序，先打豌豆，再打青稞，最后打菜籽和小麦。

打场是农业生产的一个重要环节，种植规模稍大的颗粒类农作物都要经过打场这道工序。场的位置选择很重要，要选地势平整开阔，土质细腻，没有砂石，风向稳定，风力充沛，交通便利，拉运便捷的地方设置。本人所在的九队一组最初的场设在最北部侯忠明家的门前，虽然距离住家户近，人到场上干活方便，但收割后的大部分农作物拉运距离较长。后来将场改设到学房庄子，这里接近于耕地中部，缩短了拉运距离。与打场相关的仓库、草房、牛圈、草圈子全部搬迁修建到了这里。

浸场是打场前期准备的重要环节。打场前一个多月，把场上的杂草杂物清理干净，表皮铲虚碾绵，用马拉刮板刮平等待天下雨浸场（似乎用紧、筋都说得通）。一场雨后，立刻召集社员到场上，给场上撒一层薄薄的麦草，然后给马套上石磋一遍遍磋压，当地皮被碾压得结实光滑，没有土末时，场算浸好了。如果遇上干旱年，天不下雨，只好发动社员用自家的毛驴驮水泼到场上，撒麦草浸场。假如在打场中途遇到降雨，会使场皮松软起土，还要马上浸场。

打场，有一套完整的流程。打豌豆时，早晨将刚从地里拉来的豆瓜子挪移到场中央均匀摊铺成一个大圆饼晾晒，留一人看场，其他人回家吃饭。上午开始给马套石磙子打场。石磙一般都是直径0.2米、长1.5米左右的六棱磙，两头中心各有一个圆窝，石磙固定到磙架上，磙架两侧各有一个硬质木料做的锥形轴镶进石窝，锥形轴涂上清油，使其润滑，运转轻松。磙架两侧拴上绳子，绳子另一端根据马的身长固定套在马脖子上的夹板（夹板内侧缝制有好几层毡子做的垫层，用以保护马的前胸）。每个石磙的绳索理顺摆正，开始给马套磙子，马拉到石磙前，将夹板夹到马脖子，系上夹板下部的绳扣。

打场是马的群体行动，少则三匹马，多则八匹马。豌豆好打，一般只要三到五匹马。拉磙子的每匹马都用一根长缰绳牵在打场持鞭人的手中，乖巧顺从老练的马做头马，刚开始打场的马带嚼子跟在后面，马全套好，由持鞭人牵着所有的马缰绳，手持一根鞭杆3米多、鞭绳4米多的长鞭，指挥着马以持鞭人为中心，以缰绳长度为半径围绕持鞭人奔跑转圈画圆，持鞭人边转边移动，当全场打遍打透，马拉到场边休息，全部人进来翻场，将上面的翻到下面，下面的翻到上面，再让马进场继续转圈画圆。

持鞭赶马，转圈画圆，虽然要在太阳底下暴晒，这时其他人都到阴凉处休息，可我喜欢手持长鞭，策马打场。我感觉这是我所干的农活中最威风、最潇洒，以我为中心的运动，快慢松紧节奏都由我的长鞭做主。

当满场的豌豆被磙压到豆粒豆荚全部分离后，将马赶出场外，一字排开，卸掉磙子，让马吃草休息，人员全部出动起场。

起场，人人手持四股木叉，将豆秸粗渣抖赶到场边（经石磙碾压后所剩豆秸很少），然后牵一匹马套上刮板，一人牵马，一人扶刮板，将细碎的豆粒豆衣集中堆到便于扬场的位置，场底子也清扫堆到一起，白天的工作基本结束。留一人看场，其他人回家吃晚饭，饭后返回场上等风扬场。

扬场，一般都在晚上进行。学房庄子基本每晚都刮下山风（由南向北），一开始，由我们两个男的加一两个女的手持六股木叉扬，当粗渣出完，就由王柏生一个人手持木锨戗扬，配一个女社员轻轻扫掉豆粒上面的豆荚、豆节，其他人将细豆衣（豆花）堆到一边，将粗豆衣用马拉刮板送进草房。当豌豆打完或豆花堆到一定程度时，按一户一堆把豆花分配均匀，让各家驮回家作为冬季喂猪的饲草。

打场中，打豌豆最轻松，打麦子最辛苦。打麦子时收割已基本结束，大部分社员都集中到场上打场。因九队所处海拔高，麦子没黄透干枯就收割垒埁到场边。早晨转移麦捆解腰子摊场，上午翻晒，下午才套马长时间转圈画圆打场，起场一般都到晚饭后进行。打小麦麦草多，起场时将麦草基本理顺一堆一堆堆到场上，然后两人一组用抬杆将麦草抬到草圈内，抬杆是三米多长的光滑直杆子，将杆子顺场皮穿到堆好的麦草下面，两人同时起动抬起行走。如果麦草堆得不正不顺，两根抬杆穿得不正或抬杆人不能通过两手的高低调整平衡，麦草就会翻下抬杆，须重新理顺穿杆再抬。

打场的前期阶段，我们每天打一场，最后一道工序是粮食过秤入库。王柏生抱不起一百公斤以上的中粮麻袋，只好由我抱起放到王柏生的背上，由他背进仓库倒进粮仓。轮到打青稞时，青稞比重高，一麻袋青稞在一百二十五公斤以上，王柏生背不动。就由王柏生和香春英、潘凤琴、香永花几个人抬起来，放到我的背上，由我背进仓库倒入粮仓。

一次，表哥王柏元替妻子赵桂珍来打场。中午时分，大家要煮洋芋吃，一切准备就绪，一看没水了。由我到坡下的山泉去提水，我拿起水桶说，十五分钟内提回来。大家都没有判别时间的概念，认为我做不到。王柏元戴着手表，看准时间后，我一趟子跑到泉眼，打满水，连跑带走往回赶。当我出现在他们面前时，王柏元非常惊奇，再看手表，用了不到三分钟。

（三）犁地

平顶山的主要农业生产环节无非是冬季积肥施肥搓绳备耕、春季犁地播种、秋季收割打场几个重要环节。为了避免文章冗长重复，同王生喜约定由他侧重叙写犁地场景，本人侧重割麦打场，其实我犁地的活干得少，不精通。

1975年夏天，我和队上的哑巴殷柏外等几个人到夹皮泉犁地种菜籽。一个哈萨克族牧民赶着一群羊正在那里放，他不好好看管羊群，羊跑到我队的豌豆地里啃吃豆苗。我赶了几次后，对牧民说，你若不管，羊再进豆地，我就抓住宰了吃。过后，牧民还不当回事，赶过两次后，第三次我抓住一只小羊羔就宰了煮进锅里。牧民跑来理论，我不理睬。这天恰好大队的党总支书记潘进昌检查工作经过那里，牧民向潘支书告了状。潘支书批评我了。不过，从此之后，牧民放的羊，再没进庄稼地。

（四）拧绳

进入冬季，除了进山放牧、驮柴驮木头的男社员外，早晨，男女社员和参加劳动的学生趁着庄稼地里的积雪还没融化，往地里背牛马粪等肥料。女社员上午积肥，下午在南墙根晒着太阳聊着天剥麻，男社员白天的主要活计是修理、加工置办农具。

准备春种、秋收的绳索是冬季的一项重要任务，不过这项活计，除搓麻绳和长绳外，其他基本都分散在农户家庭进行。自20世纪60年代中期开始，宰牛后的牛皮基本裁成条分配给农户，除了马缰绳，几乎没有长的皮绳，生产队和家庭用的绳子主要是麻绳、草绳和毛绳。这些绳子基本在冬季搓、拧、和。

麻绳，一般都在公共场地一起搓，一起拧，一起和。麻绳的原料是从麻秆上剥的皮纤维。用于剥麻的麻选种在土质肥沃的槽子地，这种麻秆除梢部外枝杈不多，麻籽很少（以收获麻籽为主的枝杈多，麻头大的麻由农户种植在自留地边缘，麻籽主要用以加工麻腐饺子等食品）。秋季麻秆从地里拔下来捆成小捆，拉到场上晒干磕掉麻籽，一小部分分给农户家，用以加工纳鞋底的麻绳和其他之用。剩余部分背到泉沟，浸入水中压上重物浸沤，天气较热沤七天，气温较低沤十天甚至更长。沤熟的麻秆剥的麻长麻多，结实耐用。女人们剥完麻后，按照不同用途搓成粗细不同的麻绳坯子。

草绳的主要原料是芨芨和草薹子。九队地界内芨芨少且较硬，捶、搓费工，主要用草薹子搓绳。平顶山每块地的边缘一般都有一米多宽的地埂，地埂上长着茂盛的冰草，秋收前收割较高的头茬冰草薹用以打腰子捆麦捆，秋收中途收割较矮的二茬冰草薹用以搓草绳，不起眼的三茬冰草薹由农户个人收割了用以自己家搓草绳。

搓草绳坯子和搓麻绳坯子差不多，只是增加了用榔头捶绵草薹子和喷湿焖绵柔环节。首先将干草薹子一把一把放到平整光滑的石头上，用木榔头反复捶，当把几捆硬邦邦的草薹子都捶得绵柔之后，根据每次搓绳坯的用量分出一部分喷上水，盖上旧毯子之类焖捂一晚上，搓绳坯时，先抽出指头粗的一股，根部绾个结踩在脚下，两手掌搓绳，边搓边添加草薹子，搓成的绳坯子盘成环状放到一边。

当绳坯搓好后，接下来是拧绳、和绳工序。长度4米以内的麻绳、毛绳、皮绳和用草绳加工的牛缰绳及长的縻驴绳、拉捆子的刹车绳由两个人完成。按用途拉出长度不等的绳坯，一头固定在1.2米高的部位，一头绾到搅把子的铁钩上，用搅把子给绳坯上劲。搅把子工艺比较简单，在一根1.4米左右长0.1米宽的四棱木上端钻个圆孔，在一块0.3米长0.05米宽的木条上一头垂直装一个穿进四棱木圆孔的轴，轴头固定一个挂绳子的铁钩，木条另一端钻个圆孔，穿进一个有疙瘩头的短棒做摇柄，绳坯上劲时，一手扶住直立的四棱木，一手摇摇柄。绳坯上足劲，拿两片旧鞋底子夹住绳坯来回捋匀捋光，然后再上些劲从三分之一处折过来，一人拧绳，一人调绳，两股绳拧到头时，折过来做个可以穿过绳头的扣，拧上第三股，编住绳头，一根草绳完成，接着拧第二根、第三根……

和绳比拧绳麻烦许多，要有开阔的平整场地，需三个人合作完成。除了用搅把子，还要用绳车子、绳瓜子等。绳车子有两块钻五个等间距圆孔，长1米左右宽0.12米左右的长条板，五根像辘轳形状的摇把组成。摇把短的一头加工成圆轴，头部固定挂绳的铁钩套入第一块长条板圆孔，摇把长的一段打磨光滑，套入第二块长条板的圆孔。绳瓜子两头尖，中间粗，形状像橄榄球，两头分别剔出五个三个由深到浅的凹槽，中间安一根控制绳瓜子的抓手。

和绳时，选一块便于人平坐到地上摇绳车的地方钉两个木桩，绳车子第一块长条板的两端分别用绳子绑到木桩上，犁地的撒绳，驮柴捆驴、捆牛的大绳，打场拉刮板的长绳等基本都是三股，可卸掉中心两边两根摇把，只留三根。按照不同用途的长度放绳坯，绳坯一头挂到绳车铁钩上，另一头合挂到绑在木工板凳腿的搅把子铁钩上，一个人手持绳瓜子，让绳坯嵌入凹槽，避免摇绳车上劲时绳坯绞到一起，板凳四腿朝天，上面根据和绳的粗细压上重物，让其随绳坯上劲紧缩而缓慢移动。绳坯摆正绾好，一人平沓四维地坐到绳车前，两手摇第二块长板条或单手摇中间的摇把给几根绳坯同时上劲，上足劲后，一人用两片旧鞋底来回捋绳，接着三人同时行动，开始和绳。一人继续缓慢摇动绳车给绳坯上劲，一人摇动绑在板凳腿上的搅把子和绳，一人抓稳绳瓜子由搅把子向绳车子方向匀速移动，绳子和成，两头各绾一个核桃疙瘩，一根成品绳完成。部分具有特殊用途的麻绳及皮绳、毛绳（毛绳的主要原料是鞠驴毛和骆驼脖子下面的毛）一般都是五股，和绳方法与三股相同，只是摇把五根全用，绳瓜子掉个头用五个凹槽的一段。

　　和绳，我只配操控绳车子，绳瓜子一般都由高文昌、王柏正、朱新文、朱安增这样的老把式掌控。朱新文有文化，曾当过干部，他扶着绳瓜子前行时，嘴里还念念有词："三人一条心，黄土变成金。""和绳是团结，股数越多越牢固。"是呀，一个小小的和绳，透出了质朴的农民合作、配合，心往一处想，劲往一处使，齐心协力办大事的团结合作理念。

　　回乡劳动期间，本人被选为九队的团支部书记。为了给队上的青年做点事，我首先想到的是整副篮球架，让青年活动起来。数九寒天，我带了两个青年赶了六头牛到山里偷木料。晚上，赶着驮木料的牛上达坂时，听到有人一边高喊着站住，一边追赶了上来。我让两个青年赶了四头牛前面快走，而我自己选了两头驮着较差木料的牛在后面慢慢前行。追赶的人走到近前，我一看，是个老头儿，再细看，是经历过长征的老红军，木垒县林场场长岳三武。岳场长气喘吁吁地走到近前时，我立刻迎上前去抢先搭讪："岳场长您辛苦了，我这是为队上的青年做点事，驮些废木料，修补篮球架。"岳三武可不管这些，下令掉头往回走。路上我尽可能和岳场长套近乎，说些让岳场长开心愉悦的事，打听岳场长长征打仗的事。老人好哄，听了些美言，态度变得缓和了。走了半个多小时，来到了伐木工人住的帐篷，岳场长安排我烤火，吃饭，经过一番教育后，连人带牛加木料全放了。当我赶着牛回到家时天已经大亮了。

　　到家后，脱掉鞋，袜子和脚长到了一起。大妈拿来剪刀剪开袜子，一双红肿透亮的脚露在了外面，大妈心疼得一边掉泪，一边熬辣皮子水给我泡脚，之后又把红辣皮子敷在脚上。我在炕上趴了两天，把《钢铁是怎样炼成的》又读了一遍，同时也回想起了极其少有的冻脚事件，当时是岳三武热情安排烤火，使得结在胶底乌拉鞋上的冰被烤化，湿透了鞋里和毛袜子，再到室外走路时形成的。

　　第三天开始加工篮球架，中间需要铁钉，我连跑带走到十六公里外的县城去自费购买，来回仅用了三个多小时，赶上了普通人马拉松赛跑的速度。

篮球架做成后，缺篮球环，我又去求在公社农机修造厂工作的表哥王柏元加工打造了一对篮球环。

教书经历

1975 年 9 月，平顶山大队团总支书记范兴仁给我带来一张表，看标题是基干民兵登记表，实际是作为代课教师审核表使用的。我按要求填写完毕，第二天交给范兴仁带回大队。几天后，接到通知，让我到八队学校代课。

当去学校报到时，和我同班就读达十年之久的麻永福、赵大有也来报到。学校领导还是刘玞基，他向我们介绍了学校情况，提出了具体要求，给我们的工作进行了分工：安排本人教五年级语文并担任班主任；麻永福教四年级语文也担任班主任；赵大有教四年级算数及其他一些副课。

平顶山有个说法，把小马拉大车，矬子里面拔将军叫"磨道里没了马了拿驴支差"。从 20 世纪 70 年代初开始，平顶山适龄入学的孩子每年都大幅增加，大队领导扒拉过来，扒拉过去，能够教娃们学习的也就是我们这些初中毕业生了。前后两年时间，我们这个班的同学有近二十人被选拔为代课教师。本人就是这样被选中，勉为其难地当上了教书匠。

我教的这一班学生，虽说只是五年级，可大部分的年龄只比我小四五岁。除了从卞家湾六队转学来的王生寿、王生兵、叶其仁、王金秀等几人外，其他大多是我同学的弟弟妹妹、侄儿侄女们，刘玞基老师的女儿刘志霞、侄儿刘永发也归我教。

山区的孩子，从小受到的知识熏陶少，基础较差，但都听话好学，参加劳动和各类活动都很积极。董慧琴因其父亲去世早，显得较为成熟懂事，我提议选她担任班长，王生寿身高力大，体育突出，干活积极主动，提议选他当劳动委员。因我工作认真，严格要求，严格管理，加上大队安排张志孝、何成勇巡回听课，了解代课教师和民办教师的教学能力，我的授课得到较高评价，进一步提升了同学们对我的信任。

"人心换人心，八两兑半斤。"同学们尊重我，听从我，我对同学们也很关心，同学们无论哪方面的问题，我都尽力帮助解决。班上有位女生因很小时候双手烫伤，留下点残疾，影响感观。她尽可能躲避别人的视线，尤其躲避老师的注意，为了不让她把学习成绩落下，我就安排能和她接近的女同学关心她，帮助她。

进入冬季时，麻永福的父亲麻德山带领七队人给学校修建的一栋校舍完工了。我们几个离家远的老师住进了宿舍兼办公室的房间内，几个人安好炉子生上火，下午放学后到新宿舍休息。没过多久，高学义、麻永福和本人都感觉头痛头晕恶心。这时候，离家最近，和我们一起代课的林正彩和赵大有来了，他们说是被煤烟熏的，先打开门窗放烟，赵大有赶紧从家里拿来酸菜让我们吃。随后重新安装炉筒，有惊无险地度过了一氧化碳中毒关。

这年冬季，八队改选领导，赵大有被选为队长离开了学校，调王生喜来到学校。这一来我们三名代课教师离家都较远，开始住校搭伙做饭。麻永福、王生喜都会做饭，我只好承担洗锅刷碗的活，就这样"洗锅"成了我的一项特长。这也养成了我不论干什么事都尽可能善始善终，不留尾巴，尽量不给别人添麻烦的习惯。后来住校的老师多了，学校招来了李福强给我们做饭。李福强做饭经验不足，一开始掌握不住多少，经常剩饭。为了避免浪费或下顿吃剩饭，我们就把剩下的拌汤当作美酒，通过划拳报销它。因我拳臭，常常把肚子撑得够呛，由此也落了个"饭桶"的名声。

李秀莲老师开朗豁达，茶饭手艺好，我们几个经常到她家蹭饭，到后来，只要她家做好吃的，就主动叫我们到她家吃饭。师恩师情不可忘，2020年5月，本人和王生喜、麻永福专程到昌吉看望了刘玦基、李秀莲二位老师。

那几年，学校每年招收一个班的新生，本该毕业离校的学生却因农中无法接纳，送不出去，八队学校的初一学生就由我们这些人给上课。

随着学生数量和班级的增加，教师人数也在不断增加。最初的代课教师陆续转为民办教师，本人在教学的第二年成为一名在编的民办教师。

为了适应教学工作需要，教师调整变动频繁。张桂兰、何其兴、杨多宽、杨多瑞、杜有福、殷松山、黄培智、知青何立芬等先后调入学校，教师人数达十多名。这一来学校的党员人数增加不少，开始注重新党员发展工作，本人被列为重点培养对象，因后来考学离开学校，致使本人的在党时间延后了好几年。

我们在学校不仅仅教书带学生，还养猪、养羊、养驴和种地。除收、种洋芋外，其他农活都由老师利用课余时间和假期来完成。有一天下午，校长杜有福在放学回家前告诉李福强，让他下午拉跑軲（发情）的母猪去配种。李福强那时还是个未婚小伙，很为难，要找人陪他一起去，可谁都不愿去。后来大家商定，在校的老师全都去。这下可热闹了，除了李福强和本人，麻永福、张桂兰、杨秀琴、龚文华、何立芬"倾巢出动"，七个人赶着一口母猪上路了。真是蹊跷，平时经过这条路时人并不多，这天遇到好几波路边干活的社员。好像他们事先商量好的一样，每经过一处，那些喜欢和老师开玩笑的人都逮住机会起哄臊老师，粗鲁的语言难以入耳，女老师们索性落得远远的，不和猪走在一起。

1976年暑假，教师们把学校的麦子割完后，又去八队支援夏收，到杨增辉家西面的屲上割麦子。我们带着学校的收音机，在休息磨镰刀时收听。收音机里以低沉的口吻播出了一条令人不安的消息："今天将有重大新闻播出，请注意收听。"这之后收音机音量调到最大，大家一边割麦子，一边等待。当天下午新闻播出来了，是伟大领袖毛主席与世长辞的噩耗。顿时大家都沉浸在悲痛之中，没了割麦子的心情，将一点剩余拐角割完就收工了。

为悼念伟人，在东风公社设立了灵堂，各大队、各学校有序组织社员、师生前往吊唁。我们买来绒纸、白纸，又叫来距离学校较近的董慧琴、董慧玲、孙淑艳、林淑琴等女同学一起编制花圈，毛主席辞世的第三天，我们带着花圈排队行走16公里到公社灵堂吊唁。悼词是刘珏基校长撰写并由他致悼词。刘老师无法抑制感情，刚一张口就声音哽咽，到后来竟泣不成声，受此感染，女老师、女同学都放声悲哭，表现出师生们对一代伟人的无限崇敬和热爱。

巧手能人

平顶山虽是个偏僻的山湾，但又是人口杂居区，各地方的工艺技术汇集不少。大部分人都会一门甚至几门手艺。

平顶山的驮水桶看起来有点笨拙，一根杠子穿过两桶四只耳。去驮水时，两人一抬，直接放到驴背的鞍桥子上，走到泉边时，桶在驴背上，两边交替往里灌水，水驮回来，两人一抬，走近储水大桶，先一只驮桶靠到大桶沿，向内倾斜，转动驮桶，水倒入大桶，接着照此将第二只倒完，再抬到驴背上，又去驮水。这样的设计很合理，抬卸很省力，灌水很方便，加工制作就地取材也很容易。我见过陕西、甘肃等山区毛驴驮水的桶，也见过塔克拉玛干沙漠里骆驼驮水的桶，虽然看起来轻便，但装卸、灌水都非常麻烦吃力。

早年的平顶山有三件宝："毡袜皮窝子衬麦草。"其实制作皮窝子按照现在的工艺技术，是一种对材料的极大的浪费，一双皮窝子的牛皮让现在的人分削多层，能加工好几双高档皮鞋。可那个年代，货物紧缺，流通不畅，穿戴只能自己动手解决。每当生产队宰牛后，就将牛皮裁成20厘米宽的条，分配给各家，让人们制作冬季穿的皮窝子或加工马笼头、马嚼子及马鞍子的配件等。范兴义的父亲范登明皮窝子搐得好，他的儿子们穿的皮窝子格外美观漂亮。我搐的皮窝子，总是斜抽，穿着既不美观还容易灌进去雪。毡袜得有毡匠制作，洗（毡匠专用词，加工毛制品都要把毛弹散浸湿）毡袜时，将羊毛、牛毛掺到一起制作成长筒毡袜，既保暖还防水。

"靠山吃山，靠水吃水。"平顶山离天山近，男人们大部分都会做木工活，家庭的各类家具及蒸馍馍的蒸笼，盛醋笼子，腌咸菜的木桶等家什，以及耕牛脖子上架的挡戈子，拉车牛脖子上套的戈头，打麦场上用的木叉、木锨等农具全都就近取材加工制作。所有这些，和其他地方的农具比起来，显得灵巧、顺手、好用。平顶山的人盘炕打火墙也是一绝，既省烧柴又保暖。每当平顶山的人到内地走亲访友，都会帮亲戚朋友盘炕打火墙。

在别的地方看似复杂棘手的事，对平顶山人来说就很轻松自如，手到擒来。像锤驴、骟马、锤牛、劁猪、骟羊这类给牲畜做节育的"圈子活""海棠活"，别的地方都要兽医或专门的骟匠来做。平顶山人很随意地就干了。尤其劁猪，一根针，一根线，一把快刀一撮花椒面，"厅堂麻事"就完成了。传说这可是华佗遗留下来的医术：三国时期，因曹操怀疑华佗为其开颅医治头痛，是害其性命，将华佗关押，华佗为了把一生积累的医术留传后世，将身藏的医书交给狱卒带出狱外。狱卒之妻怕受牵连，将医书放入灶中烧时，狱卒恰巧回家，赶快抢救，可惜，剩余能够辨认的只有劁猪这一页了。传说真假不便考证，但有的劁猪匠在家里供奉华佗却是千真万确的。

受这种环境的熏陶，耳濡目染，本人也多多少少学到点技艺。在后来的野外工作中，凡遇到宰羊之类的事情，本人就挺身而出。从杀羊、剥皮、开膛扒肚到香喷喷的手抓肉出锅，个把小时就能完成。

平顶山的男人手巧，女人的手也不拙，她们个个都是"上炕的裁缝，下炕的厨子"。缝衣做鞋无师自通，干农活的手照样刺绣出精美的绣品。家家户户苫被褥的单子，十不闲（一排挂衣服、帽子杂物的挂钩）帘子，护缝纫机、收音机的罩子都是精雕细绣的艺术品。

麻雀虽小，五脏俱全。平顶山能人辈出，百业兴盛，生活用品，农技工具，一应俱全。大队设有榨油坊、酿醋坊、烧酒坊、铁匠铺、木器加工厂，能够满足人们的日常生活及下地劳作所需。

平顶山人富有情趣，能歌善舞，吹拉弹唱的艺人比比皆是。无论家庭娱乐，还是队与队之间的文艺表演，都搞得绘声绘色。山泉水滋润了十队郭兵兰一副金嗓子，或许是姓名与歌唱家郭兰英只有一字之差，她被誉为"平顶山的郭兰英"。七队的李国柱一家人能弹会拉善唱，因为从小受艺术熏陶，李国柱的三儿子李万强考取了师范音乐专业，毕业后从事音乐教学。

"牛皮不是吹的，火车不是推的。"说平顶山"卧虎藏龙"，不仅仅是因为有王生虎、杨有虎、王忠虎、陈嘉虎、窦志虎等猛虎；有孙宽龙、冯吉龙、李振龙、徐志龙等蛟龙，最为重要的是有图有书有真相。从平顶山走出去的丁华年在木垒县党政部门从事文秘、领导管理工作多年，被县领导称作"木垒县的第一笔杆子"。

昔有"不惜千金买宝刀，貂裘换酒也堪豪"的鉴湖女侠秋瑾，今有"青丝难掩云天义，红颜胸襟胜须眉"的平顶山女中豪杰董秀华。她二十多岁就脱颖而出，以超凡的才能荣任木垒县委常委、副县长，之后又升任昌吉州计生委副主任、昌吉州教育工会主席等职。我们上中学时，同学间就拿董淑花调侃："你和董秀华名字接近，想必你今后也和她一样甚至超过她。"事实证明，董淑花也不简单，改革开放之初就走出平顶山，走出木垒从事客运、货运业务，成为实力雄厚的老板。

平顶山九队的范明华在奇台师范就读期间就热心美术，毕业后成为中国摄影家协会会员、新疆昌吉州摄影协会理事、中国文物学会文物摄影委员会会员等。他的作品常见于《人民画报》《中国摄影》等著名刊物。反映牧民生活的《牧场》《草原夕照》获得《中国摄影》三等奖……

有文学艺术评论家这样评价范明华："范明华大量的摄影作品，远到古代文物，近到街景农院，大到荒漠戈壁，小到飞鸟蚁虫，或绚丽或淡雅，从不同角度、不同层面全息地表现了昌吉的秀美风光和风土人情，数千幅五色斑斓的画面简直就是一部包罗万象的百科全书。"

水利工程地质专家麻永福，从事水利地质勘查工作四十余年，现已成为新疆水利行业的知名专家。他主持完成及审查、审定的大、中、小型水利工程勘查项目近百项，获得国家级优秀工程勘查金质奖两项，水利部和自治区工程勘查一等奖7项，自治区二、三等奖八项，获自治区科技进步二等奖一项，发表学术论文二十余篇。他经常出席自治区大、中、小型水利工程立项审查会，解决了多项工程施工中遇到的复杂工程地质问题。他主持完成了伊犁喀什河吉林台电站工程地质勘查。该电站大坝高157米，库容25亿立方米，发电装机容量460兆瓦，是目前新疆已建的水利水电工程中的最高大坝，最大库容和最大装机的综合性水利枢纽工程。他还参与或主持了635水利枢纽、总干渠、引额济乌等大中型水利工程。在木垒河甘沟口三泉水库前期论证中，因他熟悉木垒河建库的地形地貌及地质特点、岩性特征，提出了很多可行的意见建议，敲定了水库的建设实施。在水库的勘查设计过程中又出谋划策，提出了许多建设性意见。水库完工蓄水后，水库右岸放水洞左侧出现渗漏，工程技术人员及现场专家都找不出漏水的原因，无奈之下请来了麻永福。麻永福来到现场，经过勘查分析，查明了水库漏水的原因，提出了处理方案。施工人员按照他的方案进行处理后，水库的漏水问题得到了彻底解决，确保了水库的安全运行。

从事大学教育四十余年的王生喜，潜心学术研究与高校教学实践，发表学术论文四十余篇，编写出版了《现代经济分析的数学原理》《经济与金融分析数学基础》《金融数学理论与方法》《应用统计学》等数学、统计学、金融学等专业本科生、研究生以及MBA学生的教材及著作。他对现代企业激励机制设计也有深入研究，将"跳起来摘苹果"的思想运用于企业实践，取得了较为理想的效果。王生喜曾担任全国经济数学与管理数学学会副理事长、新疆数学学会常务理事、新疆现场统计学学会常务理事等学术职务，

2012 年获得新疆维吾尔自治区教学名师奖。

尽管王生喜已成为教授，当了院长，担任了研究生导师，可他仍是平顶山的那个王生喜，平易近人，乐于助人。凡是平顶山的同学、乡亲乃至其他认识他的人求他帮忙时，他都尽最大努力，在不违反政策、规定的前提下帮助解决，使不少同学、乡亲的子女圆了上新疆财大的梦，帮助平顶山的学子根据自己的意愿、特点调整了专业。

"斗大的麦子也得从磨眼里过"，是说如果没人给你创造条件，提供机会，搭建施展才能的平台，即使你有孙悟空七十二变的本事也跳不出如来佛的手掌心。只因为有平顶山的潘进昌、闵永泉、王生荣、杨有智等历任领导睿智开明，胸怀大局，注重教育，才使得平顶山的教育事业蒸蒸日上。在那个特殊时期，大队的时任领导也顶着压力，支持学校以学为主，不做误人子弟之事，才使得平顶山的有志之士们羽翼渐丰，走出大山，继续求知悟道，展示出平顶山人的风采。

美食佳肴

前面已经提到平顶山的女人是"上炕的裁缝，下炕的厨子"。说平顶山的美味佳肴，面点茶饭，并非本人"猫儿吃糨糊——嘴上挖抓"，而是平顶山的美食的确值得标榜，值得回味。20 世纪六七十年代，平顶山和其他地方差不多，口粮不充足，洋芋是主打。平顶山人把洋芋吃出了花样，吃出了精品，吃出了文化。当年的洋芋搅团、洋芋鱼鱼、洋芋煎饼等成了现在有些饭店的招牌，洋芋粉条更是遍及全疆。

平顶山人做面食花样繁多，各具特色。不论是擀面、醒面，切面、拉面，汤面、干拌，还是蒸、炸、煎、烤都色美味香，让人赞不绝口。花卷、蒸饼、烤馕是离乡的平顶山人返回时必带的佳品。

大队食堂的大师傅刘兴武，做刀削面是他的拿手绝活。每次理发时剃个明光发亮的光头，把头洗得干干净净，将和好的面顶到头上，两把锋利的菜刀左右开工，厚薄均匀的削面飞入锅中。筋道爽滑的刀削面配上青辣椒炒羊肉，吃得人满嘴留香、回味悠长。为何不在头上衬块毛巾或戴个浴帽顶面？令人茫然费解。

平顶山冬长夏短，咸菜就成为冬季生活的必备品。每到秋季，家家都会腌制咸菜，将韭菜、芹菜、青辣椒、胡萝卜等菜品腌制一大桶，美味可口的咸菜就是冬季喝拌汤、吃搅团的绝配。每当男人们进山伐木、到冬窝子放牧或住校的学生周一返校时带上一罐肉炒的咸菜，那就是上乘佳肴。记得我们在农中住校期间，春季饮食单调，善解人意的刘玉桂母亲就切好咸菜，让刘玉桂提到女生宿舍，女同学们立刻围上来，你争我抢，平时那优雅文静、贤淑秀气的形象一扫而光。吃过刘玉桂家咸菜的同学，至今都忘不了那味美爽口解馋的滋味。

平顶山属于半农半牧的丘陵浅山区，社员们加工制作肉品，个个都是一把好手。用山泉水煮的清炖羊肉口感好，格外香，平顶山的鸡肉焖饼、羊肉焖饼、羊肉粉汤色泽诱人，香气四溢，让人一吃一个不言传（没的说）。用梭梭柴、串地柏熏制的马肉、马肠也名扬四方。

九队有个习俗，每当一种农作物收割结束时，就要搬来大锅，挑只肥胖的羯羊宰了，煮肉犒劳大家，庆贺完工。吃肉时，每人抱个大骨头狼吞虎咽，满嘴流油，肉吃完了，还要舔嗦那沾着肉渣和肉末的手指头。把那些嗅到肉味赶来的狗馋得口水直淌。

1973年春节，马德林、杨存元、邢志坚、丁彩霞等同学结伴来我家拜年，在我家吃顿粉汤饺子后，本人跟随他们一起去拜年。先到南湾马德林家，马德林的妈妈给我们端上了油果子，那油果子炸得金黄鲜亮，酥脆香甜，特别好吃，让人久久难忘。到马德义家后，马德义的妈妈特意给我们包麻腐饺子。到丁彩霞家，丁彩霞的妈妈给我们做臊子面。丁彩霞的妈妈做臊子面是远近出了名的，臊子汤鲜香可口，碱面均匀筋道，谁都喜欢吃。直到后来，她家的亲戚上门拜年，点名要吃老人家做的臊子面。

现在，本人虽然住进城里，生活优越，但隔三岔五就要来一顿羊肉揪片，吃一顿洋芋搅团，有时还会做一顿黑乎乎的洋芋面面条，以此来"改善伙食"。

谈及美食，说到吃肉，肯定少不了喝酒。平顶山喝酒高手云集，酒文化丰富深奥。本人划拳喝拌汤，都因拳臭落了个"饭桶"的名声，谈喝酒，还不把"狗舔头"的雅号给暴露了？实在不敢着笔亵渎这一题材，还是留给酒仙们去浓墨重彩地描绘吧。

故地新颜

每每从平顶山下来，就会有人问："上山感受如何？"我的回答是："最突出的感受是平顶山变年轻了，我变老了。"是的，平顶山变得更年轻、更美丽了。

随着改革开放，实行联产承包责任制，东风公社改制为照壁山乡，平顶山大队改制为平顶山、河坝沿、双湾三个行政村。县、乡、村三级领导都非常重视平顶山的规划发展建设，有计划地搬迁转移人口，鼓励有能力、有特长的人员外出创业，使原先过度开垦，过度放牧，过度砍伐的局面得到有效控制。土地有计划地连片种植，将禾苗的色彩分布与观光欣赏合理搭配，有机结合。现在的平顶山，它的天空更加湛蓝，空气更加清新，禾苗草木嫩绿青翠，山花灿烂艳丽，牛羊膘肥体壮，道路平整宽敞，主人勤劳善良，使游客们惊艳痴迷。

近年来，在党和政府惠民政策的引领下，平顶山的家家户户都跨入了小康。房屋翻修一新，大多都住进了排场阔气的拔廊房子。柏油路不仅通到各个村落，还直通马圈湾继续延伸到东城。为方便游客的休憩食宿，平顶山人打造了多处富有地方特色的农家乐。当地政府在本人曾经上学、教学的八队学校原址上，建起了天山木垒中国农业公园游客服务中心。

今天的平顶山已成为影视专家、画家、摄影爱好者的采风胜地，一幅幅美轮美奂、磅礴大气的图画见诸报刊、杂志、网络、影视。

平顶山人正以豪迈的激情、高昂的斗志，踔厉奋发，笃行不怠，遵循"创造性转化、创新性发展"的原则，坚持"环境就是民生，青山就是美丽，蓝天也是幸福"的标准，践行"绿水青山就是金山银山"的环境理念，打造新疆首个中国农业公园。相信平顶山的明天会更加富饶，更加美丽。它将以更加灿烂迷人的姿态迎接来自四面八方的宾客。

有言在后

本人在平顶山度过的那十几年，是平顶山人丁兴旺的一个特殊时期，这种光景之前没出现，之后也难再延续。对那个时期的平顶山加以描绘再现，应该算作是对平顶山养育铸就我们成人成才成器的一种回馈。

本人虽曾居住在平顶山的最高处，但因活动范围局限，加之知识贫乏，视野狭窄，目光不够敏锐，格局不够远大，学识不够渊博，难以高瞻远瞩，不可能将平顶山的全貌一览无余地展现出来。本人只能倾心记录自己的所经所历，所见所闻，所思所想，所感所悟。还有很多古老的传说，精彩的故事，感人的场景，迷人的景色，鲜活的趣事，拔尖的人才不能同台展示，聊表缺憾。

寸笔轻描山中事，华章风骚待圣贤。

平顶山中生妙笔，静候鸿儒铸美篇。

（本文在写作过程中及初稿完成后，得到了李玉广老师、丁巨年老师、丁建年老师及王生喜、麻永福、张巨壁、邢志坚、刘玉桂等人的指导并提出了宝贵的修改意见和珍贵的素材资料，至此表示诚挚的谢意。）

2022年1月于乌鲁木齐

丁巨年点评：

看完作品《情系平顶山》感觉很亲切，很感人，把我带入了平顶山那段"激情燃烧"的难忘岁月。

文章以时间为序，以作者的亲身经历为线索组织材料，用"总—分—总"的方式结构，文章以"平顶山赋"和"平顶山形"为总领，用多个小标题展开分述，选材典型，从不同侧面反映平顶山的整体面貌，颇见功力。

文章结构合理，内容充实，事件感人，对平顶山生产劳动、能工巧匠、风土人情、饮食结构的描写，致力于表现平顶山的全貌，增强文章的知识性和趣味性，对本土名人雅士的描写提高了平顶山的品位。文章以叙事为主，议论画龙点睛，恰到好处，达到了管中窥豹，略见一斑的效果。特别是对当时平顶山农中艰苦办学条件和平顶山农中大批学子成长、成才的描述，歌颂了自己的母校，表现了老师们不计环境艰苦，爱校如家，爱岗敬业，恪尽职

守和同学们不受环境影响，不怨天尤人，勤奋好学、奋发向上的精神，读来令人感动，引发人们对成才、教育、环境和受教育者之间关系的思考，宣扬了正能量，具有强烈的现实意义。对老师们的描写心存感激，评价赞扬，感恩之情溢于言表。对平顶山重大历史事件和历史人物的描述客观真实，评价准确得当。把自己置身于平顶山特定的历史环境中描写，揭示了"我"的成长过程和环境不可分割的关系，字里行间充满着对家乡的热爱眷恋和感恩之情，表现了"我"的赤子情怀。最后将回故乡的所见所闻所感与往日的家乡形成对比，展现了改革开放以来家乡的巨大变化，歌颂了党的惠民政策给家乡人民带来的福祉以及家乡人民艰苦奋斗、改天换地的精神，憧憬了家乡更加美好的未来。文章首尾呼应，结构完整。

文章语言平实，文从字顺，清新淡雅，接地气，风趣幽默，韵味十足，富有音乐感，读来朗朗上口，亲切感人。文风活泼洒脱，不落俗套，独具风格，给人以清风拂面的感觉。是一篇歌颂家乡、感恩家乡的佳作。

丁建年点评：

杨永信：安好顺遂。《情系平顶山》已拜读，此乃回忆类文章的精品上乘之作，感悟颇深。

此文所忆所述，生活气息浓烈，平顶山的天地人间溢满盈盈的"烟火味"，悠悠的故地情。

那里的川形地貌、泉水物种、草草木木、林林总总，皆在尔的笔下兴盛盎然。

那里的民情世故，或繁衍生息的人，或劳作生活过的人，或发生过的事，或些许逸闻遗事，皆言而蔽之，跃然笔端。

尔在那里的艰辛历练、成长、情趣"轨迹"、那份浓浓的情、记忆深处"烙印"，均抒发得淋漓尽致。

所写文章文笔流畅。谋篇布局，结构严谨，通俗细腻，特接地气。有些情节还栩栩如生！

这，就是回忆类文章的经典；这，就是人们的平常生活；这，更是凡人夫子的"志"与"智"的呼唤或追求。

言而概之，好文章！值得欣赏。

陈光忠点评：

"物华天宝，人杰地灵"用来形容平顶山实不为过。有道是心中有佛所见皆佛，平顶山人乐天知命，在山旮旯里辛勤耕作建设自己的一方土地。那里在外人看来是穷乡僻壤，可它却是平顶山人的锦绣家园。永信文中对家乡一山一石，一草一木饱含感情的描写，让我想起"一花一世界，一叶一如来"的佛家禅语。平顶山之所以能人辈出，我想是与他们这种乐观向上，见微知著的精神气质有关系的。

从内心深处找寻童年的记忆，在衣食住行中回味以前，也正是那段特殊时期才产生特殊的情谊。这是现代人很难体会到的。也正是那段时期的经历才造就了如今文坛上回味以前的百花齐放局面，如果换成现代的人来写，很难写出那种实实在在的感觉，就更别说什么感情什么人性光辉了。

条件的艰辛铸造出的品性往往是更具有魅力的，同样也是在特定的条件下展现出来的人心才是最淳朴的，不求回报，只是付出，这也是一种爱的传承。

命运在我二十多岁的年纪时把我推送到了那里，结识了这样一群人。这样的精神，这样的气质也感染了我，伴随我走出国门。我曾站在小顶的岩石上向北远眺，沿山势缓缓而下的尽头隐隐可见木垒县城；我也仰望过白雪皑皑的大顶，想象翻过重重雪峰，山那边的吐鲁番绿洲。这些镜头和我来到美国后看到的浩瀚的五大湖水，咆哮的尼加拉瀑布，同样美丽，同样庄严。平顶山，平顶山人，注定是我此生心心念念的地方和人物。

山那边

◇丁巨年

山那边，曰南湾，是家乡，常思念！
北石洼，碎石山，丁家洼，好巍然，
狼洞门，颇森严。牛圈沟，平且缓，
抬杠洼，话艰险，石碣沟，人迹罕。
五斗槽，宝地盘，家五叔，眠其间。
董家梁，连南湾。达坂梁，坡漫漫，
下达坂，芦河岸。草木茵，水澹澹，
清流长，永不干，芦花河，史源远，
唐代始，美名传。转嘴坡，石门坎，
进石门，到南湾。三面山，围宝地，
一条道，赖其间。有老井，沟中间，
数百年，不曾干，养斯民，功盖天。
沟两边，有民宅，户不多，人清闲。
气候好，风雨贤，五谷丰，畜盈圈，
人安乐，似桃园。民风佳，德行贤，
爱家乡，护南湾。父母辈，历辛艰，
洒汗水，建家园。儿孙们，出乡关，
走东西，闯北南，好后生，志高远，

闯天下，续新篇。留守者，志宜坚，
教家乡，换新颜。今吾辈，已暮年，
随儿孙，离家园，衣食足，住宅宽，
无忧愁，享晚年，饮甘露，常思源，
永不忘，咱南湾。

江城子·桑梓情缘（四首）

◇丁建年

春萌

春萌梓里曜斑斓。

河埙沿，

徙北梁，

泉水潺潺，

田畔绕山峦。

还榻初度忆幼年。

缱绻驻，

喜开颜，

待放含苞略雅淡。

"土改"矣；

坎壤变，

阳春盎然。

镌刻锦，

笑辗辗。

夏艳

桑梓夏艳溢畅酣。
神龙潭，
秀双塆，
豆麦烂漫。
幽绿卷满园。
伫立驿站静俯瞰。
走栈道，
登亭阁，
流芳往返释甘甜。
天蔚蓝，
地晓岚，
四溢旱田。
旋阡陌，
脉相连。

秋浓

故地秋浓落碧天。
石人子，
马圈湾，
峻崖绿峰。
岩画昭悠远。
寂静华滋又尽染。
伴山路，
牵秋苑，
时光沐浴伴汝还。
悟滋味，

心释然，

瞬间哗然。

灵犀通，

锦非凡。

冬韵

冬日梓里雪洁颜。

帽合山，

西大坂，

银装素扮，

霰飘韵漫卷。

得失无忘近雅山。

素净淡，

掬态憨，

漫道故地多养涵。

梦峭寒，

时空迁，

一川烟岚。

惠民生，

换新颜。

2022年2月壬寅年春节定稿于昌吉

李玉广、王生喜点评：

丁建年不愧是文科出身的才子，《江城子·桑梓情缘》四首词乡思满满，桑梓情浓，文采斐然，画在词中。远近皆是风景，上下合辙押韵，前后遥相呼应。读后给人美的享受。

数说家乡平顶山

◇杨永信　麻永福　王生喜　邢志坚　石玉玲　杨多宽

平顶山，平顶山，地处天山北坡木垒河西南。
登上碉堡梁顶举目向南看，不见山，更像川。
山中处处藏玄机，"眼见为实"不尽然。
君若有意探究竟，且听作者"数说家乡平顶山"。

平顶山南端赋

站在此地最南端，居高临下看得远。
蓝天白云绿丝毯，山泉遍布溪水甜。
空气清新负氧足，远离喧嚣无污染。
休闲旅游首选地，洗肺养眼似神仙。
山中藏有多条川，条条沟壑夹中间。
川川都是南北向，沟壑南深北边浅。
若问沟壑谁最炫？赛买尔沟有特点。
沟脑起于松树沟，溪水来自夹皮泉。
学房庄子西南部，百丈悬崖遮云天。
犬牙交错鲜有路，怪石嶙峋最惊险。
溪水潺潺流向北，过了闫家大院隐入地下面。

临到石圈又露面，飞流直泻神龙潭。

溪水一路向北流，串珠相连七小潭。

吴家梁，夹皮泉，延伸到达马圈湾。

走马优良草上飞，昔日皇家贡马常在此地选。

新时代，新气象，哈萨克族牧民夏季把家安。

叼羊摔跤姑娘追，特色运动会年年都举办。

阿肯弹唱传山谷，牧民喜悦道不完。

感谢富民兴牧好政策，幸福生活久长远。

一梁双湾赋

桦树梁七队在西南，一梁挑着两道湾。

北边连着六队卞家湾，东侧紧挨八队孙家湾。

湾里适合种洋芋，人吃养畜换煤炭。

孙家湾学校该留恋，作者在此读书工作整十年。

曾与永信生喜同吃一锅饭，情同兄弟共患难。

开启"铿锵三人行"，从此沟通交流未间断。

如今学校旧址上，农业公园服务中心建上面。

夏季旅游高峰期，员工从早忙到晚。

双湾土质黑油油，万亩旱田很壮观。

五彩百合花绽放，草莓个大味酸甜。

桦树梁人天赋高，吹笛拉琴弹三弦。

随便即兴来一段，像模像样有板眼。

当年大队搞会演，七队节目最好看。

山中药材成色好，中药品种很齐全。

当归青艽加柴胡，麦冬大黄说不完。

贝母药用价值高，黄连苦，党参甘……

双湾人，爱吃肉，能喝酒，善划拳。

有人一餐干掉一只羊，有人划拳赢满贯。

老人围坐炕桌喝烧酒，吆五喝六一整晚。

西达坂赋

平顶山乡西北端，自古名曰西达坂。
山川秀美风光好，溪流汇入大沟涧。
北高南低阳坡多，七沟八梁红石岩。
三座达坂排在北边缘，翻越达坂就下了山。
油厂梁，驴尾巴梁，座座山梁藏故典。
李家沟，抬杠岇，沟沟岇岇是良田。
西泉水，东泉眼，眼眼泉水都甘甜。
老庄子，上庄子，庄户人家成"从前"。
岁月蹉跎人变迁，西达坂已成天然游乐园。
游客若来西达坂，风疙瘩梁顶必为打卡点。
由远及近向南看，绝世风光尽展现。
东天山，横眼前，巍峨高耸入云端。
松树沟，夹皮泉，绿草茵茵马圈湾。
隐隐传来犬吠声，桦树梁上有炊烟。
孙家湾，卞家湾，行政村名曰"双湾"。
四季分明景色异，春夏秋冬有看点。
春季来到平顶山，风疙瘩梁顶打卡点。
嫩芽初上灌木绿，雪背楞卧在东岇边。
大沟坡上欻蒜苗，做一顿菜盒能解馋。
夏季来到平顶山，风疙瘩梁顶打卡点。
俯瞰满眼都是绿，野花朵朵铺满山。
远处似有云朵飘，细看却是羊撒欢。
秋季来到平顶山，风疙瘩梁顶打卡点。
万亩旱田收获季，金色麦浪赛画卷。
众多游客忙拍照，"长枪短炮"架得欢。
若问留影去哪里？摄影天堂平顶山。
冬季来到平顶山，风疙瘩梁顶打卡点。

眼底尽收雪世界，尤似身在童话殿。

天山仿佛泼墨画，银装素裹马圈湾。

极目远眺西南边，轮廓分明博格达山。

俯首遥望新庄子，皑皑屋顶冒炊烟……

此地美景实在多，春夏秋冬说不完。

每逢喜怒哀乐时，劝君常来西达坂。

下泉子赋

平顶山中下泉子，地处阴阳坡中间。

南来北往游客多，地势开阔又平坦。

方圆几里有眼泉，水质纯净且甘甜。

无论雨丰或干旱，水位不升也不减。

周围湿地草丰茂，牛羊尽情撒野欢。

此处曾是中心地，行政机构设置全。

油坊醋坊铁匠铺，裁缝店加理发馆。

木器厂，粉条厂，酒厂喝酒用大碗。

供销社，俱乐部，诊所设施很齐全。

大队领导重教育，学校就在我家边。

麦浪滚滚野花艳，游人啧啧直赞叹。

胡麻花朵蓝茵茵，油菜花开金灿灿。

乡村旅游走在前，碉堡梁上搭景观。

万亩旱田像彩练，恰似画匠打翻的调色盘。

游客驻足麦浪中，相机咔咔不识闲。

一年四季总相宜，夏天凉爽冬季暖。

得天独厚宜人居，旅游度假是首选。

甘蔗没有两头甜，老天偶尔也会发怒给点颜色看。

一夜扬风交雪后，山坡房屋看不见。

七三年夏季某一天，黑云翻滚雷电闪。

暴雨倾盆万物被淹没，疑似龙王爷的水缸被掀翻。

暴雨过后景象惨，槽子地的洋芋葵花泥土都不见。

杜家泉沟回水湾，柴草枯木堆成山。

说这不为吓唬你，奉劝游客小心点。

君若拍照徒步走，勿将座驾停在沟底间。

南湾赋

平顶山门户在南湾，风水宝地人夸赞。

过石槛，进南湾，一沟一路将其分两半。

沟西坡朝东，沟东坡向南。

农舍幢幢建坡上，向阳屋内明亮又温暖。

南湾老井逾百年，常年四季永不干。

琼浆哺育众生灵，老井三泉脉相连。

白杨高耸守三泉，琼浆玉液涌常年。

三泉演绎神话多，哈萨克族牧民常祭奠。

南湾村民最友善，朴实勤劳真能干。

五谷丰登满仓廪，腾出时间去烧砖。

南湾傍着木垒河，河水清澈河床宽。

河床开出水浇地，种植水果和蔬鲜。

河坝蜿蜒向东南，河台子上土质优良且平坦。

三眼泉南河台子，农中坐落它上面。

农中开办廿四年，桃李芬芳果满园。

惠民暖风吹进山，农民受益乐开颜。

水泥红砖砌新房，沥青路面到门前。

发家致富不忘本，村民感念共产党。

河坝沿村村史馆，老旧物件陈列全，

后人继承前人志，山乡文化代代传。

平顶山人文历史赋

风光菽麦牛羊咱不谈，说说平顶山的历史绵延千百年。

"富民兴牧"建水库，坝址选在我家正东边。

此地先民遗址有九处，百座古墓连成片。

突击发掘遗迹古墓群，以防文物被水淹。

考古人员桩桩件件细清理，出土物品近千件。

专家依据文物特征来推算，遗址已达三千年。

帽盒山东梁古墓石阵更壮观，考古发掘始于二〇一五年。

墓葬陪有金银陶器和马匹，巨石堆砌深坑墓葬很少见。

从东到西排列古墓上百座，座座大墓全都垒成巨型圆。

依据骸骨陶器配饰细推算，斯基泰人距今超过三千年。

石人立于石人子，逼真岩画刻在松树沟、神龙潭……

尊师重教好理念，学房庄子少说也有几百年。

遗迹明白告诉你，平顶山人生生不息绵延几千年。

回望家乡历史数千年，展望未来辉煌灿烂看得见。

近代山乡多坎坷，曾有土匪杀人越货来捣乱。

抢夺粮食牲畜还杀人，此情延续到一九五八年。

平顶山民兵真勇敢，配合解放军剿匪绝后患。

基干民兵杨增强，保卫家乡把年轻生命都奉献。

饮水思源不忘本，牢记历史不背叛。

祝愿家乡平顶山，永葆幸福和平安！

璀璨明珠平顶山

◇陈国斌

　　木垒的 6 月，一个多么热闹的夏天，一个多么清凉的夏天。百忙之中，仍经不起雨过天晴后和煦阳光的诱惑，我背起行囊，一头扑进平顶山绿色的怀抱。

　　平顶山距离木垒县城约 15 公里，东与木垒的地标照壁山隔河相望；南和一条里埂夏牧场一脉相连；西邻物阜民丰大美东城；北瞰山城木垒镇。平顶山面积广阔，山顶水草丰美，良田纵横，地形平缓舒展，"平顶山"或许由此而得名。

　　从木垒县城出发，向西跨过芦花河大桥，转头向南，车辆在蜿蜒的山路上盘旋而行，约十分钟车程便到达马路坡的坡顶。站在坡顶平缓处，可以看到一个天然的观景台，站在观景台北望，整个木垒城尽收眼底，耸立的高楼顿时变得渺小无比，俯视山下的景色，心情也如同开阔的视野般舒展开来。

　　离开观景台，沿着随山势延伸的石子路继续前行，车辆一会儿爬上山，一会儿滑向缓谷，车窗外绿意流淌的庄稼随着车辆的行进不断飞逝而去，一行人被沿途的风景所感染，不由得发出心中的感慨！赞叹间，车辆已到了平顶山的北梁，弃车步行登上北梁之巅，极目眺望，近处的良田与远处的青山浑然一体，嫩绿、浅绿、深绿、墨绿交织，深浅不一，层次分明。蔚蓝的天空下，平顶山万亩旱田像绿色地毯一样铺展在丘坡上，大自然带给人间的胜景尽在眼前。

　　平顶山自古以来就是一个适宜人类生存居住的地方，山梁丘陵地带适合种植农作物。万亩旱田的形成经历了一个从无到有、由少变多、逐步发展的过程。数千年前，先民们就在山坡上开荒造田，繁衍生息，开启了平顶山早期的农业耕作。伴随着时代的更迭变迁，历经农家世代辛勤耕耘，终是造就了绵延跌宕、绿荫如盖、韵律无限的万亩旱田。

　　徜徉于田间的小路上，随处可以闻到泥土、庄稼和野花散发的馨香，那种气息是多么清新，让人心情愉悦。

　　平顶山村就坐落在旱田之间，村子周围一片片油菜花、豌豆花迎着日头开得正艳。蔚蓝的晴空下，一幢幢白墙墨顶的民居在山坡上高低错落，房前屋后绿树成荫，果繁菜硕，花草飘香，一派美丽的田园风光。

　　平顶山山势连绵，水源众多，但凡有人居住生活的山坳沟谷，都有一眼或几眼清冽甘甜的清泉，滋养着这里的生灵万物。山泉大小不一，因所处位置地势的不同，泉水流淌的形态各异：有的悠闲地在山间沟谷蜿蜒盘旋；有的以无比低调的姿态在山石脚下宛转流淌，悄无声息地汇聚在草木茂盛的山沟里；还有的顺山势急流而下，水声哗哗……

　　平顶山雨水较为丰沛，气候湿润。得天独厚的自然环境，使平顶山成为木垒重要的产粮区，号称旱地粮仓。

　　在平顶山广袤农田的环抱中，有一处景色秀美且有着神奇传说的景点——神龙潭。到了平顶山，就不能不去这个神秘的地方。

　　传说，神龙潭的七弘水潭是王母娘娘为自己身边的七个仙女量身打造的沐浴之地。为保证仙女们的安全，王母还特意委派一条神龙常年值守护卫，神龙潭的名称由此而来。

　　神龙潭大致是一条南北走向的山谷，山谷两侧石壁矗立，尤其西侧的石壁，似斧劈刀削一般，陡峭险峻，蔚为壮观。远古先民们在山体上凿刻的形体各异的岩画依稀可见，画面栩栩如生，意境令人遐想。谷内七个大小不一的水潭、一条湍急的溪流和上下两道瀑布浑然天成。溪水从石崖上倾泻而下，宛若飘带落入谷底的潭中，溅起银色的水花，水汽蒙蒙。潭水在谷间流淌，殊有情趣，再加上谷中的绿草野花，构成了神龙潭特有的景色。

　　平顶山东梁，农田一片碧绿，远远望去，随着山势起伏，好似绿色的海洋里泛起了波浪。平顶山古墓葬群就位于平顶山景区的东梁上，走近三千多年前的古墓群，其规模之巨，令人不可思议。原来在平顶山的美景里，还蕴藏了神秘的历史故事。

中国社会科学院考古研究所新疆考古队队长巫新华称，结合当地已出土的文物和遗迹，推测这一墓葬群年代约在秦汉时期以前，距今约三千年以上。这一墓葬群的发现，印证了天山北坡早期农耕文化与游牧文化融合发展的历史。

眼下正是平顶山苜蓿和红豆草收获的季节。牧草收割已完全实现机械化，远古先民们如在天有灵，看到这一切又会做何感想呢？

优美的自然风光吸引着各地游客前来平顶山观光，旅游业的兴起让这里的村民看到了商机，部分头脑灵活的村民先行一步，利用乡村民俗和农家院搭上了全域旅游的快车。至今，已办起农家乐、农家客栈多家。村民们通过提供旅游服务，盘活了闲置资产，增加了经济收入。

在"全民兴旅、全域景区、全境旅游"总体布局中，木垒县委、县政府将天山木垒国家农业公园农耕文化博物馆选建在平顶山孙家湾，充分利用博物馆的优势，结合平顶山的农业生产、农村生活、农田生态，进行整体融合性的创意开发，从"寓教于农、寓乐于农"的视角，挖掘农史及农趣游乐产品，建设集农耕知识、农事体验、生态观光、休闲养生于一体的博物馆旅游综合体，打造新疆重要的博物馆旅游地标。毋庸置疑，未来的平顶山，注定成为传承农耕文化、休闲避暑和包容乡愁记忆的旅游胜地。

平顶山翩然走入公众视野，除了政府打造和笔耕不辍的文人墨客倾情颂扬外，跟络绎不绝的摄影发烧友也有直接关系，有的摄影爱好者早出晚归，在山顶上或沟谷间流连忘返。他们用镜头将平顶山的壮美收入镜头，再将影像通过网络传播出去，越传越远……

夕阳滑向天际，鸟儿已经归巢，牧人赶羊回圈，美景使人感到光阴的短暂。回家的路上，平顶山广袤的草原，肥沃的农田，清澈的小溪和古朴的农舍仍在脑海中萦绕，草原—村庄—农田的经济结构，是一个人与自然高度和谐的生态系统。我想，所谓天人合一的境界莫过如此吧！

百合花开　幸福自来

◇张　辉

　　随着改革开放，随着社会经济的发展，平顶山的行政建制也发生了变化。原先的平顶山大队改制为平顶山、河坝沿、双湾三个行政村。双湾村由之前的台台上五队、卞家湾六队、桦树梁七队、孙家湾八队、夹皮泉九队组成。双湾村是木垒县海拔最高、最南端的乡村。

　　盛夏 7 月，我跟随作协采风组来到了双湾村。万亩旱田的美是无法用语言来描述的。麦田与绵延的天山浑然一体，勤劳的农民在万亩旱田上，用汗水编织了一幅幅五彩斑斓的图画。汽车沿着伴山公路缓缓前进，山风吹过大地，浅金色的小麦田，赤金色的豌豆田，土金色的扁豆田，各种金色中点缀着色彩各异的农家小院，使万亩旱田这幅巨型油画充满了生机与灵气。沿途风景连绵不断，路边有各色的蝴蝶翩翩起舞，随着汽车的行驶追风逐舞，蝴蝶也好像为我们加油呢！

　　记得 20 世纪 80 年代我曾经来过这里，印象最深的就是这里山连山，山套山，山抱山。双湾村前的山，连绵起伏，若隐若现，山坡上除了草就还是草。这次带着采风任务再次来到这里，一下车，站在村委会前的山坡四处观望：麦草编的农民手扶犁铧正在模拟犁地场景，旁边停放着一辆老式大拖拉机和一辆小型手扶拖拉机。远处是独具匠心的设计者，用麦草编制的各具情态的牛儿和羊儿。可是最吸引人眼球的还是村委会前前后后盛开的各色百合花。一朵朵花都显得美丽动人。双湾村正是有了这些各色的百合花，吸引了来自各地游客们的眼球。瞧！几个中国大妈手持彩色丝巾在拍照留念，几个孩子仔细观察着各色的百合花，一个稚嫩的童音响起："奶奶，这个百合花和您熬粥用的百合怎么不一样？""哦！等回去后我们祖孙俩查一查资料一起弄清楚行吗？"好睿智的回答呀，这一定是一个深谙教育精髓的奶奶呀！

这时一阵山风吹过，鼻翼间萦绕着百合花的隐隐幽香。真是妙不可言。

昌吉驻村工作队队长，州老干所所长陈静，一位干练的女同志，给我们介绍双湾村情况时如数家珍，头头是道，听得我在心里频频为她点赞。

她说的最多的就是村书记郭常明，她指着一个年轻的小伙子对我们说：正是这位年轻的村书记，引领双湾村人发家致富。你们现在看到的百合花就是他带头引进的。

郭常明是双湾村的书记，虽然高高瘦瘦，但绝对是一个可以靠颜值闯天下的小伙子。他是退伍军人，2017年退伍后回到家乡，担任了双湾村的书记，看到家乡祖祖辈辈都在靠天吃饭，他看在眼里急在心里。怎么办呢？他想起在部队时，听到一位甘肃的战友说过，旱地百合花既可以观赏又可以食用，经济价值还高。于是他不远千里去了一趟甘肃，实地观察勘测记录旱地百合的种植方法、田间管理办法等，整整半年他反复研究，觉得可以把旱地百合引进双湾村。为了进一步验证自己的设想，他先自己试种了四十亩地的百合，果然收获喜人：百合花三年长成后亩产可达到一千五百公斤，单价每公斤三十元，每亩可收益4.5万元。在郭书记的带动下，双湾村家家户户都种植了百合。走进每一户农家小院里，都会幽香阵阵，令人驻足欣赏。村民们都说郭常明书记就是双湾村百合花的代言人。

因为有了百合花这张芳香扑鼻的名片，双湾村的乡村全域旅游取得了意想不到的效果。村委两套班子将彩色种植和休闲度假旅游相结合，着力打造独具特色的双湾村生态休闲和乡村文化旅游模式。2018年10月10日，昌吉州全域旅游示范区创建工作动员暨现场推进会上，双湾村是其中的一个观摩点。都说"梧高凤必至，花香蝶自来"，双湾村也做到了"百合开人必至，百合香蝶自来"。双湾村也由一个名不见经传的小山村摇身变成了旅游胜地。百合花功不可没，郭书记的百合致富功不可没。

后来我们走访了双湾村前一任村书记何立生，他也告诉我们：我们双湾村从以前的靠天吃饭到现在的家家户户都有金凤凰，离不开小郭书记的脑子灵活，致富路子多。一位老大娘高兴地说："小郭是个好书记，心里想的都是我们老百姓，你们是作家，你们要好好写写他。路灯亮了，自来水接通了，柏油路修好了，种植百合花挣钱了，现在的日子越过越好了……"

百合花象征百年好合、爱情纯洁、家庭美满，有着深深祝福的寓意。我想生活在百合花幽香里的双湾村人，一定是幸福的，双湾村人的思想会在百合花的浸润里更清澈、更飘逸。他们的步伐会跟随者村委两套班子，在百合花丛里马踏飞燕，一路向前。

2022年8月

岁月如歌

——我的平顶山往事

◇王生喜

楔子

西达坂位于平顶山西北端,西达坂西庄子是我的出生地。按照百度的释义,"达坂"就是山顶垭口,这基本符合我对"达坂"一词的理解,但还要补充一点:垭口下面是陡峭的山坡。西庄子是一个独门独户的村庄,坐落在三道沟达坂附近油厂梁东坡的一片扇形田野中。以西庄子为地理坐标,东北、正北、西北三个方向依次是头道沟达坂、二道沟达坂以及三道沟达坂,三个达坂是人们从西北方向进入平顶山的三条通道,地名"西达坂"由此而来。行人从三道沟达坂上山,步行一刻钟就到达西庄子了。

早年间,西达坂只有七户人家:老庄子、北庄子、西庄子、上庄子、新庄子、南院子、后庄子。除了后庄子,前面六个庄子的主人都是我的宗亲王氏家族的成员。在我出生的那一年,我们全家搬迁到了东南方向距西庄子两公里外的新庄子,我家从此和福林叔家做了邻居。西庄子的残垣断壁在油厂梁下那片黑黝黝的庄稼地里孤零零地矗立了好多年,直到20世纪80年代末,人们还依稀能够看到西庄子的围墙轮廓。

新庄子向南一公里处,横着一条东西方向名为大沟的峡谷。大沟里有一条小溪，自东向西蜿蜒曲折流出鸡心梁下的山口子，右拐向北一路汇入东城口水库。溪流的南北两侧是陡峭的山坡和石崖，当年我和村上的小伙伴们在大沟的山坡上砍过柴，欻（读 chuā）过野蒜苗，挖过贝母和柴胡。

由于地广人稀，平顶山的老户人家习惯于以地名代替人名。在我家搬离西庄子多年以后，亲戚邻里对我父母最常用的称呼仍旧是"西庄子的"。

平顶山王家的族谱原来写在一块大红布上，红布存放在上庄子松林大叔家。"文化大革命"开始的那一年，到处都在破四旧。松林大叔亲口对我说过，他慌乱中把族谱塞进了上房卧室顶上的檩子后面。转眼过去了好几年，有一天松林大叔想起了族谱，翻箱倒柜地把家里的旮旮旯旯搜了个遍，都没有找到那块红布，王家族谱从此失传。后来我多次找过在世的长辈进行考证，他们所传递的都是一些零碎信息，已经无法复原王氏家族的谱系了。但可以肯定的一个时间节点是：明代万历年间，有一位名叫王大泰的青年只身从其他城市来到木垒河新户乡附近安家落户娶妻生子，其后代陆续迁徙至平顶山的西达坂、台台上、卞家湾、桦树梁一带。经过明、清、民国时期到新中国成立，我们这些王大泰的后人一直生活在平顶山。我和先辈们一样，扎根在平顶山的黑土地里，喝着石缝里渗出的山泉水慢慢长大。毫无疑问，我和我的祖上是平顶山实打实的"老户儿人家"。

人民公社成立之后，西达坂的村民自动成为公社社员，西达坂也成为平顶山四队下属的一个生产小组。随着四队人口的增长，台台组升格为五队，卞家湾组升格为六队，西达坂组沿用了四队的名称。新四队按地域划分为上组和下组两个生产组，上组包括老庄子、西庄子、北庄子、南院子、后庄子及周围，下组包括新庄子、上庄子及周围。

从1959到1966年前后，甘肃、河南、江苏等省的大批移民陆续迁徙到新疆，平顶山也迎来了人口快速增长的时期。到20世纪70年代初，新庄子已发展成为拥有二十多户人家、上百口人的村庄。每天清晨，村庄里鸡鸣狗叫娃娃号，一幅人丁兴旺的画面。

我在西达坂度过了快乐幸福的幼年、童年和少年时期，20岁离开西达坂，22岁离开平顶山。四十余年弹指一挥，真可谓光阴似箭。岁月悠悠，往事悠悠，思念故乡成为我挥之不去的乡愁。

一、童年记忆

我想写一点童年往事，但不知从何处下笔。苦思冥想之下终于有了主意。2016年我来厦门大学漳州校区任教至今，每学期都为本科生讲授统计学课程。数据分类是统计分析的重要手段，那就将我的童年往事按照衣、食、住、行、乐来做一个分类表述吧。

（一）穿衣

小时候从没听说过穿衣要先穿内衣内裤。冬天一条棉裤一件棉猪腰子（棉袄）贴肉穿在身上，头戴妈妈缝制的黑色羊羔皮帽子，脚蹬爹爹制作的毡袜皮窝子，一个冬天就算很享福了。夏天一条单裤一件汗褂子（衬衫）也是贴肉上身，光脚穿上妈妈缝制的牛鼻子布鞋，感觉很神气。依稀记得妈妈夜里在灯下一针一线为我们缝衣服纳鞋底的情形，她左手的中指上戴着顶针，时不时捏着手里细细的钢针往鬓角上抹一下。哥哥穿破的衣服经过妈妈的巧手修补就成为我走亲访友时的"盛装"，补丁衣服伴我走过了二十多年的时光。1978年4月，22岁的我身穿补丁摞补丁的卡其外衣去了奇台师范读书，从没觉得有什么不体面。

1966年左右，四队安置了来自甘肃民勤的包同甲大叔一家。包大叔心灵手巧，钩织的羊毛围巾、羊毛手套简直就是手工艺术佳品。我和周围的小伙伴们从他那里学习了做钩针、捻毛线的工艺，逐步学会了钩织羊毛衣物的手法。我为爹爹钩织了羊毛腰带，为妈妈钩织了羊毛围巾，为弟弟钩织了毛衣、毛手套和毛袜子。这些纯羊毛的穿戴成为当年平顶山的"流行元素"。

（二）吃饭

小时候的我饮食缺乏营养，人长得灯笼拐棒（瘦弱不堪）。最清晰的一段记忆是，家里断粮了，男女老少只能吃水煮的野菜加麸皮充饥。我口细，咽不下粗糙的麸皮，妈妈看着我越来越瘦，干着急没办法。有一次，妈妈情急之下往我口中硬塞了一大撮麸皮野菜后就去地里干活了，我就坐在院子里默默哭泣。过了很长时间妈妈回来了，低头一看麸皮野菜仍旧鼓鼓囊囊地憋在我的窟腮（腮帮子）里，她赶紧蹲在我面前一边用手指从我嘴里往外抠麸皮野菜，一边用手背抹眼泪。幸好当时家里养了两只鸭子，母鸭子非常给力，早晚各下一只蛋，我就靠每天两只鸭蛋熬过了艰难的饥荒岁月。

人民公社成立后，每个社员家都分了自留地，自留地大多种植白洋芋，也种植少量的红洋芋、大豆（即蚕豆）、桃儿豆（即鹰嘴豆）和扁豆。在20世纪六七十年代，自留地出产的食物为解决农民的温饱起到了不可替代的作用。我记得，妈妈变着法子用自留地里收获的洋芋为我们制作各种各样的"美食"：洋芋搅团（土豆泥）、洋芋鱼鱼、洋芋拌汤、洋芋饺子，以及火炕烤洋芋、炒洋芋丝、炖洋芋片、烙洋芋面锅盔……我至今对这些洋芋美食情有独钟，有空时就亲自下厨做一锅洋芋搅团，就着油泼辣子老咸菜过过嘴瘾。

当时的居民吃穿用度都限量，主食及清油由生产队按人口供应，买布要布票，买"木垒饼干"要粮票，买一些紧缺物资要带购货证。每到年关（春节前），生产队会按人头给各家分大米（每人1斤）。正月初二是远在东城口的大姐一家来我家拜年的日子，也是我们兄弟几人大饱口福的一天。妈妈用分来的大米做一锅米饭，下饭菜就一个：胡萝卜粉条炒羊肉，我们几个"半仓子"吃着碗里的看着锅里的，那个米饭好吃得不得了。虽然此后的日子越过越好，但我再也没有吃到过那么香的白米饭，我想这种残留在灵魂深处的滋味是任何美食都无法替代的。

无论日子过得有多紧，父母总是想千方设百计，要在除夕晚上为娃娃们"装仓"。年三十的下午，爹爹早早将准备好的羊骨架剁成大块，放入架在火车头火炉上的大铁锅中慢火熬炖。太阳落山前，我和哥哥弟弟克旗麻插（利利索索）把猪、羊、狗、驴、鸡、鸭经由（喂养）停当后，赶紧回到煮肉的火炉边上，一边烤火一边闻着羊肉汤味直流涎水。在我的记忆中，每年的年夜饭就一道菜：手抓羊肉。全家人津津有味地啃着羊骨头，妈妈不时提醒我们"杀生害命，骨头啃净"，这种勤俭持家的理念潜移默化渗透在我的骨髓中。我传承了妈妈勤俭的传统，经常教导我的孩子："杀生害命，骨头啃净。"

那时候的人都很朴素。我记得很清楚，只要有陌生人路过新庄子，家里的大黄狗就会报警。来人下马到我家歇歇脚，不管认不认识来客，妈妈总是用家里的大铜壶为客人沏茶，年景好的时候还要端上大刀把子（发面馒头），切一盘老咸菜招待客人。

1960年前后，政府安排了不少移民在西达坂安家落户，其中甘肃老乡居多。依稀记得新来的社员家徒四壁的样子，被当地人称为"两个肩膀扛着一个头"。在大队领导的号召下，我家和福林叔叔家把存放农具的房子腾出来让新社员居住，我总能看到爹爹妈妈叔叔婶婶们忙前忙后，为他们做饭缝衣服管孩子，这一切付出当然是分文不取的。什么是人性的光辉？我以为这就是。

（三）居住

新庄子福林叔叔家的正屋是三间坐西向东的拔廊（即带加深廊檐）房子，父亲在叔叔家的东侧盖了三间坐北朝南的普通马脊梁房子。我家房子的高度要比福林叔叔家的矮几寸。爹爹说我家房子立木的那天因为柱子的高度和福林叔叔吵了一架，爹爹只好把房柱子锯矮了几寸。我家的三间房子只有一扇外门，一进门就是正屋，房门正对面靠北墙摆放着两米多长的红油漆条桌，条桌上方原先挂着财神爷的画像，后来换成了毛主席的肖像。紧挨着条桌支了一张未上油漆的松木方桌，方桌边上摆了三个长条板凳，家人用餐或招待客人就全指望这张方桌了。

进门右侧支了一块松木大案板，案板旁边是一口大水缸。几十年过去了，妈妈用力和面、专注擀面、快速切面的样子不时在我脑海中闪现。

正屋的左侧是通间大火炕，我们全家夜里都睡在这个炕上。炕上铺的是芦苇编制的席子，席子上面是很瓷实的羊毛毡子。火炕靠墙的三面围了一圈浅蓝底印花棉布的炕围子，印花图案是一欻拉一欻拉的紫葡萄，弯曲的葡萄秧子看上去栩栩如生。火炕北侧靠墙支了一块长约2米、宽约40厘米、厚约5厘米的松木床桌子，床桌子上面整整齐齐叠放着几床印花被褥。1981年，我三姐夫娄老师帮我把松木床桌子改成了用于和面拉面的案板，不知不觉中已被我家陈老师使用了四十年，迄今油光锃亮完好无损。

火炕东侧的炕檐下支了一个洋铁皮做的火车头炉子。入冬以后，这个火炉子集取暖、烧饭、熬茶、煮饲料于一身，是真正意义上的"万能炉"。

土坯房子的优点是冬暖夏凉。平顶山人春夏秋冬睡觉都盖棉被，那时从未听说过毛巾被或夏凉被这样的物品。冬天的夜晚，脱鞋上炕钻进热乎乎的被窝里，真是舒服得没法说了。

（四）出行

马和牛是队上豢养的主要生产及出行畜力，毛驴是社员家里的主要交通工具。四队有一辆四驾马车（每个生产队都有一辆），前往县粮食局交公粮卖余粮、去北山煤窑拉煤、冬季兴修水利运送民工及物资等等都靠这辆四驾马车。社员进山放牧采药、生产队领导去公社开会等等则要骑马前往。耕牛除了犁地拉捆子，还承担进山驮柴拉木头及运送物资等任务。社员及家人进山驮柴都用毛驴，进城赶集、去医院看病一般都骑驴或步行前往。

无论骑马还是骑驴，一般情况下当天出门当天回（去亲戚家串门或进山除外），否则就要面对牲畜吃喝拉撒之类的麻烦。在不负重且身体允许的情况下，男女老幼都愿意徒步出行。说起徒步，迄今最令我佩服的徒步高手是老庄子大爹（我父亲的同胞哥哥）。大约从20世纪70年代初开始，老大爹以走亲串门的方式访遍了木垒河周边的大小村镇，他的旅行不分春夏秋冬，无论风霜雨雪。老大爹出门只带两样物品：拐棍和烟袋。他的经典行程如下：

第一天：早晨从西达坂老庄子出发，一路向西自三道沟达坂下山，经三道沟—四道沟—东城街街子—东城口西沟，太阳落山之前到达西沟俞家（即我大姐家），行程二十多公里，当晚在俞家留宿。

第二天：从东城口俞家出发，进入咬牙沟无人区，向东沿咬牙沟的石子路步行十几公里后，往左翻过沟北坡到达北闸七队我弟弟家，当晚在我父母的火炕上留宿。

第三天：从北闸七队出发向东途经木垒县城，转向北到新户大队，再折向东北一路到达头畦四儿子家，当晚在儿子家或侄子家留宿。

第四天：从头畦村出发折回新户大队，一路向南途经县城，沿人民路过龙王庙经破城子，再向东沿照壁山南麓到达白杨河乡羊头泉子妻弟家，行程十几公里，当晚在妻弟王家留宿。

第五天：从羊头泉子出发，一路向西回到木垒河东岸，向南途经三眼泉跨越木垒河到平顶山农中，再一路向南到达河坝沿十三队二儿子家，当晚在儿子家留宿。

第六天：从河坝沿十三队出发，向西沿蜿蜒曲折的盘山路，途经南湾—二队红石崖子—大队学校—庙沟—四队红石崖子—新庄子—风疙瘩梁，返回老庄子家中，老大爹一个周期的"大回环"旅行结束。按照如今的环保标准，老大爹是名副其实的"绿色出行"。

老大爹有一句口头禅："不怕慢，就怕站；站一站，二里半。"这是一位目不识丁的文盲老人留给后辈充满哲理的箴言警句。在我本人为生活和事业奋斗的岁月里，每当我遇到逆境而难以坚持的时刻，就会不断提醒自己：不怕慢，就怕站。多年来，老大爹的口头禅和梁启超的名言"人生如逆水行舟，不进则退"对我起到了同等的激励作用。后来，样板戏《沙家浜》被拍成电影普及到平顶山，戏里有一段新四军被敌人围困在沙家浜芦苇荡里的情节，指导员郭建光用伟人的语录激励大家："有利的情况往往存在于再坚持一下的努力之中。"每当看到这里，我就想起了老大爹的箴言。

继续说出行。1968年的春节前夕，我和几个小伙伴听得鸡叫头遍就起床穿戴好，骑着毛驴去县城买年货。那天天气冷得扎骨头，人骑在驴上冻得招架不住，半路上不得已赶着毛驴徒步前行，足足花了三个多小时才走到县城。大家在街边的白杨树干上拴好了毛驴，背着褡裢在食品商店门口排了两个多小时的队，买到了冻豆腐、大白菜、水果糖、桃皮子、辣面子、豆瓣酱、炮仗子，用自带的几只瓦瓶分别灌装了酱油、陈醋和古城烧酒……买完年货后我和小伙伴们背着褡裢一起去食品商店隔壁的红光食堂吃了五毛钱一碗的羊肉余烫，而后赶着毛驴满载而归。记得那天我们回到家中早已经是夜深人静星星点灯了。

2022年1月中旬，浓浓的乡愁驱使我独自驾车回了一趟平顶山。我走的是新京高速，汽车在木垒县城北郊下了高速，一条柏油路直达西达坂新庄子我三嫂子家的打麦场，山路上的积雪被村上的铲雪车清理得干干净净。我从乌市新疆财经大学车库出发到达西达坂新庄子，满打满算用了不到四个小时，和1968年我的那次"购买年货之旅"相比，真可谓天壤之别。回望我这个土生土长平顶山人的出行经历，真的是感慨万千。

（五）玩乐

说起娱乐条件和娱乐方式，我的童年和当下孩子们确实无法比较。但要说快乐指数，我敢说当年的我们相比当下的孩子们只高不低。前几天在自媒体上看到一个怀旧的视频，该视频展现了20世纪六七十年代城里孩子们的娱乐场景：跳绳、踢毽子、甩宝、堆雪人、吃棉花糖，等等。这个视频做得很有品位，作者为搜集这些素材的确花了不少心血。和六七十年代平顶山的孩子们相比，这个视频介绍的游戏简直就是小儿科。那个年代乡下孩子们自创的游戏玩法，这些充满乡土气息的游戏既蕴含创新元素，也不乏探索精神。下面罗列几个被那个视频"漏"掉的好东西。

1. 自创游戏

打沙盒儿：这是一款集体游戏。找一块平地，参与者每人拿出一颗废弃的马掌钉（或铁钉之类），等间隔地插在一条直线上（叫作杆），划定操作线，几个人依次用自制的沙盒儿（3～6厘米不等的石球）打杆，击倒哪个赢走哪个，最后滚动自己的沙盒儿把对手的沙盒儿击中为赢。这个游戏集中了台球、高尔夫球以及保龄球的精髓，实在是百玩不厌。

踩雪板：在鞋底大小的两块木板上分别固定两根粗铁丝，从木板两头的铁丝孔里穿上麻绳后绑在鞋上。人站在有雪背棱（大风堆积的雪墙）的坡顶上，腰一猫就飞了下去，一眨眼的工夫人就在老远的山坡下了，既惊险又刺激。后来读了曲波的小说《林海雪原》，才知道我们自创的雪板与大兴安岭的雪板不一样，也很纳闷侦察英雄杨子荣为啥不会踩雪板。

钻麦垛：在生产队的大麦垛上打几个洞，里面能通过一人，弯弯曲曲还有掩体。白天孩子王领着几个心腹挖好洞，夜晚集合大家去藏猫猫。有时玩到大半夜，回到家里灰浪泼土（灰头土脸）泥囊木注（脏兮兮），爹爹一看气得吹胡子瞪眼，把我们兄弟几人掏根剜脑髓地一顿臭骂，遭受皮肉之苦也是常事。

还有抓子儿、踢砣子、踩高跷、抓泥鳅、捉鹌鹑、掏鸟窝……这些我就不一一介绍了。

2. 自采小吃

刚刚说到的那个视频中有城里孩子吃棉花糖的镜头，感觉当时城里的孩子既幸福又可怜。那时候，平顶山的娃娃没见过世面，手中的零钱多数是由卖鸡蛋换来的，在大队的代销店里花一毛钱能买到十颗黑乎乎的水果糖，省着能吃好几天。但说到大山里那些纯天然无污染、既好玩又好吃的东西，城里的孩子就要望其项背了。你看了下面平顶山娃娃当年春夏两季的好吃头，是不是也会流涎水？

春天的美味：阳坡上的冰雪还没有融化完，率先出土的是胖牛葱和地窖子，挖回家让妈妈调在汤饭中，一吃一个不言传。阴坡上的雪刚一融化，野蒜苗和野韭菜就蹿出来了，我至今都怀念妈妈做的鸡蛋野蒜苗菜盒子，想起来就流涎水。印象最深的是长在阳坡石缝中的乌药糖，又甜又脆说不出地好吃。

夏天的美味：有酸爽的大黄秆（长在前山的阴坡石缝里），又甜又涩的红刺果果子、吃不够的地薰儿（即野草莓），还有吃过就上瘾的毛鸡娃子（野笋子），以及野椒蒿、野榆钱……

还有秋天的烧麦穗、烤蚂蚱，冬天的烤洋芋、烧麻雀等美味……一想起这些美味又要流涎水了。

3. 自娱自乐

平顶山的老户儿人家中，艺术爱好者不在少数。许多人都有吹拉弹唱的本领，西达坂北庄子永林叔、上庄子春林叔都是三弦高手，北庄子占林叔拉吹弹唱样样拿手。我父亲酷爱三弦，他弹的"平调"闻名十里八乡。每当他兴致来了，就会忘情地弹唱他最拿手的"平调"，我听过很多叔伯兄弟的三弦弹奏，但我和亲戚邻里最喜欢的还是我父亲那独一无二的"平调"。耳闻目染，我也逐渐成了一名乡土艺术爱好者，二胡、小提琴、竹笛、三弦、热瓦普也都会一点，可惜都学了个半瓶醋。

平顶山人口扩张期，来自甘肃等省的大批移民在此安家落户。这些新社员见多识广，其中不乏识文断字多才多艺者。新社员们为平顶山带来了不一样的文化以及不一样的生活观念。新老文化观念逐渐融合，一点点地改变着平顶山的方方面面。1962 年，四队接纳了一户来自甘肃张掖的张姓人家，张家只有爷爷、奶奶及孙子三口人，爷爷长脸瘦高个，会做木匠活，人称木匠爷子。奶奶（木匠奶子）的一对小脚走路的姿势有点像踩高跷。木匠爷子写得一手漂亮的毛笔字，象棋也下得很好。我隔三岔五就去木匠爷子家求他教我写字下象棋，他不时夸我勤奋好学，还专门为我做了一副柳木象棋。棋坨子上的字都是他用毛笔写好后用凿子刻出来的，花费了他好几天的时间。这副柳木象棋我玩了很长时间，可惜没有保存下来。

来自甘肃张掖的木匠爷子教我写字下象棋，江苏滨海的周根生大叔教我打算盘，响水大叔刘士珍教我修理手电筒，民勤大叔包同甲教我钩手套织毛衣……当年平顶山的许多娃娃都和我一样，在时代变迁中受到了多元文化的有益熏陶。

二、回乡纪事

（一）农耕艺术

我 20 岁之前的大部分时光都在西达坂度过，我所接受的最正规的教育就是学习如何成为一名合格的农民。我很早就学会了喂鸡、除草、打柴、挖胖牛葱、欻猪草、捋荨麻。随着年龄的增长，我逐步掌握了春种、夏除、秋收、冬修的大部分劳动技能。

1974 年 7 月，我从新户中学初三毕业后回到西达坂，正式成为一名人民公社社员（有人称我们是回乡知青），我开始以全劳力的身份挣工分。我回乡后就参加了队上的秋收，搂豆子、割麦子、拉豆挂子、挑麦捆子，接着是打场扬场背麻袋……

和生产流水线上的工人不同，一位合格的农耕者一定是多面手。除了犁地打场割麦子这些常规劳动，还必须掌握众多的生活和生产技能。磨镰刀、打腰子（扎麦捆子用的芨芨草绳）、编筐、搓麻绳、栽扫帚、脱土块、盘锅头（垒灶台）……这些都是每个社员必备的生存技能。至于扬场、扬种子（人工播种）、做叉把木锨这种高级的农活，只有少数优秀的社员才能够胜任。我一直想学扬种子的技术：人站在刚刚翻过的地头上，身上斜挎着一个长方体的木制扬斗，左手扶在扬斗边，指缝里夹着做标记的小彩旗，右手插入装满麦种的扬斗中，迈开大步有节奏地挥洒右臂，唰、唰、唰，种子就均匀地落在黑油油土地里了。看着扬种人协调的步伐和铿锵有力的节奏，感觉那才是真正的"挥洒自如"。每当开春季节，我都要从扬种高手们的手中抢过扬斗子尝试一番，每次都因不得要领而灰溜溜地败下阵来。等过几天麦苗出土后去地里一看，高手们撒播的大片土地上麦苗分布得整齐而均匀，我撒播的那一小片麦苗只能用"驴花马尿"来形容。

后来我自学了科学巨匠牛顿和莱布尼兹发明的微积分，这也是掌握现代科学技术的门槛学问。通过两年时间的努力，我学会了微积分，并且在此后的日子里，我把微积分知识传授给了众多的青年学子。可是我花了好几年的时间却没有学会扬种子这项我感兴趣的农活。慢慢地我总算想明白了，学习扬种子所要具备的条件远高于学习微积分的条件。学习微积分只要求学习者身体健康思维正常即可，而扬种子技术不但要求撒播者具备较高的智商以及很好的协调性，还要求撒播者体力充沛臂力超人，对步伐节奏、臂膀轮动的力道与角度以及对现场风向风速有精准的把控。更重要的是，在操作中要去用心感悟大自然的脉搏。只有进入天、地、人合而为一的忘我境界，方能表现出舍我其谁的挥洒自如和动态之美。

如果说扬种子是农耕者站在大地上的独舞表演，犁地就是人牛配合才能完成的团队艺术体操。犁地是一项复杂的组合劳动，一人一犁两头牛、一副桦木挡格子、一根麻制撒绳、一只带木叉头的皮鞭构成了犁地的基本要素。其中的犁头由生铁犁铧、杨木犁头胚、松木犁辕（牵引架）以及犁拐组装而成。

1975年春耕期间，我和社员们每日在天边呈现鱼肚子白的亮色时就起床出门。大伙儿不约而同地走向打麦场旁边的农具房，组长已早早将牛群赶了过来。我们各自将事先配对的耕牛拉到犁头跟前，先在牛脖子上绑好桦木挡格子（俗称二牛抬杠），然后将犁头反驾在挡格子上。十几二十对"二牛抬杠"在社员们的吆喝声中快速奔向田野。到了山坡下面的地头上，大伙儿"克旗麻叉"从桦木挡格子上卸下犁头，反手把犁辕插进挡格子中点的皮扣里，然后穿上销子拉紧犁辕即可。准备停当之后，在组长的带领下，整个团队迅速进入"犁地"模式。天色已经放亮，只见一组组"二牛抬杠"前呼后应，有条不紊地走进田野中，铁犁铧依次插入松软的黑土地，泥浪在犁铧两侧翻涌，空气中散发着沁人心脾的气息。回头一望，扬种子的社员已经在铁犁铧刚刚翻过的土地上开始了他那挥洒自如的播种表演。

我有幸能够配合社员们完成这项复杂的团体操，委实也是经过了反复多次的实地操练。回想我第一次驾驭"二牛抬杠"的场景，真可谓是"惨不忍

睹",犁铧一进地,我就开始手忙脚乱,完全做不到老把式那样得心应手地操控手里的牛鞭、撒绳和犁拐。耕牛压根不听我的指令,它们是在牵着我的"鼻子"肆意妄为。我双手扶着犁拐左右乱晃步履散乱,跟头绊子累得喝喽气喘。尤其是到了地头整体掉头时,铁犁铧上沾满了厚厚的泥土,只见我前后的社员们轻松地将犁头提出犁沟,用带叉头的牛鞭三两下铲去铁犁铧上面的泥土,只听一声吆喝,牛和人如行云流水一般来了一个"向后转"。再看看我自己,可着劲愣是提不起沉重的犁头,只好将犁头放倒,弯腰用牛鞭笨拙地铲去铁犁铧上的泥土,然后费劲拽着犁拐勉强把二牛抬杠转了一百八十度。我最初的表现和这项团体操的整体节奏完全不搭,说是"跳梁小丑"也不为过。组长和高手们利用休息间隙耐心教我执鞭、扶拐、握拽撒绳以及提犁转向的技巧。在社员们的帮助和自己的努力下,我终于学会了犁地的技能,在生产队的大会上还受到了领导的表扬。

至于割麦子和打场的劳动环节,永信兄在他的《情系平顶山》中做了生动翔实的描绘,本文不再赘述。

毋庸置疑,农耕文化是中华民族灿烂文明的源泉,农耕生活是写在大地上的科学和艺术。

（二）筑坝修渠

1969年冬季,东风公社动员了木垒河沿岸的各生产队,抽调劳力参加龙王庙水库的建设。有一天,牛立武、李焕智等老师带领平顶山小学的毛泽东思想宣传队去龙王庙水库工地宣传演出。活动结束后天色已晚,大家分散在各自生产队的工地窝棚里过夜。第二天吃完早饭,我跟着四队的社员们进入了工地现场。队长给我分配了一辆独轮车,我推着上满冻土的独轮车行走在水库坝基上,颤颤巍巍东倒西歪活像个醉鬼。周围的社员们看着我的样子哈哈大笑,嘴里不停地嘀咕:"书呆子,真真儿的书呆子!"唉,太尴尬了。在王晓明、汪正兴等几个好心社员精心指点下,我渐渐掌握了独轮车的驾驶技术。一天下来,人已累得站不直了,心里还是蛮有成就感的。当年寒假我又去了龙王庙水库建设工地,这次推独轮车我算是老司机了,再也没听到有人说我是"书呆子"。

1970年冬季,公社抽调劳力在木垒河上游甘沟段西面的山坡上凿岩修渠。一放寒假，我带着铺盖卷儿，骑着一匹枣骝马就去了甘沟水利工地。进入甘沟后，一路上红旗招展人影绰绰，时不时听到几声炮响。山坡上的高音喇叭反复播放着纪录片《红旗渠》的插曲"敢教日月换新天"。一路打听找到了四队的驻地，社员们还在半山腰施工，路边的地窝子里空无一人。我放好铺盖后走出地窝子爬到山坡上一看，大部分社员都是上年冬天在龙王庙水库工地见过的老面孔，其中我的小学老师马腾先生赫然在列。马老师在"文革"开始后不久，就受到冲击被下放到平顶山四队劳动锻炼。这一次队上安排他参加了甘沟水利建设，主要负责工地的新闻宣传报道。

甘沟水利工程的目标是要在甘沟西岸的半山坡上修筑一条引水渠，主要工序是凿炮眼—填装炸药—爆破—清理修整。打炮眼的主要工具是一根擀面杖粗细的钢钎和一柄十二磅的大铁锤。每组两人，一个扶钎一个抡锤。因为队长怕我抡锤砸伤扶钎人，所以分配我做扶钎手。抡铁锤类似于打高尔夫球，对抡锤手的要求极高。我几次想试着抡锤，都因勇气和体力不足而放弃，不会抡大锤成为我此生的遗憾。

有一天下午，我们几个小组完成了当天的凿炮眼任务，在撤离工地途中突然听到一声炮响。抬眼一看，从北侧五队的工地上高高飞起一块篮球大小的石头，在空中画了一条弧线向我们几个人砸过来。我站在原地看着石头飞来不知所措，这时突然感觉有人推了我一把，然后他就扑在我身上了。只听一声巨响，石头在距离我们几米远的地方砸在碎石中，真的是有惊无险。我回头一看，扑在我身上的是来自江苏响水的支边青年王贵宝。王贵宝有个绰号叫"小袋子"，小袋子平时有点吊儿郎当好吃懒做，三十大几的人了还没人愿意嫁给他，周边的丫头子都看不上他。我也没想到这个小袋子会这么英勇无畏，当时感动得都不知道该说啥了。回到地窝子，马腾老师详细了解了事情的经过，他当晚就奋笔疾书撰写了一篇有关此事的新闻报道，第二天下午公社的宣传员就送来了油印的"水利战地简报"。马老师的文字功底很好，他对事件的叙述绘声绘色，把小袋子写成了一位勇敢的救人英雄。这篇报道引起了广泛关注，东风公社驻扎在甘沟工地的社员们都在打听救人英雄王贵宝。从此以后人们对小袋子的态度有了很大转变。

回头看一下就知道，兴修甘沟水利工程是当地领导在河南林县红旗渠建设成就的激励和影响下做出的决策。2016 年 6 月，我受邀前往河南安阳一家大型煤化工企业，为该企业中层以上的管理者做了两天的"绩效管理与薪酬设计"培训。培训结束后，企业负责人陪我去林州（原来的林县）参观了红旗渠工程。当地政府很早以前就将红旗渠作为红色旅游基地。展览大厅里循环播放着当年拍摄的《红旗渠》纪录片，看到那些熟悉的画面，听着那首豪迈的插曲，真有一种热血沸腾的感觉。随后登上太行山，近距离目睹了这条人工天河，不由想起了毛主席的英明论断："群众是真正的英雄。"

1975年12月初，我和四队的十几个社员坐着四驾马车，从北梁马路坡下山去了西戈壁修渠工地。在此之前，四队第一批下山的十几个社员已在修渠工地干了一个多月了。驻地是一排干净整齐的平房，距离工地两公里左右。据说房子是县公安局劳改中队的产业，经公社领导与劳改中队协商后同意让我们无偿使用一个冬天。

不同于甘沟水利工程的修建方式，西戈壁的地面是厚厚的、瓷实的黄土，挖渠的主要工具是十字镐加铁锨，不使用雷管及炸药。数九寒天，西戈壁的气温越来越低，地面越冻越硬，挖掘进度越来越慢。力气大有经验的社员一镐下去就能轰下一大块冻土，像我这样的"生瓜蛋子"一镐下去只能砸出一个小白印印，实在是干不出活。过了两天队长找我谈话，说要调我去食堂做大师傅（厨师）兼任伙食管理员。我知道这是队长和社员们在照顾我这个生瓜蛋子，也就勉强答应了下来。

四队修渠的社员两批加起来有近三十人，只安排了我一人做饭。头几天队长安排了前任大师傅带着我学习做饭的流程和技术，说来也怪，一周之后我就能独当一面了。天不亮我先起床为大家生火做早饭，等社员们出工后，我厅堂麻斯（利索）先把锅碗洗干净，然后提着一只大麻袋跑步去远处的涝坝里背冰块。冰块背回来之后放在大铁锅中慢慢化开，再用纱布把水过滤一遍后备用。接下来就是拣菜、洗菜、切肉、和面、揉面。冬季的白天很短，社员们中午不回营地，在工地上吃几块自带的发面馕就接着干活了，我可以利用下午难得的空闲读一会儿书。等太阳落山社员们回到营房，我已为他们准备好了热腾腾的饭菜：炒洋芋丝拌拉条子、胡萝卜汤揪片子、手擀面条子……每个星期天天不重样，大伙儿吃得很攒劲，当然我也很高兴。

发面馕是社员们在工地上的午餐主食，食堂每隔三天就要烧一次馕，每次要烧两大坑子。烧馕这一天，队长会派一名干散（即干练）的做饭能手留下来帮我和面、揉面、团面，我负责劈柴、架火、烧馕坑、贴馕、把握火候，以及清理烤好的馕底子上残留的土渣及炭块。发面馕有重量标准，一斤一个。营地上没有杆秤，我就用木棍自制了一个天平，这个天平一直用到修渠工程结束。

挖渠工程一直延续到第二年的 3 月初，接下来就是用鹅卵石砌渠，最后用水泥勾缝子。春种时节就要到了，队上把男社员调回山上准备开春的犁头杠杖，队长指定我留下来带领十名年轻的女社员完成后续工程。营地的房子租借期限到了，队上派人把我们搬迁到营地东边约一公里处的一个废弃的大牛棚。这段时间我不再担任厨师，摇身一变成为砌渠勾缝子的技术负责人。

1976 年 5 月初，四队负责的这段水渠总算完工了。队上派来了四驾马车，把我们十一个人的铺铺盖盖以及棒棒棍棍、锅锅灶灶海麦斯（全部）拉回了西达坂。我在家里休息了两天，村支书就来找我谈话，说队上要派我去石人子沟放羊。呵呵，我的游牧生活就要开始了。

（三）知青渊源

1974 年 10 月，地里的庄稼还没有收完，大队捎话过来，让我去农中参加半个月的宣传骨干培训班，我背着铺盖去了河坝沿母校。我在培训班报到完回到宿舍，刚打开铺盖卷儿，就接到公社的通知，说县上清理知青经费急需人手，让我赶紧去县知青办帮忙，不用带铺盖。于是我就徒手徒步去了县城。

我在县知青办的主要工作是下到各公社的知青点核查往年知青经费的使用情况。一个冬天我走遍了平顶山、四道沟、孙家沟、沈家沟、高家沟、菜籽沟、水磨沟的每一个知青点，认识了不少的知青朋友。1974 年 12 月下旬，油运司、外运司、乌运司、客运司等国有企业组成慰问团，前来木垒县慰问下乡知青，我担任后勤服务，农中毕业的丁万荣学长担任电影放映员。慰问知青活动既不发钱也不送礼，白天开会座谈，晚上露天放一场电影。次年 1 月 2 日，慰问团到达平顶山，计划 3 日白天在城城子学校西边十二队的牛棚前召开慰问大会，随后在牛棚里放映《英雄儿女》。代表团的团长是一位高瘦白净的东北人，当他致辞时把"1975 年"错说成"1957 年"时，下面一片哄笑。那天来了太多的知青和社员，牛棚里根本容不下这么多人，只好临时改在晚上露天放映。

先前我以为去知青办帮几天忙就回到农中继续参加培训班学习，所以第二天去县城时我连铺盖都没有拾掇，就匆匆去了县城。谁知一去就是一个冬天，等知青办的活忙完，返回到农中找到我的行李时，发现我放在枕头里的十几本书都不见了，其中还有丁巨年老师"转让"给我的一个红皮笔记本。这个笔记本是我初二毕业前从丁老师手中索要的宝贝，里面写满了他那娟秀的钢笔字。我不依不饶地寻找了好长时间，培训班的学员没一个承认拿走了我的宝贝。唉，不知道是哪个孔乙己干的好事。

1975年春种刚结束，杜支书就召开社员大会，说县上要在四队新增一个知青点，乌鲁木齐的知青10月初就要来西达坂插队，让队上抓紧时间修建知青住房。队长抽调了我们十几个壮劳力，先是在我家门前大约一百米远的斜坡上平整地基，接着到大南沟拉檩子、椽子和房耙。从山里回来就开始脱土块、砌墙、架梁、铺上盖。房子的主体完工后，修建知青点的社员被派到西戈壁收庄稼。二遍墙泥由一名女社员配合我完成，杜支书时常过来指点一下我抹墙的技术。接下来就是盘炕盘锅头、平整地面、清理龌索、粉刷墙面。知青点8月底才算彻底完工，看着平地而起的一排新房子，我心中的成就感油然而生。

1975年9月底，地里的庄稼已经快拾掇完了，五队的知青张茂林来四队找我，他说国庆节恰逢自治区成立二十周年大庆日，他要搭便车回乌鲁木齐看热闹，缠住我和他一起去，还说吃住由他负责。我从没去过乌鲁木齐，感觉很向往很动心，稀里糊涂就随他到了县城，第二天在县粉条厂附近和几个男女知青爬上一辆空载的解放牌卡车前往乌鲁木齐。一路上阴雨绵绵冷风飕飕，我和七八个搭车的男女知青拉开车厢里放着的一块军绿色帆布，哆哆嗦嗦地钻进了用十几只手支起来的"帐篷"，晃晃悠悠来到了位于乌市阿勒泰路的自治区油运司。茂林一家人对我很热情，我在他家过了几天城里人的生活。来到乌鲁木齐的第二天，茂林弄来了两辆自行车，我俩骑着自行车去了红山商场、大小十字、南门体育馆，中午还去南门他表姐家吃了圆茄子汤饭，那是我第一次吃圆茄子，所以印象深刻。这一天我和茂林的"绿色出行"使我大开眼界，相比茂林他们这些城里人，我就是个孤陋寡闻的山野村夫。

接下来，我就开始拜访亲朋好友。我独自一人徒步从油运司走到南门体育馆，去找我的初中同学孙新生。孙新生全家于 20 世纪 60 年代末从乌鲁木齐下放到平顶山帽盒山（十队），他属于"疏散人员"子女，初中还没毕业就返城了。我在体育馆后面的平房住宅区挨家挨户打听，竟然找到了孙新生家。新生和他父母非常热情地款待了我，午饭吃的还是圆茄子汤饭。1990 年我到新疆财经学院工作后，专程去南门找过孙新生，可惜没有搜寻到有关他的半点音信，此后的岁月里我再也没有见过他。

随后我就去大十字文庙街三号寻找陈光忠老师。陈老师 1973 年暑假离开平顶山，那天我和林正彩、赵大有几个学生牵着驮满行李的大骒马，把陈老师送到县城去乌鲁木齐的班车上。临走前他给我们几个留了他家的地址，我按地址给他寄过好几封信，他每次接到我的来信都会亲笔回复我。

回到正题。我一路走一路打听，在大十字西侧一个狭窄的胡同里找到了陈老师家。我在他家门口等到天快黑了，陈老师和他父母弟妹等家人才陆续下班回家。吃过晚饭后，陈老师说他家人多住不下，就带我去了西大桥东头北侧的市政府知青办。他的办公室在三楼，办公室中间背靠背摆着两张浅黄色的办公桌，靠墙支着两张木制单人床。我和陈老师挤一张床，他的同事睡一张床。那天晚上陈老师、我、他同事我们三人躺在床上聊了很久。第二天是星期天，陈老师要去乌鲁木齐县板房沟驻队，临走安排他小妹陈光明带我去东风电影院看了新上映的儿童片《小螺号》。那是我第一次在大城市的影剧院看电影，真算是见世面了。电影散场后，陈光明徒步去了大十字文庙街三号，我徒步去了油运司张茂林家。我第二次见到陈光明，是在 2008 年底的一天。陈老师九十岁高龄的父亲安然离世，我和杨永信前往公园街陈老师父亲家凭吊。一进门就听见有人说"木垒老乡王教授你好！"我愣了一下，抬眼望去，仔细看了看说话之人，从她的大模样判断出她就是当年那个公主般的城里姑娘陈光明。眨眼又过了十几年，此后我再也没有见过陈光明。

我在乌鲁木齐浪了一个多星期，真是开了眼界。一天早上，我跟着张茂林爬上油运司运送知青的卡车，准备返回木垒。几辆载满知青的卡车一路颠簸向东前行，终于在太阳落山前到达木垒县城北边的东风公社大院。1974 年冬天我在县知青办帮过忙，现场负责分配知青的人都认识我。知青办领导还以为我是来接知青的，弄清楚原委后他对我说："平顶山四队没来人，正好由你负责把去四队送知青的卡车带过去。"我坐进了另一辆卡车的驾驶室，指引司机一路上山，深夜十二点多到达西达坂四队我家门前的知青点。车一停稳，我跳下车就冲向杜支书家。杜支书被我从梦中喊醒，他"克旗麻插"穿戴整齐，叫了附近的几个社员来到知青点，直到东边鱼肚子发白才把知青们安顿好。真是无巧不成书哇，我不但是西达坂知青点的建设者，还将知青点的主人从乌鲁木齐油运司一路陪同到木垒县（虽然素不相识却一路同行），继而成为迎接这批知青的"特使"，这种巧合大概就是冥冥之中的缘分吧。

这批插队知青六男六女共十二人，均为新疆维吾尔自治区油运司的职工子女。我记的六名男生分别是高中生杨新智、马辉江、懒肉（姓赵），初中生苏学军、宫学华、杨万福。六名女生有张新英、梁玉荣、吕海珠、余秀芝，另外两个的名字想不起来了。这些来自大城市的年轻人见多识广，敢想敢干，充满活力，其中有几个人吹拉弹唱舞样样拿手。他们的到来为西达坂这个古老的小山村注入了一股现代城市的文化气息，也使我新结交了一批同龄的城里朋友。

（四）游牧时光

四队的知青中有一个名叫马辉江的回族小伙子，高中毕业，棱鼻子大眼睛方脸盘，身材直直溜溜，皮肤白白净净。马辉江有一把漂亮的小提琴，一有空就支起琴架展开五线谱，吱吱嘎嘎拉个不停。1976年5月初，生产队决定派人去石人子沟配合哈萨克族牧民扎汗家放羊。马辉江听到派人放羊的事后找到杜支书，死缠烂打地要求去山里放羊，队里勉强同意了他的请求。我从西戈壁修渠回来后，听说前几天马辉江身背小提琴，骑着马唱着歌高高兴兴去了石人子沟。我在家里刚刚休息了两天，杜支书就来找我，说马辉江哭得鼻拉涎水地从山上跑回来了。支书说现在山上缺人手，队里决定派我去应急，我二话没说就应承下来。第二天一大早，我背上书包揣上二胡竹笛，提溜着铺盖卷儿，骑着马唱着歌高高兴兴去了石人子沟。

我这是第一次去后山的石人子沟，提前做足了功课。我独自骑马从西达坂新庄子出发，途经杜家泉沟、孙家湾，一头从臭水泉子达坂攘下去就进了大南沟。大南沟是我和小伙伴们经常赶着毛驴驮柴的地方，可谓熟门熟路。

我顺沟由北向南骑行，计划前往小顶下面与先前到达的两个社员会合后一道去石人子沟。中午时分，我骑着枣骝马走在大太阳底下感觉人困马乏，人在马背上昏昏沉沉地打起盹来，隐隐约约看见迎面走来一人一骑。走近一看，啊，原来骑马人是农中老同学杨永信。在这寂寥空旷的深山沟里，同学久别重逢，精神立刻大振。两匹马头尾相并，我们在马上来了个热情拥抱。杨永信掉转马头，随我边走边叙。原来他家宰了一口猪，半扇子留着自家吃，半扇子卖给了邻居，驮了剩下的一扇子打算卖给山里修路的工人。那时永信兄已经是孙家湾学校的代课老师，我不免有点黯然。他却调侃说："你始终在我之上，在班上你学习比我好，现在你即将管理几百只羊，我却只管了几十个学生，你有打骂生杀权，而我最多也就是有分寸地训斥一下他们。"两人边走边聊，不知不觉走了很长一段路。分别时永信兄说"我不能再跟着你走了，不然我的猪肉要被苍蝇吃完了"，说完掉头向北去卖他的猪肉了。我当时心里在想，我俩这次可真是"背道而驰"了。

我和先前到达的两个社员会合以后，三人骑着马，赶着驮满物资的几头牛，沿着溪流向南从小顶北坡大森林中的羊肠小道缓缓上山，翻过小顶后终于到达石人子沟，一看太阳已经倒西了。

和大南沟的狭长地形不同，石人子沟的地势十分开阔，小河两边大片的草地绿得让人有些发晕。星星点点的毡房坐落在河两边的草地上，毡房前面人影绰绰，房顶上炊烟袅袅，不时能听到几声狗叫。远处的山坡上，一群群马、牛、羊在缓缓蠕动……我即刻想起了歌唱家马玉涛那首脍炙人口的《马儿啊你慢些走》，歌中那句"没见过绿丝毯上放马牛"，原来描绘的正是我脚下的石人子沟哇。唉，马辉江啊马辉江，放着这么好的山水景色不看，你跑回去干啥呢？

太阳就要下山了，我们边走边欣赏周围的景色，黄昏时分终于到达石人子沟南侧森林边上的一座大毡房，这就是四队哈萨克族社员扎汗的家。在石人子沟放羊的日子里，我一直和扎汗一家人住在这顶毡房里。作为回乡青年，我代替知青马辉江实践了当年各级政府所倡导的上山下乡精神："与农牧民同心同德、同甘共苦、同吃同住同劳动。"

哈萨克族牧民的生活习俗与农耕者区别很大。穿戴方面，牧民们几乎不分四季，大夏天男子出门时总是身穿棉恰袢，头戴尖顶狐皮帽子，手握缰绳踩凳上马，双脚一磕，扬鞭策马的样子看上去很威武。成年女子的头上一年四季都包着一块针织花头巾，这种打扮活像西达坂的月婆子（正在坐月子的女人）。

吃喝方面，牧民们的饮食很简单。主食是羊肉、馕和奶茶，极少见到饭桌上有蔬菜和水果。奶茶使用湖南砖茶添加鲜牛奶和大颗粒盐巴熬制而成，喝久了会上瘾。我在扎汗家跟着他的样子学会了煮羊肉、熬奶茶、做包儿沙克、沃酸奶，以及在羊皮面板上擀面条。

记忆中，我在扎汗家里从未吃到过牛肉或纳仁马肠子之类的美食。这并非当时的条件所限，而是人们从不会蓄意宰杀作为主要畜力和交通工具的壮年牛马。随着农业机械化的全面实现，几千年来为人类社会的进步做出卓越贡献的牛、马、毛驴和骆驼完成了他们的历史使命，一个个化为人们餐桌上的美味佳肴。我来厦门大学漳州校区工作后，遇见过好几位禁食牛肉及马肉的台湾同胞，问其原因，他们说牛和马含辛茹苦为人类做了那么多的事情，不应该成为任人宰割随意享用的食物。这些台湾同胞对待牛马的言行举止着实令我百感交集。

居住方面，一项毡房包揽全家的生活起居，客厅、卧室、餐厅、厨房一体化。一年最少搬两次家（从夏窝子到冬窝子），这应该就是名词"游牧生活"的原意吧。

交通方面，牧民们切实做到了绿色出行。放牧、浪门以及搬家的主要交通工具是马和牛，称他们为"马背上的民族"，真是恰如其分。20世纪90年代初，在强力推行"定居兴牧"新政策的背景下，木垒县政府陆陆续续在山下为牧民划拨耕地修建定居点。政府动员牧民弃牧从耕，从此牧民们的生活发生了翻天覆地的变化，如今的蒙古包（毡房）已由游牧民族的住所蜕变为旅游休闲的"别墅"。

牧羊的日子忙碌而单调。天一放亮，就听见羊圈的方向传来咩咩叫声，大鞠驴（山羊）的叫声高亢嘹亮，小羊羔的叫声奶里奶气。起身一看，除了当天外出放羊的人，其他人都在蒙头酣睡。我和扎汗的二巴郎子胡萨英赶着五百八十多只羊出圈。在几只大鞠驴的带领下，羊群"喝楞震道"快速冲向远处的山坡，我跟在羊群后面跟头绊子全力奔跑，累得喝喽气喘。

狼有狼王，羊有头羊，头羊也叫梢子羊，梢子羊一般都是留过几年种山羊的鞠驴骟后不宰杀吃肉，放在羊群里带队，梢子羊腿长体壮个头高。我放的羊群中就有几只梢子鞠驴，它能够领会人的意图，每次将羊群放出圈，它就带着羊群向着水草茂盛的地方走去。平顶山有个说法叫"马上轻，驴上重，羊上摔下来会要命"。说骑在羊身上，如果摔下来，伤得最重甚至会丢命（大概是山羊喜欢走悬崖峭壁，这些地方骑羊很危险）。我放的梢子羊很乖巧，没事了我就歘些好草给它喂，它和我很亲近，我试着骑过几次，它很规矩，我没有被摔下来过。

羊们在草地上吃饱后，就地卧倒开始咯呀咯呀地倒磨（反刍）。这些羊的消化功能真是太强了，不一会儿，它们就站起来又去大快朵颐了。它们就这样平卧倒磨—起立啃食—平卧倒磨……从早到晚周而复始。可能是条件反射吧，太阳一下山，羊们肚皮吃得鼓鼓囊囊后就开始咩咩乱叫，这是请求回家的信号。等我和胡萨英赶着羊群回到羊圈打理好羊们，已经是星星点灯了。掀开毡房的门帘，就看见胡萨英的妈妈和妹妹正在为全家准备晚饭，或是酥油奶茶就馕，或是新鲜奶子汤面条，或是清茶就包儿沙克，外加一大碗用羊肚子皮袋沃好的脱脂酸奶，每隔几天还能吃上一顿手抓肉。又饿又累的我能吃到热腾腾的晚饭，感觉心满意足。晚饭后，我还要就着煤油灯抓紧时间看一会儿书。扎汗全家人好奇地对我指指点点，咕噜咕噜地说着哈萨克语，看着他们怪怪的表情，我就猜到他们肯定在说我是"书呆子"。

转眼到了6月底，羊群转场的时间就要到了。生产队派人运来了必要的物资，经过一天的跋涉，我们赶着羊群从石人子沟搬到了夏牧场大顶。

大顶不是一座山峰，而是东天山木垒段东西向凸起的一条高海拔山脉，就像是东天山的"脊梁骨"。大顶的"脊梁"上终年积雪，上面只有冰雪和石头，没有森林和灌木。每年的6月底7月初，冰川徐徐融化，雪线缓缓向山顶退去。失去冰雪覆盖后裸露的地面上蹿出了绿油油的小草，不时还能看到一些不知名的小花朵，这也是天山野生雪莲的栖息地。

这次胡萨英没有来大顶，队上派来了包同甲大叔，由他和我一起承担夏牧场的放牧任务。上山的当天我们就在往年的常驻地架起了"一撮毛"毡房，随即开始了高海拔的牧羊生活。大顶上的生活条件比石人子沟差了许多，我和包大叔集放羊、做饭、喂狗、值夜班于一身。遇到晴朗的好天气，一个人带上牧羊狗外出就可以管住五百八十多只羊，另一人留在驻地做家务值夜班。

大顶的天气变化无常。在这里你可以亲身体验传说中的"一天四季"：早上晴空万里，太阳照在身上柔和温暖，就像春天来临；中午烈日当头，晒得人头昏脑涨，赶紧去附近冰川融化流淌下来的小溪里洗把脸。过会儿乌云飘过头顶，转眼间豌豆大的雨点就噼里啪啦砸到地面上了。雨下着下着噼啪声越变越弱，开始是雨夹雪，后面就变成大雪纷飞的景象。我终于明白，为什么哈萨克族牧民一年四季都穿棉袄棉裤戴狐皮帽子了。其实我在大顶牧羊的那段日子里，也从未脱过棉衣棉裤。当时我也在想，回族知青马辉江放弃欣赏石人子沟的美景，鼻拉涎水地哭着跑回知青点是很明智的选择。

记得有一天天气很好，我独自赶着羊群去了大顶南坡。看着羊们吃饱后卧在地上开始倒磨，我赶紧拿出竹笛，坐在高高的山崖上吹了起来。我在山上吹奏最多的是一首新编哈萨克族民歌，歌名忘记了，歌词大意（汉语）如下：

> 马群躺在山坡上哎，金色的太阳啊哈哈
> 金色的太阳照在了哎，哈萨克族牧民的毡房
> 小小孙女上学堂哎，老伴在托儿所看巴郎哎
> 我弹起冬不拉放声唱哎
> 歌唱毛主席的光辉哎……照在我老汉的心坎上

这是孩提时代马腾老师教我的歌曲。我一直觉得，马老师是平顶山小学乃至整个平顶山最好的歌手，没有之一。这首歌从他的胸腔里演绎出来，犹如天籁百听不厌，常常令我陶醉不已。2006年6月的一天，我邀请定居在昌吉的马腾、娄生奇、丁巨年、宋成福、高永春、徐正烈等老师，以及王生虎、刘连仁学长前来新疆财经学院数学系做客。席间酒过三巡后高潮迭起，由我提议，马老师和大家共同演绎了这首经典老歌，师生们唱得热血沸腾，如痴如醉。

再回到大顶南坡。当我坐在山崖上忘情地、一遍遍地吹奏这段优美的旋律时，羊们已经倒完磨，慢慢地站起身来继续大快朵颐了。我突然感觉有点不对劲，放眼一望，对面山坡上的羊群正在快速向我的羊群靠近。来不及喊

叫，两群羊就混在一起了。我远远看见一位裹着花头巾的克茨子（哈萨克族丫头）奋力冲到羊群中间，左手举着羊鞭，右手捡起山坡上的石子，一边扔石子一边尖声呼叫。说来也怪，感觉不到十分钟，两群羊就分开了。我看见那位克茨子高举羊鞭急里慌忙地把她的羊群往对面的石崖后面赶去。她冲到石崖边上，回头望了我一眼，很快人和羊就彻底消失了。我静下心想了想，才知道为什么两群羊会遭遇"混群"：那位克茨子一定听懂了我吹奏的哈萨克族民歌旋律，不知不觉中人和羊群就靠过来了。当时因为离得太远，我没有看清楚克茨子的长相，不知道她是美若天仙还是"猪几疙瘩"。在大顶放羊的那些日子里，我再也没有见到那位戴花头巾的克茨子，还有她的羊群。

立秋过后，大顶上的气温越来越低，青草长得越来越慢，雪线也在悄悄地下降，两个多月的夏牧场生活就要结束了。8月下旬的一天，我、包大叔和前来协助搬家的社员们一起，赶着羊群，牵着驮满物资的牛马返回到石人子沟扎汗家。在扎汗家休整了两天，我们把五百八十多只羊分成了两群：一群是集体的三百多只，继续留在石人子沟由扎汗一家照看；一群是四队各家各户的二百多只自留羊（还有少量集体的羊），由我和包大叔赶回西达坂抢茬子。大顶上的"一撮毛"毡房等集体物资由前来搬家的几位社员运回了西达坂。第三天一大早，我和包大叔徒步赶着羊群唱着歌，翻越小顶进入大南沟，再翻过石阶子达坂，途经孙家湾直奔西达坂。在返回西达坂的道路两边到处都是草地和麦茬地，羊们回到新庄子时早已吃饱喝足了。

回到西达坂的第一周，新庄子我家的院子成为临时羊圈。后来将羊群迁到头道沟达坂西侧的后沟羊圈窝子，这里离家有好几公里，生活十分不便。到了9月中旬，我和包大叔合计了一下，就在包家后墙的空地上用松木椽子围了一个临时羊圈，羊圈旁边用松椽和麦草搭建了只能容纳一个人的"一撮毛"，这就是我的值班室兼卧室。

1976年，平顶山的第一场雪比以往时候来得更早一些。国庆节那天，鹅毛大雪漫天飞舞，一直下到10月2日早上才停下来。羊一大早就饿得咩咩乱叫，我把羊群赶到二道沟达坂隘口下面的阳坡上，那边岩石缝里的蒿草还裸露在积雪之上，羊们争先恐后地啃食着这些蒿草，我裹着厚厚的棉衣坐在背风处的石头上看着羊群发呆。黄昏时分，我拖着疲惫的身子赶着羊群回来，"厅堂麻斯"拾掇好了羊圈门，走向我的"一撮毛"，想在里面休息一

下。咦，我的"一撮毛"怎么不见了？抬眼一看，只剩光溜溜的几根椽子。再低头仔细一看，我的被褥上全都是牛蹄印子，原来因大雪覆盖了草地，队上的耕牛饥不择食把我的卧室兼值班室当作美食享用了。好在羊圈就在包大叔家的后墙根，这天夜里就由包大叔和牧羊狗共同值班了。当晚我把沾满泥污的被褥拎回家，第二天妈妈边拆被子边叹息："这个方格子土布被面还是亲家从山东老家带回来送给我的，唉。"

10月3日包大叔去放羊，我到打麦场的麦草垛上背了几大捆新麦草，用了一个下午重新搭建好了我的"一撮毛"卧室。

10月4日轮到我放羊。天气很好，我把羊群赶到后沟的阳坡上。那天羊们都很乖，我坐在石崖上一边享受着温暖的阳光，一边幻想着我的未来。太阳还有一竿子高我就赶着羊群收圈了。我刚关好羊圈门，就看见杜支书骑着马向我走来。他笑眯眯地对我说："明天你就别去放羊了，回家准备一下，后天到孙家湾小学放人去。"我没听明白他的话，他下了马才向我解释道：孙家湾小学急需代课教师，大队决定让我去那里教书。我问他羊群咋办。他说"放人比放羊重要"，还说队上会安排人过来接替我。随后我就去和老包告别，感觉有点舍不得羊群，真应了"放羊三年给官都不做"的老话。

10月5日我回家把自己拾掇干净，和爹妈唠了很长时间的家常，准备了去孙家湾小学的行装碗筷。

10月6日上午，我背着铺盖拎着竹笛，一路唱着"马群躺在山坡上哎，金色的太阳啊哈哈……"经杜家泉沟大步走向孙家湾小学。我不曾想到，1976年10月6日，成为我执教生涯的出发日。直到2022年的夏天，掐指一算，我已在三尺讲台上坚守了四十六年。那一天也开启了我和农中1973届老同学杨永信、麻永福长达四十六年的"铿锵三人行"。

三、求学之路

根据考证，从我父亲那一代往上追溯，王大泰的后人们辈辈都是目不识丁的庄稼人。新中国的建立使我们这一代人获得了前无古人的大机缘，我和先辈们最大的不同是：我出生在了一个伟大的时代，我有了读书识字学文化的机会，并且遇到了一批了不起的思想启蒙者和知识传播者。

（一）启蒙

我的父母在解放初的扫盲运动中认识了自己的名字，他们的自我评价是"斗大的字不识一箩筐"，这个评价真是恰如其分。我从小就听爹妈时常对亲戚邻居们说："我们都是睁眼瞎子，往后吃苦受累砸锅卖铁都要让娃娃们念书开眼。"现在看来我父母的眼光是多么远大。在我们兄弟姊妹八人中，我大姐、二姐出生在 20 世纪 30 年代，没有赶上读书的时光，其余六人都"开了眼"。我大哥读了师范速成班（后又读了昌吉农校），三姐读了师范，二哥读了县一中，三哥、小弟和我都是平顶山农中的毕业生。正是我们"斗大的字不识一箩筐"的父亲母亲，筚路蓝缕含辛茹苦拉扯我们长大，继而无私无畏地为我和兄弟姐妹们开启了"知识改变命运"的大门。

在我 7 岁的那年 9 月，我三哥牵着我的手去大队小学报名。学校坐落在城南边一个四合院式的庙宇里。马腾老师问了我的姓名和年龄，在新生花名册上写下了我的名字后，就把我交给了班主任孙桂珍老师。那时的农村娃娃上学晚，我的年龄在班上偏小，人也瘦弱，孙老师就把我安排到第一排座位上。孙老师一个人教我们语文、算数和音乐。我感觉她脾气温和，人长得漂亮，字写得好看，歌唱得好听，故事讲得也很有趣，她在我心中就是完人。

人有旦夕祸福。开学后不到一个月，记得是一个星期天的上午，我看见家门前的灰坡上在冒青烟，就好奇地走了过去。殊不知那是家里清理出去的柴灰中的火星引燃了灰坡上的干牛粪。我踏入火坑感觉到疼痛时赶紧往回撤，右脚已被严重烧伤，脚伤终止了我的求学之路。

当我第二次走进大队学校一年级新生班的教室里时，已经是两年之后的1965 年了，那时的我已年满 9 岁。幸运的是，孙桂珍老师仍旧是我的班主任。学校新来了好几位老师，除了原来的周观乐、马腾、闫焕文、孙桂珍、娄生奇等老师外，新来的有高永春、柳春生、符桂英、程玉梅、杨凤莲、孟凤英、唐学斌等老师。毫无疑问，这些老师都是当年木垒县的知识精英。孙桂珍教我们语文，柳春生教算数，马腾教音乐，校长周观乐教体育。在这个破败不堪的庙宇中，一群满怀理想充满朝气的年轻人，成为平顶山众多农家弟子的思想启蒙者和知识传授者。

我们班在庙宇里学习了不到一年，全校就搬迁到了庙宇南边梁干上新建的校区。在学生数量快速增长、校舍严重不足的困难时刻，大队领导果断腾出唯一的俱乐部，让我们班在俱乐部的木板舞台上支起课桌黑板坚持上课。数学课没有课本，主要学习如何丈量土地、计算螺丝帽的体积、用拇指法测量旗杆高度，等等。这期间周观乐、唐学斌、高永春、刘春生、符桂英等老师先后调离了学校，马腾等老师受到冲击下放到生产队参加劳动锻炼。教师队伍里也陆陆续续出现了一些年轻的新面孔，李焕智、杨淑秀、殷作亮、牛立武、李玉广等老师相继来校，其中殷作亮老师做了我们班两年多的班主任。过了不久，庙宇北边的城里建起了两栋教室和一栋教师办公室，我们班搬进了新校舍。

1971年春季，平顶山农中在大队学校开办初中，当年招收了一百多名新生，分为两个教学班。我和杨永信、麻永福、杨万成、赵大有、冯全林、张巨璧、郭冬梅、杨多宽、邢志坚、刘光荣、邹顺庆等成为同班同学。

平顶山农中具有半工半读、半耕半读的办学性质，"学工"不具备条件，"学农"很有优势，"学军"可以以野营拉练的形式进山采药。每年夏季，学校都要组织学生进山拉练。刚入夏，学校就将我们两个班打乱后重新分班：一个学农班，一个学军班，我被分进了学军班。1972年6月初，学校决定学农班由班长杨永信负责留守农中，打理河滩上种植的洋芋，学军班由班长杨万成负责进山拉练采药。

一个晴朗的早晨，在陈光忠等老师的带领下，学军班身背行李碗筷，手牵托运物资的牛马，唱着嘹亮的进行曲，沿木垒河上游浩浩荡荡开进了天山深处一个叫冰沟的沟脑。我们在原始森林中的溪流边安营扎寨，过起了采药人的生活。冰沟的山水景色美得实在不像样子，陈老师举着他从木垒县照相馆借来的相机左拍右拍，开心得忘乎所以。师生们组织有序分工明确，一边搭建临时住所一边欣赏周围的景色。当天晚上陈老师组织召开班会，宣布了挖药竞赛规则。

第二天大清早哨声一响，大家迅速起床，在溪水旁简单洗漱，吃过自带的发面馍，腰系帆布药袋，手提药铲，身背干粮，按照事先的分组安排结伙儿上山。城里长大的陈老师分在我们小组，我和林正彩负责照顾他的生活起居。山坡上草丛中，不时闪现着盛开的铃铛花，这就是贝母。挖贝母有时也靠运气，运气好的那天收获就大。大家只顾低头找药无暇欣赏美景，走走停停挖挖采采，不知不觉中太阳就到了西边，回头一看已经翻越了几座大山。黄昏之前，大家陆续返回营地，看守营地的同学已准备好了晚餐。晚餐之后点燃篝火，开始逐个称量每个人挖到的贝母。范新义多次获得挖药冠军，他的最高纪录好像是日采贝母七公斤多。王山清、赵大有、杨万成、麻永福、林正彩……都是挖药高手，这些同学日采三四公斤贝母不在话下。有几个女生也很出色（忘记了谁是女冠军）。说起来很惭愧，我挖贝母的能力偏弱，虽然很努力但从未进入过前十名，平均日采贝母一公斤出头一点，最高纪录是日采两公斤，我想这就是人和人之间不同方面的差异吧。

陈老师在大学毕业前接受过军事训练，熟悉野营拉练的套路，不定期地在半夜三更吹响紧急集合的哨声。陈老师的哨声一响，大家迅速穿戴好列队报数，然后有模有样地在森林中折腾一番。

队伍在冰沟驻扎了半个多月，营地周围的贝母几乎被我们挖光了。有一天晚上，陈老师召集班干部开会，研究决定将队伍转移到洞洞沟继续采药。临走那天石玉玲得了重感冒，陈老师安排石玉玲骑在一头大紫牛上，由我牵着牛照顾她。洞洞沟半个月的采药生活一如既往地丰富多彩。记得有一天夜里下起了大雨，大部分小组的临时房子里都被雨淋湿了。我们小组住在一棵巨大的松树底下，没有淋到雨，于是大家都挤到这棵大树下避雨。记得沈国荣、潘永生、贾成奇等几人大骂老天无情无义。天快亮了雨才停息，师生们度过了一个难忘的风雨之夜。

野营队伍在山里驻扎了二十多天，超额完成采药任务后回到河坝沿农中。经过短暂的休整总结，大家各自回家休息。两天后，我们返回大队学校，恢复了正常的走读学习。开学第一天，陈老师就给大家布置了名为《踏遍青山人未老》的命题作文，题材指定为本次进山野营拉练的经历和感想。隐隐约约记得我在文中还拽了一首充满文艺范儿的自由体诗歌。过了几天，陈老师在课上为每位同学发了一份由他亲自刻写蜡版、并用滚筒油印机印刷的材料。我拿起一看半天没回过神来，这不是我的那篇《踏遍青山人未老》吗？原来我的这篇作文经陈老师的精心修改后，作为范文让大家借鉴学习。陈老师在课堂上为大家讲解这篇作文的体裁风格及题材选取、段落结构、遣词造句，当然也指出了文章的不足之处。最后他说《踏遍青山人未老》是一篇革命浪漫主义作品，我的天！我一个初二的学生哪里知道什么是革命浪漫主义？作文的内容我已完全不记得了，永信兄说他记得作文的最后一段是保尔·柯察金的名言："人的一生应当这样度过……"唉，我怎么就没有好好收藏我的那篇《踏遍青山人未老》呢？

陈老师对我的作文《踏遍青山人未老》的肯定和点评给予我无形的鞭策和激励，慢慢地，我迷上了高尔基、鲁迅、郭沫若、贺敬之、柳青、杜甫、白居易、巴尔扎克、雨果……造化弄人，后来我的作家梦在坎坷的旅途中慢慢破碎，阴差阳错却成为一名擅长讲授微积分的大学数学教师。

任何事物都具有两面性。当年平顶山农中的野营拉练确实耽误了我们学习科学文化知识的一些时间，但也很好地培养了我们的爱党爱国情怀、社会实践能力、互助合作精神、吃苦耐劳品质和独立生存能力。这些都是我们这一代人拥有的、弥足珍贵的精神财富，我将其概括为"农中精神"。平顶山农中1973届的这批学生中，曾经在工作岗位上做出突出业绩的杨永信、麻永福、杨万成、孙宽仁、吴瑛……在逆境中从不向命运低头、始终乐观豁达积极向上的邢志坚、李峰柱、张巨璧、郭冬梅、冯全林、丁彩霞、张玲、何淑荣、邹顺庆、冯吉龙、马德林……这些同学的精彩人生无不彰显出平凡而伟大的"农中精神"。

农中1973届的同学每逢大小聚会或在邂逅的场合，总会说起当年那些可爱、可敬又可亲的老师为我们传道授业解惑的点点滴滴。指导大学生、研究生的毕业论文是我几十年以来的常规工作，这使我养成了"望文生义"的职业习惯。当我读到《情系平顶山》中永信兄对这些老师们真实而精彩的点评段落，我在频频点赞之余，"望文生义"的毛病又犯了。请恕我替永信兄将他的这些点评段落再做少许发挥。

1. 坚守初心

沈殿清老师亲手创办平顶山农中，他兼校长、教师和农工于一身，几十年筚路蓝缕勤奋耕耘，他在坚守初心。李玉广老师在"文革"中受到不公正待遇，但他从未消沉，在他的工作和生活中无不体现出他拥有博大的胸怀、坚定的信念与坚强的品格，他在坚守初心。陈光忠老师从繁华的大城市来到穷乡僻壤，全身心投入培养乡村孩子的平凡事业中，他在坚守初心……毋庸置疑，平顶山农中的每位老师都是有理想、有信念、坚守初心的人，这大概就是理想和信念的力量。

2. 魅力超凡

曾经从平顶山农中走出的一众农家子弟，毕业后的四十余年中都在对他们曾经的老师心心念念，印证了以李玉广老师为代表的这批农中人具备超凡的人格魅力。在学生们心目中，他们是一群高尚的人，一群纯粹的人，一群德才兼备的人。

3. 才华横溢

丁巨年老师风趣幽默文采飞扬，二胡演奏得委婉动听荡气回肠。我第一次听他讲授的课程是植物学，在解释植物的光合作用时他说："为什么山里的空气那么好？因为屎尿臭屁释放出的二氧化碳都被森林里的植物吸收了，这些植物通过光合作用释放出来的都是新鲜氧气。"真是一语道破天机，原来植物的光合作用是这么回事。

翁德英老师的数学教学水平百里挑一，手风琴拉得也很好。当发现学生听课的注意力下降时，他会突然改变话题，行云流水般地吟诵一段文学作品。在一次数学课上，他突然停顿了片刻，望着窗外的景色，侃侃吟诵起鲁迅先生的名作："……碧绿的菜畦，紫红的桑葚，高大的皂荚树，光滑的石井栏……"再回到正题时，大家听课的劲头立刻大增。

陈光忠老师是新疆大学数学系毕业的高才生，他现任美国托利多大学数学教授。谁能想到他当年竟然是我们的语文老师，而且语文课讲得那么出色。他还写得一手功力深厚的柳体书法，会吹笛子会打乒乓球会蒸馒头……

李玉广老师的语文课就不用我赞美了，我感觉他的哲学水平与他的文学水平相比不遑多让。我从未向李老师提起过，他也是我的哲学启蒙人。物理老师娄生奇会修电器会拉二胡会弹热瓦普，他的书法被学生命名为"娄体字"。宋成福老师语文教得极好，会吹笛子会唱歌，而且是一位男高音。杨淑秀老师既教数学又教音乐，还是学校宣传队的舞蹈教练。

究竟是什么力量，才能够把这样一群才华横溢的年轻人聚集在了一个叫作平顶山的穷乡僻壤？这一批文化精英在一个山区学校形成了如此强大的师资团队，的确是不可再现的历史奇迹，正可谓前无古人后无来者。他们给予平顶山父老乡亲的智慧恩泽将永远印刻在这片热土的无字丰碑上。这些老师的精彩人生，足够撰写一部鸿篇巨制。

1973 年 7 月，农中 1973 届的学生只读了两年半初中就"被毕业"了。

我打听到新户中学有初三班，赶紧让我大哥找关系四处求情，十人五马大费周折总算进入了新户中学初三班继续读书。我和杨万成、吴瑛三人同期进入该班。一个月之后，平顶山农中恢复初三学制，杨万成返回农中就读。

非常幸运的是，我在新户中学接受了良好的科学文化教育。蔡青山老师教我懂得了三角函数；王广川、徐正烈老师带我进入广阔的文学天地；陈德福老师教我明白了电流电阻电压和欧姆定律；郭云彩老师教我认识了元素周期表；还有李永才、盛玉元、任子昂、杜海全、林德贞、王志来、王存荣……这些老师都是我非常敬佩心心念念的人。

这一年，我也结识了一帮同窗好友：王开科、吴胜天、秦安斌、高永瑞、张建、李树智、王柏玲、安锦萍、杨月琴、王吉明、吴秀兰、韩瑞红、吴秀华、陆登林……从此以后我拥有了"新户帮"和"农中帮"两帮同窗好友，这些朋友伴我走过了几十年的漫漫人生之路。

1974年6月，新户中学组织即将毕业的初三班搞了一次野营活动。在陈德福、徐正烈、王存荣老师的带领下，师生们牵着装满物资的驴车，排着队唱着歌一路向南，经县城—龙王庙水库—三眼泉—农中—甘沟，再从南沟口右拐向西到达目的地火烧沟。我们在火烧沟驻扎了两个晚上，那一次我成为当仁不让的行程向导兼生活顾问（限于篇幅，其间发生的故事不再详述）。第三天上午，大部队原路返回，我陪同徐正烈老师和王开科一行九人，徒步翻越石阶子达坂，经孙家湾一路向北到达西达坂，在新庄子我家休息了一个下午。我爹妈和大嫂忙不迭地生火烧水沏茶和面切菜，"厅堂麻斯"做了一大锅汤揪片子，上了一盘老咸菜。我们九人又累又饿，囊着头呼噜躺趴一吃一个不言传，转眼间一锅汤饭和一盘咸菜就被我们瓜分完毕。放下碗筷，王开科几个松了松裤腰带，四仰八叉头朝里躺在我家的大土炕上，转眼就听见满屋子呼噜声"雷弥震道"此起彼伏，我妈妈走到院子里悄悄对我说："这些平地上长大的娃娃们爬山的本事不行啊。"八位客人一直睡到太阳倒西才醒过来，大伙儿与我爹妈告别后，跟着我从风疙瘩梁翻越头道沟达坂，途经头道沟学校一路向北，行程十余公里，黄昏时分才回到新户学校。

（二）奋斗

1974年木垒一中不招高中生，我们这一届初中毕业生集体"失学"了，当时大家都陷入了迷茫之中。眼看求学无望，农中帮、新户帮的大多数同学都走上了回乡务农的道路。回乡之前，我重温了苏联小说《钢铁是怎样炼成的》，再次被保尔·柯察金的顽强精神所感动所激励。我暗下决心，一定要像保尔·柯察金那样，做一个有所作为的人。没有了学校的读书环境，我就开始走自我修炼的路子。每天收工回家，不管多晚多累，我都坚持读书写字。那时候能够找到的书籍很有限，但我的学习兴趣很广泛，逮到什么读什么，鲁迅、贺敬之、柳青、杜甫、高尔基、巴尔扎克……还有文艺评论、舞蹈语汇、电影蒙太奇……有一天，我看到江苏大叔刘士珍怀揣一本古书，费了九牛二虎之力才从他手中借来宋代理学家朱熹的这本《大学中庸章句》。说句实话，我当时根本没看懂这本书的内容，这使我进一步认识到了自己的"才疏学浅"。这年冬天我受县知青办委托去白石头沟（十一队）核查知青经费数据，夜里住在老同学冯全林家。全林兄拿出了一本德国诗人亨利希·海涅的诗集《罗曼采罗》（中译本）给我看。我被海涅充满哲理的诗歌深深吸引，借回家一口气读了好几遍。我记得海涅在一首诗中写道："孔雀张开了美丽的尾巴，却露出了丑陋的屁股（大意）。"前几天我去百度上搜寻，在"海涅精选诗句"中没发现这两句诗。

自从我那篇《踏遍青山人未老》的作文被陈光忠老师作为范文在班上讲解之后，我就萌生了将来成为一名作家的"痴心妄想"。我的第一个"宏伟计划"是：写一本民国时期平顶山风土人情的长篇小说，故事从1934年平顶山闹匪患（贼娃子反了）开始，到新中国成立结束。写作提纲罗列了贼娃子如何抢劫村民的牛羊、卞家湾我本家叔父全家惨遭土匪杀害的过程、我父亲在西河坝遇险，以及上庄子青林叔新婚十天后被蒙古远征军掳走等真实的历史事件。我的新户帮老同学王开科是这部小说提纲的唯一读者，他当时对我能否完成这部小说持高度怀疑的态度，后来的结果表明开科的怀疑并非是在打击我的积极性。经过不断反思，我确定我当时并不具备完成这部小说所必需的历史知识、文化积累和文字功力，换言之，我没有驾驭这部小说的能力。除了王开科之外，这部小说在无人知晓的情形下"流产"了。此后我的作家之梦一步步破碎，我那个"宏伟计划"搁浅至今，这也是我今生今世的一个小小遗憾吧。

1977年9月，孙家湾学校派我去县"五七"大学教师进修班学习，历时半年。这一期的培训分语文和数学两个专科班，我被分到数学班，这是我人生"数学之旅"的起点。本期语文班的主讲是我熟悉的李玉广老师，数学班的主讲是从县一中调来的陈璞老师。我和贾成奇同学、刘兴全老师成为"同窗好友"，刘兴全老师成为李玉广老师的学生。由于我的文学情缘未了，所以我经常去语文班李老师的课堂蹭课，但主要的精力已经转移到了数学课堂。

陈璞老师是我走进数学殿堂的引路人。在进修班上，他教我认识了笛卡儿直角坐标系、椭圆方程、二项式定理，还让我触摸到了微积分的边缘。后来陈老师将我从雀仁中学调到县一中高中数学教研组，我和他做了八年的同事。

1977年冬季，传来了国家恢复高考的消息，我从"五七"大学徒步去公社报了名。过了几天有人捎话给我，说我的报名资格有问题。我赶紧去县教育局打探，教育局的负责人说我们这一届学生只有初中学历，不能报考大学只能参加中考。中考结束不久寒假来临，"五七"大学进修班结束，我又回到了孙家湾学校。1978年春天，我和杨永信、麻永福陆续接到中专录取通知书，杨永信被录取到西安地质学校（今长安大学的前身），麻永福去了自治区水利技校，我去了奇台师范。我们仨开始了"各奔东西"的铿锵三人行。

在去奇台师范前后的一段时间，我曾多次给已在新疆大学数学系任教的陈光忠老师写信，表达我没有考取理想院校的烦恼。陈老师每次都会回复我，耐心劝导我不要放弃在校读书机会，并多次建议我走自学成才之路。我接受了陈老师的劝导，打起行李去了奇台师范。

我和农中帮的闵秀华、新户帮的王吉明同时被录取到奇台师范普通班（简称"普师班"）。随后我见到了高我们一级的温月芳和韩瑞红，他俩是我新户帮的同学。普师班不分专业，数、理、化、文、史、哲、政、体、音、美、教育学、心理学应有尽有（唯独不开外语）。面对来之不易的机会，普师班的学子们学习知识的热情空前高涨，达到了"忘我"的境界。我大清早去奇台新华书店排队买书，几番努力，凑齐了由上海人民出版社发行的全套（十七本）高中数理化自学丛书，真有"如获至宝"的感觉。周显均、魏荃两位四川籍的数学老师学问高深功底扎实，数学课讲得如行云流水，他们的教导让我终身受益。在不知不觉中，我的学习兴趣慢慢地转向了数学。

在奇台师范读书期间，我认识了改变我一生命运的人。她来自昌吉滨湖，我们在校园里相识相知，相爱相恋，毕业后我们喜结良缘，她成为我和我们这个小家庭的天。她就是平顶山西达坂西庄子的四儿媳、我的妻子陈桂萍。多亏了当年陈光忠老师的劝导和鼓励，那时我如果放弃了去奇台师范读书的机会，我将会犯下一个有违天意的大错，或许这本身就是天意。

我有一个大约能装二十本书的自制小木箱，这是我的"流动书屋"。在西达坂务农的日子里，小木箱里装的全是文学书籍和汉语词典之类。不知不觉中，小木箱中的文学书籍不断减少而数学书籍日渐增多，等到师范毕业的那一天，我发现小木箱里装的几乎都是数学类书籍（其中有永信兄帮我在西安购买的《高等数学》上下册）。这个现象反映了我的兴趣变化，也折射出我从感性思维方式到理性思维方式的转变。前些日子我在我家地下室整理物品时，发现我年轻时爱不释手的小提琴躺在墙角，琴码倒伏，琴弦散落，弓毛断裂，琴身落满尘埃。唉，我曾经的浪漫主义情怀都去哪儿了？

从奇台师范毕业后，我被分配到库尔班通古特沙漠边缘的木垒县雀仁公社学校。在这段时间里，我加快了自我修炼的步伐。我通过邮购方式，逐步买全了北京大学江泽涵教授主编的《大学数学自学丛书》（共计十一册），这时我的"流动书屋"里装的几乎都是高等数学之类的书籍。我在学习中遇到的问题越来越多，每个周末我都搭上去县城的班车找陈璞老师请教什么是稠密集，什么是戴德金分割；寒暑假跑到乌鲁木齐请教陈光忠老师什么是交换群，什么是赋范空间。

当我从雀仁中学调入木垒县一中时，已成功考取新疆广播师范大学数学专业三年制函授专科，这是我接受高等教育的开端。广播师大为学员们制订了系统的教学计划，配备了系列教材，利用寒暑假在昌吉市进行面授答疑。调入木垒县一中的第二年，我通过考试被昌吉教育学院数学进修班录取（两年制）。我在昌吉教育学院接受了良好的数学教育，余怀民、王惠义、云贵，还有从奇台师范调来的周显均老师，他们都是我终生难忘的授业恩师。

1984年数学进修班毕业前夕，我趁势考取了陕西师大三年制数学函授本科班。陕西师大那年在新疆录取了一百零八名学员，大家戏称我们是水浒一百单八将。其中有三位是昌吉教育学院数学系的青年教师，两位是我们1982级进修班的学员。那次也真是碰巧了，我竟然考了第一名。陈光忠老师看我有点潜力，开始鼓励我考研，我的学习热情被进一步激发。这年暑期，我去新疆大学参加了陕师大函授班的面授课程。陕西师大派来的新疆籍戴文惠老师为我们讲授数学分析，她的课堂真是精彩绝伦。戴老师的先生赵觐周老师讲授高等代数和概率统计，我被赵老师的学问和人格魅力所折服，也对概率统计方向产生了浓厚兴趣。我暗自决定将来报考陕西师大数学系概率统计专业。说干就干，参加面授期间我四处搜寻，终于在红山商场门前的旧书摊上找到了清华大学出版社出版的《考研英语指南（上下册）》。回到木垒后我报名参加了北京外国语学院陈琳教授举办的三年制函授英语专科班。县一中开学后的第一天，我就去新招的高一（外语零基础班）听英语课。到1987年底，我拥有了两张数学专科毕业证书、一张数学本科毕业证书和一张函授英语专科结业证书（这个项目只颁发结业证书）。1988年我满怀信心参加了全国研究生统一入学考试，经复试和面试，最终被录取到陕西师大数学系概率统计专业，成为赵觐周老师的正式弟子。1988年的9月1日，我以全日制研究生的身份走进大学课堂，这也是我体验大学生活的第一天。

1989年春季，从军多年的农中老同学杨万成前来西安解放军政治学院深造，我们隔三岔五就能见面吃饭聊天。6月初西安闹学潮，陕西师大被迫停课。我了解到军队院校没有参与学潮，就去了位于小寨的解放军政治学院找万成兄。万成兄当时已是上尉军官，在军校的食宿待遇比我高了不止一星半点。我在万成兄的军人宿舍住了好几天，在他那里吃好的喝好的，过了几天安生的日子。1990年春季，丁巨年老师前来陕西师大参加教育部组织的中学管理干部培训班，那时丁老师已是木垒一中的教务主任了。丁老师、万成兄加上我，我们三人在西安完成了半年多的"铿锵三人行"，每每在把酒言欢时，丁老师就会正经八百地说："我们都是下山的老虎。"回溯到1978年，永信兄来到大雁塔东边的西安地质学院读书，1988年我来到大雁塔西边的陕西师大求学，真是十年一个轮回。

记得在我进入陕西师大那年的10月初，学校召开函授工作会议，我作为优秀毕业生代表受邀在大会上做了演讲。王国俊校长在做总结发言时说：

"在校学习很重要，在职学习更重要，它是通向成功的必由之路。"王校长是陕师大知名的数学教授，他的这段话深深印刻在我的脑海之中。

那天的会上来了不少记者，会后有好几个记者（有一位是中央教育电视台的）围着我问这问那，不知道为啥，都被我一一回绝了。过了几天，一位记者追到我宿舍采访，后来他写了一篇专访通讯稿发在《函授教育》杂志上，多亏了细心的陈桂萍老师，她帮我将这本杂志收藏下来了。

（三）充电

1990 年 7 月，我成为新疆财经学院基础部高等数学教研室的一名专任教师。在教学实践中我认识到，我的数学知识不足以支撑我对经济学、金融学模型的理解。动态经济学、经济均衡论、经济预测与决策以及金融经济学中充斥着五花八门的高等数学知识。我抱定一副"打破砂锅问到底"的决心，开始学习和研究经济与金融问题。我的那个"流动书屋"早已不知去向，但我的书柜里有了越来越多经济与金融方面的书籍。大学教师每年都有外出交流学习的机会，我向来都很看重这些宝贵的机会。我每次去其他省市参加学术活动，都感觉是对自己很好的充电。1999 年春季，我争取到一个去中国社会科学院数量经济研究所做高级访问学者的名额。到北京后，我住在望京附近的社科院研究生院，那是一个专做学问的地方。我的目标是搞明白数学在经济学中的功能，我选修的课程也围绕这一目标。这里隔三岔五就有名人来做学术报告，我感觉自己在享用学术大餐。在北京学习的这一年里，我结识了一些来自新疆的年轻学者，但没有遇到过平顶山的乡亲。每次路过天安门广场时我都在想，平顶山农中 1973 届的师生们能来天安门广场合个影该有多好。

2010 年，新疆财大派我去上海财大数学系挂职半年，这实际上给了我又一次离职学习的机会。我和上海财大的年轻博士们一起听课，一起讨论，一起聆听学术报告，尽情享受着学术研究带来的快乐。2012 年新疆财大 MBA 学院获得教育部牵头的"淡马锡"师资培训项目，我以"彩虹学者"的身份再赴上海财大，这次的学习目标是管理博弈论。在这之前，我已在新疆财大为本科生、研究生及 MBA 学生开设了长达八年的博弈论课程，这次的培训无疑使我站上了一个更高的平台。

生命不息读书不止，如今我的求学之路还在向前延伸……

四、执教生涯

（一）民办教师

1975 年 10 月，我初中毕业回乡务农已经一年零三个月了。这期间杨万成、范新义、孙宽仁、刘平珍等同学应征入伍，杨永信、麻永福、林正彩、杨多宽等同学被录用为民办教师，杨存元等同学由贫下中农推荐去了中专学校读书。我回到西达坂之后，成为名副其实的公社社员。

有一天傍晚我刚从外面回来，杜支书就来找我。他说农中的孔一颂老师请产假回家生娃娃去了，大队让我赶紧去农中替孔老师代课。我很向往教师职业，感觉这是一次难得的机会，便很愉快地应承下来。第二天背着铺盖一路唱着歌去了母校河坝沿农中，第三天就走进了初中二年级的数学课堂。我和潘进昌校长、沈殿清、娄生奇、刘兴泉等老师以及知青胡昌吉、学长何成勇做了两个月的农中同事。11 月底孔老师休满产假回来上班，我只有灰溜溜地背着铺盖悄悄返回西达坂，我的"教师之梦"就这样戛然而止。

算起来，1976 年 10 月 6 日才是我执教生涯的开启日，我的人事档案中也是这么认定的。那天我背着铺盖到达孙家湾小学后，直接去了教师办公室兼宿舍。一间大房子里靠墙支着几张单人木床，中间摆放着几张桌椅，杨永信、麻永福、林正彩等几位老同学已为我腾出了紧靠北墙的一张木床，这张床比我西达坂羊圈旁一撮毛里的地铺好了许多。10 月 7 日我就进课堂了，依稀记得第一节课上的是小学二年级的算数。我的课表看上去比较杂，上面有二年级算数、三年级常识、四年级美术、初一的数学。学校当年招收了一个"戴帽子"初中班，杨永信教语文，我教数学。永信兄从此和文字结缘（他后来做了《瀚海晨报》的编辑），而我从此和数学教育结缘。永信兄的记忆力很好，他在长文《情系平顶山》中生动翔实地记述了当年孙家湾学校的人和事，划拳喝拌汤、去李秀莲老师家蹭饭、赶母猪跑剿这些逸闻趣事被他还原得分毫不差。

我去孙家湾学校的那个学期，刘玦基老师刚调往东风公社学区。新来的杜有福校长是四队杜支书的四弟，家住平顶山五队杜家泉沟，平时和我们几个年轻男老师一起住在办公室。杜校长人长得瘦高白净，说话风趣幽默，土话俗语张口就来。有一次他在批评那些"老好人"现象时说："脚踩西瓜皮，手抓两把泥，能抹就抹一哈，能滑就滑过去"。10月下旬的一个周末，他一本正经地对我说，教师食堂伙食太差了，大家都馋得不行，让我去四队牵一只羊来给大家改善一下伙食。我二话没说，第二天徒步回到西达坂，直奔四队队长家。队长非常痛快地写了一张字条，上面明确写着：二齿子羯羊作价十八元，他让我带上字条去找羊倌。我在风疙瘩梁上找到我前阵子放过的羊群，羊们似乎认识我，冲着我咩咩叫喊，我感到很亲切。我配合羊倌从羊群里抓了一只黑白相间的花羯羊，把麻绳拴在羊脖子上，一人一羊慢悠悠地离开了羊群。我赶着花羯羊回到孙家湾，太阳已经倒西了。校长见到我和花羯羊，一副迎接"雪中送炭"的笑模样。老师们一起动手，杀羊、剥皮、剔肉下锅，天一擦黑，一锅手抓肉就煮好了。那天晚上我们吃着西达坂的羊肉，喝着散装古城大曲，又猜拳又捣杠子，开心得一塌糊涂。

在孙家湾学校做了两个月代课教师后，当年12月我就转正为民办教师，工资也从三十六元涨到四十二元。永信兄兼任学校的出纳，他每月底都要骑马下山去公社学区为大家领工资。每月四十二元的工资大大缓解了家里的经济压力，油盐酱醋的日常花销总算有着落了。几个月时间，我攒下了一个月个工资，托四队的知青朋友杨新智从乌市买回一把四十二元的小提琴，这是我一生唯一的一把西洋乐器，如今还躺在财大我家地下室的墙旮旯里。

1978年春季，我和永信兄、永福兄相继离开孙家湾小学去远方读书，我们三个人结束了划拳喝拌汤的快乐日子，同时也终止了民办教师的身份。此后的日子里，我再也没有去过孙家湾小学。我听永信兄说，如今的天山木垒中国农业公园游客服务中心就坐落在孙家湾小学的旧址上。唉，时光一去不返，在孙家湾小学停办之前，我们应该结伙儿去走一走看一看，哪怕留个影也好哇。

（二）公办教师

1978年4月我去奇台师范读书，不知什么原因，学校将我们编为"1979级"。从1979年9月开始，1979级三个班一百多名学生被分散到昌吉州各县，进行了为期半年的毕业实习，我和2班的藤万寿被分到木垒县东城口学

校。由于我们是实习生，学校只给我们排了副课，学校安排我教初二的地理和初三的历史。我为初二的学生讲完了地形地貌等高线，接着就为初三的学生讲授戊戌变法和康有为。我既要自学历史地理，又要钻研微积分，整天忙得不亦乐乎。

1980年2月，1979级毕业实习结束，我拿着毕业证书去县教育局报到。教育局主管领导说位于沙漠边上的雀仁公社学校急需教师，经研究分配我去那里任教。我服从组织的安排去了雀仁学校，成为一名公办教师。当时的雀仁中学和雀仁小学挤在一个院子里上课，我的小学老师唐学斌在这所学校当校长，我成为唐老师的同事与下属。来自平顶山桦树梁的老乡李万强是这所学校的音乐老师，他的三弦弹得很好。

唐校长见到我显得很高兴，他说中学部初二、初三两个年级的数学课已经"断顿"了，眼巴巴地等着我来救济呢，我才知道县教育局领导没说假话。当年秋季，中学部搬到公社附近的新校区，中小学分别命名，我成为雀仁中学的第一批教师之一。

1981年春天，我被县里评选为优秀教师，4月初和陈璞、李玉广、张志孝等老师一起出席了昌吉州优秀教师代表大会。会议结束后我和李玉广、张志孝、张长峰老师从昌吉乘坐11路公交车，来到位于乌市南门的昌吉办事处，办理了住宿手续，买好了第二天回木垒的班车票。太阳偏西时分，我们几个结伴去了南门体育馆附近的陈光忠老师家，当时陈老师已调往新疆大学数学系任教。我们受到了陈老师夫妇的盛情款待，好酒好肉好菜摆了一桌，几个人举杯畅饮，欢声笑语不断，聊到夜深人静才散。自那以后，李老师和陈老师天各一方，直到三十多年后的2013年夏天，他们两位老友才在木垒平顶山五队蒋永福家的果树园子里重逢。

1981年6月底，学校还没有放暑假，我就接到了县教育局的调令，调我去县一中教高中数学。唉，我刚刚熟悉沙漠边的生活环境，怎么又要挪窝了？原来那年县一中高中扩招为四个新生班，数学师资告急。一中副校长陈璞老师对我很了解，正是他的极力推荐，我才成为一名高中数学教师。

从进入木垒一中的那一天起，我完全放弃了成为一名作家的"痴心妄想"，立志成为一名职业数学教师。在县一中执教的七年间，我花费了大量精力备课改作业、学外语、啃数学。我经常用西达坂老庄子大爹的箴言激励自己："不怕慢就怕站，站一站二里半。"在陈璞、马岭、孙玉静、杨再礼等老师的帮助下，我总算在高中数学课堂上站稳了脚跟。

1986 年，昌吉教育学院（昌吉师专）数学师资告急，昌吉师专的余怀民、王惠义老师向吴樾校长极力推荐我，那时我仅仅拥有两张数学专科文凭。吴校长亲自找我谈话，为调我去昌吉师专不遗余力上下奔走。"人往高处走"的心理人皆有之，我积极努力四处求情，最后以失败告终。虽然那次没有去成昌吉师专，却坚定了我考研的信心和决心，也由此成就了我的读研之梦。

在木垒一中工作的七年间，我教过的学生中有不少是来自平顶山的农家子弟，由于年代久远，具体数字就无法统计了。

（三）专任教师

1990 年 7 月研究生毕业后，我如约前往新疆财经学院报到，从此成为一名大学专任教师。其间杨多宽的儿子、张桂兰的女儿等平顶山的娃娃陆续考入财院本科学习，还有一些考入继续教育学院学习的平顶山娃娃，我已不记得了。

2001 年 6 月，我陪同新疆财经学院党委曲万良副书记一行来木垒一中调研，我当年的老同事县一中侯志凯校长、王新明书记热情接待了我们。我在高三师生见面会上做了主旨发言，我发现这届高中生中，有好几位都是来自平顶山的农家子弟，这几个平顶山娃娃当年都报考了新疆财经学院。第二天李玉广、娄生奇老师和一中领导陪同我们去了石人子沟，时隔多年，我在石人子沟又一次看到了"绿丝毯上放马牛"的人间仙境。

2005 年夏天，木垒一中王新明书记代表县教育局来财院找我，希望财院能为木垒县的学校捐赠一些物资。随后我找到财院主管资产的领导，很快办妥了此事。过了几天，县教育局董艳芳局长带了几辆大型半挂车，从财院无偿拉走了几百套八成新的铁制课桌椅。这批桌椅是否惠及了平顶山的娃娃们？我没有进行过追踪。

2011 年夏天，经我牵线协调，陈光忠老师带领美国五所大学的相关负责人，不远万里前来新疆财经大学访问，双方进行了友好务实的会谈。会谈那天陈老师担任美方代表团的翻译，他特意用中英文两种语言向大家介绍了他在木垒平顶山的经历，当然也介绍了我。

2013 年春天，陈老师给我发来邮件说他计划 6 月份从美国回新疆，这次很想去木垒和四十年前的同事朋友见个面。杨万成听说这一消息后，建议我们先去木垒打个前站。5 月 1 日，我和万成兄驾车直奔木垒，5 月 2 日麻永福独自驾车赶到木垒和我们会合。随后我们和杨存元、冯全林、骆天智、夏元青等同学一起驾车沿木垒河直奔甘沟，参观了新建的三泉水库。麻工向我们介绍了水库建设的始末，耐心解答了我们提出的问题。随后一行人驱车直奔五队老同学冯吉龙家。冯吉龙出去放羊还没有回来，他媳妇赶紧生火烧水为我们沏茶，随后拎着菜刀去鸡圈里逮住她养了三年的芦花大公鸡，"厅堂麻斯"把鸡杀了，烫鸡拔毛开膛清洗，"克旗麻插"如行云流水。过了一会儿，我远远看见一个小老头儿骑着毛驴赶着羊群从山坡上走过来，那不是冯吉龙是谁？

我们在冯吉龙的院子里支了一张方桌，骆天智从汽车后备厢拿出了一箱木垒地产的特供酒。我们在温暖的阳光下，一边享用冯吉龙媳妇烹制的芦花大公鸡和羊肉焖饼子，喝着家乡的美酒，一边看着周围田野中的麦苗和山坡上的花草，感觉飘飘欲仙。杨存元兴奋得"乌马长枪"，拎起二胡冲到门前的山坡上吱吱嘎嘎拉个不停。不一会儿，麻永福跑过去抢过二胡，吱吱嘎嘎继续演奏杨存元刚刚拉过的新疆曲子。一众老友在冯吉龙的院子里胡吃海喝一直闹到昏天黑地。

6 月初，陈老师如期从万里之外的美国俄亥俄州回到乌鲁木齐。6 月 14 号，我和麻永福开着私家车，载着陈老师夫妇和他的大学老同学张老师直奔木垒。张老师退休前是乌鲁木齐市一中的王牌数学教师，她曾经是学生和家长心目中神一样的存在。

下了高速公路，我们直接去了园艺场附近周学武媳妇经营的餐厅，下车后就看见李玉广、沈殿清、刘兴全、杨淑秀、孔一颂、周学武、夏元青等一众师生在门口迎接我们。那年陈老师离开平顶山已经整整四十年了，老友相见，激动的心情无以言表。随后一行人驱车前往平顶山。我事先在乌市制作了五米长的红布标，上书"欢迎陈光忠先生荣归故里"。我们一路走走停停，在龙王庙水库、三眼泉、农中旧址、大队学校旧址驻足"忆苦思甜"，展开布标拍照留念。中午时分，我们来到了五队蒋永福家。蒋永福、冯全林、杨多宽、杨存元等同学在蒋永福家门口迎接我们，院子里的马槽炉子上一大锅羊肉正在冒着热气。一众师生举行了简单的欢迎仪式，然后坐在蒋永福家后院果树下的草坪上，吃着平顶山的羊肉，喝着木垒地产美酒，聊哇笑哇，一直闹到太阳倒西才下山。第二天吃过早餐，李玉广、沈殿清、刘兴全、杨淑秀、孔一颂、麻永福、周学武、夏元青等一众师生陪同陈老师夫妇和张老师游览了石人子沟。那片"绿丝毯上放马牛"的景色尽收眼底。我们坐在牧民毡房里，品尝着奶茶，再一次"话说当年"。返回时，我们在冰沟口上停留了很久，一起回顾了当年野营拉练挖贝母的情景。

木垒县政协的蔡云主席得知陈老师要回木垒的消息后，郑重地向县委做了汇报。蔡主席是我的数学老师蔡青山的长女，我们是老熟人。我们来到木垒的第三天下午，木垒县党委王志华书记、政协蔡云主席、统战部李功业部长如约在胡杨宾馆接见并宴请了陈老师一行，我和永福兄作陪。王书记为大家赠送的礼品是一盒鹰嘴豆，一部长篇小说《木垒河》。

2014年6月初，陈老师再次回到乌鲁木齐。6月15日上午，我和永福兄开车去公园街接上陈老师和他弟弟陈光新一起去昌吉访友。陈老师在昌吉宁边路上的卡斯酒店见到了分别已久的老朋友马腾、高永春、娄生奇、丁巨年、宋成福、陈国文、徐正烈、张明新（摄影师），还有他的学生刘连仁、王生虎夫妇。在宴席上老朋友举杯畅饮，久别重逢的愉悦心情无言以表。

在陈老师木垒之行和昌吉访友的活动中，农中1973届学军班班长杨万成、学农班班长杨永信双双缺勤，无疑是这个系列活动的缺憾，希望今后能够有所弥补。

岁月悠悠，在新疆财经大学执教的二十六年间，我去了很多地方，或进修访问，或挂职讲学，或参加学术活动，这些场合我和平顶山人的交集很少。但随着时间的流淌，乡愁的垛子在我的心田越堆越高。大概上了岁数的人心态都是这样的吧。

2013年，我有幸荣获新疆维吾尔自治区高校教学名师奖。当我从领导手中接过获奖证书的那一刻，感觉我的心房微微颤抖了好几秒，眼前浮现出平顶山西达坂的样子，耳际传来爹爹对亲戚邻里常说的那句话："往后吃苦受累砸锅卖铁都要让娃娃们念书开眼。"这个奖项也算是我对故乡平顶山的一点点回馈吧，荣誉属于所有助我成长的师长、亲人和朋友们，当然也属于陈桂萍老师。

结语

这篇长文是在永信兄的感召和"逼迫"下完成的。2021年暑期，永信兄见到我说，我们共同策划出一本关于平顶山的书吧。他的大胆设想令我怦然心动，无论对个人还是对故乡，我感觉都是一件很有意义的事情。说起来容易做起来难，当我静下心来做一些前期构思的时候，才发现现在的我已经很难完成永信兄布置的这一篇大作业了。我坦诚地告诉永信兄，我如今面临两大困惑。困惑一，感性思维几乎消失殆尽。在我几十年的执教生涯中，虽然出过一些书，发表过一些文章，但那都是一些严谨有余、浪漫不足的东西，我现在的创作激情远不及五十年前我撰写《踏遍青山人未老》时的状态。困惑二，记忆力减退。与青少年时期相比，我的记性远差于当年，我已完全不记得我在那篇《踏遍青山人未老》中写了些什么。

永信兄见我迟迟不肯动笔，就采用了"胡萝卜加大棒"的手段激励我。有一天他通过微信问我："你去过平顶山的油坊吗？清油是怎么榨出来的？"在我为完成这篇作业发愁时，永信兄发来了他的长文《情系平顶山》。《情系平顶山》像一颗石子抛进了我心灵深处那潭平静的湖水，虽然不是心潮澎湃，却也是涟漪不断。《情系平顶山》更像一把开启我记忆之门的钥匙，慢慢地打开了我那些尘封已久的记忆。我这坨麻榨终于被他榨出了几滴"平顶山清油"。

永信兄看到他对我的"压榨"效果显著，转而就用同样的手段"压榨"永福兄。永福兄的境况比我好不到哪里，他整天勘查水利工地，设计施工方案，撰写冷冰冰的工程报告，激情与浪漫焉在？我默默地祈祷永信兄对永福兄的"压榨"取得显著疗效。

写到这里，我不由自主想起了我们长达四十六年的"铿锵三人行"。时间回溯到1976年，我们三人在孙家湾小学朝夕相处互相帮扶，两年之后相继离开孙家湾小学去远方读书，毕业后各奔东西努力打拼，渐渐地我们又聚集在了同一座城市。几十年来我们从未中断联系，同学情谊历久弥新，三家人更是实实在在的"亲如一家"。三个人都经历过人生的大喜大悲，我们无法忘记那些痛彻心扉的至暗时刻。但是我们都挺过来了，我们必须要给自己点赞，同时还要给我们的另一半丁彩霞、黄新梅、陈桂萍点赞！

永信兄幼年丧父，为了生计从甘肃民勤来新疆投奔大爹大妈处谋生，居住在平顶山南梢的赛迈尔梁。坎坷的童年促使他异常刻苦用功，从小学到中学学习一直名列前茅。他担任过公社社员、民办教师、石油地质勘探队员、勘探队长、技术负责人、团委书记、《瀚海晨报》编辑、《中国地质矿产报》记者、大漠食品厂厂长、物探大队领导、西北石油局米泉基地书记、西站基地主任、轮台基地建设项目办公室主任、西北石油局概预算中心高级预算员等多个职务。他的岗位变动也是社会变迁的一面镜子，在相当程度上反映了这些年国企改革的轨迹。假如永信兄坚守在教师岗位上，我断言他现在一定是一位出色的教育家；假如永信兄一直从事石油地质勘查工作，他如今一定是一位资深的石油地质专家。每当我们在一起聚会，总免不了相互调侃。有一次他半开玩笑半认真地说："虽然我没有你们那样的专业水平，也没有你们那样令人羡慕的教授职称，可我有农、工、商、政、文等不同行业的经历，相当于体验了好几个人的人生滋味，这样算来我可比你们都富有哇。"他说的虽然是玩笑话，但也是大实话。也许是他觉得"永信"这个名字太实诚，缺灵气，当了记者之后，发表的文章就以"冰言"署名。江山易改本性难移，无论怎么改，他依然还是最初的他，是我永远可以信赖的兄长。

永福兄家住平顶山桦树梁，初中毕业后成为孙家湾小学的民办教师。1977年底我们一起参加中考，他被自治区水利厅水电勘查大队技工班录取，从此走进了水利工程地质勘查队伍。经过努力拼搏辗转奋斗，永福兄在新疆水利设计院崭露头角，一步一步成为新疆水利行业的技术骨干。他先后主持或参与了伊犁吉林台水库、引额济克、引额济乌等国家大型水利工程，担任勘查设计和现场监理，逐渐成为新疆水利界远近闻名的资深水利地质专家（教授级高工），江湖人称"麻工"。麻工也是木垒县三泉水库项目的积极倡导者和地质论证专家，"永福"从此成为木垒河沿岸百姓的"福星"。2010年1月的一天，永福兄在伊犁出差时遭遇车祸，腰椎受伤做了大手术，钢卡子至今还固定在他的腰部。幸好这次事故没有伤及他的腰椎神经，"永福永福，永葆福气，曾经大难，必有后福"。果不其然，永福兄现在日子过得越来越幸福了！

"铿锵三人行"中我的故事就不用再重复了。

2022年6月于厦门湾南岸

主编点评：

《岁月如歌》像一曲悠扬婉转的民间小调，引领我进入作者所经历的悠悠岁月。《岁月如歌》更像一首历尽沧桑的人生赞歌，唱出了一个平顶山人在漫漫长路上的慷慨激昂。这篇长文清晰地道出了一位大学教授的天真幼年、争气少年、奋斗青年的人生历程，抒发了他感恩父母、感恩尊师、感恩故乡的真情实感。也道出了作者与命运抗争，能吃苦、肯用功、爱学习、善思考的优良品格。把一个执鞭能放羊，扶拐能犁地，握叉能扬场，和泥能砌墙，和面能烧馍的有志青年活脱脱地展现在读者眼前。现实世界中，这样一位土生土长的平顶山人，由曾经的乡村民办教师成长为省级高校教学名师，由曾经的天山牧羊人成长为一所大学数学学院的院长，值得我为他骄傲；这样一位土生土长的平顶山人，著书立说桃李遍地，发表过几十篇学术论文，出版过多部著作及大学教材，值得我为他喝彩。

《岁月如歌》乡土气息浓郁，方言土语贴切，场景描写真实，作者胸襟宽广。阅读此文，一股清新的故乡暖风扑面而来，让人仿佛置身其中，不失为一篇感恩生活，自强不息的优秀散文佳作。

当自己衣食无忧、地位提升时，能把曾经贫寒穷酸的经历，扯出袜底子一般一股脑儿道出来，这说明作者不因自己寒酸的过去感到有失体面，恰好说明作者穷且益坚，不忘初心，记住乡愁，怀念友情的高尚品行。有则故事说，明太祖朱元璋小时候也是个放羊娃，和另外两个小伙伴赶着一群羊放牧。多年后，朱元璋几经征战建立大明王朝做了皇帝。当年放羊的伙伴想找当皇帝的朱元璋谋个差事。先是一位曾经的伙伴来到皇宫门前，守卫向朱元璋通报后获准入内。朱元璋问："你凭什么说我们是当年在一起的伙伴？"这位老实的羊倌说："难道你忘了，当年我们拿着棍子一起在山上放羊的情景了？"朱元璋大怒："这是哪来的穷鬼，给我赶出去！"不久，另一位伙伴找去了，当朱元璋问起"凭什么说我们曾经是一起的伙伴"时，这位羊倌说："难道你忘了，当年你带领我们手持一杆长枪，管着千百兵将，征战在草原山岗上的情景了？"朱元璋立刻走下宝座，握着伙伴的手说："你正是我要寻找的伙伴哪！"故事真假无从考究，可它说明：有的人随地位升高，会把曾经贫寒艰辛的经历看作是丢人、不体面的事，不愿让外人知晓。

作者乐于助人的优秀品德值得标榜。身为省级教学名师，不忘曾经的同学、同事、乡亲，尽可能为他们想办法，开绿灯，办实事，解难题。

通过作品可以看出，作者兴趣爱好广泛，在知识的海洋里涉猎十分广阔，知识储备相当丰富。艺不压身，这为作者后来的发展进步积累了充足的养分。

有个游戏叫"真心话大冒险"。本人通过《岁月如歌》揣测，似乎作者略欠冒险的勇气。"哪个少女不怀春，哪个少年不钟情。"作品缺少作者情窦初开时的故事描写，应该算作一个小小的缺憾吧。

本人建议作者在时间允许，精力旺盛，思绪活跃之时，完成那谋划已久的"宏伟计划"。凭借作者扎实的文字功底，故乡的生活经历，朴实的乡土语言风格，驾驭文字、遣词造句的技巧，相信大作面世，定会让读者眼前一亮。

丁巨年点评：

生喜的《岁月如歌》是一首人生奋斗的赞歌，它旋律跌宕起伏，雄浑厚重，情绪哀婉高亢，节奏明快，动人心弦。文章不仅使读者分享了他"从奴隶到将军"的奋斗历程，从中受到了启发和激励，同时也使读者进一步了解到20世纪六七十年代平顶山农村社会生活的方方面面。因此，《岁月如歌》又是一幅朴实清新的风俗画和风情画交相辉映的历史画卷。

《岁月如歌》结构紧凑，语言平实，口语化的叙述和方言土语的运用使文章清新淡雅，乡土气息浓郁，读来上口润心，亲切感人。文章内容充实，叙事客观，令人信服，为后人了解和研究平顶山历史提供了一份真实可靠的史料，值得永久珍藏。

《岁月如歌》是一篇发人深省、催人奋进、充满正能量的佳作，我为生喜和他的作品喝彩点赞！

陈光忠点评：

　　一口气读完了《岁月如歌》全文。尽管如作者自谦和主编点评中所说的激情不足理性有余，但仍然不失为趣味横生，引人入胜的好文章。

　　文中对 20 世纪六七十年代东天山北麓半农半牧的乡民生活、平顶山农中师生的奋进向上都有真实的描写，可以作为史料流传下去。在 20 世纪六七十年代到八九十年代，中国社会发生了翻天覆地的巨大变化，以至于现在四五十岁的中年人完全不了解也不理解他们父兄辈当年的生活。主袄子、皮窝子，骑驴上山，赶牛犁地等于刀耕火种、茹毛饮血的远古时代。正因为艰苦的环境锤炼出那一代人逆境中坚韧不拔，顺境中知足低调的品质人格，所以这样的文章值得后人一读。读完全文，可以看到一个山沟里的放羊娃是如何成长为一名大学教授的，堪为现在年轻人的榜样。

乡愁——我的南湾情结

◇丁巨年

南湾，是天山北坡平顶山的门户，是养育我成长，为我插上腾飞翅膀的故乡。南湾，是我曾经设法逃离，现在却难以忘怀，无法割舍的地方。南湾，早已融入我的血液里，骨髓中。

小时候，我怀揣着领工资吃"皇粮"干大事的梦想，刻苦学习，拼命读书，憧憬着，期盼着，期盼着知识改变命运，幻想着有朝一日走出这偏远封闭的山乡，远走高飞，实现我走出大山的梦想。终于等来了这一天，我可以走出来了。临别的时候，装好行囊带上家眷准备启程，一股难以割舍的眷恋之情油然而生，我再次回望那沟壑坡梁，那口老井，那幢老屋。我看到我家那已送给牧民的大黑狗，又跑回来蹲坐在老屋门口，一双眼睛深情地望着我，我的心里顿时五味杂陈，内心的情感难以名状。一句老话奔出脑海："儿不嫌娘丑，狗不嫌家贫。"我强忍着内心的歉疚与不舍以及对老屋、对家乡的依恋，一步三回头地告别了那片养育我的热土南湾，辞别了我家的大黑狗。

至此，我终于拔起了祖辈世代务农的老根，开启了新的人生之路，成了南湾人仰慕的"城里人"。我有了体面的工作，薪水伴随着工龄逐年增长，职务职称也一步步向上。

从此，我夙兴夜寐，风雨兼程，逆水行舟，知难而进。终于，辛勤换回佳绩，奋斗初见成功，赢得荣誉升迁双丰收。

一路走来，虽有种种困难阻挠我，却有理想引领我，领导培养我，家人支持我，朋友鼓励我，群众督促我，奋斗激励我，事业磨砺我。我赢得了命运的呵护，时代的成全，成功的青睐，荣誉的陪伴，掌声的激励，社会的认可……

我有幸得到组织栽培，数次参加国家教委举办的中学校长培训，通过参加各类研讨班和培训班，目睹了专家学者的风姿，聆听了名流大咖的阔论。足迹遍及大江南北，白山黑水，走访了圣地名城，欣赏了古迹名胜，饱览了大美风景，见识了古今文明。体验了陆地跨越，蓝天遨游，大海航行。

作为草根，我感到无比幸运。功名利禄虽无止境，人生目标已达巅峰。四十年职业生涯，半辈子风雨兼程，苦辣酸甜参半，甜蜜幸福相拥。此生，我十分满足，我万分感恩。

时光流转，岁月不停。不经意间，车已进站，船到码头，如期解甲，光荣退休。无拘无束，来去自由，操琴弄墨，手机刷屏，棋牌娱乐，访亲会友。趁着腿脚利落，国内观光，国外旅游。赋闲在家，思绪绵绵，南湾往事，涌上心头。一桩一件，犹在眼眸。

抚今追昔，逢新怀旧。如今常想起少年时代的情景，脑海里浮现着家乡的山水草木，南湾的风土人情。耳畔回响着千转百回的芦花河水声，眼前呈现出南北横亘的大坂梁美景。石碣子沟幽深，抬杠洼陡峻，狼洞门阴森，牛圈沟、段家凹、罗家坡、北石岇从东南到西北把南湾紧紧围拱。石门槛是南湾威严的大门，河台子是南湾丰饶的仓廪，芦花河是南湾人慈祥的母亲。最感恩南湾那口老井，她用那永不干涸的玉液琼浆，滋养着这里的万物生灵。闻名遐迩的三眼泉水，从南湾的井底流经，在河台子参天傲立的白杨树下露出峥嵘。三眼泉，"一等牌子"遐迩闻名，甘泉水沁人心脾，润肺养心。行路人常在这里打尖歇脚，喝一口甘甜的三泉水解渴提神。哈萨克族牧民视她为神泉，在泉旁的千年古树上挂满了祭拜的帛巾。

可敬的南湾子民，个个老实敦厚，淳朴勤奋，脸上常泛起友善的笑容。朴素的情感，辉映着中华民族的优良品格。

小小的南湾，鸡犬之声相闻，炊烟袅袅相映，民风淳朴和谐，邻里相处温馨。这里路不拾遗，这里夜不带门，一家有事，全员出动。同舟共济之风自古传承，困难再大，也不曾难倒南湾的父老乡亲。

难以忘怀的南湾啊，这里有我儿时的憧憬，这里让我的梦想成真。这里有我的发小，这里有我稚嫩的琴声，这里有我开心的故事，桩桩件件都值得留恋，至今让我记忆犹新。芦花河里常戏水，龙王坑里学游泳，一群发小闹哄哄，开心快乐常忘形。掏过鸟窝抓过鱼，放过牛羊袮（mí）马驴，唐家沟里拾牛粪，歘把地瓢更兴奋。"游牧时光"真有趣，打老牛、赶王八（均为一种游戏）。冬日滑雪更迷人，脚蹬雪板一溜风。可口野味遍地是，老蔻香，乌药甜，"酸揪片子"嫩叶酸溜溜，"毛鸡娃子"剥皮脆生生，野蒜苗子调饭味更浓。娃娃们呼朋引伴上学去，坡陡路远无所惧，发小掇我书包走，相互关照如兄弟。十年寒窗潜心读，狂想着"大鹏一日同风起，扶摇直上九万里！"

世外桃源在南湾，也有风雨伴雷霆。流经南湾的芦花河，河床从西跨到东。曾记得，老赵爷子辛酸终生未取名，老郑爷子多灾多难度人生，老陈爷子的清朝辫子尚未剪，姜爷子清亮的吆喝声震四邻。老人们饱经风霜的脸庞上，写满了南湾的沧桑与兴沦。也记得，刘大爷的果园很诱人，菜园里的茄子辣椒已长成，宽叶韭菜也有名。沈家大妈把屋里屋外收拾得干干净净，堪称南湾卫生模范第一人。不用说那九女子的俊俏，刘氏兄弟的威风，马家嫂子的笑话，陈家婶子的沉稳。刘大哥的三弦，周四爹的唱功，老陈爸的善行，刘二哥的精明，还得说家父的毛笔字，堪比书法大家颜真卿……

永志不忘的是我那敬爱的双亲，人生坎坷，历经风云。为谋生离乡背井，在南湾落地生根。感恩南湾的乡土山水，感恩南湾的父老乡亲，张开双臂，拥抱外来的双亲。知恩图报的父亲啊，没有愧对南湾，没有辜负众乡亲。担任生产队长十年整，含辛茹苦，夙夜在公，正气凛然，两袖清风，鞠躬尽瘁，一心为民。英年早逝的母亲哪，养育我们八兄弟姐妹长大成人。她卓有远见，供我们上学，为我们积累了发展的资本，使我们练就了腾飞的翅膀，储蓄了发展的后劲。父母大爱，千秋大功，惠及子孙，永世传承。

爱也南湾，恨也南湾。特殊时期，给父母留下了无尽的伤痛，不公的待遇刺伤了丁氏后人的心灵，破坏了淳朴的民风，搞散了善良的民心。然而，这不过是南湾历史上的一抹烟尘，弹指一瞬。重整旗鼓，抖落烟尘，团结一致，携手共进，我们仍然是可亲可敬的南湾人，像一根永远拉不断的钢丝绳！

改革开放大潮起，南湾的大门也开启。现如今，南湾前辈已谢世，吾辈养老去昌吉，小辈用武天地宽，工作经商去外地，留守南湾的小字辈，发财致富干大事，描绘南湾的新天地。天南地北南湾人，华丽转身非昔比！首丘之情不能忘，饮水思源念闾里。走出南湾的仁人志士们，无论你事业多辉煌，无论你飞黄腾达到何地，南湾，永远是我们的根，是我们的发祥之地。希望乡亲常联系，乡风民情莫忘记。只要得闲回木垒，抽空回乡访古地。

我恪守"百善孝为先"的古训，曾为祭奠已故的父母几度回访南湾故地。我曾生活居住多年的那幢老屋，随日月更替变化着：老屋破败了，老屋拆除了，旧址模糊了，痕迹全无了，只有一棵文关果树孤零零地随风摇曳……再后来，随着大部分乡亲的迁出，原先的那些老屋几乎踪影全无，取代它们的是几座砖混结构的房屋，那是留守乡亲的漂亮新居。听邻居讲，我家搬迁后，大黑狗一直守护着我家的老屋，老屋拆除后，也久久不肯离去。大黑狗的执着，大黑狗的坚守，让我的那份歉疚之情在脑海中又一次隐隐升起……

人到暮年常怀旧，桑梓情缘在心头。我的南湾情结呀，说不尽，道不完，犹如那记录历史的长卷永远写不满。埋藏于心灵深处的乡愁哇，剪不断，理还乱，就像那流经南湾的木垒河水奔腾不息永不断。

2019年12月1日于肿瘤医院病榻

天赐神泉——三眼泉

◇李玉广

　　"泉眼无声惜细流，树阴照水爱晴柔。小荷才露尖尖角，早有蜻蜓立上头。"每当我读到杨万里的这首《小池》时，便自然而然地联想起家乡木垒的三眼泉。

　　三眼泉位于木垒河西岸，平顶山北缘临河的一块突兀而起的犁铧形台地上。这里正好是木垒河峡谷的出口之处，也是平顶山与照壁山的交会之地。在三棵虬枝交错绿叶繁茂翠绿欲滴的参天古杨荫蔽下，三眼清泉环环相扣一字儿排开。纯净甘洌清凉爽口的泉水从树根处以每秒5升的流量喷珠泻玉般地涌流而出。临河而居的三眼泉，坐落于芳草萋萋绿茵如织的丘坡之下，掩映在婆娑葳蕤的灌木丛中。一团团茸茸如絮的水草，一支支婀娜娉婷的浮萍，点缀着澄碧见底爽冽甘甜的清泉，充溢着迷人的阴柔之美，别有一番风韵。

　　据老一辈人说：三眼泉，其实应当叫作"三碗泉"。传说在三皇五帝开天辟地混沌初开之后的某一天，打坐在凌霄宝殿龙椅上的玉皇大帝，突然心血来潮，萌发了一个念头，想派几位星官到下界去查看一下情况。向来热情好事的太白金星率先出列举荐，在奏请玉帝首肯后，选派了富有巡视经验的银河系资深巡查官福、禄、寿三星担任"下界巡查大臣"。早已腻烦了巡视银河这一苦差事的福、禄、寿三星得此美差后不敢怠慢，匆匆忙忙地打点了行囊，就开始了他们漫长的巡视之旅。他们每天脚踩祥云鸟瞰尘世，走马观

花般地浏览着人间的山山水水，领略着凡间的世态风情。遇到感兴趣的地方，他们也会按下云头，到尘世间脚踏实地地去视察一番。有一天，三位星官不知不觉地飘游到了西天瑶池的上空。脚下苍翠的崇山峻岭，碧绿的瑶池圣水，像磁石一般吸引了他们的眼球，于是他们不约而同地停下了脚步，情不自禁地按下了云头，想就近饱览一番瑶池胜境。孰料天不遂人愿，突然间狂风大作，直搅得天昏地暗日月无光。三位星官一个个被弄得晕头转向，一时间分不清东西南北，就稀里糊涂地落在了一处连绵起伏的山丘之下。风停之后，早已被折腾得筋疲力尽的福、禄、寿三星，虽然有点扫兴，但也只好自认晦气。他们强打精神席地而坐，从行囊中各掏出一瓶天帝御赐的美酒佳酿和各自随身携带的翡翠玉碗，开始推杯换盏猜拳行令，倒也十分尽兴。真个是：酒肉穿肠过，佛祖心中留。三下五除二，两瓶御酒早已灌进各自的皮囊饭袋。不胜酒力的三位大仙一个个醉眼迷离东倒西歪地浑然入睡。东方微明晨曦初露时分，三位大仙相继翻身而起。在睡眼蒙眬中，他们被眼前的美景惊呆了。脚下是波涛滚滚碧水荡漾的一股清流，眼前是突兀独立拔地而起的一座高山，身后是丘壑连绵的郁郁丘坡，这"不是仙境胜似仙境"的人间美景让三位大仙激情飞扬感慨系之。有道是：雁过留声，人过留名。何不将剩下的一瓶御酒一分为三，倒入各自的翡翠玉碗之中，置于山脚之下；然后每人各拿出一根玉箸，插于酒杯之旁，借以留下一处咱们"福禄寿三星到此一游"标记，倒也不虚此行。打点完毕后，兴尽而归的哥儿仨便飘飘荡荡地乘着五彩祥云，回天宫复命去了。

　　年复一年，这三碗御酒啜日月之精华，吸天地之灵气，就慢慢地落地生根化作三碗清泉，一碗为"福泉"，一碗为"禄泉"，一碗为"寿泉"，三根玉箸也化作三株伟岸挺拔枝叶繁茂的参天白杨，像护花使者一样守护在泉边。因为福、禄、寿三泉本为一体，后人便笼而统之地称其为"三碗泉"，再后来就又几经演变，慢慢地改称为"三眼泉"，哈萨克族人则称其为"乌什巴斯陶"，意思与"三眼泉"相同。这就是传说中三眼泉的来龙去脉。

与水结缘

◇麻永福

平顶山有个高高凸起的地方，这里伸手拨云彩，弯腰采山花，春季挖乌药，夏季欻地灕，秋季宰羊羔，冬季烫烧酒。它就是位于平顶山西南边的七队所在地华树梁。我的家就在这景色优美，悠闲快活的世外仙境。我懵懂的幼年、快活的少年、追梦的青年时代就是在这里度过的。

这里所描绘的景色是风调雨顺，降雨充沛的年景。平顶山的年丰畜旺人欢庆取决于天上来水。就是这个"水"字和我的后半生结下了不解之缘。

桦树梁一梁牵两湾，北边连着卞家湾，东侧紧挨孙家湾。卞家湾、孙家湾、桦树梁现在都隶属双湾行政村。我二弟麻永康 1996 年—2012 年先后担任双湾村村委会主任、党总支书记十三年。八队学校位于孙家湾，本人在这一梁双湾间玩耍、上学、劳动、教学，度过了十九个春秋。

吃肉划拳喝酒

只要提起宰羊吃肉或聚餐上羊肉，我的脑海里就会浮现出桦树梁吃肉高手林玉才的身影，总有一种将他吃羊肉的情景一吐为快的感觉，这里就让我说说林玉才打赌吃羊肉的故事：林玉才身体壮，骨架大，虽不敢说有鲁智深倒拔垂杨柳的本事，也是队上出了名的大力士。他负重出大力无人能比，吃肉的本事更让人瞠目结舌。有一次秋季打场，抓来一只当年羊羔准备宰杀

时，他和在场的人打赌说："这只羊羔，除了头蹄杂碎，羊肉全煮了我一顿吃完，若吃不完，我出钱买只同样大小的羊羔让大家吃。"其他人心想：一个人怎么能一顿吃掉十几公斤羊肉？输了长见识，赢了，我们还能白吃肉，不如现在就赌一把。赌局开始了，林玉才把羊骨头啃得干干净净，肥膘只吸不嚼，直接下咽，最后连一个大大的羊尾巴也被他吃了个精光，在场的人只好认输。

说到平顶山的烫酒划拳，远近闻名，那可不是吹的。早年间入冬以后，几个老人围着炕桌盘坐在热炕上，划拳喝酒能连坐几个通宵。2021年，为欢庆元宵佳节，昌吉州在木垒县月亮地举办了吉木莎尔、奇台、木垒县划拳高手大奖赛，东三县近百名划拳高手云集月亮地，经过车轮淘汰战，"吹尽狂沙始到金"，冠军争夺战在我二弟麻永康和木垒县西吉尔乡的陈先生之间展开，最终麻永康打遍全场无敌手，赢得冠军，捧回价值万余元的葡萄烈焰高度白酒三十余瓶。

要说本人的划拳技能，那是在八队学校教学时，我和杨永信、王生喜"三人帮"加大师傅李富强划拳喝剩拌汤练就的。李富强也是我们的同学，学校聘他来给住校老师做饭。他刚开始做饭时掌握不住多少，经常剩饭。为了免得下顿吃剩饭，我们几个人就划拳喝剩拌汤，我拳高胆大，赢多输少，输者一拳喝一勺。王生喜饭量小，拳术一般，常找人帮忙喝，杨永信划拳水平不高，可他装拌汤的容量大，除了喝自己输的，还替别人喝。

传承父亲品质

我父亲名叫麻德山，排行老五，人称麻五，甘肃民勤人。1959至1961年，民勤灾情尤为严重，挖野菜，剥树皮填肚皮也难以维持生计，父亲毅然决然地辞去县兽医站站长职务，带领一家八口人来新疆谋生，落户平顶山桦树梁七队（当时的平顶山五队）。

父亲担任过县兽医站站长，原本就懂中医，加上他心灵手巧，喜欢钻研琢磨，种庄稼，做木活，搞建筑等都是无师自通。平顶山交通不便，医疗条件较差，附近的农民患个头痛脑热，胃痛拉肚子之类的常见疾病，都找我父亲医治，父亲妙手回春，尽心尽力为乡亲们解除病痛。

20 世纪七八十年代，平顶山不通电，晚上照明和学生学习都靠煤油灯。我父亲不知从哪里找来一个旧的汽车发电机，自己改装了一台风力发电机，可解决 2—3 间房屋的照明。发电机在风力 3—4 级时，照明效果非常好，风力在 3 级以下时，灯泡忽明忽暗，风力超过 5 级，发电机没有刹车，随转速提升电压越来越高，会烧毁灯泡，这时就关灯停止使用。

那时候平顶山没有钢磨，面粉都要用生产队的耕牛加自家毛驴驮上粮食，到八九公里外的河坝沿水磨上加工。水磨是利用水的动能冲击叶轮带动石磨旋转推面，叶轮轴上挂着长皮带带动箩面的滚筒筛箩面粉。采用皮带传动易出现皮带脱落的现象，皮带脱落后必须有两个人才能安装。另外皮带磨损消耗大，每半年就得更换一副新皮带。我父亲通过制作简易模型反复试验，将皮带传动改为齿轮传动，大大提高了工作效率，降低了磨面成本。

当年的七队划分为三个生产小组，生产队设有队长、会计和出纳（五名以上党员的生产队设党支部和支部书记），生产小组设有组长和记工员。全劳力社员干一天农活记 10 分工，半天记 5 分，部分女社员和学生都拿不到全劳力一样的工分。每天干完农活，由记工员在每个干活人的记工手册上填写劳动事项，登记工分数量，年底汇总后根据生产队的盈余进行分红。当时农民种地叫干主业，出去承包工程叫搞副业。我父亲会木工，也会泥瓦工，在农闲时节经常带领七队社员外出承包工程。平顶山八队学校校舍、平顶山大队学校校舍、平顶山农中、东风公社中学新校舍和平顶山大队部均由我父亲带领七队社员修建。平顶山大队部大门上面悬挂着七朵向日葵，向日葵内镶嵌的七个字"木垒平顶山大队"就出自我父亲之手。

平顶山大队一共有十二个农业生产队和一个牧业队，每到年底决算分红时，七队的分红都是名列前茅，差的生产队每 10 个工分只能分到 2—3 毛钱（甚至倒亏），能分到 4—6 毛钱的队也不多，七队的大部分收入来自搞副业承包工程，收入大都在 7—8 毛钱，最多的一年分到了 1.47 元，在那个年代一个壮劳力一年能分到 400—500 元的现金，实属不易。多少年过去了，父亲带领七队人搞副业，增加农民收入的事还被桦树梁人常常说起。几年前，我的桦树梁老同学魏风莲的儿子结婚，在昌吉宴请宾客，席间，早已在昌吉工作并落户昌吉的任建国对我说："你父亲真不简单，为七队人做了不少好事。"

在父亲优秀品质的耳濡目染下，我逐渐养成了刻苦学习、努力钻研、善于探索、追求卓越的良好习惯。

涉足水利工程

1974 年 7 月我初中毕业回乡，当上了"面朝黄土背朝天"的全劳力农民。参加完山上的夏收、秋收等劳作之后，生产队领导分派我到木垒县城以北三十余公里的北戈壁，参加挖掘坎儿井的劳动，这也成为我"与水结缘"的最初尝试。

坎儿井是干旱地区的人们所创造的一种引水工程，经历了漫长的历史检验，是劳动人民智慧的结晶。坎儿井实际是一条埋藏于地表以下的人工水渠。新疆吐鲁番的坎儿井与万里长城、京杭大运河并称为中国古代三大工程。吐鲁番的坎儿井总数达一千一百多条，全长约五千公里。坎儿井一般根据地形坡度从高到低由多口竖井呈直线型排列，保持与地下水的流向一致。地下水渠（涵洞）的形态与电影《地道战》中展现的地道相似，只是为了省工省力，其口径高矮能满足人在里面施工操作即可。修建一条坎儿井，在地面上每间隔 30—50 米就要布置一口竖井，其作用是用辘轳将开挖地下水渠的砂石吊出地面。竖井的深度由地下隔水层的埋深确定，一般要深入地下水位以下，但不穿过隔水层。最高处的竖井深度达 12 米，水渠坡度远小于隔水层坡度，竖井沿斜坡由上往下布置，井深越来越浅，最后水渠引出地表成明渠，明渠末端修建一蓄水涝坝，灌溉农田时把储存在涝坝的水引流进庄稼地。

我所参加开挖的坎儿井位于准噶尔盆地南缘的戈壁滩，冬季天气异常寒冷，大部分时间的气温在零下二十摄氏度左右，最低气温达零下三十多摄氏度。坎儿井施工，一般三人为一个作业小组，井口摇辘轳一人，涵洞掌子面挖掘一人，运送砂石一人。掌子面开挖的沙砾石，装到筐子或水桶内，由负责运送的人拖到竖井口底部，地面井口的人采用辘轳将石渣吊出地面。由于涵洞必须在地下水位以下。井下施工作业人员穿着橡胶皮衣皮裤。涵洞断面小，出渣量就少，安全性也高；反之，断面大了出渣量就大，稳定性也差。因涵洞断面小，作业人员只能半蹲在涵洞内。长时间在湿漉漉的涵洞内施工，棉衣棉裤都被滴水淋透，交接班时出了井口赶紧往驻地跑，跑着跑着衣服就冻硬了，腿都不能打弯。每天晚饭后，还要加工第二天开挖涵洞用的镐头。

通过一个冬天的艰苦劳动，我切身体会到了坎儿井的科学性和施工的艰辛程度，也感悟到"水利是农业的命脉"的意义，可保障农业的命脉却是一项极其艰辛复杂的巨大工程。

2020年7月，我又专程去北戈壁参观了木垒坎儿井，现在的坎儿井是经过扩挖衬砌并进行了装饰，与原始的坎儿井差异很大。

等待录取通知

1975年秋季开学前，经平顶山大队审核同意，我成为一名代课教师，被分配到八队学校代课，和我一起分配来的还有同班同学杨永信、赵大有。次年赵大有被选为八队队长，大队又把同班同学王生喜分配到了八队学校。我们三人离家较远，一起住校搭伙做饭，由此开启了我们"三人帮"的交往生涯。

1977年冬季，中断了十年之久的高考制度得以恢复，当时我们三人已转为民办教师。我们怀着继续求学深造的愿望，报名参加了中考。1978年1月，各大中专学校开始陆续发放录取通知书，杨永信最先收到了西安地质学校的录取通知书，不久王生喜收到了奇台师范学校的录取通知书，我和王生喜、杨多宽、杨秀琴等同学依依不舍地送走了杨永信，之后又徒步十几公里专程到北闸七队为王生喜送行。眼看已过了开学报到时间，我的心里直犯嘀咕：按照自估的考试成绩，我应该能被录取，可录取通知书却遥遥无期。

我在盼着录取通知书，同时又怕收到录取通知书，因我家境情况较为特殊。1976年，我慈祥的母亲与世长辞，我的三个姐姐均已结婚出嫁，家里只剩下我父亲和我们弟兄四个，我为长子。假如收到录取通知书，我去上学一走了之，谁来侍奉年迈的父亲？谁来照顾正在上学、年纪尚幼的三个弟弟？矛盾中我又给自己宽心，寻找可以离开的理由：我的姐姐们虽已出嫁，但我的二姐马凤兰、二姐夫杜常贵还在桦树梁居住，他们可以抽空照顾父亲和弟弟们。

送走王生喜半个多月后，我的通知书还是杳无音信，在意识到上学无望之时，一个周一的早上，我又扛着行李来到孙家湾学校，准备安心教书。还没走到学校办公室，就听到黄培智、何成忠扯着嗓子喊道："你还背来行李干啥呢？你的录取通知书到了。"我以为他们在骗我呢，当拿到通知书时，我才知道这姗姗来迟的通知书是真的，我被自治区水利厅水电勘查大队技工班录取了。

潜心水文地质

收到录取通知书后，我的心里踏实了，我父亲开始忙乎了。他精心为我准备了上学的用品，亲手为我制作了一只松木箱子。按照通知书的报到时间和地点，我在木垒县城搭乘了一辆去乌鲁木齐拉货的大卡车。这是我独自一人第一次出远门，心里空落落的。汽车开了好长时间，快到甘河子时，坐在敞篷车里"飘大厢"的我看到了一排排房屋和高耸的烟囱，以为到乌鲁木齐了，心情不免有些激动。可汽车并没有停下来。过了这片竖着高烟囱的房屋，路两边又是光秃秃的荒滩。下午太阳快落山时，汽车进入乌鲁木齐市，后来又七拐八转，最后顺着坑坑洼洼的土路到了南昌路老满城街水电大队驻乌办事处。到这里才知道，我们上学的地方还远在南疆的和静县。我们在乌鲁木齐休整一天，单位给我们刚报到的新生每人发了一件皮大衣。第二天坐着敞篷嘎斯车，途经后峡，一号冰川，翻越海拔4300米的胜利达坂，来到了和静县西南约四十公里处的自治区水利水电勘查大队。

我所就读的这所学校其实是自治区水利水电勘测大队为了培养急需的勘查技术人员而开设的。学校开设了部分数理基础课，专业课的重点是地质基础、岩石、岩性、构造、工程地质、水文地质等。两年的学业完成后，我被分配到新疆水利水电勘测设计研究院工作，单位驻地就在我的母校所在地。

所谓水文地质就是研究地下水的分布和形成规律，研究地下水资源的合理开发利用，以及地下水对工程建设和矿山开采的不利影响及其防治等。而工程地质则是一门应用地质学的原理为工程应用服务的学科，主要研究地质灾害、岩石与第四纪沉积物、岩体稳定性、地震等。工程地质勘查就是为拟建工程项目的规划、设计、施工提供地表以下的构造分布，地层承压耐力等基础资料。

从上班的第一天，我就随着同事们进深山，穿沟壑，观察岩性，识别地层，分析构造。队上有位叫黄新梅的女工，她性格开朗豁达，工作勤奋，为人实在，乐于助人，办事细心牢靠。经过交往，我们结为伉俪。西北石油局第一物探大队145分队的驻地和我们相距不远，1986年春天，担任物探大队团委书记兼宣传干事的老同学杨永信到145队采访，顺便来我家探望，还用他携带的120照相机给我未满周岁的女儿麻静拍了照片。

按照最初的培养标准，我们这批学员就是水利水电工程项目的一线技术工人。上初中时就听数学老师翁德英讲过"学习如逆水行舟，不进则退"。我想我不能满足现状，一定要努力进取，即使不能成为水利行业的专家，也要成为一名合格的水利技术人员。心中有目标，学习有动力，1989年，我获得了到西安地质学院学习工程地质和水文地质的机会，这所大学是杨永信曾经就读的西安地质学校前身，位于王生喜读研的陕西师范大学东侧。平顶山孙家湾学校的"三人帮"先后在古都西安这座古老的文化名城接受了文化熏陶。经过两年刻苦钻研，我圆满完成学业，取得成人大专文凭。1988年，水电勘测设计研究院搬到了乌鲁木齐市老满城，这里紧邻八一农学院。近水楼台先得月，2001年开始，我通过半工半读，取得了八一农学院水利系工程和水文地质成人本科文凭。这样一来，我就具备了评定职称的基本条件，于1991年获得水利工程师资格证书，2001年获得高级工程师资格证书，2007年获得教授级高级工程师资格证书。

建功水电事业

我从事水利水电工程地质和水文地质工作四十余年，主持完成了伊犁喀什河吉林台一级水电站设计阶段的地质勘查；主持完成了新疆引额济克供水工程施工阶段的工程地质勘查；审查了伊犁河南岸干渠可行性研究及初步设计工程地质报告，伊犁河北岸干渠可行性研究及初步设计阶段工程地质报告，特克斯山口可行性研究和初步设计阶段的工程地质报告，伊犁喀什河温泉水电站预可研和可行性研究阶段工程地质报告，帕什托克水利枢纽项目建议书阶段工程地质报告，库马拉克河小石峡水利枢纽预可研阶段工程地质报

告，乌鲁木齐大西沟水库以及特克斯山口和温泉水电站工程地质灾害危险性评估报告等大、中、小型水利枢纽工程；编写大、中、小型水利工程地质勘查报告二十二项，撰写有关工程和水文地质学术论文二十余篇。我和我的团队先后获得国家、水利部和自治区奖项十九项，其中获全国水利工程金质奖一项、一等奖二项、铜质奖一项，获水利部工程地质勘查奖一项，获新疆水利工程地质勘查一等奖六项、二等奖两项、三等奖六项，获自治区科技进步三等奖一项。

大型水利水电工程项目投资巨大，工程地质勘查任务艰巨复杂，不是一两个人能够承担的，而是一个有团结精神、能吃苦耐劳且不计个人得失的团队共同努力才能够完成。上述工程项目中，本人只是发挥了一个工程技术人员应有的作用，成绩、功劳归功于整个团队。

2016年，按规定本人已到退休年龄，在单位的挽留下，我退休不退岗，仍然在为新疆的水利、水电事业操劳奔忙。这时候常驻现场的情况少了，但审查评审项目、现场指导、处置应急险情的工作应接不暇。退休之人，在处理一些疑难棘手问题时，往往会被推在最前沿，我开始进入"朝游碧海暮苍梧"的工作状态。

退休后的我，在上级水利主管领导的眼中，成了"好使的丫鬟""妙手回春的郎中"，只要遇到急难险情，总是忘不了我。

新疆最高大坝（坝高160米）、最大的水电装机阿尔塔什水利枢纽联合进水口边坡失稳，深孔泄洪洞竖井变形，让我亲临现场协助处理；且末县大石门水利枢纽表孔泄洪洞边坡塌方，让我帮助制订处理方案；塔乐得沙依引水式电站和博州哈拉图鲁克水库古滑坡复活处理，要听取我的处理意见……

有两起水利工程案例，给我留下了较为深刻的印象。其一是吉木萨尔县小龙口水库，由昌吉方汇设计院勘查设计，工程全面开工后，由于水库库区两岸分布的泉眼较多，地下水位高，就防渗漏问题，设计院请我和水利厅原规划设计局局长高亚平去现场指导。设计院最初的防渗漏方案是全库盘铺塑膜防渗。我们通过现场踏勘，了解水库库岸的坡度，泉水的分布高度和泉水的水量，提出了混凝土防渗墙垂直防渗方案，这样还可以收集利用库区内的泉水。双方意见不能统一之时，业主吉木萨尔县水利局认为我们的方案更为合理，得以采用。水库于2019年完工，运行良好，得到了吉木萨尔县水利局的高度好评。水库建成运行一年后，在昌吉方汇设计院年终总结大会上，院长徐勤松对全库盘塑膜防渗进行了反思，对混凝土垂直防渗给予了高度的评价。

另外一件是涉及勘查设计弄虚作假问题。作为勘查设计单位，弄虚作假是违背良心和职业道德的犯罪行为，绝不可放任延续，否则其后果和损失是难以估量的。2019年，水利厅规划设计局审查总投资5亿元的博乐库斯托汗水库初步设计时，我根据地质勘查的地层岩性与岩土的物理力学参数相互矛盾，初步怀疑勘查设计单位河南省某设计院存在设计造假、工作量造假的嫌疑。勘查设计造假，属触犯法律的行为，是极其严肃的问题，我的一句话，就可以给勘查设计单位定罪判罚。我不敢有丝毫的懈怠马虎，必须以事实说话。通过进一步查访了解和查阅原始资料，证实工程地质勘查确实存在严重违规造假问题。造假事实澄清的当天，博乐市政府和市水利局立即宣布废除勘查设计合同，之后重新招标确定水库勘查设计单位。通过这件事也给勘查设计弄虚作假起到了敲山震虎的作用。

三泉水库始末

2010年，国家加大农田水利基本建设投资，自治区开始实施定居兴牧战略。木垒的干旱缺水本就牵动着各级领导的心，对加大水利建设的期盼也不只是木垒人的愿望。经过各方积极努力，木垒县争取到了全疆27座"定居兴牧"骨干水源工程中的两座。本人代表自治区工程地质专家组，全程参加了水库的选址、可行性研究和前期设计与审查的工作。

在水库选址过程中，大家对大浪沙水库意见比较统一，而对另一座水库的选址游移不定之时，本人阐述了在木垒河上游再建一座水库的重要意义：木垒河的年径流量近4303万立方米，占全县地表水资源量的三分之一。龙王庙水库是木垒河上的控制性工程，为黏土心墙沙砾石坝壳坝，坝高42米，库容1400万立方米，水库始建于1958年，现在水库淤积比较严重，水库只能控制三分之一的年径流量。最终考虑到木垒县城的生活用水，工业用水和新户乡的生活和农业灌溉用水等重要性，选定在木垒河干沟口修建水库，水库名称采用来自很久以前的一个美丽的传说——三眼泉（龙泉、凤泉和兽

泉），表达了人们对泉水的热爱和深厚的感情，取名三泉水库。

在水库初步设计审查，进行坝型坝料的选择时，设计单位（昌吉方汇设计院）没有找到沥青心墙碱骨料，碱骨料也就是石灰岩（俗称石灰石）。因本人在木垒平顶山生活了十九年，熟知这里的花草树木、地形地貌、地层岩性。在距离甘沟口很近的白石头沟，平顶山人就曾用土法烧制石灰，这足以说明，平顶山有丰富的石灰石。我的建议为最终选择坝型提供了重要参考依据。

三泉水库位于木垒县照壁山干沟口，距县城南十四公里处。是一座以农牧业灌溉为主，兼顾生态用水的具有综合开发任务的小（1）型水库，始建于 2011 年 5 月，2012 年 9 月竣工。水库总库容 615.3 万立方米，主要由大坝、放水涵洞、溢洪道等主要建筑物和闸井房、消力池、管理站房等附属建筑物组成，坝型为面板堆石坝，坝长 630 米，坝顶宽 5 米，大坝最高 35.2米。

水库竣工后，开始下闸蓄水，在水库蓄水位还没有达到正常高水位时，水库右岸放水涵洞两侧开始渗水，后来发展到漏水，且漏水量与日俱增，如不及时处理可能会危及水库大坝的安全。设计单位聘请水利厅专家帮助解决，但未能找到漏水的本质原因，初步分析大坝漏水的原因可能是坝基漏水，对坝基帷幕进行复灌处理，成效甚微。后来设计单位请本人和新疆水利水电勘测设计院的教授级高工马勇来现场勘查处理。经查阅设计图纸和施工资料，通过现场勘查分析，水库漏水的原因极有可能是因涵洞两侧的坝体填筑物受涵洞的影响，存在填筑不密实，防渗面板脱空，在高水位时将坝体防渗面板压碎而发生的渗漏现象，建议将水库放空处理。施工处理时，将三泉水库的水放到下游龙王庙水库。水库放空后，发现涵洞两侧两块大坝防渗面板已被压碎。之后按照我们的处理方案，对坝体填筑料进一步压实，重新浇筑大坝防渗面板。经过处理，水库的漏水得到了彻底解决，确保了水库的安全运行。

反哺故乡，回馈梓里是每个有良知的游子念念不忘的心愿。在有生之年，能为家乡木垒的水利事业献计献策，操心出力，也算是我对家乡木垒尽了一份绵薄之力。

出差遭遇横祸

2010 年元旦刚过，由我负责的伊犁国电集团新上项目：寨口、塔勒的萨依和萨里克特引水式电站准备施工招标，需踏勘现场。我和我们设计院的设计老总马勇乘飞机到达伊犁，然后转乘汽车前往工地。

2009 年冬季伊犁降雪量特别大，但是个暖冬，元月的白天气温有时达到零摄氏度以上。头天下午降了一阵小雨，晚上气温骤降，路面上结了一层薄冰，第二天一早我们乘坐水电武警的丰田车，从伊宁赶往现场。在途经尼勒克县哈拉苏乡时，汽车时速八十公里。在一个马路转弯处突然看见几个当地老乡在路边聊天，司机为躲避聊天的老乡，轻轻打了一把方向盘，汽车立刻"横行霸道"，侧滑翻出路基，随即向左侧打了三个滚，汽车所有的玻璃都碎了，马总坐在副驾驶位，不知是从车窗还是从车门甩出去的，晕厥在路边。我当时还清醒，只感觉腰特别痛，自我感觉腰可能断了，我有意识地活动了一下脚，感觉脚和腿无大碍，当时在想，我还没有残吧。

出事的汽车四轮朝天，车门打不开，几个老乡把我从车窗里拉了出来，好心的老乡看我躺在雪地上，从家里拿来一床棉褥子让我躺在上面。虽然我疼痛难忍，可这时候我的手机响了，是尼勒克一级引水式电站地质项目负责人廖建忠打来电话咨询项目的有关事宜，我还是忍着疼痛根据项目特点和现场情况做了答复。

一小时后尼勒克县的救护车赶来了，我们要求将我们送到伊犁州人民医院，尼勒克县医院硬是不同意。我们俩躺在一条冰冷的毡子上被抬进救护车，经过一个小时颠簸到达尼勒克县人民医院。经过检查，尼勒克县医院的医生说我俩伤势严重，他们没有医治的能力，让我们转院。我们躺在尼勒克县医院的救护车上颠簸三个多小时，住进伊犁州人民医院重症监护室。通过各种检查，我是腰椎压缩性骨折，马总是踝关节脱臼并伴有骨裂，均需手术治疗。

这次幸好是车子向左侧翻打滚，若是向右，汽车不知要打多少个滚后掉入深沟，其后果不敢想象。

住院期间，伊犁州和州水利局领导多次来医院看望，并要求医院动用最好的医疗设备，制订最佳的手术方案进行治疗。水利厅和设计院领导觉得伊犁州医院的医疗设备和医疗水平有限，另一方面手术恢复期长，照顾起来不方便，决定转院到乌鲁木齐再进行手术。这期间，我妻子黄新梅得知消息后，着急忙慌地从乌鲁木齐赶到了伊宁市，得知我的伤势情况和伊宁的医疗条件后，平时随和温顺的她，在大事面前不糊涂，考虑问题很周全，关键时刻有主见。她极力主张让我们回乌鲁木齐治疗。正当准备转院时，天不作美，乌鲁木齐机场连续雾天，飞机无法降落。等到飞机勉强能降落时，航空公司将大飞机改为小飞机从乌鲁木齐飞来，担架上不了小飞机，五六个人用床单兜着我上了飞机。飞机上拆除了三排座位，将担架固定在飞机上。到了乌鲁木齐地窝堡机场，乌鲁木齐陆军总医院的救护车已经等候在停机坪。

转入乌鲁木齐陆军总医院后，通过各种检查，2010年1月19日，终于确定手术。手术前一天，黄新梅紧张得不知所措，忍不住打电话告诉了王生喜我出车祸的情况，王生喜赶紧来到病房看望我。当我被推进外科手术室时，看到的景象好像是我被推进了铁匠铺，手术台上摆放着台钳、台钻、电钻、手钳和各种大小不一的扳手等，感觉有点吓人。通过六个多小时的手术，腰上注入十颗钢钉，手术比较成功。术后的半个月不能下床，非常感谢单位的同事二十四小时轮流值班照顾。谢天谢地，我总算挺过了这一劫难。

临危受命抢险

2021年12月17日凌晨1点多，刚刚进入梦乡的我被一阵急促的手机铃声吵醒。我以为是骚扰电话，极不情愿地接通了电话，手机传来了急促的声音："伊犁霍城县水库出现重大安全事故，自治区委托水利厅成立事故调查小组，组长由自治区水利厅厅长李更生担任，成员由水利厅副厅长焦全喜，新疆水利勘察设计院的王兆云、麻永福组成，车已在你楼下等候，接你速去机场。"

我们在两点钟赶到了机场。起飞时已是清晨5点多钟。飞机在空中飞行一个小时，这期间本是大家闭目养神的休息时间，可每个人都在思考着事故情形与处理方案，没有丝毫睡意。

飞机在伊宁机场降落后，接我们的车早已等候在停机坪。汽车拉着我们行驶两个小时后天已大亮，我们终于到达事故现场。经了解，事故是因水库导流洞竖井开挖时，于16日傍晚6点发生了塌方。这座水库是由湖南省某设计院设计的，导流洞竖井长17.0米，宽8.0米，深58.0米，竖井开挖至42.0米时发生了塌方，塌陷的土石方将竖井回填了5.0米，由此竖井深度变为37.0米，塌方将井下施工的四名工人掩埋。

初步了解情况后，我和水利厅副厅长焦全喜及施工单位一名工人乘坐临时用木板和钢筋制作的吊篮由一辆大吊车吊着，晃晃悠悠地慢慢向着竖井底部下落，在下降的过程中既要观察塌方的位置，分析塌方的原因，竖井支护的方式和支护的强度，还要进行照相、录像等取证工作。下降途中不时有掉块下落，也就是说塌方还没有稳定，存在再次塌陷的风险。

当我们查看完毕返回地面时，自治区政协副主席兼伊犁州党委书记邱树华，水利厅厅长李更生，伊犁州各大厅局的领导都聚集在现场临时搭建的材板房内，中间放了一块黑板，等待我们汇报事故原因及塌方分析。

塌方滑坡一般都是由地质原因造成的，我是工程地质的专业人员，自然由我来汇报：根据了解和现场查勘，构成竖井的围岩是新近系的（也就是最年轻的岩石）泥岩，属极软岩（按水利工程地质理论，将岩石划分为坚硬岩、中硬岩、软岩和极软岩）。新近系的泥岩成岩作用差，强度低，属极软岩，围岩类别为五类，评判为不稳定，需进行刚性支护。结论：导致这次事故的原因是，设计单位没有按五类围岩支护，属支护强度严重不足所致，竖井目前处于基本稳定状态，不会发生大的塌方，但小的掉块随时都可能下落。

这种情况下，下井救援存在二次隐患。现场指挥部决定：在没有安全保证的情况下，不能二次下井。紧接着大家啃几口干馕，开始研究下一步抢险方案。夜里异常寒冷，临时木板房没有暖气，指挥部给每人发了件军大衣挑灯夜战。

第二天中午11点钟，完成了详尽的抢险方案。生命救护队员下到井底，经过生命探测仪探测，井内已无生命迹象。二百多人的紧急抢险至此结束。之后采用大开挖的方式进行后续事故处理。为杜绝类似事故再次发生，全疆所有水利工程停工进行安全隐患的排查。

问计木垒前景

退休后，杨永信、王生喜、麻永福"三人帮"相聚的机会多了。喝酒吃肉之际，免不了回顾当年划拳打扫剩拌汤的场景，免不了回味平顶山的极品美味羊羔肉，更免不了扯出关乎家乡木垒发展前景的话题。三人所学专业各异，经历有所不同，所提计策各具千秋。

学者出身的王生喜倾向于教育立县、文化兴县、科技强县。教育立县方面，一是要从娃娃抓起，坚决防止农牧区适龄儿童辍学，倾力培养具有较高文化素质的新一代木垒人；二是制定有效的引进人才政策，鼓励和感召从木垒县走出去的莘莘学子回乡反哺。文化兴县方面，一是深入挖掘木垒乡土文化的精髓，大力保护独具特色的"木垒非物质文化遗产"，讲好木垒故事；二是依托木垒县独特的自然风貌及乡土文化发展特色旅游。在不久的将来，使胡杨林、鸣沙山成为闪烁耀眼的戈壁明珠，使石人子沟"绿丝毯上放马牛"的景象成为无数人争相目睹的人间仙境，使平顶山的独特风光和极品羊肉成为木垒县的旅游名片。科技强县方面，一是着力发展农牧业特色产品，坚决抵制工业污染；二是打造人无我有、人有我强、具有木垒特色的网络平台。

杨永信具有地质学基础，认为木垒缺水的重要原因之一是横卧在天山北坡的照壁山阻隔了透水层向北延展，造成木垒平原地带打井多为干窟窿。地处木垒以西的奇台、吉木莎尔没有山前隆起阻隔，哗哗的机井水浇灌着大片良田。只因为照壁山这一隆起阻隔，在木垒河以东打机井、挖坎儿井都是徒劳的，木垒河以西较远处，虽有希望，但水量也不及奇台充裕。在我们三人中，杨永信小时候从山里的中药材中得到的实惠最多，他自然对天山中药材情有独钟，认为木垒山区地带生长着医用价值和经济价值都很高的中药材，除了耳熟能详的贝母，还有秦艽、柴胡、党参、当归、麦冬、车前子等，都是药用广泛的珍贵中药材，建议在海拔较高的山地种植中药材，在木垒县设立中药材交易市场，将木垒打造成大西北的"亳州"，由此带动木垒的经济发展。

他们二人的观点、见解不无道理，但如果不能从根本上解决木垒水资源匮乏问题，其他方面也难以持续发展。自从结缘水文地质，我经常在回想木垒的地缘、地形、气候及山泉、河流、水量分布。我认真分析过木垒水资源贫乏的原因，为家乡木垒做了不少功课。

天山是世界七大山系之一，是距今约 200 万—300 万年前，由印度板块与欧亚板块碰撞而形成，它横跨中国、哈萨克斯坦、吉尔吉斯斯坦和乌兹别克斯坦四国，全长约 2500 公里，也是世界上距离海洋最远的山系。天山呈东西走向，中国新疆境内长达 1700 余公里，南北平均宽 250—350 公里，最宽处达 800 公里，平均海拔高度 4000 米，最高峰为西部的托木尔峰，海拔高度 7443.8 米，6000 米以上的高峰有 15 座，北天山的博格达峰海拔高度 5445 米，天山向东延伸至新疆和甘肃交接的星星峡附近尖灭（消失）。

天山在新疆境内又划分为南天山、中天山和北天山。木垒县位于北天山北坡，天山水资源在时空分布上极不均匀。从天山北坡水资源看，由西向东呈递减趋势。伊犁位于天山西部，琼山绵绵，山体雄厚，海拔高度高，终年积雪范围广，汇水面积大，冰水资源丰富，仅伊犁河一条河的年径流量就达到 165 亿立方米，流入北冰洋的水达 130 亿立方米。向东，天山海拔高度逐渐降低，山体变薄，水资源也逐渐减少。玛纳斯河的年径流量约 15.02 亿立方米；昌吉市地表水资源量 2.55 亿立方米，地下水资源量 1.45 亿立方米；吉木萨尔县地表水资源量 1.76 亿立方米，地下水资源量 1.0 亿立方米；木垒县水资源总量 1.38 亿立方米，其中地表水资源量 1.03 亿立方米，地下水资源量 0.35 亿立方米，是天山北坡水资源最贫乏的县。

造成木垒水资源偏少的原因主要有：一是木垒位于天山北坡的东段，天山海拔高度大部分在 3000 米左右，山体厚度变薄，汇水面积变小，降雨量偏小。二是由于来自大西洋的水汽进入新疆，再加上来自北冰洋的暖湿气流，在天山的北坡受地形的抬升，形成降水，天山北坡山地的年降水量自西向东逐渐减少，伊犁地区山区年降水量为 500—1000 毫米，木垒山区年降水量为 300—400 毫米，木垒平原区的年降水量 150—200 毫米，星星峡年降水量只有几十毫米。

木垒受自然环境和地理位置的影响，人均占有水量 1170 立方米，远低于全国和全疆平均水平。全县地表水和地下水资源贫乏，属典型的贫水县。有记载以来，1962 年为极度干旱年，全县平均粮食亩产 7.3 公斤；1974 年全县降水量 240.9 毫米，旱灾造成全县 9 万亩农田绝收，全县平均粮食亩产只有 24 公斤；2004 年全县降水量 323.2 毫米，在当年"卡脖子旱"中，全县受灾面积 31 万多亩，有 1.05 万口人和 8.6 万头牲畜饮水问题得不到解决。2020 年也是一个干旱年，连续近两个月未下一滴雨，龙王庙水库干枯，库底淤泥干枯龟裂。6 月至 8 月人畜饮水都紧张，更谈不上农业灌溉，造成平原区几乎颗粒不收，山区农田大量减产。

近年来由于受二氧化碳排放量的增加，世界性气候变暖，冰川缩小，雪线上升，降雨量减少等因素影响，今后降雨量还会逐年减少，大旱年增多，水资源贫乏问题在木垒将会越来越突出。解决水资源短缺的问题只有从节水灌溉、兴修水利工程、跨流域引调水等方面入手。

木垒县共有六条小河，十七条小沟，已建有拦河水库十五座。木垒县无论地表水还是地下水资源量都十分贫乏，仅靠节水灌溉和修建水利工程是不能从根本上解决的。仰望天空，期盼老天降雨更难以解决木垒缺水的根本问题。

我是一个学工程地质和水文地质的专业技术人员，从木垒自然地理环境和气候环境看，要从根本上解决木垒缺水问题，只有长距离跨流域调水，才是远水解近渴的长远之计。新疆的北水南调工程，从阿勒泰调 10 亿立方米水到双井子和木垒胡杨林东侧，木垒县与巴里坤县的交汇处（库木苏水库），主要用于准东工业园区、三塘湖、淖毛湖、吐哈工业园区供水。预计 2024 年通水。随着国家环保意识的提高，原计划投资建设的高耗能、高污染煤制油、煤制气，火电厂，大部分都已缓建或停建。存在水资源富裕。木垒要解决水资源匮乏问题，可申请上级水资源主管部门协调，从水资源的余量中得以解决。方案之一是从木垒将军戈壁调水；方案之二（也是最合理的方案）是从西黑山水池扬水，采用管道供至芨芨湖水池，输水管道全长约 47 千米，再从芨芨湖水池采用管道自流到木垒三县水池，然后从木垒三县水池采用管道 3—4 级扬水到达木垒，每年最大可调水 5000 万立方米，这样就可大大缓解木垒县整体缺水的问题。假如本人的构想方案能够得到认可获准，尽快开展勘测设计方案论证工作，尽早实现远水缓解近渴，这将是对本人心系木垒的最好慰藉。

2022 年 5 月于乌鲁木齐老满城

主编点评：

麻永福最大的特点与优点就是沉着稳重，不慌不躁，心静踏实，做什么事都有板有眼。具体表现在学习刻苦用功，工作踏实用心，待人和蔼可亲等方面。

麻永福能够在专业技术工程工作取得辉煌的成就，这与他认真、执着、踏实、专注，永不言弃密不可分。他传承了他父亲善思考，好钻研，不达目标不罢休的特点。他是一个"不到黄河心不死"，就是到了黄河还要试深浅的人。

"不经一番寒彻骨，怎得梅花扑鼻香。"只因为麻永福平时刻苦用功，养成了良好的习惯，才能在关键时表现出高于常人的特质。上小学、中学时他就非常刻苦用功，学习一直名列前茅。从水电技工学校毕业后，他仍继续坚持"学习如逆水行舟，不进则退"的理念，见缝插针，努力钻研学习专业知识，先后取得工程地质和水文地质专业的大专、本科文凭。其技术职称也由技术员、助理工程师、工程师、高级工程师，一步步晋升到教授级高级工程师。

工作中，他不嫌苦，不怕累，不讲条件，爬山峰，穿沟壑，越是复杂险峻的地方，越是亲力亲为，取得了一项又一项丰硕的成果。从事水利地质勘查工作四十余年，成为新疆水利水电行业的知名专家。他主持完成及审查、审定的大、中、小型水利工程勘查项目近百项，解决了许多工程施工中遇到的复杂工程地质问题。他2009年不幸遭遇车祸，为固定腰椎注入十颗钢钉，同时他还患有严重的痛风，可退休后，原单位仍然离不开他，哪里的工地出现急难险重问题，他那"钢铁之躯"就会出现在哪里，在现场帮助处理解决。

麻永福虽然离开家乡多年，但始终不忘反哺家乡，回馈桑梓。在三泉水库选址定夺，北水南调，引额尔齐斯河水进入木垒等方面发挥了一定作用，这些工作对润泽故乡，造福木垒，意义非凡。

麻永福为人随和，不喜张扬，虽然文中未怎么提及为人处世方面的内容，但熟悉麻永福的人都知道，他待人和蔼可亲，乐于助人。不论亲戚朋友，同学同事，老乡熟人，只要有事向他求助时，他都慷慨大方，帮助解决并解囊相助。正因为他心中有他人，乐善好施，他的人际关系也非常好，在同学同事，朋友乡亲中有着很高的声望。

《与水结缘》由平到奇，由简到繁。主人公从一个知之甚少的普通苦力成长为一名学识渊博的知名水利地质工程专家，仅从这一点来说，本文不失为一篇反映个人成长经历的佳作。

一个人能够达到平和、平稳、平衡的"三平"心态，就可以对自己从容，对朋友宽容，对诸事包容。麻永福就达到了这样的境界，从而使他过得舒心、愉悦、洒脱。

陈光忠点评：

读了永福《与水结缘》一文，他那深厚的专业功底和丰富的实践经历让我拜服！麻永福、王生喜、杨永信他们三人都是对家乡对新疆做出巨大贡献的人，我为有他们这样杰出的学生感到骄傲！

夏日神龙潭

◇李玉广

　　大自然的鬼斧神工往往会在不经意间莫名其妙地在地球母亲饱经沧桑的肌肤上，留下一些刀凿斧削的痕迹。眼下的神龙潭就是这样一幅杰作。也许正是为了诠释"山不在高，有仙则名；水不在深，有龙则灵"这句名言吧，在距木垒县城十三公里的平顶山丘坡连绵的怀抱深处，竟然也神不知鬼不觉地孕育了一处有神龙潜卧的水潭——神龙潭。

　　神龙潭之"神"，首先在于它"躲在深闺人未识"的神秘。大凡木垒人都知道，平顶山，位于崇山峻岭的天山山脉与连绵起伏的丘陵坡地的交界处，虽说是山，却没有陡峭嶙峋的悬崖，幽深莫测的沟壑，苍翠茂密的松林。在平顶山舒缓的黄土高坡上满眼都是绿浪翻滚的麦田、绿波荡漾的草滩。在平顶山的几乎每一条沟里，都有一眼水量充沛的山泉流水从山岩的隙缝中渗溢而出，滋润着这里的生灵万物，涵养着这里的良田沃土。我曾经在平顶山学校工作过七年，也自诩曾徒步丈量过这里的沟沟岔岔，但是当我听说赫赫有名的旅游胜地"神龙潭"就坐落在平顶山时，还是深感意外。究竟是吃惊于我的孤陋寡闻，有眼不识金镶玉，还是吃惊于"神龙潭"的深藏不露呢？我也一时间难明就里，也许是二者兼而有之吧！后经友人介绍，我才猛然想起：原来神龙潭就是石圈子沟的大龙王坑啊！于是我恍然大悟：神龙潭这个神乎其神的雅号，不过是神龙潭从穷山僻野的幽谷走进人们视野的一个时尚的包装而已。

神龙潭的"神",还在于它宛如一块碧绿的翡翠镶嵌在突兀壁立的山岩拱卫之中的神奇。

神龙潭扑入你的视野是突如其来的。当你在崎岖蜿蜒的山间小路上漫不经心地一面缓缓向前行进,一面饶有兴趣地观赏着眼前黄绿相间微波荡漾的豆蔻麦浪时,豁然间,一处像刀劈斧削般的石峡就展现在你的脚下。峡谷深约数十米,大致呈南北走向,东南西三面都是陡峭险峻的石壁,黑色或黄褐色的岩石就像冲破山神的束缚破土而出的武士,披坚执锐威风凛凛地矗立在谷底。三面峭壁拱卫的石峡只有北面一个出口,俨然就是一个天造地设的露天牲畜圈,因此当地人就称其为石圈子沟。神龙潭就隐藏在犹如陡然塌陷般出现在缓缓丘坡腹地的石峡南端。

神龙潭的"神"还在于水。神龙潭的水源来自南面的松树沟。从沟脑一眼清泉中潺潺流出的一条小溪,沿着沟谷从南向北顺势而下的溪水,在奔流途中却突然间钻入一条山岩的缝隙,变成了一条潜流暗河,继续一路北行。当溪水流到神龙潭附近后,这股暗流,突然又从地下岩缝中冒了出来,一路欢歌地顺着峡谷南端的石壁急匆匆从陡峭的山崖上一泻而下,骤然形成了两道跌水瀑布。第一道瀑布在石壁半腰冲刷出三个小水潭,潭水不深,清可见底;第二道瀑布颇为壮观,一条银白色的水帘从近 10 米高的绝壁上画出一道绚丽多彩的弧线顺势一跃而下,在谷底飞溅起无数雪白的水花,冲刷出一个 7 米方圆的大水潭,被飞流直下的瀑布激起的一层蒙蒙的水雾笼罩在微波涟漪的水面上,更为潭水罩上了一层神秘的面纱,深幽幽的潭水呈黛绿色,莫知其深浅。据当地的老农说,有好事者曾用一根长 20 米的长杆测量过潭水的深度,孰料将整个长杆竖直插入后却依然探不到底,其潭水之深可想而知。潭水的深不可测激起了当地山民们无尽的遐想,按照民间谭深必有蛟龙的说法推测,此深不见底的大水坑一定是蛟龙潜藏之处,龙王坑便由此得名。至于神龙潭的称谓则是后人借题发挥,在龙王坑俗名的基础上贴上的时尚标签,无非是更显得文雅别致而已。

龙王坑是神龙第四潭,也即神龙潭的主潭。在主潭之下,还有三个不太大的水潭,潭水清澈澄澈,倒卧潭底的一块块刀削般的岩石清晰可见,就连游鱼在水中嬉戏的情景也可以一览无余。

神龙潭大大小小,深深浅浅的七弘水潭,巧妙地编织成一幅自然天成的七珠连环赏心悦目的美景。数千年来它默默地隐居于平顶山丘陵的腹地，就像一位待字闺中的淑女，羞羞答答地期盼着心中的白马王子飘然而至。

在神龙潭之"神"的背后，还有一个更为神奇的神话：传说有一日，西天王母正在瑶池沐浴，氤氲迷蒙的水雾轻抚着她白如凝脂的肌肤，缭绕弥漫的香气浸润着她的心脾，一阵朦朦胧胧的倦意悄无声息地向她袭来，在似醒非醒似睡非睡的那一刻，一丝隐隐的母爱从她心中油然而起。她突然萌生了一个想法：我贵为西天王母，独享瑶池之乐，也算是了无遗憾了。何不乘此也为我身边的七位仙女赏赐一处隐蔽的沐浴之地呢？于是她顺手从发髻上拔下头上的神簪，在瑶池之东的一个偏僻的山坳里一连戳了七个大小不同深浅不一的窟窿，并从地下暗道引来瑶池之水充盈其中，自此，在平顶山便有了七星连珠般的七个水潭。为了保证仙女沐浴时的安全，西王母又命瑶池乌龙随驾保护，据守水潭，由此便有了大龙潭、龙王坑、神龙潭的名字。

三壁峭崖，一眼清泉，一湾溪水，造就了神龙潭七珠连环美轮美奂各具异彩，赏心悦目神秘莫测的自然景观，彰显着大自然神奇的造化之功。

神龙潭一带地貌特殊，水源充沛，牧草丰茂，自古以来就是游牧民族理想的放牧之地。石潭两面的山体石壁矗立陡峭险峻。黑褐色或黄褐色的岩石像垒积木一般层层叠加纵横相连，就如古罗马的城堡一般壁垒森严，将神龙潭拱卫在其铜墙铁壁般的怀抱之中。更令人称奇的是，在神龙潭的崖壁上，还赫然保留着远古先民们凿刻的上百幅形态各异的岩画，画面上的内容以动物为主：有奔腾跳跃于山岩绝壁上的北山羊，有悠然温顺的在草地上吃草的双峰驼，有体格肥硕威武健壮的马鹿，还有雄姿英发双角硕大弯曲的盘羊。其中还有一幅牧人头戴尖顶帽，带着牧羊犬在草原上放牧的岩画。画中的牛、羊或大或小，形态各异，栩栩如生。这些先民的遗存物，为我们研究这一地区的历史提供了珍贵的佐证，也为神龙潭神奇的自然风貌镀上了一层熠熠生辉的人文色彩，披上了一袭更加让人好奇的神秘外衣。

夏天是个热烈的季节，花团锦簇，万紫千红，可唤起人们热烈的追求和向往。夏天是一个多彩的季节，火红的日出，瑰丽的晚霞，苍翠的山野，大自然无不在体现它的浓情和韵味。

夏日是神龙潭最美的季节。

夏日的神龙潭山峦叠翠，飞瀑喧嚣，潭水清幽，骄阳在蓝天上炫耀着生命的欢畅，碧风在沟谷中轻拂着清潭的脸庞，涟漪在水面上荡起韵动的旋律，清凉在悄然中浸透诗意的心房。夏日的神龙潭让人们开启浪漫的遐想：那陡峭的山崖、那碧绿的潭水、那飞悬的跌水、那古拙的岩画，仿佛都存在有爱的诗韵和那聪慧的翅膀，牵引着你的心，与你微微低语，叫你酣然而醉。朦胧中，一曲舒缓悠扬的新疆曲子在我耳畔轻轻响起：

木垒神龙潭，旅游好景点，九曲回肠溪水绿，潭深难见底。瀑布飞流水花溅，仙女来沐浴，薄雾蒙蒙如云霞，美丽又神奇。

故土难忘

◇刘慧霞

2021年7月，杨永信通过微信给我发来两张照片，并告诉我说，照片是按原图转发的，它是我们一家人生活居住了十多年的地方，让我最好通过平板、电脑或电视放给我爸妈看。

2020年5月，杨永信、王生喜、麻永福专程从乌鲁木齐来昌吉，看望他们的老师兼同事我爸刘玞基和我妈李秀莲。在那之前，我爸已患上了轻度健忘症，时而清醒，时而迷糊，我妈也患有轻度哮喘。可他们的到来，使我爸我妈异常兴奋，疾病似乎突然间好了似的，和他们一起聊天、拍照、吃饭，非常开心。

在平顶山这样清新环境中，艰苦岁月里建立的师生之情，同事友谊是纯洁无瑕的，我爸我妈对他们关心照顾，只要家里做好吃的，就叫他们到家吃饭，甚至连他们的婚姻大事也操心过问；他们对我爸我妈也特别敬重，只要我家有什么出力气的体力活，都责无旁贷地包揽。

几年来，知道了我爸我妈的身体情况后，他们就隔三岔五给我发信息，打电话，询问我爸妈的近况，并让我向我爸妈转达他们的问候和祝福。

当我在手机上打开照片观看时，我爸我妈也凑了过来，其中一张照片简直是一粒灵丹妙药，我爸看着照片渐渐地目光如炬，欣喜若狂。他指着照片说："照片中间突出部分是脊心梁，上面是桥桥，我的学生罗万学、马吉文、闫学礼、闫学智、董慧琴、董慧玲、孙淑艳、赵英花等和同事高学义的家就在这里，照片右边的庄子是孙振云家。"照片的下面虽然没有庄户人家的房屋，只是黄色的油菜花、青绿的草地和一栋孤零零的建筑，可我爸指着照片说出了孙淑丽、孙宽仁、张福成居住的沟东，还指出了赵大有、孙宽义、孙宽龙、林正彩、香成福、李振龙家曾经居住位置。当提到李振龙的名字时，我妈接过话茬说："李振龙的妈妈这个女人特别干练贤惠，做的一手好茶饭。"从照片展现的画面可以看出，这张照片是从现在的天山木垒中国农业公园游客服务中心向南拍摄的，另一张照片拍摄的是天山木垒中国农业公园游客服务中心。经仔细观察，客服中心入口处，正是我们一家人曾经居住的位置。

"悠悠天宇旷，切切故乡情。""露从今夜白，月是故乡明。"天山木垒中国农业公园游客服务中心所在地，原来是平顶山八队学校，这所学校是1964年由我爸一人亲手创办的，第二年我妈也调入这所学校任教。我爸我妈最美好的青春都奉献给了这里的教育事业，他们在这里任劳任怨，无怨无悔，尽心竭力，教书育人十二年，虽不敢说桃李满天下，也是弟子遍新疆。看到这熟悉的场景，曾经奉献过的热土，怎能不让他们心潮澎湃，思绪万千，眼放光芒。

我们一家五口人，我爸我妈、我的妹妹刘志霞、弟弟刘永发他们都在这里工作、学习、生活了十多年，只有我因在县城上学，居住的时间最短。现在我在想，只要我爸我妈的身体允许，我一定要拉上他们到平顶山八队学校的原址上亲眼看看，亲自转转，如果条件具备的话，在这里住上一段时间，这样或许能够唤起我爸铭刻心底的记忆，驱走他那可憎的健忘症；在这空气清新，负氧离子充足的洗肺圣地，渴望能够医治好我妈那可恶的哮喘病。

2022年2月

平顶山印象

◇陈桂萍

一、邂逅有缘人

王生喜是我认识的第一位平顶山人。

1978年4月初，我有幸被录取为新疆奇台师范的一名新生。开学前夕，我搭便车从二百多公里外的昌吉县滨湖公社来到奇台师范学校，开启了此生难忘的求学之路。我们这一届师范生来自昌吉州各县以及兵团农六师各团场，一百多名新生分为三个班级，我是第一个前来报到的新生，被编到1979级1班。

开学第一天傍晚，我作为被指定的团支部书记，参加了班主任尹继中老师召集的班干部会议。尹老师在做自我介绍时，强调了他是学校本次招收新生的负责人，随后向大家逐一介绍了班委会及团支部的成员。他用手指着坐在角落里一位男生说："这位来自木垒县的同学叫王生喜，他是本次昌吉州中考状元，是我抢先录取到奇台师范的第一位新生。学校已任命他为校学生会的学习部部长，他也是咱们班的学习委员。"大家的目光都聚集在这位精瘦精瘦的男生身上，只见他低下头搓着双手一副害羞的样子，衣袖肘部及裤子膝盖上的大补丁格外显眼。

我认识的第二位平顶山人是1979级1班的同窗闵秀花，她是平顶山大队闵支书的女儿，也是王生喜的初中同学。1981年我从昌吉调到木垒县三

小任教，借住在东风公社兽医站，闵支书已是兽医站站长了，我们和他家做了一年多的邻居。

记得奇台师范有一位名叫范明华的美术老师也是平顶山人。他是奇台师范的留校生，师从陈道中先生，摄影技术一流。

当时奇台师范的校舍清一色都是平房，校园西侧是教学区，每栋平房三个教室，1979级三个班被安排在同一栋平房。课余时间教室门前的空地上熙熙攘攘，欢声笑语不绝于耳。校园西侧是宿舍区，每间宿舍住二十人，上下两层通铺上满满当当都是被褥枕头。学生的伙食实行供给制，国家每月为每位师范生补贴12元人民币（全部由学校代管），十人一组，值日生负责领饭分饭：一只洋铁皮水桶盛汤，一只大搪瓷盆盛饭菜。饭菜领回宿舍后，十只花色不一的饭碗瞬间就围着大搪瓷盆放在了地上。大家很有耐心地等待值日生用黑黝黝的长柄大铁勺子将饭菜均匀地分到十只碗中，二十只眼睛一动不动地盯着长柄勺子。饭菜分完的一刹那，十个人齐刷刷地弯腰伸手取走自己的饭碗，一转身就听见稀里哗啦大快朵颐的声音……每每想起这个场景，我都禁不住要笑出声来。

人生充满了不确定性。我这个土生土长的昌吉人后来远嫁木垒，做了平顶山西达坂西庄子王家的儿媳妇，不知道这是巧合还是缘分。

1980年国庆节前夕，生喜的二哥开着新疆路桥公司的解放牌卡车从昌吉出发，去中苏边境的北塔山拉红松木。返回时路过木垒接上生喜和他母亲，经过两天的行程，来到昌吉县滨湖乡参加我们的婚礼。婚礼之后的10月3日凌晨，我俩和生喜母亲一行三人坐上去木垒的长途大巴，经过十几个小时的颠簸，于黄昏时分到达木垒县城汽车站。一下车就看见生喜的父亲赶着毛驴车迎了过来，车上放了两只装满麦草的麻袋。我们三人坐在松软的麻袋上，公公坐在车辕上摇晃着手中的鞭子，驾着驴车向县城西面的北闸村驶去（1976年生喜的父母就从平顶山搬迁到北闸了）。那天回家的路上来来往往的熟人不少，乡亲们热情地和两位老人打招呼，说的话差不多都是"二爸二婶，你们把儿媳妇接回来了！"二位老人精神矍铄，饱经沧桑的脸上写满了慈祥与笑意。这幅普通而又独特的画面早已定格在了我的记忆深处，值得我珍藏一生。

二、西达坂过年

1984年春节前夕，我和生喜商量好去平顶山西达坂三哥家过年，我将第一次踏上平顶山的土地。大年三十下午3点整，我俩从木垒一中的家里出发，徒步向西穿过木垒河干涸的河床，进入头道沟。山沟里的积雪很深，一路上鲜见行人。漫山遍野银装素裹，阳光照在雪地上分外耀眼。我在昌吉的平原上长大，从未在冬季走过山路。一路上磕磕绊绊，深一脚浅一脚行进得很缓慢，直到黄昏时分才到达头道沟大坂的山脚下。那个大坂的山路可真是陡峭哇，我在厚厚的积雪中蠕动，每走一步都很费劲，我可是体会到成语"举步维艰"的含义了。生喜搀扶着我一步一个脚印地艰难前行，不到一公里的达坂不知爬了多久，翻过达坂时已是满天繁星了。我浑身酸软无力，感觉人都快不行了。生喜托架着我，指着前面若隐若现的灯光说："那个灯光处就是三哥家，再走一两百米就到了。"我们走哇走哇，那束灯光仿佛就在眼前，可走了很久还是无法触及它。正在我心生绝望时，突然眼前一黑，那束灯光不见了。我下意识地伸手摸过去，却发现眼前是一堵墙，生喜说了声"到了"，随后牵着我的手顺着这堵墙摸黑走到另一边。一声狗叫吓了我一跳，随后眼前一亮，屋子里的灯光透过窗户照亮了院子，我总算看见了房门、廊柱和大喊大叫的白狗。三哥开门把我俩迎进屋内，叔叔婶婶边穿衣服边吩咐三嫂为我们做饭。两个侄子趴在被窝里笑眯眯地盯住我俩，活像两只未出窝的小麻雀。

那顿夜宵是三嫂子三十晚上煮好的手抓羊肉，还有松木大方笼蒸就的胡麻卷子和自制的糖油果子。我平时很少吃肉，一看见大块的手抓肉就退避三舍，那天晚上或许是真饿了，或许是平顶山的羊肉太香了，我竟然吃了好几大口。

大年初一山上天气晴朗，吃过早饭后我俩走出房门，看到左邻右舍都坐在各家院子里的木凳上晒太阳。我俩站在三哥家的院子里远眺，这才看见平顶山的真实面貌。最远处是深蓝色的天山山脉，天山以北到处银装素裹，山坡上星星点点散布着一些村庄农舍，空气干净得不沾一丝尘埃。由远及近依次是鸡心梁、马圈湾、夹皮泉、孙家湾、帽合山、桦树梁、卞家湾、台台上、西达坂。这个平顶山的雪景美得实在有点过分了，我仿佛置身于一幅巨大的北国风光油画中，有点飘飘欲仙的感觉。

生喜指着远处桦树梁上的一处村庄说，昨晚我们在风疙瘩梁上看到的灯光就是从那个村庄某户人家的后窗户透出来的。天哪，原来他对我用了"望梅止渴"之计！

随后我们拎着简单的礼品，在三哥三嫂的陪同下去亲友家拜年。村子里家家户户都用湖南茯茶、胡麻大卷子、糖油果子、胡萝卜粉条炒羊肉、古城烧酒招待我们。我的胃里早已塞得满满当当，主人还在一边不停地给我续茶递油果子，一边不停地说着"走一门，吃一盆"。哎，我总算亲身体验到平顶山人热情好客的方式了，这可是真正的"宾至如归"呀。这一天的拜年下来，吃得我"酒足饭饱"，累得我腰酸背痛，在回三哥家的路上感觉更加"举步维艰"了。

正月初二我们要返回县城，三嫂子也要回娘家，正好是同路。三哥在他家的毛驴背上捆绑了毛毡子和棉褥子，几个人把我扶上毛驴，这是我平生第一次骑毛驴，确实有些害怕。生喜牵着毛驴在先，三哥三嫂紧跟在毛驴后面，我紧紧抓住绑在毛驴身上的绳子，晃晃悠悠地向北行进。这次我们走的是二道沟达坂，这条路比来时的头道沟达坂平缓了许多，骑在驴背上的我紧张的心情也渐渐放松了下来，不由得想起了朱明瑛唱的那首流行歌《回娘家》："左手一只鸡，右手一只鸭……"

中午时分，我们到达三嫂子的娘家。三嫂子一家人招待我们的仍旧是湖南茯茶、胡麻大卷子、糖油果子、胡萝卜粉条炒羊肉，还有古城烧酒。我想我昨天吃的胡萝卜粉条炒羊肉还没有消化掉呢，今天要是能来一碗洋芋拌汤就好了。午饭后我们在王家姨父家（三嫂子也姓王）的热炕上睡了一大觉。我感觉精神好多了，双腿也有了力气。我俩告别三哥和三嫂子一家，徒步沿着二道沟的人行小道前行，于傍晚时分回到了县一中的家属院。

从1981年2月到1991年10月，我先后在木垒县三小、木垒县一中工作了十年零八个月，十年间我只去过一次平顶山。

三、重上平顶山

2012 年 8 月，我有幸再次踏上平顶山的土地，距离 1984 年春节的那次"夜访西达坂"过去了二十八年半，我感叹时光飞逝，真有恍若隔世之感。

那是一个风和日丽的日子。早上 8 点左右，生喜开着我家的别克凯越从新疆财经大学体育场的车库出发，沿喀什东路进入吐乌大高速，一路飞奔到大黄山（吐乌大高速路的终点）。出了高速路，汽车沿乌奇国道一路向东，经吉木萨尔—奇台—五马场—木垒县城，于中午时分到达木垒河西岸通向平顶山的马路坡入口。那年天山东部的雨水充沛，一路上景色迷人。当汽车行进到风疙瘩梁附近的山坡上时，只见道路两侧的庄稼和荨麻草长得比人都高，饱满的麦穗压得麦秆弯腰倒向道路中间，挡风玻璃都被麦穗挡住了一大半。只听得汽车四周叮叮当当全都是麦穗击打车窗玻璃的声音，吓得我直缩脖子。汽车穿过"夹道欢迎"的庄稼地之后没过多久，就爬上了位于头道沟达坂垭口南边的风疙瘩梁。汽车停在梁顶的路边上，我迫不及待地开门下车，终于见到了平顶山秋天的景色。

1984 年的大年初一我在三哥家的院子里观赏了平顶山的雪景，这次我在海拔更高的风疙瘩梁顶上饱览了平顶山的秋景，视野开阔的程度不是一星半点，整个平顶山的美景尽收眼底，真有目不暇接的感觉。

向南远眺，最远处依旧是深蓝色的天山山脉，由远及近依次是鸡心梁、马圈湾、孙家湾、白石头沟、帽合山、桦树梁、卞家湾、台台上、西达坂。漫山遍野阡陌纵横、蜿蜒起伏的金色麦田，黄绿相间的山坡草地，星星点点的牛马羊群，若隐若现的村庄农舍……生喜逐一向我介绍了他早年同窗好友的家庭住址：南边那个是夹皮泉的杨永信家，西南方那个是桦树梁的麻永福家，东南方那个是白石头沟的杨万成家……我不由得想起了一件往事。1990年春天，生喜即将从陕西师范大学（研究生）毕业，我带着女儿去西安"陪读"。恰逢丁巨年老师来陕师大进修，杨万成也在西安的一个军校学习。三个平顶山人隔三岔五就要在陕师大对面的城中村（我家的临时出租屋）小聚一下，我为他们做得最多的主食是新疆拉条子。我还记得在饭桌上丁老师常说的一句话："我们都是下山的老虎！"我站在风疙瘩梁顶目睹了平顶山的壮美景色后，才算理解了丁老师那句话的真正含义。民以食为天，平顶山的景色虽美，但美景换不来粮食布匹，生活在这里的人们需要付出更多的艰辛和努力才能解决温饱问题。我由衷钦佩丁巨年、杨永信、麻永福、杨万成、王生喜这群"下山老虎"，他们筚路蓝缕艰苦奋斗几十年才有了今天的成就，真是太不容易了，我从内心深处为平顶山所有的下山老虎点赞！

思绪回到风疙瘩梁。向北远眺，二道沟达坂的山脊轮廓清晰可见。1984年正月初二我骑着三哥家的毛驴就沿那条山脊走下了平顶山。极目远望，映入眼帘的是北闸的丘陵坡地、木垒县城的房屋及白杨树、白茫茫的新户戈壁、隐隐约约的古尔班通古特沙漠……我敢说，西达坂风疙瘩梁是一年四季饱览平顶山风光的最佳位置。2015年8月我曾经在原平顶山大队北侧的碉堡梁观景点上浏览过平顶山的秋景，我感觉碉堡梁的那个观景点远不如风疙瘩梁。

唉，当年我在木垒工作了整整十年，竟然没来风疙瘩梁看看平顶山秋天的景色，回想起来真感到遗憾不已。

欣赏完远处的美景，我才腾出双眼看向风疙瘩梁的周围。脚下的田埂上不知名的各种野花成片绽放，赤橙黄绿青蓝紫应有尽有。我童心大发，飞身扑向山坡上的金色麦田，摆了各种姿势，让生喜为我拍照留影。或许是那天天气好景色好心情也好，照片上我精神状态颇佳，脸上写满了笑意，朋友们看了之后都说："你的美照可以登上杂志封面了！"

从风疙瘩梁开车笔直南下，没过多久就到了新庄子三嫂子家。三嫂子还住在从前的那栋拔廊房子里，儿女们都已成家立业搬离了平顶山，周围只剩下了两三户邻居。90岁高龄的婶婶耳聪目明精神矍铄思路清晰，她拉着我的手问长问短，一提起往事就说个不停。三嫂子提前收工回来，为我们做了丰盛的午餐，可惜没有我念念不忘的胡萝卜粉条炒羊肉。

新京高速公路通车后，我们每个寒暑假都要驱车走访平顶山，终点站就是西大坂新庄子三嫂子家。

每当回忆起这些梦境般的场景，我总会感叹不已，怀念不已。我感叹在社会经济日新月异的变迁中，古老的农耕文化正在逐渐变异甚至消失。我怀念当年那些令人放心的柴米油盐酱醋茶，更怀念那种朴实无华充满人性光辉的亲情友情和爱情。

2023年4月于乌鲁木齐市杭州西街

异乡随笔

◇陈光忠

拜城弼马温

1969—1970 年我和新疆大学数学系 1968 届 2 班部分同学被分配去解放军农场接受再教育,我去了南疆拜城 7975 部队(四师炮团)学生连,在这里我当了几个月的"弼马温"。连里派 9 班去几公里外管理十几匹马,三十多头牛,两百多只羊,兼管一个果园(葡萄、杏子、沙果等)和一片菜地。早晨骑马把这些牛马羊赶到河边草滩上放牧,日落前再赶回来关到圈里。半夜起来给马添夜草。骑马就是那时候学会的。一开始不得要领,屁股都磨破了,新疆话叫"血唬呼啦"的,走路一瘸一拐,也摔下来过几次。后来总结出经验,慢走的时候不要紧,纵马驰骋时则一定要"提臀夹裆脚紧蹬",就是屁股不要坐实了,大腿要夹紧马肚子,用脚使劲蹬着镫子,身体随着马背颠簸自然起伏,手中的缰绳也不要拉得太紧,时不时用镫子磕一下马肚子,鞭子抽一下马屁股,马就会扬蹄飞奔,这时当然上身要低下来紧贴马脖子,眼睛紧盯着前方,嘴里再"嗒""嗒"地喊着,那感觉真叫一个"爽"!

这个差事是各班轮流,轮到我们九班正好是 5 月到 8 月,别的班要去大田里除草浇水,我们 9 班去了不久就赶上杏子熟了,然后就是沙果、葡萄,可是吃了个美!班长(现役军人,1966 年入伍,比我们还小)一到星期天

就说，走，今天去河滩上赶兔子，于是全班十人"左牵狼（两只军犬），右持棒（铁锹把子）"，保持左右各两米的距离在草滩上齐头并进，一齐挥动棒子打草惊兔，两条狗则夹在我们中间跟着小跑。突然就会有兔子跑出来，大家就呈包抄状态使劲追，一开始狗因为矮看不到兔子，只能跟着跑，当它们发现兔子，就如离弦之箭蹿出去撵兔子。两条狗中有一条据说是纯种德国狼狗，速度快能下嘴，追上后一口就叼住了，这时另一条（其实是当地土黄狗）就跑上去撕扯，当然被我们一顿棒打呜呜跑一边躲着了。那条狼狗是经过训练的，它只叼住兔子并不往死里咬，人赶到后它就会松开嘴，兔子还是活的，当然跑不动了。一般我们每次出击都能抓到两三只，最多的一次抓了六只！

有一次草滩追兔子的行动居然追出来一条狐狸，大家兴奋异常，大呼小叫地拼了命地追，狐狸被追得无处可逃，跳进了水渠里。那是条干渠，水面大概有两三米宽，狐狸在水渠里翻腾挣扎，两条狗也跳进水渠里，很快就把狐狸咬住了，叼在嘴里往岸上爬，可水泥渠坡又陡又滑，狗爬了几次都又掉进水里。班长是渭南人，渭河边上长大的不怕水，跳下去连狗带狐狸一块抱上了岸。

狐狸是高高兴兴地弄回来了，怎么处理倒犯了难：夏天的狐狸掉了毛，皮子就不值钱了；吃肉吧，听说狐狸肉腥不能吃。还是班长主意大：谁说狐狸肉不能吃？这是野味！一顿操作一盆红烧狐狸肉就端上来了。我尝了一小块，觉得也没啥骚味，班长分出来一饭盒让我骑马给几公里外麦子地里浇水的小藤和小章送去尝尝。

小藤是西安交大的，老家山东，小章是浙大的，家就在杭州。我怕他们不吃狐狸肉，就说是咱们的狗跟老乡的狗咬架把老乡的一条小狗咬死了，赔了两块钱，这就是那小狗的肉。俩人高兴得很，风卷残云般地吃得骨头上的肉都啃得光光的。这时我才说是追兔子追出来的狐狸肉，山东人一听哇的一声就吐了，浙江人一点事都没有，我俩看着小藤哈哈大笑。

南山过春节

1975年，回城在乌鲁木齐市知青办工作的我被派到永丰公社的板房沟驻队。春节快到了，大家都回城里过年了，只留下老简和我在队里留守。年三十那天，我俩骑自行车沿公路到南山乌鲁木齐河上游的水库，买了一块肉、几斤带鱼和一塑料壶白酒。回来后老简煎炒煮炸，屋子里香气四溢。我在桌子上铺好红纸，毛笔蘸着墨汁写春联。我父亲写得一手好颜体，我则喜欢柳体，当然写得比老爸差远了，不过也还凑合能看。

大年初一一大早，来拜年的干部社员络绎不绝。大队会计陈福家离大队部最近，第一个前来拜年。看到门口贴的春联，就说："小陈，是你写的？这字儿太漂亮了！你看这迎春的迎字这一捺，这叫刀片捺呀。"陈福念过高中，在队里是个文化人。我听了明知道是奉承，心里也还是挺高兴。大队书记艾山、他儿子玉山·阿里江都来了。艾山手里提着马鞭子，一匹紫色高头大马拴在门外。我见马心喜，对艾山说："书记，马让我骑一下？"艾山很惊奇："你会骑不会骑呀？摔下来咋办？"我说："你放心，我在拜城部队农场骑着马放过羊。"艾山半信半疑把鞭子交给我。大家也一窝蜂跟着出来看我这个戴眼镜的大学生到底会不会骑马。

我解开缰绳，紧了紧肚带，把马牵到打麦场，左脚踩着马镫，右腿一骗翻身上马，直起腰，两腿轻轻一磕马肚，马便四蹄轮流落地小跑起来。绕着麦场两圈以后，我再磕一下马肚，右手扬起鞭子抽了一下马屁股，左手勒紧缰绳，嘴里"嘚"了一声，只见马嗖的一下四蹄翻飞跑出麦场，在大路上向公社方向飞驰而去。白色的原野上，马打着响鼻喷着白汽，我不由得想起苏东坡的名句："一点浩然气，千里快哉风！"

农中花爪子

1970年5月部队农场锻炼结束，我被分配到昌吉州木垒县东风公社平顶山大队农业中学任教。学校正好有一匹马，浑身烧红的火炭色，偏偏鼻梁上有一棱形的白色，看起来非常英俊，四个蹄子也是白的，当地人称它花爪子。这匹马据说原是一名哈萨克族牧主的坐骑，1960年牧区改革时，归集体所有，后来分给学校了。我去后就成了我的坐骑，我每次进城就骑着它。会骑马的人就知道有一种马叫作"走马"，就是小跑时四个蹄子轮流落地，这样在快速前进中马背基本保持平衡，人只感到轻微的颠簸，非常舒服。这花爪子马就是一匹很好的走马。我进城在木垒街上高兴了就会让花爪子来一段这样的表演，四蹄翻飞地快速前进，扬起一片尘土（那时木垒县城还没有柏油路），路人皆侧目而观，我则扬扬得意。

一天我骑着花爪子从县城往回走，一个骑马的哈萨克族人看见了，赶上来说要跟我赛一下马。他可能看我一个戴眼镜的汉族人肯定不怎么会骑，想捉弄我一番。我说行，你先跑。等他已跑出几十米，我夹一夹马肚子，一鞭子抽下去，花爪子一下就蹿了出去，放开四蹄飞奔大跑，几秒之内就撵上了那个哈萨克族人，一路领先跑出两三公里，哈萨克族人已经被甩到后面看不见了。我在一棵大树下停了下来，等他跑过来连连对我说："你太老到了！"

大西北颂歌

这是一首十几年前的旧作。当时我课余经常上网浏览，美国有一个中文网站上有人鼓吹"疆独"，替反华势力摇旗呐喊。我便写文章予以驳斥，随后不少人支持我。几个回合之后鼓吹"疆独"的人再也不露面了。我们这一伙人无事可干了，就搞了一条西北线，发一些西北各省的风光照片和历史典故，十分热闹。到这条西北线突破三千帖时，我想着写一个有分量的东西庆贺一下，于是从第一页起再次浏览这条线上来自陕甘宁青新各省伙伴们发的美照，为祖国大西北的壮丽河山赞叹，也为各族人民丰富多彩的文化而喝彩，一时诗兴大发，一首赞美大西北的诗大概半小时工夫一气呵成，随即贴上去，赢得一片喝彩。自我感觉也甚为良好，就存了下来，也没有想着去哪里发表。去年底在网上认识了一位原新疆工学院的教授，比我还大几岁，聊得很投机。他发了一些他的诗作给我，我这些年诗情不再，只好找出这篇旧作发给他投桃报李。他马上发在了他的朋友圈里，一位朗诵爱好者很喜欢，声情并茂地朗诵了这个作品。

我心系魂牵的中国大西北
——一位新疆旅美数学教授对祖国和家乡的思念

云海苍茫的巍峨天山，麦浪起伏的关中平原。

平沙无垠的腾格里，黄花绿草的金银滩……
山，有贺兰的敦厚，昆仑的雄浑，祁连的绵延，
水，有青海的浩渺，黄河的湍急，塔里木的舒缓。
那，就是我心系魂牵的中国大西北，
那，就是曾养我育我的故土和家园。

气势如虹的安塞腰鼓，击打出汉子们的剽悍豪迈，
余音袅袅的宁夏花儿，抒发出婆姨家的悱恻缠绵……
渭水边农家迎春的社火，娃们随着队伍快乐地奔跑，
坎儿井旁欢快的热瓦普，姑娘小伙子对舞飞旋。
苍凉悲壮的梆子秦腔，道出了八百里秦川千年的风霜；
如泣如诉的马背弹唱，叙述着巴音布鲁克水草的变迁……
那，就是我心系魂牵的中国大西北，
那，就是曾养我育我的故土和家园。

天山峡谷呼啸的林涛，如千军万马奔腾而至；
准噶尔戈壁的夕阳落日，似乎还飘着古战场的硝烟。
丝绸古道上的驼铃声声，已成人们记忆中的千古绝响；
只有那天高云淡里整齐的雁阵，依旧开春向北，入秋往南……
那，就是我心系魂牵的中国大西北，
那，就是曾养我育我的故土和家园。

而今"春风不度玉门关"已成历史，
黄土高坡已不再是那样的世代贫寒。
银川的新华西街，有着王府井南京路般的繁华，
兰州的河滨公园，不逊江南的三秋桂子十里荷莲。
当然，陕北的沟壑里还有低矮的窑洞，
大漠的风沙还侵袭着人们的家园。
但，看哪，
青藏铁路架起了通天的云梯，西兰高速一样是宽阔平坦。

贫瘠的西部正在奋起直追，她同样会有灿烂的明天！

那，就是我心系魂牵的中国大西北，

那，就是曾养我育我的故土和家园。

2008年8月于美国俄亥俄州派瑞斯堡

平顶山农业中学琐忆

◇李玉广

20 世纪 60 年代中期到 70 年代末，在木垒县东风公社平顶山大队有一所窗户里吹喇叭——名声在外的学校，这就是平顶山农业中学。一个穷乡僻壤的山村农业中学，为什么会在全县、全州，乃至全疆都小有名气呢，个中缘由还得从头说起。

1965 年，为了适应普及初等教育的需要，在全国掀起了一个大办耕读教育的热潮。一时间耕读小学、耕读中学如雨后春笋般相继成立。平顶山农业中学就是在这股热潮中应运而生的一所以半耕半读为基本办学形式的农村初级中学。它也是木垒县开办时间最早、坚持时间最长、半耕半读性质最为典型的一所农业中学。

平顶山农业中学成立于 1965 年，由大队党总支书记潘进昌任名誉校长，大队中心小学校长周观乐兼任副校长，大队从生产队抽调了一名具有高中文化程度的社员沈殿清任耕读教师，实行工分制计酬，担任班主任并教数学。其余课程则由平顶山大队小学的老师兼任。一开始只有一个班，学生总共也不过十来个人，都是本大队的应届小学毕业生。大队在加工厂临时找了一间会议室当教室，学生就在那里上课。农中的创办为那些因为家庭贫困等各种原因未能考入县中学的农村孩子提供了一个难得的上中学机会，家长和学生自然都很高兴。但是面对这样一所半耕半读的新型办学形式和因陋就简的办学条件，社员们心里也不免有种种疑虑。社会上"教师是半路出家的半瓶子醋教师，学生是考不上县中学的剩巴子学生"，"学校就是读书的地方，搞半耕半读就是不务正业"的指指戳戳也无形之中给办学者带来了很大的压力。但是在县文教科和大队党总支的全力支持下，平顶山农业中学的牌子硬是顶着来自各方面的压力，克服重重困难正儿八经地挂起来了。

临时将就总不是长久之计。为了解决校址问题，大队党总支做出决定，把平顶山大队加工厂位于河坝沿的一块"风水宝地"划给了学校，一次性解决了农中的校址和生产基地。其中河滩水浇地六十多亩，山坡旱作地五十多亩，另外还划拨了耕牛、马匹和毛驴等生产必需的役畜。为解决校舍问题，大队动员各生产队投资投劳陆续建起了一栋共十八间教室和学生宿舍，此后又陆陆续续由师生自己动手修建了食堂、库房和圈棚。在基本的教学和生产条件就绪之后，农中即迁入新址正式开班授课。自1966年以来，曾先后由闫焕文、唐学斌、沈殿清负责学校全面工作，1970年教师暑期集训期间正式由县文教科任命沈殿清为校长。由大队选派原十一生产队党支部书记杨多成到农中担任政治指导员并负责管理生产和后勤。

平顶山农中的校址就坐落在三眼泉南面一公里处的木垒河西岸。这里正好是木垒河峡谷的出口之处，也是平顶山与照壁山的交会之地。面朝喷珠泻玉的三眼清泉，背依连绵起伏的青山良田，波涛滚滚的木垒河水常年不息地从脚下喧嚣流过。河滩上一株株白杨树参天而立，翠绿欲滴的一片片白杨树叶在微风中飒飒作响，处处充溢着灵秀之气，作为平顶山大队的育人基地和人才摇篮，这里的确是一个非常理想的地方。

自1965年建校到1986年撤并到东风中学，平顶山农业中学在这块神圣的育人园地上坚持半耕半读达二十二年之久，累计毕业生达一千多人。在为高一级学校输送合格新生的同时，也为本地区培养了一批又一批有文化的劳动者。

我是1968年秋季开学时从平顶山小学调到农中的。当时学校只有我和沈殿清两位老师，我上语文，沈老师上数学，其余的课程就由我俩按个人的特长分担。后来随着办学规模的扩大，又陆续调进了唐学斌、陈光忠、翁德英、刘兴全等几位老师，到1971年我调离时，学校共有教学班三个，在校学生百余人。后来发展至高峰时期，学校已有教职工三十多人，在校初中班六个，公社委托代办高中班一个，有在校生达三百多人。在此期间，学校还根据当地农村的需要先后开办赤脚医生班、植物栽培班、畜牧兽医班、新法接生训练班、果树整枝训练班、政治理论班等各种类型的短训班数十期，一般三至五个月为一期，也有十天半月一期的。

我在平顶山农中工作了三年，而这段时间也正是学校创业最艰难的时期。在这段时间里，"文革"风暴对教育的冲击依然余波未息，两种教育体制的碰撞依然相当激烈，"读书无用"论的影响依然阴魂不散。这一切都严重地干扰着学校的秩序，威胁着学校的命运。平顶山农中的可贵之处在于：它能始终不渝地坚持半耕半读"两条腿走路"的办学模式，坚持按部就班地给学生上课。即使在"文化大革命"的非常时期，在"造反有理""读书无用"的动乱年代，也能排除干扰，在夹缝中求生存，千方百计维护学校正常的教学秩序，做到：文化课照常上，生产劳动照常搞，勤工俭学活动照常开展。这在当时那个"知识越多越反动"的"极左"时期，在"停课闹革命"的滚滚潮流正席卷全国的大、中学校的时候，这种不随波逐流的精神和勇气实属难得。

作为当年曾经在平顶山农中这块"半工半读"的实验田里挥洒过汗水、付出过心血的"农中人"，作为曾经坚守在这块教育阵地的一名普通教师，我有责任把这段珍藏在记忆深处，今后可能也无法"复制"和"再现"的零片碎章留存下来，以飨后人。

勤工俭学，勤俭办校，自己动手改善办学条件

在 20 世纪 70 年代，平顶山农业中学是自治区勤工俭学先进集体，东疆地区勤工俭学现场会曾在这里召开。来自哈密、吐鲁番、阿勒泰地区以及昌吉州各县主管教育的领导和学校代表听取了农中校长沈殿清的经验介绍并实地参观了学校的校办农场、粉条厂、养猪场和师生自己动手修建的校舍。区州领导和与会代表对平顶山农中坚持"以学为主、兼学别样"的办学方向，组织师生员工自己动手、勤俭建校，结合本地实际开展勤工俭学活动的做法给予了充分的肯定和高度的评价。

下面，就是本人当年所亲身经历的勤工俭学活动的片段，也算是"管中窥豹，可见一斑"吧。

（一）自己动手修建校舍

平顶山农业中学的校址位于三眼泉南面一公里处，木垒河西岸的一块河台子上。那里原本是一块堆满石头的空地。自1966年以来，学校师生发扬自力更生艰苦奋斗的精神，一边坚持上课，一边利用暑假自己动手轮流上山伐木或在校打土坯。材料准备好之后，就开始动手修建校舍。你还别说，学校还真是卧虎藏龙的地方，各类能工巧匠还真是应有尽有。修建校舍时，师生们就各显其能。有的自告奋勇当木匠。立木放大梁、上檩子、挂椽子、做门窗之类的木匠活就由他们一力承担。有的一马当先当瓦工。吊线、砌墙、抹墙泥、上房泥一类的泥水活就由这些人全权负责。其他没有一技之长的也都各有分工当起了小工。递砖搬土坯的、挖土和泥的、搞后勤服务的也都一样忙得不可开交。经过连续几年的艰苦奋斗，五十多间校舍陆续拔地而起，基本解决了学校教室、宿舍、食堂、办公室和其他用房。

（二）多业兴旺的校办农场

建校初期，平顶山大队就一次性划拨给农中河滩水地近一百亩，山坡旱地二百亩。同时还从生产队调配农工六人，后来又搞起了养殖，到70年代后期，校办农场已有牛二十多头，马二十多匹，骡子一匹，后来又由自治区教育厅奖励55型轮式拖拉机一台。多年来，学校坚持因地制宜多种经营，在校办农场的生产基地上种植蔬菜、土豆、小麦、豌豆、菜籽等农作物；同时还利用校办农场的农产品办起了粉条厂、养猪场。校办农场的生产主要由农工负责经营管理。在春种秋收农忙季节，学校也要安排学生参加一定时间的农业劳动。一方面缓解了农忙季节劳动力不足的矛盾，另一方面也可以通过劳动使学生受到锻炼，树立热爱劳动、热爱劳动人民的思想，培养他们吃苦耐劳艰苦奋斗的精神。通过师生员工的辛勤劳动，除基本解决了学校的办学经费之外，还逐步实现了师生全部住校；学生吃饭、学费、课本费全免；教师超吃口粮及肉食、清油免费补贴。

（三）进山采药，劳动育人，创收补校

平顶山农中位于木垒河峡谷的咽喉要地，东傍波涛滚滚直泻而下的木垒

河；背依连绵起伏沟壑纵横的崇山峻岭。那里林海茫茫芳草萋萋，是一个巨大的中草药宝库，特别是天山贝母则更是名扬中外，具有很高的药用价值和经济效益。当地的社员祖祖辈辈就有进山挖贝母搞副业赚钱以补家用的传统，也算是"靠山吃山"吧。

自 1966 年以来，借助地利之便，学校每年都要组织师生进山采挖贝母。劳动的收益一部分用于改善办学条件，一部分用于补贴学生的伙食费、课本费和取暖费用。虽然我离开平顶山农中已经有整整四十个年头了，但是，当年带领学生进山采药的情景至今依然历历在目。

贝母是新疆的一大特产，有止咳化痰润肺、止血促进伤口愈合的功效。贝母一般生长在草原山地的草丛或灌木丛下，花形似小铜铃倒挂于顶端，花色为红色或淡黄色，有红褐色斑点，绚丽多彩。当地人叫它铃铛花。埋藏于地下的鳞茎是它的药用部分。每年 5 月下旬—7 月上旬，是贝母花期最旺的季节，此时的地下鳞茎也已经成熟，正是采挖的好时候。每逢这个季节，学校就开始着手做进山采药的准备工作了。学生们回家收拾好自己进山所必需的行李衣物和药铲、药袋。学校后勤部门则要准备好干馕、面粉、肉食、清油和蔬菜。除此之外，铁锅之类的灶具和常用的药物等也是必不可少的。一切准备停当之后，一般是 5 月 25 日左右，由学校师生组成的采药小分队就浩浩荡荡地出发了。干粮面粉锅灶之类的物品和女学生的行李由专门的牛队驮运，男生们则像解放军那样背着行李扛着药铲徒步行军。行军途中，同学们一面观赏着沿途的美景，一面高歌前进。大约走上六七十里的崎岖山路，一般在天黑之前就可以赶到宿营地。

宿营地一般选在地势较为平坦，既便于安营扎寨又方便取水的松树林下。到达宿营地后的第一件事就是搭建窝铺和安锅垒灶。这些活主要由男同学来做。女学生一般住的是用帆布搭起的帐篷，男同学和老师的窝棚则是就地取材，砍几根立死杆松椽做骨架，上面苫上厚厚的松毛子就可以了。锅头就更简单，"三石一顶"锅就可以了。女同学的任务是和面炒菜做饭。一切准备停当后，大家美美地吃上一顿饱饭，再睡上一夜大头觉，养精蓄锐后，第二天天刚蒙蒙亮，大家伙儿就早早地起床，简单的用过早餐后，就往肩上的挎包里装上足够一天吃的干粮，然后在腰上系好药袋子，就三五成群地手持药铲按各自选定的目标自由结对出发了。每当这个时候，凡是适宜贝母生长的沟沟岔岔，甚至悬崖峭壁上都有学生们挖药的身影。只要看到哪里有绚丽绽放的铃铛花，那里就是他们瞄准的目标，那些手疾眼快的学生，个个是挖贝母的高手，铲到药出，三下五除二，一个个贝母蛋蛋就装进了他的药袋子。记得当时给学生定的任务是每人每天一公斤，超额者按比例给予一定奖励。一般来说，这个定额指标并不算高，多数学生用不上半天就可以完成。多的一天可以挖六七公斤，当然也有完不成的。但是这似乎也不是大问题。学生们之间私下里发扬互助精神，"以丰补歉"，将自己超额的劳动成果悄悄地转给那些完不成任务的同学，补足欠额，这样一来，也就皆大欢喜了。

在我的记忆里，关于平顶山农中的故事还有很多很多。当我如数家珍般地娓娓道来的时候，在我的心里除了对如烟往事的美好回忆外，更多的是对当年那些"农中人"的崇敬。这里既包括那些老师和职工，也包括一届又一届学生。他们的吃苦耐劳，他们的坚忍执着，都在我的灵魂深处留下了深深的烙印，成为我终身享用不尽的精神财富。

当我把记忆中这些零零星星的碎片用文字连缀起来的时候，当年的校园生活就像一幅半耕半读相映成趣的图画浮现在我的脑海里，让我留恋，让我陶醉，让我回味无穷……

天山采药记

◇李玉广

20 世纪 60 年代末到 70 年代初，我曾在位于木垒县城以南十多公里的平顶山农业中学当老师。平顶山农中位于木垒河峡谷的咽喉要地，东傍波涛滚滚直泻而下的木垒河；背依连绵起伏沟壑纵横的崇山峻岭。那里林海茫茫芳草萋萋，是一个巨大的中草药宝库，特别是天山贝母则更是名扬中外，具有很高的药用价值和经济效益。当地的社员祖祖辈辈就有进山挖贝母搞副业赚钱以补家用的传统，也算是"靠山吃山"吧。

自 1966 年以来，借助地利之便，学校每年都要组织师生进山采挖贝母。劳动的收益一部用于改善办学条件，一部用于补贴学生的伙食费、课本费和取暖费用。虽然我离开平顶山农中已经有整整四十个年头了，但是，当年带领学生进山采药的情景至今依然历历在目。

贝母是新疆的一大特产，有止咳化痰润肺的功效，具有很高的药用价值和经济价值。贝母一般生长在草原山地的草丛或灌木丛下，花形似小铜铃倒挂于顶端，花色为红色或淡黄色，有红褐色斑点，绚丽多彩。当地人叫它铃铛花。埋藏于地下的鳞茎是它的药用部分。每年 5—6 月份，是贝母花期最旺的季节，此时的地下鳞茎也已经成熟，正是采挖的好时候。每逢这个季节，学校就开始着手做进山采药的准备工作了。学生们回家收拾好自己进山所必需的行李衣物和药铲、药袋。学校后勤部门则要准备好干馕、面粉、肉食、清油和蔬菜。除此之外，铁锅之类的灶具和常用的药物等也是必不可少的。一切准备停当之后，一般是 5 月 25 日左右，由学校师生组成的采药小分队就浩浩荡荡地出发了。干粮面粉锅灶之类的物品和女学生的行李由专门的牛队驮运，男生们则像解放军那样背着行李扛着药铲徒步行军。行军途中，同学们一面观赏着沿途的美景，一面高歌前进。大约走上六七十里的崎岖山路，一般在天黑之前就可以赶到宿营地。

宿营地一般选在地势较为平坦，既便于安营扎寨又方便取水的松树林下。到达宿营地后的第一件事就是搭建窝铺和安锅垒灶。这些活主要由男同学来做。女学生一般住的是用帆布搭起的帐篷，男同学和老师的窝棚则是就地取材，砍几根立死杆松椽做骨架，上面苫上厚厚的松毛子就可以了。锅头就更简单，"三石一顶"锅就可以了。女同学的任务是和面炒菜做饭。一切准备停当后，大家美美地吃上一顿饱饭，再睡上一夜大头觉，养精蓄锐后，第二天天刚蒙蒙亮，大家伙儿就早早地起床，简单的用过早餐后，就往肩上的挎包里装上足够一天吃的干粮，然后在腰上系好药袋子，就三五成群地手持药铲按各自选定的目标自由结对出发了。每当这个时候，凡是适宜贝母生长的沟沟岔岔，甚至悬崖峭壁上都有学生们挖药的身影。只要看到哪里有绚丽绽放的铃铛花，那里就是他们瞄准的目标，那些手疾眼快的学生，个个是挖贝母的高手，铲到药出，三下五除二，一个个贝母蛋蛋就装进了他的药袋子。记得当时给学生定的任务是每人每天一公斤，超额者按比例给予一定奖励。一般来说，这个定额指标并不算高，多数学生用不上半天就可以完成。多的一天可以挖六七公斤，当然也有完不成的。但是这似乎也不是大问题。学生们之间私下里发扬互助精神，"以丰补歉"，将自己超额的劳动成果悄悄地转给那些完不成任务的同学，补足欠额，这样一来，也就皆大欢喜了。

进山挖药确实是一件苦差事。每天都要起早贪黑翻山越岭不说，几个中学生结伴在深山老林间穿越，在悬崖峭壁上攀登，谁知道会有什么意外发生？作为带队的老师，我们的心每天都是提在嗓喉咙眼儿上的。这里，我就顺便说几件自己亲身经历的事情吧！

山里的天气，就像三岁娃娃的脸——一日三变。出门时还是晴空万里，突然间就会风云突变，下起了瓢泼大雨。下着下着，那如注的雨线就会变成狂轰滥炸的冰雹。说不定什么时候，纷纷扬扬的鹅毛大雪又会铺天盖地地从天而降，让你防不胜防。在深山老林里，一天经历四个季节的情况时有发生。记得有一次，我和几位学生晚上睡在用松树枝搭建的简易窝棚里过夜，累了一天，我们已经是筋疲力尽，倒下头去就进入了沉沉的梦乡。第二天拂晓，一阵惊呼声把我从梦中惊醒。睁眼一看，我们这一窝棚人全被埋在了深深的积雪之中。不知不觉过了一夜"雪花儿当被子松毛子当床"的别具情趣的野营生活。

有一次，我带着杜希臻、丁万武两位同学下山去办给养。三个人赶着两头牛，满满当当驮了两驮子面粉、干馕之类的口粮，天刚亮就从学校出发。到石人子沟时，天就快黑了，进到哈熊沟口时，黑沉沉的夜幕已经笼罩了幽深的山谷，眼前一片漆黑。哈熊沟沟深流急，山路狭窄，崎岖蜿蜒非常难走。不巧这时又突然下起了大雨，山道上更是泥泞难行。突然，走在前面的那头牛不慎脚下一滑，连牛带物整个儿滚翻在半山坡上，怎么扶也扶不起来，弄得我们三个人浑身上下都是泥浆，也无济于事。在无可奈何的情况下，我们只好把驮子卸了下来。牛算是爬起来了，但卸下来的东西却怎么也搭不上去了。这时天已经黑得伸手不见五指，三个人也累得筋疲力尽了，手里又没有照明工具。在百般无奈中我们三人只好轮流冲着山脑儿大声呼救。就这样吼了大约半个小时，我们才隐隐约约听到了应答声，不一会儿手电筒的光柱也依稀可见了。这时的我们就别提有多高兴了。三个人一起扯着嗓门向前来接应的同学发出了回应的呼声。就在这一应一答的呼叫声中，赶来接应的几位同学与我们胜利会师了。大伙儿七手八脚重新把驮子搭好，赶着牛向宿营地走去。这段有惊无险的经历，至今我依然记忆犹新。

有一天，我和三个学生一起结伴上山采药。当我们来到一座悬崖下时，其中一位眼尖的学生指着一道石峡说：李老师快来，这道石峡中开满了铃铛花，贝母肯定不少，我们就在这里挖吧。我一看，果不其然，一朵朵或红或黄的铃铛花，在阳光下竞相绽放，好不诱人。于是我们四个人错前错后地鱼贯而行，边挖药边沿着石峡的缝隙向上攀爬。就这样不知不觉地我们就登上了崖顶。看着各自腰上已经装得满满当当的药袋，我们都非常高兴。抬头一看，太阳已经西斜，也该收兵回营了。就在这时，我们才惊奇地发现，下山的路怎么也找不到了。在平展展的悬崖顶上放眼四望：头顶，是无际的蓝天、飘拂的白云；远处，是巍峨的群山、茫茫的林海；眼下，是壁立的陡峭的百丈悬崖。听着耳边一阵紧似一阵的山风，我们的心也越收越紧。当务之急是要尽快找到来时的山岬。我们分头行动，几经周折，才在一个灌木丛生的地方发现了一条曲曲折折纵贯而下的石缝，这大约就是来时攀爬的石峡了。我们四个人中有一个有经验的学生自告奋勇在前面探路，其他三人则沿着他的路线，一步一步缓慢地下移。果然是上山容易下山难。我们提心吊胆小心翼翼地用两只手轮换抠着石缝，稳住身体，两只脚则艰难地寻找着可以踩蹬的地方。就这样，你扶着我，我拽着你，艰难地向下一步一步地向悬崖脚下挪动着。真是谢天谢地，在太阳落山之前，我们总算是安全地回到了宿营地。

学会辨认药草也是我们上山采药必须掌握的一项基本功。我班的何成勇同学，从小跟着爷爷和父亲进山采药、拉柴、放牲口，对山里的一草一木都非常熟悉，只要是看到一种花草，他几乎都能叫上名字，特别是那些药草，他甚至还能说出一些基本的药性和功用。我对他的这一特长非常欣赏，经常不耻下问，有意无意地向他请教。当然，其中还有一个原因：我家几代人都是开中药铺的，从小耳濡目染，对那些放在药柜里的草药也略知一二。但是对那些长在大山里的"活生生"的草药，我却只能是"大眼对小眼"一问三不知了。为了弄清楚我们这座山里究竟有哪些药草，我和何成勇商量后决定，趁挖贝母之便收集药草，制作一套标本。也算是一次实习吧。在随后的日子里，我便与何成勇同学形影不离，一面挖贝母，一面对照《新疆中草药图谱》和《赤脚医生手册》逐一对照着采集标本。凡是我不认识的药草，我都要他给我说道说道。从形态、颜色、性味到功用都要一一弄个明白。在其他同学的协助下，我们一共收集到了一百多种草药。什么麻黄、大黄、黄芪、当归、秦艽、独活、木贼、野罂粟等等一应俱全。回校后，我们把它们分门别类地制作成了标本，作为教具陈列在实验室里。这套标本在后来赤脚医生班的教学中还真的派上了用场。

有一年，我和沈殿清老师带着一个班的学生进山采药，记得好像是在哈熊沟一带宿营。一天下午，大多数同学都回到了营地，杜希臻、王庆康、丁万武他们三个人还迟迟未归，大伙儿心里都很着急，生怕有什么意外。天快到傍晚时，他们几个人才急急忙忙地赶了回来，有一个人怀里还好像抱着一个像猫一样的小动物。我和沈老师赶上前去刚想问明缘由，他们三人就迫不及待地解释开了。他们说：我们今天遇到豹子了。看到他们怀里的那只小动物，同学们都好奇地一窝蜂似的围了上去。原来这几个胆大包天的家伙抱回来的是一只雪豹的幼崽儿。我和沈老师赶忙问他们是怎么一回事。他们惊魂未定气喘吁吁地道出了事情的来龙去脉：

那天早上，杜希臻、王庆康、丁万武三位同学结伴，准备到稍远一点的地方去挖药。在翻过几座山之后，他们来到了一个幽深狭窄的山沟里，三个人便分头在山坡的石壁脚下或灌木丛周围挖药。突然，其中有一位大声呼叫：快来看呀！这里有一个山洞。其他两位闻讯而至，发现在茂密的灌木丛后面隐藏着一个很大的山洞。这三个"愣头儿青"也没有多想，就前脚跟后脚地钻了进去。进去后，一股腥臊味儿扑鼻而来，呛得他们连连倒退。这时，隐隐约约从山洞深处传来几声像猫叫一样的声音。正准备退出的三位，好奇地停下了脚步，转过身又向洞里走去。这时才发现，在草窝里躺着一只像猫一样的小东西。这几个毛头小伙子简直是如获至宝，不管三七二十一，抱起来就向洞外跑去。出洞后，他们才有一点后怕，看样子这个小东西很可能是豹子的幼崽儿，如果不赶快离开，母豹子回来就麻烦大了。三个人简单地交换了一下意见，就加快脚步向附近最陡的悬崖上攀登。刚爬到半山坡，就看见准备回家喂奶的母豹子正向山洞走去。他们担心豹子发现后会追赶上来，于是就急中生智，一人抱着幼豹快速向崖顶攀登，另外两人则一个劲儿地向山下滚石头打掩护。就这样边滚石头便撤退，好不容易才脱离了险境。攀到崖顶后，他们看到，惊魂未定的母豹还没敢回洞，正无可奈何地在山沟里徘徊。于是他们也就趁母豹还没有缓过神儿的机会，仓仓皇皇地赶回了营地。

听完他们的讲述，我的第一反应是：要赶快采取措施，防止母豹发现其幼崽儿失踪后会循着气味前来追踪报复。于是，我压着满肚子的怒气，开始部署防范措施。听说野兽最怕火，我们就在营地周围点起了几堆篝火，又安排几个学生在不远处挖了一个深坑，将小豹子放在坑内，上面用松枝盖好。然后，我和沈老师商定，第二天由我同学往回带贝母时，把小豹仔送到平顶山大队部，再由大队转送给乌鲁木齐西公园动物园（以前大队就曾将一只捡到的小豹仔送到了西公园）。孰料次日清晨起来一看，小豹子没了，从坑壁和土堆上留下的踪迹判断，大约是夜晚被寻迹而来的母豹带走了。

在我的记忆里，关于平顶山农中的故事还有很多很多。当我如数家珍般地娓娓道来的时候，在我的心里除了对如烟往事的美好回忆外，更多的是对当年那些"农中人"的崇敬。这里既包括那些老师和职工，也包括一届又一届学生。他们的吃苦耐劳，他们的坚忍执着，都在我的灵魂深处留下了深深的烙印，成为我终身享用不尽的精神财富。

　　当我把记忆中这些零零星星的碎片用文字连缀起来的时候，当年的校园生活就像一幅半耕半读相映成趣的图画浮现在我的脑海里，让我留恋，让我陶醉，让我回味无穷……

破茧成蝶的蜕变

——读《岁月如歌》有感

◇丁巨年

    《岁月如歌》是一首人生奋斗的赞歌。这篇长文讲述的是一位普通的农家子弟立志成才的感人故事。文章的作者王生喜，是木垒县平顶山农业中学七三届初中班优秀学生的代表，他也是我四十年教师生涯中最引以骄傲的学生之一。

    文如其人。读生喜的《岁月如歌》犹如与其促膝长谈。他瓦罐里倒核桃，如数家珍，娓娓道来，我洗耳恭听，禁不住思绪万千，浮想联翩。穿越岁月风尘，回望他来时的足迹，感叹生喜曲折艰辛的奋斗历程，欣赏他抱定初心，持之以恒、顽强奋斗、追梦不止的精神；分享他事业成功众人仰慕、鲜花簇拥、掌声频起的高光时刻；赞美他退休之后不辍耕耘，依然奉献、老有所为的盛举，作为他的初中老师和土生土长的平顶山人，我感到骄傲和自豪。

    生喜出生在平顶山西北端的西达坂。山里出生的他和所有乡村农家子弟一样，经历了那个时代农家孩子应该经历的一切。他有过快乐的童年少年，也经历过难熬的苦辣辛酸。他也曾忍饥挨饿，吃糠咽菜。在那新旧之交、物资匮乏的年代，缺吃少穿并不鲜见。冬天头戴母亲缝制的羊皮帽子，身穿母亲翻新的棉衣棉裤，脚穿父亲制作的毡袜皮窝子，这就是他冬装的"天

花板"了。一件汗衫、一条卡其布裤子、一双牛鼻子鞋是他一个夏天的穿戴……

人穷志不短。良好的家庭教育使他受益匪浅。母亲"杀生害命，骨头啃净"的教诲，父亲"吃苦受累、砸锅卖铁也要供娃娃们上学开眼"的远见，大爹"不怕慢，只怕站，站一站，二里半"充满哲理说教，成了生喜永不忘怀的箴言。潜移默化中生喜继承了父辈的优良品质。他念念不忘父母的期盼，坚定立志成才，养成了艰苦朴素的习惯，树立了在人生路上奋斗不息，勇往直前的坚定信念。

小学一年级时生喜因不慎烧伤了双脚休学两年，上初中时无法进入正规的县一中学习，只能在条件极差的社办学校平顶山农业中学就读。

在平顶山农中，生喜遇上了以沈殿清、翁德英为代表的我们这一伙有志于农村教育事业的青年教师，遇上了他的良师益友陈光忠先生，遇上了一帮青春年少血气方刚生龙活虎的同窗，遇上了一个充满正能量、生机盎然、接地气、排万难、特别能战斗的团队——平顶山农业中学。

新生的农中属于半农半读性质，办学条件极差。学生每年要参与春种、夏管、秋收，还要进山挖药，自己动手修整校园，参加修建校舍等劳动。这些活动不但没有影响老师们的教学热情和这帮学子们的学习积极性，反而铸就了他们克服困难、勇往直前、不达目的永不罢休的意志和信念。

语文课上，他的作文《踏遍青山人未老》被陈光忠老师当作范文刻印出来发给全班同学并讲评，激发了他喜欢文学的热情，点燃了他作家梦的火花。

1974年初中毕业后木垒一中不招高中班，再无学可上，生喜陷入一时的"迷茫"。眼前只有一条路，回家当农民。前进的道路上有了沟坎，但是生喜奋斗的初心不变。为了给自己鼓劲，他重温了苏联作家奥斯特洛夫斯基的长篇小说《钢铁是怎样炼成的》，决心向保尔·柯察金学习，克服困难，走自学成才的道路。他自制了一个可装二十多本书的小木箱，作为"流动书屋"随时带在自己的身边。

在学校他是学霸，当农民也要当出个样子来。短时间内，他学会了除扬种子以外的各种农活，参加了知青点的建设，学会了立木上梁及砌砖抹墙的泥瓦工技能。在冬修水利的甘沟口工地，他冒着零下二三十度的严寒，手握钢钎，开山放炮，修渠筑坝，和"老社员"同甘共苦。在西戈壁的水利工地上，他集炊事员、伙食管理员于一身，给三十多名社员烧水做饭，受到社员们的好评。无论劳动再苦再累，他都要打开"流动书屋"坚持看书学习，从不间断。

他的"游牧时光"更加富有诗情画意，动人心弦。天山深处的石人子沟内，大顶之上，连绵的山峦，青青的草地，茂密的松林，是他眼中最美丽的夏牧场。他与哈萨克族牧民扎汗家同住一顶房，同吃一锅饭，同放一群羊。他向哈萨克族扎汗大叔学习游牧知识，向大娘学习制作哈萨克族饭食，和质朴敦厚的哈萨克族小伙儿胡赛英轮班放羊，体验了游牧民族的风俗习惯，饮食起居，适应了一年四季的野外生活。随季节而迁，逐水草而居，生喜用青春谱写着他的"游牧时光"。

大顶南坡，草肥水美，羊群吃饱卧着反刍倒磨。生喜悠然自得，坐在高高的山岩上，忘情地把竹笛吹响。婉转悠扬的笛声在山间里悠扬回荡，笛声引来了对面山上的羊群与牧羊姑娘。明媚的阳光下，碧绿的山峦上，两群羊儿像洁白的云朵，缓缓移动，连成了一片，羊儿混群了！裹着花头巾的哈萨克族姑娘冲到羊群中间，左手高举牧羊鞭，右手拾起石子尖声地吆喝着，顷刻间混在一起的两群羊儿准确无误地分离开来，各自"归队"了。姑娘把她的羊群赶过了山崖，远远地回头看着生喜，是留恋美妙动人的笛声，还是埋怨吹笛人的"大浪"不慎，生喜不得而知。不惮用恶意揣度别人的读者读到这里会情不自禁地想起王洛斌的名曲《在那遥远的地方》……

俗话说，"放羊三年，给官都不做"，是说放羊比农业劳动"清闲自在"。生喜能耐住寂寞，因为他和竹笛为伴，与书本为友，他分外珍惜那份难得的"轻闲"，羊儿吃草的时候他可以吹笛自娱自乐，可以在书海里遨游。在宁静的晚上他可在煤油灯下，孜孜夜读，储备知识，丰满他即将腾飞的翅膀。

时光流转，岁月更替。机会总是给予有准备的人，是金子总会发光。1976年10月初，四队的杜支书通知生喜，大队决定让他去孙家湾小学教书。生喜恋恋不舍地告别了羊群，收拾好行囊，随后去了孙家湾小学。至此生喜有了更好的学习环境和适合他的用武之地，与农中的同学杨永信、麻永福两位挚友相遇。从此，他们三人如影随形，如虎添翼，"铿锵三人行"在孙家湾小学扬帆起航。

1977年9月，孙家湾小学派生喜到县"五七"大学数学培训班参加为期半年的学习，在那里他遇上了木垒县的数学权威陈璞老师，这无疑给求贤若渴的他带来了一个绝佳的学习机会。生喜兴奋地说这次学习是他"数学之旅的起点"。同时，他没有忘记自己的"作家梦"，坚持抽空去听语文班李玉广老师的课，提升自己的语文水平。

1977年底国家恢复高考，生喜去公社报名，因没有高中毕业证书被拒之门外，他只好报考了中专学校，通过考试被录取到奇台师范读书。奇台师范的两位数学老师讲课如行云流水，引人入胜，使生喜更加喜欢数学，兴趣由文科逐渐转向了理科。

他曾一大早去奇台新华书店排队，买到了共十七册的《高中数理化自学丛书》，后又收到好友杨永信从西安寄来的《高等数学》。两年的师范学习，生喜收获满满，他进一步明确了自己的专业方向，在通往数学的大道上走向远方。在这里生喜接触了新的学科，使自己的知识结构更趋合理，同时幸遇了人生的另一半，收获了甜美的爱情。

师范毕业后，生喜被分配到沙漠边缘的木垒县雀仁中学任教，他不满足已取得的进步，经努力考入了新疆广播师范大学数学专业三年制函授专科班。他勤奋工作，坚持在职进修学习，遇到难题就记下来，每周休息日乘班车去木垒县城，向一中的陈璞老师请教。生喜很快适应了沙漠边缘雀仁中学的生活环境，夙兴夜寐，忠于职守，取得教学工作和业务进修双丰收，被县上评为优秀教师，出席了昌吉州优秀教师代表表彰大会。

1981年秋季，木垒县一中扩招高中班，数学教师短缺。经陈璞老师向教育局推荐，生喜被调入县一中，任高中数学教师。到木垒一中的那天起，生喜就立志做一名职业数学教师，放弃了他的"作家梦"。在陈璞、马岭、孙玉静等老师的帮助下，生喜花费大量的精力备课、批改作业，同时坚持广播师范大学的在职进修学习。两年后他考入昌吉教育学院两年制数学专科进修班。毕业前夕，又考入了陕西师范大学三年制数学函授本科班。已在新疆大学任教的陈光忠老师发现生喜在数学方面颇有潜力，便写信鼓励他考取研究生。

1986年昌吉教育学院数学教师告急，余怀民、王惠义等老师向学院领导推荐了得力弟子王生喜，吴樾院长找生喜谈话，拟商调生喜去昌吉教育学院任教，学院领导为此与木垒县有关方面多次商调，调动之事最终落空。这次工作调动的变故更加坚定了生喜考研的决心。他报名参加了"三年制英语函授培训班"，教学工作、本科进修、英语学习三管齐下，为实现自己的考研目标，他牺牲业余休闲时间，分秒必争奋勇拼搏。

功夫不负有心人。1987年底，生喜已经拥有了两张数学专科毕业证书，一张数学本科毕业证书和一张函授英语结业证书，为考研做足了准备。1988年他顺利通过了全国研究生入学统考，成为陕西师范大学一名全脱产研究生。

20世纪80年代，各项事业的飞速发展和人才短缺的矛盾十分突出，尤其是大部分中学，学历达标的教师十分紧缺。当时木垒县一中有个不成文的规定，不派送教师参加专科以下，本科以上的离职学历进修。这样生喜离职攻读研究生的路子就被堵死了，况且生喜又是当年木垒一中的优秀青年骨干教师，在师资十分短缺的情况下，学校哪能轻易放他去离职读研呢！记得为此我和生喜一起去秦佰中校长那里求过情。经过一段时间的"软磨硬缠"，事情终于有了转机，当时的县长海依达签字放了人。生喜联系到了新疆财经学院，签订了委培协议，学院承诺每月发给生喜50元的生活补助费。

1990年生喜提前完成学业顺利毕业，如约去了新疆财经学院工作。经过一次次的人生历练，他终于赢得了阶段性的成果，由一名羊倌逐渐蜕变成为大学教授，实现了自己的华丽转身。

"学习，学习，再学习。"生喜不因成为大学教授而停止学习，通过不断学习完善自我，成了生喜不变的生活方式。在新疆财经大学工作的二十六年里，他虚怀若谷，勤奋学习，努力工作，潜心科研，不断充实和提高自己，从给本科生上课到指导研究生，到编写教材著书立说，发表科研成果、参加国内外学术活动、挂职讲学、做高级访问学者等等，事业做得风生水起。2007年，生喜由一名普通教师成长为统领一方的数学学院院长。2013年，生喜荣获新疆维吾尔自治区人民政府颁发的"高等学校教学名师奖"。过关斩将一路拼搏，直达他职业生涯的高光时刻。

2016年，生喜光荣退休，但是他没有告老还乡安享晚年，而是欣然接受聘请，前往濒临大海的厦门大学漳州港校区继续发挥余热。

"宝剑锋从磨砺出,梅花香自苦寒来。"生喜是地地道道的成功人士,是"人才辈出,卧虎藏龙"的平顶山走出来的突出代表。"书山有路勤为径,学海无涯苦作舟。"他的成功再一次告诉人们,知识改变命运,环境只是成功的条件之一,奋斗才是成功的关键因素。只要胸有大志,奋斗不止,深山里就一定能飞出金凤凰。生喜在事业上每一次的提升,都具有普遍的教育意义,从一个放羊娃蜕变成为大学教学名师的感人事迹给人们提供了成功的范例,树立了学习的榜样。读生喜的《岁月如歌》探寻他成功的"秘籍",笔者感受最深、受益最大的是以下几个方面。

首先是立志高远,不忘初心。生喜祖上世代务农,斗大的字不识一箩筐。父母为了改变儿女的命运,"砸锅卖铁也要娃娃们读书睁眼"。生喜不负父母的期望,从小就在心灵深处埋下了立志成才的种子。

其二是持之以恒,学无止境。大爹"不怕慢,只怕站,站一站,二里半"的口头禅使生喜建立了前进路上永不止步的决心。他咬定青山不放松,克服重重困难,发愤学习,几十年如一日,耕读不懈,通过在职自学和离职进修,完成了从小学到研究生的系统学习。

第三,历经磨炼,积淀深厚。曲折的经历造就了生喜坚韧不拔、勇往直前、蔑视一切困难的品质。他迎着困难上,特别能战斗,无往而不胜。生喜经历了少年时代清贫的乡村生活,受过半农半读的中学教育,深受艰苦环境的历练,初中毕业后当过农民,几乎干遍了所有的农活,爬冰卧雪、栉风沐雨,适应了长年辗转在外的游牧生活,这些经历都是支撑他走向成功的精神力量。

第四,聪慧的天资、广泛的爱好、勇于探索的精神,再加上勤奋探索,给生喜插上了腾飞的翅膀。在学校里他是学霸,回农村务农,他边干边学,是样样农活难不倒的农民,从事他忠诚党的教育事业,爱岗敬业忠于职守,工作出类拔萃屡受表彰,荣获自治区级"教学名师"的光荣称号。

读初中时,他就立志要写一部反映民国时期平顶山地区社会生活的长篇小说,虽然因种种原因没能达成目标,但是这种勇于尝试的精神难能可贵。他喜欢音乐,学会了简谱和五线谱,务农期间涉足过歌曲创作。他爱好器乐,小小年纪,不经意间学会了竹笛、二胡、三弦、热瓦甫、小提琴等乐器。他喜欢书法,在硬笔字帖稀缺的当年,讨要了老师的笔记本,模仿练习硬笔书法。

聪明的天赋给了生喜苗壮成长的资本，兴趣爱好给了他不竭的成长动力，勇于探索开拓了他通向成功的宽广道路。

再次是他善良的性格、超高的情商、拳拳的感恩之心。人生路上生喜珍惜每一次相遇的机会。他总能与有缘之人相互尊重，和睦相处，互相帮助，虚心学习，携手前进。从小学到大学每一位教过他的老师，都是他心中的贵人和良师益友，都是他心心念念永不忘怀的亲人。

农中读书时，陈光忠先生是生喜的语文老师。后来定居美国的陈老师每次回国探亲时，生喜都要忙中偷闲，联系杨永信、麻永福、杨万成等同窗好友，招集同学，邀请老师，组织或大或小的师生聚会，让多年不见的师生欢聚一堂。每逢春节，他用自己的方式给本人拜年。更为感人的是，他竟然记住了老师的生日，每逢其时给老师寄去丰厚的生日礼物。

他珍惜"农中帮"（生喜语）的友谊，感念半农半读那段学习生活，看重野营拉练，深山采药，磨炼意志，培养精神的那段历史。只和他相处了一年的新户中学的师生，也同他结下了深厚的友谊，被生喜亲切地称为"新户帮"。《岁月如歌》中叙述的每段故事，涉及的人事地名，都是他赞美和感恩的对象。与经历了半个世纪的好朋友杨永信、麻永福之间的友谊历久弥新，亲如兄弟，令人羡慕和崇尚。

做事先做人。生喜善良的人格、豁达宽广的胸怀、滴水之恩涌泉相报的善行，扩大了他的朋友圈，形成了强大的人脉，是促成他事业成功的又一因素。

伟人警示人们说"谦虚使人进步，骄傲使人落后"。生喜正是这样做的。谦虚谨慎低调做人是他的身上又一可贵品质。一路走来，他不耻下问，见贤思齐，虚心向身边的人学习，"取百家之长，积我于一身。"研究生毕业后，他迈入新疆财经大学从事教学工作，荣获自治区级"教学名师"光荣称号，"官至"新疆财经大学数学学院院长职务，不但不骄傲自大趾高气扬，反而更加虚怀若谷，平易近人。

生喜是一名有家国情怀的赤子，用退休后仍然忘我工作的实绩，实践着他报效祖国的初心。因为工作需要，他早年就走出大山，离开了家乡，身居闹市，但是不忘乡愁。他感念家乡的父老乡亲，忘不了"绿丝毯上放马牛"

的游牧时光，忘不了已完成使命退出历史舞台的平顶山农业中学，忘不了他教师生涯起步的孙家湾小学，忘不了西达坂那养育他的地方⋯⋯

　　真诚祝愿我的学生生喜教授健康快乐，一切如意。

我家的荣耀

◇丁 娟

在平顶山，我们丁家虽然算不上大户人家，但也是人丁兴旺，根正苗红，人才频出。在全国先进人物的光荣榜上赫然书写着我父亲丁万荣、三叔丁万斌、堂叔丁万胜的名字。

我们丁家是新中国成立前由甘肃移居平顶山的，土改时被划为贫农成分。我的太爷丁尚仁是新中国成立后平顶山发展的第一批共产党员。他在努力为党工作的同时，也把共产党员的优秀品质传给了他的后人们。我的爷爷丁鹤年、奶奶李秀兰、二爷丁假年、三爷丁永年、三奶李元凤都在1958年前后相继加入了党组织，他们在各自的生产劳动中或基层领导岗位上发挥着共产党员的先锋模范作用。我四爷丁松年身残志坚，坐着轮椅而尽心尽力地工作在林业战线，我五爷丁建年教书育人，桃李遍疆。我的父辈们传承了丁家的优良家风，在各自的工作岗位上尽心尽力，发光发热，取得了可喜可贺的业绩。我父亲丁万荣1999年获得全国农村水利建设先进个人，三叔丁万斌1990年被评为全国先进文化站站长，堂叔丁万胜（我二爷三子）2022年评为全国文物系统先进个人。

清正为民　改水治水　润泽农牧

父亲丁万荣是我们丁家这个大家庭的长子长孙，他从小身上的担子就很

重。可他聪慧好学不怕苦。不论什么事都难不倒压不垮。在农中上学期间，文化课学习时间不多，农业劳动时间不少。不少学生觉得学不到知识，还耽误挣工分，不到一年，一大半学生都辍学回家了，只有我父亲在内的七名同学坚持到了毕业。这期间，父亲从事过扬种子、二牛抬杠犁地、耱地、割麦子、拉捆子、打场、扬场、戗粮食、背麻袋等农活及年年进山挖贝母。农中三百余亩山坡地和数十亩河滩菜园地里洒满了父亲的汗水，留下了他的青少年记忆，也锤炼了他吃苦耐劳、进取上进、永不言败的品格。

1968年秋季，农中第一届学员毕业了，父亲被留校，从事农中会计兼食堂管理员。两年后，父亲被调到东风公社电影队工作。那时候农牧区文化生活十分贫乏，电影每到一处都十分受欢迎。每天晚上需放映两三场，第二天清晨装好放映设备，赶着骡车又到下一个放映点，倒好影片，检修好机器，为放好下一场电影做好准备。放电影是一项十分辛苦的工作，"吃的是百家饭，住的是百家店"，真是"吃饭没锅，睡觉没窝"。可他舍小家、为大家，在干好本职工作的同时，还先后培养出了三名放映员。在电影队工作期间，东风公社电影队年年被评为先进电影队，父亲本人每年被评为先进个人，他的工作得到了领导和社员群众的认可，1975年9月，父亲光荣地加入了中国共产党。

1976年10月，父亲调到东风公社担任党委秘书、组织干事兼行政秘书职务，工作更加繁重了。尤其是刚接任秘书工作后，父亲废寝忘食，一心一意扑在工作上，连续三个月未回家。那时，我和妹妹还小，家庭的重担全部压在了母亲身上。

1979年3月，东风公社被划分为东风公社、新户公社和雀仁公社。父亲被分配到新户公社担任公社党委委员、党委秘书兼组织干事，分管组织、民兵、共青团等工作。选拔和任用基层干部是父亲的主要职责。他深入基层，深入党员、群众中认真调查研究，征求意见，提出干部配备方案提交党委会议审查研究，确保了基层干部的纯洁性和连续性。

1983年初，中央一号文件传达后，包产到户的春风吹遍了全国农村牧区。父亲组织新户公社党员干部认真学习贯彻中央一号文件精神，认真贯彻解放思想，实事求是，团结一致向前看的思想路线。这期间，父亲的工作重点是牧业队。父亲深入到牧区，召开牧民大会宣传党的政策，统一思想，制订分配方案。他与同事们一起清点牲畜种类数量，登记造册，确定无误后张榜公布。一个月后，他们把草场划分为六块，把人口分成六个小组，采取抓阄儿的办法把草场落实到每个小组。接着按照各类牲畜的公母、口齿、大小把牲畜分配到广大牧民家中，牧民们都很满意。

1988 年 8 月，父亲调任英格堡乡党委书记。当时，英格堡乡各项工作排名都在全县倒数一二。父亲没有被困难吓倒。他经过一个多月深入基层调查研究，和领导班子成员群策群力，确定了英格堡乡的发展目标，即：英格堡地区是一个人杰地灵、山川秀美、资源丰富、气候凉爽，宜农、宜牧、宜林、宜工多种经营的好地方。重要的是加强领导班子建设、加强指挥引导，加强对村民启发教育。需要进一步解放思想、更新观念，依靠科学技术进步，走脱贫致富的路子。以农业为基础，推广宽窄行带肥下种，选种优良品种，增加粮食产量，扩大洋芋种植，解决吃饭问题；以牧业为支撑，养猪、养牛、养羊，解决花钱的问题；以林业为重点，种植苹果，解决钱袋子问题；以工业为依托，生产石灰水泥，使钱袋子鼓起来；从而实现脱贫致富的目标。一年后，农业宽窄行已大面积推广，优良品种普及，增收效果显著；养猪业初具规模；林果业长势喜人；工业已经得到实惠。1989 年年底，县委综合目标考核时，英格堡乡获得全县排名第二，受到了县委、县人民政府的表彰。

1990 年 8 月，父亲调任新户乡党委书记，他带领新户乡一班人马勤奋工作，努力完成县委、县人民政府下达的综合目标任务，连年评比都获得第一名。在此期间，他突出解决广大牧民的生活、生产方面存在的困难和问题，取得较好的成绩，被昌吉州党委、政府授予民族团结模范先进个人。

1995 年 11 月，父亲调任县水利局局长。他奉行"没有调查就没有发言权"工作作风，上任后的第一件事就是调查研究。他深入到各单位、各乡镇场、各水管部门，了解现状、征求今后发展意见。在短短的一个月时间很快就进入了角色。第二件事就是虚心学习，尤其是虚心学习水利专业知识，向书本学、向实践学、向同志们学、向专家学。水利工作专业性很强，由于他虚心好学，很快就掌握了常规性的专业知识。第三件事是狠抓机关干部作风，要求领导干部以身作则，抓机关干部的政治学习，抓机关干部的工作效率，并完善和制定相关的规章制度，使机关工作作风有了明显的好转。

在调查研究的基础上，他查清了木垒水资源现状：地表水年径流量10342万立方米，地下水动储量6400多万立方米，可开采量4600多万立方米，人均占有量1072立方米，仅占全国人均水平的二分之一，全疆人均水平的四分之一，木垒县水资源十分贫乏。同时木垒县头顶有四顶帽子：自治县、贫困县、边境县、牧业县。父亲深知木垒要脱贫致富，"水"是最为关键的要素。因此，增水和节水是木垒脱贫致富的主要抓手。经过调研论证，达成了共识。提出了狠抓农田水利基本建设，摆脱靠天吃饭被动局面。坚持增水和节水并重，开源与节流相结合；防洪与抗旱并重，兴利和除害相结合；建设与管理并重，长远与近期相结合；全面规划，统筹兼顾，标本兼治，分步实施，综合治理的指导思想。扎扎实实地开展农田水利基本建设。

他明确了局领导的分工和职责，采取"跑上抓下"的办法。跑上争取项目，争取资金；抓下检查督促各工地施工的情况，并提出"一分钱，要当作两分钱花"的要求，为了进一步抓好工程质量，杜绝"豆腐渣"工程，及时成立了水利工程建设质量监督站，经常深入到各个工地检查指导，发现问题，及时纠正，对造成严重后果的绝不迁就姑息。还研究制定了《水利工程管理制度》《水利工程建设以奖代补实施方案》《农村饮水工程建设与管理制度》《水利工程建设质量监督管理办法》等报请县人民政府批转执行。这些方法和措施都取得了很好的效果。

他先后组织新建和除险加固病险水库五座，增容1935万立方米；新修防渗渠道1112公里，新打机电井132眼；新建喷灌面积12.8万亩；通过这些增水和节水措施，使木垒县水浇地由原来的12万亩增加到29万亩。依托国家"人畜饮水"政策，先后争取改水资金3600多万元，解决了木垒县农牧区5.3万多人、5.7万多头牲畜的饮水问题。其中平顶山地区的人畜饮水主要解决了下泉子村、冒合山村、双湾村、小西沟和北梁村引水上山，引水入村等。

辛勤的付出得到了广大农牧民的称赞和上级领导的肯定。任职期间，父亲所在的水利局和他本人年年受到区、州、县表彰或奖励。1996—1998年，木垒县被评为自治区水利"天山杯"三年大评一等奖；1996—2000年被评为自治州水利"天山杯"一等奖，实现自治州"天山杯"五连冠；2001—2002年被评为自治州水利"天山杯"二等奖；"十万亩喷灌工程建设"被昌吉州政府评为科技进步奖；博斯坦水库"土工膜防渗工程建设"科技进步奖；自治县包村支农先进工作者等多项奖励。同时他本人于 1999 年 3 月被自治县党委、政府授予"水利建设先进个人"荣誉称号；1999 年 9 月被中华人民共和国水利部授予"全国农村水利先进个人"荣誉称号；2000 年初被授予自治区"九五"期间水利建设先进个人荣誉称号；昌吉州水资源管理先进工作者等。

在水利工程建设取得可喜的成绩同时，他根据这些水利工程都发挥出了明显的经济效益，深有感触地撰写了题为《小小几条泉水沟 做出节水大文章》的论文，分别在水利部主办的杂志上发表和在《西部先锋》杂志发表。

所有这些成绩的取得归功于党的好政策，归功于党的好领导，归功于全县广大参与水利建设的人民群众。同时也与父亲本人的奋发努力和执着追求是分不开的。

父亲曾任中共木垒县第六届、第七届党委委员，木垒哈萨克自治县第十届、第十一届、第十二届、第十四届人大代表。

2004 年 11 月，父亲提前离岗休息。他并没有闲着，还想着要为社会多做一些有意义的事。他受聘为木垒县绿河公司顾问，主要负责阜康市九运街节水项目和开垦河发电站总干渠翻新工程，他督促施工人员严格按照设计标准施工，阜康市九运街节水项目经昌吉州水利局验收，被评为优质工程，列为水利系统天山杯竞赛项目。

2009 年，父亲受聘县住建局办公室，从事他熟悉的文字工作，负责党建、精神文明和单位工作总结、领导讲话等材料的撰写。先后参与了《十二五规划纲要》的编制，收集整理精神文明建设相关资料，住建局精神文明工作经过昌吉州文明委验收；协助住建局领导圆满解决了复兴公司的各种遗留问题。

族之有谱，会族一统，是用于溯本追源，故亲睦族，振绳绵续，上不负于祖宗之功德，下有望子孙之显场。我家家族较大，几代人绵延到现在，人口多，也不乏有建树之人。父亲一心惦记着族谱，想要延续家族的历史，传承优良家风。他利用闲暇之际，与同宗的文人名士合作，断断续续历时五年有余，撰写《丁氏家族宗谱》，装订出版，与族人见面。

发挥个人才干特长　丰富农民文化生活

我三叔丁万斌心灵手巧，多才多艺，能写会画，能拉会弹，他好学善思，不论干什么都做得像模像样。

1980年，刚刚高中毕业的三叔，就被木垒县新户乡聘为电影院的电影放映员。在放映过程中，影片中的革命先烈、仁人志士为新中国解放事业抛头颅、洒热血的事迹，一次次感染着他，激励着他，使他树立起了正确的人生观，产生了向党组织靠拢，做一个有益于人民的人的理想。功夫不负有心人，不久他就以出色工作表现和农民观众的赞誉，光荣地加入了党组织，成为一名共产党员。入党后，他对自己要求更严格，工作更积极主动。把放映电影看作是向基层群众传播文化的重要渠道，毫不懈怠。他每天一大早就起来刻广告、换影片，中午制作幻灯片，下午在乡电影院定点放映，晚上到村上放映。不管炎夏寒冬、刮风下雨，他都克服交通不便、孩子年幼无人照顾等困难，准时将电影送到农民家门口，他勤奋的工作和笃定的坚持，得到了老百姓的肯定和称赞。三叔常说："自己苦点累点无所谓，只要能让老百姓高兴，我内心也就感到欣慰。"

1985年10月，电影院和乡文化站合并，三叔被聘为站长。这一来，他不能只满足于单纯地放电影，而是要以时代发展进步的眼光，来规划基层文化的发展建设。农民的文化生活怎样才能丰富起来？怎样才能激发乡亲们爱祖国、爱家乡的家国情怀？农村精神文明建设怎样才能取得成效？带着这样的思考，带着一个共产党人的责任与担当，三叔决心从头做起，做繁荣基层文化的开拓者。为了丰富农村群众贫乏的文化生活，建设农村群众精神家园，他四处奔走，想方设法筹措资金、添置设备、组织队伍、培训骨干，用社会主义思想占领农村文化阵地。在全乡五个行政村组建了文化活动队伍，培训业余文化骨干，指导文化体育活动，使全乡群众文化活动开展得有声有色、红红火火。没用多长时间，新户乡培育组建了腰鼓队、秧歌队、社火队、文艺演唱队等群众队伍，定期举办文化骨干培训班，倡导文娱爱好者自编、自导、自演群众喜闻乐见的文艺节目。仅在几年时间内，累计开展大型文艺会演四十余场次、小型文体活动三百余场次，累计举办书法、刺绣、剪纸等展览八次，由他组织编写的小品剧本经过县文化局整理编辑，曾获得国家级奖项。他组织编排的新疆小曲子，录制后在当地广为流传，甚至还流传到疆内外。

在三叔的精心组织下，新户乡组建起来了三级文化网：乡有文化中心，村有文化站，组有文化室。1989年元宵节，组织了八百人参加的秧歌队到县城演出，场面浩大震撼。这次声势浩大的表演，引来多家新闻单位进行专题报道：农村秧歌闹城来，极大地丰富了百姓的精神文化生活。

为保证群众业余文化活动的经常性和丰富性，在他的不懈努力下，新户乡建立了乡综合文化活动中心、五个村文体活动中心、二十七个组文化活动场所。新户乡文化站连续四年被评为木垒县文化工作先进单位，多次被木垒县文体局评为先进集体，他个人也在1990年被评为全国先进文化站站长，1991年被评为昌吉州文化战线标兵，1992年被评为自治区先进文化工作者等称号。

诠释人类文明　见证历史发展

众所周知，文物，是记录人类历史发展过程的见证，是历史文化的浓缩和体现，诠释着人类文明，饱含着人文气息，作为文物工作者的堂叔丁万胜深知文物发掘保护工作的重要性。

堂叔丁万胜现为木垒县文旅局文物保护科主任，自2000年调入木垒县文物局以来，一直对文物保护工作充满了热情与敬畏。他执着专注，坚持不懈，全身心地投入文物保护、文物发掘、文物研究之中。

堂叔常说，文物是破译历史和文化基因的钥匙。作为一名基层文物工作者，他参加了木垒县三个泉子遗址考古发掘、平顶山干沟口古墓群考古发掘，四道沟遗址维修保护，阿克喀巴克1号坎儿井的维修保护与开发等工作。

2007年至2009年，堂叔丁万胜全程参加了昌吉州全国第三次文物普查工作。其间，他翻山越岭，穿越戈壁，顺利完成了田野调查和数据采集任务，圆满完成了普查工作任务。

2011年配合自治区定居兴牧工程，参加木垒县干沟古墓群的发掘工作，清理墓葬六十二座，遗址一百二十平方米。

2012年木垒博物馆新馆建成，他负责木垒博物馆新馆的布展工作。

2013年至2014年，全国可移动文物第一次普查工作全面展开，堂叔丁万胜用三百多个日日夜夜，通过鉴定、鉴别、测量、登记、收录文物一千二余件套，完成木垒县全部可移动文物的调查、认定和审核工作，为后期调查资料的整理、汇总、数据库建设和公布普查结果等工作奠定了基础。

2015年7月堂叔丁万胜被抽调参加中国社会科学院新疆考古队平顶山东梁古墓群考古发掘工作，在为期三个月的考古发掘工作中，为了减少发掘过程中对文物的破坏，他一直用双手进行发掘工作，即使双手磨破皮流血，也毫无怨言。

在长达二十二年的文物保护、调查、征集工作中，堂叔丁万胜向社会、民间征集文物四百余件，野外采集文物一百余件，同时发现诸多文物古迹，其中不少文物古迹在新疆尚属首现，整理申报的第七批国家文物单位——昌吉州烽燧群中木垒县四座烽火台及五处驿站遗址资料，已被国务院公布为第七批国家级重点文物保护单位。主持完成的一百六十七处文物遗址的建设控制地带和保护范围的划定，已被木垒县人民政府批准。并对重点文物保护单位树立了文物保护标志。

"了解过去的一千年，是为了更好地建设今后的五百年。"这是对堂叔丁万胜等文物保护工作的生动诠释。堂叔丁万胜他以文物工作的卓卓业绩，使那些寂寥沉睡已久的文物重新焕发了生机。

堂叔先后在不同级别的刊物上发表了《木垒县文物遗址现状浅析》《文物遗址保护利用与文化旅游产业发展》《木垒县细石器遗址调查报告》《康家石门子岩画》等文章。

"疾风知劲草，板荡识诚臣。""千淘万漉虽辛苦，吹尽黄沙始到金。"堂叔孜孜以求的潜心文物保护、发掘、研究工作得到了公众与社会认可。2016年被评为昌吉州文物系统先进个人，多次被评为优秀公务员称号，2022年被评为全国文物系统先进工作者，于当年6月和全国二十余名文物系统先进工作者齐聚北京，接受了国家领导人颁奖与接见。

一个老党员的家国情怀

◇杨永信

2021年7月的一天，我专程去看望了表姐王秀珍和表姐夫王生礼，其中表姐夫是我自考学离开木垒四十四年后的第一次相见。表姐、表姐夫二位均是八十有六的老人了，可他们身体硬朗，耳不背，眼不花，精神焕发，神采奕奕，尤其表姐夫王生礼十分健谈，对国内外的大事小情都知晓明了。

表姐夫王生礼是1958年加入中国共产党的老党员，多年来，他严格要求自己，以自己不怕苦、不怕累，踏实能干的优秀品格发挥着党员的先锋模范作用。党的十八大以后，在全国上下重视突出党员形象，加强政治学习，强化爱国主义教育。表姐夫王生礼组织活动积极参加，升旗仪式按时到场。事事处处以一名共产党员的标准严格要求自己。

当国际形势风云变幻时，面对前来采访的记者，表姐夫王生礼是这样说的："在中国共产党的英明领导下，我们的祖国越来越强大，我们的家乡发生了巨大的变化，我们今天的生活非常幸福，我作为一名共产党员，一定要听党的话，坚决跟党走，维护党和国家的利益，一定要擦亮眼睛，提高警惕，维护社会稳定，绝不允许坏人在平顶山，在双湾村破坏捣乱。"

亲人相逢，王生礼自然少不了平顶山人的热情豪放，拿出好酒来招待我这"不速之客"。寒暄畅饮之时，王生礼的儿子、儿媳回来了，因他的儿媳和我是第一次相见，他向儿媳介绍说："这是你的舅舅，我的小舅子，我们已有四十多年没见了。"我带着非常歉疚的语气说："亲戚应该经常走动，我没做好，今后只要有空，一定常来看望你们。"王生礼接过话茬说："亲戚就是要经常走动，亲戚越走越亲。一个家庭、一个国家都是一样的，我们国家在倡议一带一路，开通了中国到欧洲班列，发挥丝绸之路作用，加强国家与国家之间的合作。我们的国家领导人经常出国访问，这就是在联络感情，增进友谊。多个朋友多条路，这样一来，我国的国际地位提高了，我们国家生产的东西有了销路，我们需要的东西能够从外国买过来。现在我们的国家越来越富有，我们的社会制度越来越优越，我们的生活越来越舒心，好酒可以随便喝。"

这一番话，若不是亲耳聆听，我简直不敢相信是从一位识字不多的耄耋老人口中说出来的，由此可知，他每天都在听新闻，看电视，关心国家大事，并且有自己的思考理解。

因为和老人喝酒，我只能劝停，不敢劝喝。当我说该结束的时候，表姐夫来了句平顶山的正宗土话："'鞋大脚小，样样得有。'客随主便，来到我的家，就由我说了算。"通过这句方言土语，我能够感觉到我的这位表姐夫，是一个性情豪爽、善于学习、遵纪守法、讲原则、守规矩、办事牢靠实在的人。

2021年9月

妈妈的巧手

◇丁彩霞

我妈妈李秀兰有一双巧手，虽然不能和大国工匠、织锦能手比拟，可在我们兄弟姐妹们的心目中，妈妈的双手是最勤、最能、最巧的，我们的吃穿用度，全靠她那双永远闲不住的巧手来操持。我妈妈是我所认识的所有女人中最朴实、最能干、最慈祥、最了不起的女人。妈妈生育了我们七男三女十个孩子，她将我们一个个拉扯成人成才成器，这要付出多少辛劳心血啊！

妈妈生于20世纪30年代初的甘肃省民勤县，她的人生是艰辛艰难而又是幸福的。七岁时赶上了最后一拨裹小脚，虽然没裹多久就因新文化运动的兴起而散开，但还是双脚变形，脚趾骨折，小指头压在脚心，给行走干活带来一定的不便。到了该上学读书的年龄，因家庭贫寒，为了生计，她那弱小的身躯就出现在地主家的农田里、庭院中。夏天给地主家薅草、点种、歘猪草，冬天给地主家撕毛、洗衣、打扫庭院。因妈妈勤谨卖力心灵手巧，不论干什么都做得有模有样，作为奖赏，地主家给妈妈送了一小块桃粉色鞋面布料，让她做双鞋穿。妈妈欣喜地拿回家让家里人看，结果让她爷爷拿到碾坊换回了小半袋米糠供家人熬粥度日。

据我妈妈回忆，妈妈和爹爹丁鹤年虽然不是娃娃亲，但尚未成年就已定亲了。1947年，为躲避国民党抓壮丁，家里为爹妈草草举办了结婚仪式，随后由我太爷爷率领全家十口人骑着骆驼，和另外几家人结伴来新疆。走到张掖时正赶上中秋节，在那里停留了几天又继续西行。摇摇晃晃经过两个多月的艰难跋涉，到达新疆哈密。爷爷领着几个人拉上骆驼去盐湖驮盐，其余的人乘坐汽车来到乌鲁木齐，几经辗转到达木垒平顶山南湾落脚，暂时寄住在南湾蒋家。

新中国建立不久，新疆也和平解放。在新生的人民政府领导下，实行土地改革，我家被划分贫农，并给分配了属于自家的土地。我家分的土地在北梁北坡的驴尾巴梁，我家就在自家的土地旁修建了属于自己的房子，从此结束了寄人篱下的日子。随着人民公社成立，我家所在地归属东风公社平顶山大队第三生产队。这时候日子虽然逐渐好起来了，可是妈妈养育的孩子多，给她带来了不小的压力。妈妈坚强能干，再大的压力也能够承受，什么样的苦都能吃。1958年，全国兴起大炼钢铁的热潮，爹爹和平顶山的很多男劳力都受大队派遣，到大黄山参加大炼钢铁会战。妈妈是三队一组的组长，他领着一批女社员在农田地里干活，因妈妈身先士卒，组织得力，本组夏收早早结束。之后受大队调遣，她又带着部分女社员到桦树梁、孙家湾支援当时的五队打场。由于妈妈干活踏实，处处起带头模范作用，这一年她加入了中国共产党，成为一名光荣的共产党员。2021年，中国共产党成立100周年之际，妈妈戴上了光荣在党50年勋章，披上了光荣在党50年的绶带，党组织为她颁发了荣誉证书，并给予了物质奖励。这是妈妈的荣耀，也是我们子女们的光荣。

20世纪六七十年代，平顶山几度遭遇旱灾，是我们家最艰难的时期。妈妈除了参加生产队的日常劳动，全家十余口人吃饱饭、穿光堂就成了她的首要任务。白天妈妈随社员们到农田地里除草、割麦，牛圈旁积肥、剥麻……每到夜晚，爹妈在屋里围着煤油灯开始"分工"操劳。妈妈或在缝补衣服或在粘鞋底鞋面，爹爹操控着手摇车在精心控制纳鞋底的麻绳。在妈妈的指导下，我和姐姐学会了纳鞋底的"工艺"。虽然那时家庭贫寒，物资匮乏，可我们姊妹们的穿戴在同学们中间并不逊色，我们姊妹们个个都穿得干干净净。虽然我们的穿戴也很破旧，补丁不少，可看起来很协调很自然。为此妈妈可没少花费心思，每次缝补前，她都要对照相端，比画扣算。经她的巧手浆洗缝补，做出的穿戴又省料又美观。在寒冷的冬天，有不少孩子手生冻疮，脚开裂子，可我们姊妹们从没出现过这样的情形。妈妈用她那双巧手将那些缝皮袄的边角料、碎皮子拼接起来缝制成皮手套，外表加个布面让哥哥们戴，将外爷洗的毡袜套进皮窝子让哥哥们穿，将外奶和爹爹捻的毛线用颜料染成红、黄、绿、黑不同的颜色，挑成（钩成）毛线花手套让我们姐弟们戴。妈妈不仅手巧，而且思维活跃办法多，她为了让我们穿上新棉衣，就买不要布票的头巾代替布料做棉衣面，使我们姊妹们过年都能穿上新衣裳。

1965 年，平顶山开办农业中学，我大哥成为平顶山农中的第一届中学生，毕业后留校当了农工。当他拿到农中年底分红的第一笔钱时，到东风公社供销社买了一架蝴蝶牌缝纫机，作为送给妈妈的礼物。这物件对妈妈来说太重要了，在妈妈的心中，这是她一生中收到的最珍贵的礼物。因那时候哥哥、姐姐还没有一个成家结婚，正是妈妈缝补衣服，做鞋补袜活什最多的时候，缝纫机就"好像那旱地里下了一场及时雨"。妈妈心灵手巧，之前见过别人家用缝纫机缝衣补裤的情形，有了属于自己的缝纫机，妈妈正可谓如鱼得水，缝衣服、补裤子、行鞋帮、掩鞋口，一针一线都做得像模像样。就说补裤子吧，缝补时，先将两条内缝拆到膝盖以上，在膝盖部位缝补两个长方形的同色补丁，然后在屁股部位缝补两个相连的半圆形，裤子虽然破旧，穿起来显得协调美观。缝纫机减轻了妈妈的劳作时间和强度，也使我们姊妹们的穿戴更加整洁展挂。

也是那个时候，爹爹用自己编的筐子加外爷爷洗的毡袜从哈萨克族牧民那里换来了一张金黄色的狐狸皮，妈妈施展巧手，做出了一顶红色绸面的哈萨克族狐皮帽。帽子造型美观，色彩艳丽，寒冷的冬天戴上它，既保暖又好看。不论爹爹或哥哥出门戴上它，都会引来很多人羡慕的目光。

妈妈的心灵手巧来自我外爷的基因传承。我外爷是十里八乡有名的能人，他会锻磨，会劁猪，会洗毡。只因为外爷会洗毡，我们没少沾光，哥哥弟弟们冬天穿的毡袜是外爷给洗的，我们衬的鞋垫子、做棉鞋的水毡子这些"半成品"都是由外爷提供，经妈妈的巧手裁剪缝制而成。当我学过孟郊的《游子吟》后，回想着妈妈为我们缝补衣服的情景，心里默默地将《游子吟》改成：

慈母手中线，儿女身上衣。
灯下密密缝，犹恐不如人。

　　一大家子人的吃喝是个大事情。20 世纪 60 年代初，我国遭遇了三年严重困难，许多地方出现了饿死人的情况。甘肃、河南等地的不少人逃荒要饭流浪到新疆求生。仅平顶山就接纳了上千人，加上江苏、上海来的援疆支边青年，平顶山常住人口三年内翻了两番多。在出现地薄、人多、粮少的状况后，靠天吃饭的平顶山又遭遇旱灾，原本吃喝不用愁的平顶山也开始闹饥荒。为了解决一家人的温饱，春天，妈妈挖蒲公英、捋榆树叶，欶嫩荨麻，洗净切碎拌上面粉给我们做琼琼吃，秋天她又捋灰条籽儿，将其晒干磨成粉状掺上少量苞谷面做成灰条面团团给我们吃。后来虽然口粮紧缺的状况有所好转，但仍然是油肉很奇缺，口粮不充足，洋芋做主打。妈妈为了让我们吃饱吃好，可没少花心思。除了做洋芋搅团、炒洋芋丝、炒洋芋片、做洋芋琼琼子、烧洋芋拌汤，有时候还会将洋芋磨成糊糊脱水后做洋芋鱼鱼汤饭，洋芋鱼鱼干拌，或者将煮熟的洋芋剥皮捣绵掺进面粉烙洋芋面饼。冬天的晚上，姐姐削一筐洋芋，我磨一盆糊糊，再由妈妈摊成洋芋煎饼。没清油搽锅，妈妈为了使煎饼不粘锅，就在摊煎饼前拿一把麦草使劲擦锅，把锅擦得明光发亮，再开始摊煎饼。解决了摊煎饼无油粘锅的难题。

　　当平顶山有人开始用洋芋淀粉制作粉条时，妈妈借给人帮忙下粉条之际，精心观察学艺，为我们家加工粉条打下基础。我和妈妈、姐姐将洋芋削皮洗净磨成糊糊，加水搅拌，然后用纱布包上洋芋渣末，一遍遍拧挤过滤，使淀粉和粗渣分离。粗渣留着喂猪，含淀粉的汤汁沉淀后倒掉废水，再反复加水搅匀沉淀，最后把洁白的淀粉晾干用以下粉条。下粉条时，从别人家借来粉条床子，妈妈先用少量的淀粉加上添加剂和成坯子试下，当下出的粉条均匀、筋道、不断时，开始正式下。妈妈和坯子，爹爹和哥哥压杠子，我添火，姐姐捞粉条。粉条还没下完，妈妈就用清油、葱花、陈醋拌一盆粉条让我们解馋。

　　每到冬季的早晨，妈妈总是第一个起床，先把炉火烧旺，在炉膛的灰中烧几个洋芋。接着搭锅烧一锅洋芋拌汤，炒半锅猪肉粉条大白菜，菜上面熘上煎饼，等我们起来洗漱完毕，香喷喷的早饭已经上桌。全家人津津有味地喝着拌汤，吃着煎饼卷炒菜，甭提有多开心了。饱餐后，装上炉膛里烧熟的洋芋当午饭，背上书包高高兴兴去上学。

　　到了春天，将吃不完的洋芋切成片晾干推成洋芋面做洋芋面面条、洋芋干拌吃。

尽管那时生活条件差，但妈妈从不会忘记年头节下。冬至那天，妈妈用洗干净的梳子，将小小的面疙瘩搓成带花纹的薄卷，做一锅香喷喷的猫耳朵让我们吃，到了腊八节，妈妈会事先煮好扁豆，做扁豆面旗子让我们吃；腊月二十三祭灶，妈妈就会烙卷胡麻、香豆子的灶干粮给我们吃；到了二月二，她总会给我们做羊头羊蹄子煮小麦粒吃；惊蛰那天，她会给我们泼鸡蛋茶喝，这也是我们一年中能吃上鸡蛋最多的时机；端午节，妈妈会给我们炸油饼，蒸米糕，油饼子卷着红枣米糕吃，中秋节，妈妈会蒸许多花月饼让我们吃，妈妈做的月饼，现在的餐桌上是罕见的，把发好的面切成大小不等的面团，再擀成圆饼，涂抹上清油，每个圆饼上面撒不同颜色，胡麻、姜黄、香豆、红曲，将不同颜色圆饼的边沿折起一些，改刀切成小瓣，翻成小牙，然后按下大上小依次摞起来，最上面盖上一个比较厚的小圆饼，用吃饭的碗底压上两个圆，套在一起，表示太阳和月亮。做成的月饼坯子，色泽亮丽，造型美观，搭配恰当，远看像一座宝塔，近看却像一朵朵争相开放的菊花，美丽极了，也是我们节日中不可缺少的一道美味佳肴。尤其到了春节，妈妈会想方设法使过节的食品充足丰盛，除了自己吃，还要备足走亲串门的礼品，蒸炸烧烤样样不落。尤其炸油果子，早早和好面，将荤油、花椒白糖水揣到面里，一切准备就绪，我们姊妹们就大显身手，开始搓麻花，翻油果，面板上放满了各式各样的油果坯子。待到夜深人静时，开始添油烧锅炸油果子，妈妈守在锅边翻、炸、捞。炸好的油果，端到餐桌上，我们就迫不及待地品尝，饱餐后弟妹才会安心地去睡觉。妈妈制作的油果子，面醒揉恰当，配料讲究，火候合适，吃起来格外香甜酥脆可口，使人至今难忘。

春节来人，妈妈都会做臊子面招待客人。她做的臊子汤鲜香可口，碱面均匀筋道，谁都喜欢吃。直到后来，亲戚上门拜年，都点名要吃妈妈做的臊子面。

虽然家境不富裕，食材不充足，只要过节，妈妈总会想办法按习俗给我们改善伙食，我们自然而然地萌生盼望过节的念头。

无论春夏秋冬，妈妈总是最后一个上炕睡觉，最先一个起床下地的人。在家里，妈妈有主见，会计划，能调剂。在外面，妈妈虽算不上女强人，但在领导眼里，妈妈攒劲、卖力、能干；在社员们眼里，妈妈和蔼、坦诚、公道，社员们选她担任妇女队长，她任劳任怨，尽职尽责。在邻里眼中，妈妈亲近、善良、乐于助人，邻居遇到事情就会请妈妈帮忙。那时候妈妈是当地出了名的裁剪能手，再加上我们家有缝纫机，邻居们扯了布就会找妈妈给裁剪缝纫。当妈妈拿到布料后，不会直接下剪，总是先观察布料宽窄，琢磨怎样裁剪更合理省料，即便有时候邻居拿来的布料有欠缺，她总是左比右算，想方设法给裁剪缝制出满意可心的衣服。附近的老人知道妈妈裁剪缝制的衣服精致合身，都会找妈妈给他们缝制装老的寿衣，妈妈有求必应，来者不拒，尽最大可能满足老人们的心愿。

妈妈善待他人，善待家人，善待子女，唯一亏待了她自己。在那个生活拮据的年代，有点肉都优先满足别人吃，最后自己吃剩下的下水杂碎，这给妈妈的健康埋下了隐患。1986年秋天，妈妈感觉胸部胀痛，经医生诊断检查，患上了肝包虫加肺包虫的地方病。住进奇台县人民医院手术切除治疗。这是一场开胸动肋的大手术，开胸切除肝包虫病灶还算顺利，动肋切除肺包虫病灶异常复杂，为了能够准确切除病灶，先切除了两段肋骨。尽管手术复杂，疼痛可想而知，元气伤损巨大，但妈妈极其坚强，术前术后都咬牙挺着，没叫一声疼，没掉一滴泪。术后尚未痊愈，她又开始像往常一样操持家务，忙里忙外。承担着一大家人的吃喝。仍然最后一个上炕睡觉，最先一个起床忙碌。

后来生活条件逐渐改善，儿女们陆续结婚成家，缝缝补补，做鞋织袜的事少了，但操心孙子辈的事多了。只要哪个儿媳、女儿有喜，她就开始给准备褓褓、衣裤、兔子帽、虎头鞋。由她巧手缝制的这些东西用起来总是那么合体合身，美观漂亮。

随着时间推移，三年多后妈妈的肝包虫病又复发了，这次选择在乌鲁木齐医学院手术治疗。因妈妈心态好，毅力强，手术较为顺利。术后回到木垒又和往常一样手脚不停，早起晚睡。

讨厌的肝包虫非常难缠，尽管后来妈妈在生活饮食上非常注意，时隔七八年后，肝包虫又在妈妈的肝上滋生了。考虑到妈妈的年龄偏高，这次没有首选手术，先通过药物医治。先是打听到乌鲁木齐市武警医院的焦医生研制出了治疗肝包虫的中药，连续服用焦医生的药一年多后得知：肝包虫属于国家免费攻克治疗的地方病，经哥、嫂联系，到木垒防疫站领药服用，服药一段时间后，肝包虫得到控制钙化。

"屋漏偏逢连夜雨，船迟又遇打头风。"肝包虫疾病尚未康复，2009年初春，妈妈又患上了间质瘤，几经周折，经过医学院肿瘤科专家丁岩的诊断与手术治疗，病情暂时得到控制，不到一年，肿瘤又开始复活生长，这次给妈妈带来了巨大的痛苦与煎熬，到 2010 年 5 月，通便极其困难，甚至到了需要往外掏的程度，并且伴有便血。妈妈产生了放弃治疗，回家等候长眠的念头。

天无绝人之路，正当妈妈心灰意冷的时候，打听到瑞士生产的格列卫对间质瘤有疗效，本打算到自治区人民医院住院开药时，遇到了妈妈的救星，肿瘤内科主任柳江专家，经他诊断后确定采用针刺低温热循环治疗，将特制的一次性专用针通过尾桩骨插入病灶，加热到预定温度抑制和杀死肿瘤生长因子。通过针刺低温热循环治疗，接着开始服用格列卫，治疗不到一周的时间，病情得到明显控制。格列卫医治间质瘤效果好，但副作用也很大，服药几天后就会红细胞降低，腿脚、眼睛面部浮肿，停药期间通过加强营养、吃猪肝来增强体质、促进红细胞生成，为下次吃药的消耗做好准备。妈妈吃药很精心，吃饭不厌食，经过几年的服药医治，肿瘤未再复发。

时光进入 21 世纪，儿女们随工作需要，陆续搬进城市居住，妈妈也随儿女进城。这一来，喂猪喂鸡、打理菜园，清扫庭院的杂事没有了，除了帮儿女做做饭，清理房间卫生，有了较富裕的空闲时间，妈妈是个闲不住的人。开始拆儿女们不穿的衣服，用于做拖鞋衬布或鞋垫衬布，收集不再食用的面粉，打糨糊粘鞋布，儿女都理解妈妈闲着空落的心情，帮她扎鞋面、购鞋底、买花线，让妈妈做拖鞋。妈妈做拖鞋、鞋垫都是成批成批做，每次买鞋底前，她早已扣算好鞋码与数量。几年下来，每个儿女家都有她做的几十双拖鞋和鞋垫。妈妈生来手巧，她做的拖鞋，每只上都绣着美观漂亮的花，有的还用彩色的小珠子绣成花。近十年来，她做了有好几百双拖鞋和鞋垫。送给上海工作的孙子的鞋垫，舍不得衬鞋，当作工艺品挂在墙上观看。

妈妈明事理，识大体，心善良，爱帮人。不论在家中还是在外面，和谁都合得来。"人心换人心，八两兑半斤。"治病住院期间，妈妈和医生、护士、病友都相处得非常好，当同病房的病友夸赞她穿的拖鞋漂亮时，她特意交代探视的女儿，下次来时从衣柜里挑一双 38 码的女式拖鞋带来。当病友拿到拖鞋千恩万谢要给钱时，妈妈说："自己做的，只要你喜欢我就高兴，钱是绝对不会收的。"给妈妈看病的医生护士都医德高尚，把妈妈照顾得无微不至，妈妈为了表达感谢，给他们和家人送的拖鞋和鞋垫都是特制的，医生、护士爱不释手地拿着拖鞋、鞋垫，嘴里却说着按规定不能接纳的客套话，还说要付钱，妈妈自然不会收钱。

妈妈缝制的精美拖鞋，刺绣的漂亮鞋垫也是我们儿女们还人情，表谢意的馈赠佳品，收到拖鞋、鞋垫的人，都要夸赞一番妈妈精美的做工，精巧的手艺。

现在，社会稳定和谐，生活幸福美满，祖国江山锦绣，祝愿我的妈妈用她那双灵活的巧手绘制一个又一个美好的明天。

2023年2月

王生喜点评：

《妈妈的巧手》写的是作者的母亲勤俭持家的故事，五言诗"慈母手中线，儿女身上衣。灯下密密缝，犹恐不如人。"是本文的画龙点睛之笔。彩霞的妈妈是那个时代平顶山众多母亲的杰出代表，在她身上集中反映了艰难岁月里平顶山的母亲们坚韧不拔、巧手创新、无私奉献、大爱无垠的优秀品格，无不闪耀着人性的光辉。

阅读《妈妈的巧手》，会使人不由自主地想起自己的妈妈：她参加生产队劳动争前恐后，在家想方设法为一家人调剂伙食；竭尽全力让娃娃们穿暖穿好：在煤油灯下补衣服、行鞋帮，纳鞋底的情景会像放电影一般在读者脑海中展现。文中的主人公是许许多多平顶山为人母、为人妻女性品行的体现。是众多平顶山女性的缩影，是对平顶山众多女性的肯定、赞美、褒奖。

手工缝补虽已成为历史，但平顶山的母亲们留给后人的传统和品格已成为现代社会生生不息的文化精髓。

刘大爷子传奇

◇丁巨年

    木垒平顶山乡河坝沿村南湾地方有个大户人家，姓刘，老弟兄两个，老大叫刘永寿，老二叫刘永德，这里的小字辈人都管他俩叫"刘大爷子"和"刘二爷子"。刘家两兄弟过世多年，当年的小字辈现在也都老了，而且大都离开了南湾。现在回忆起来，南湾的老一辈人都是那样的传统、本分，老实敦厚，善良纯朴，勤劳节俭，非常令人尊重，那种美德是现在的人应当继承的。

    客观地讲刘大爷子在老一辈人中，有他的过人之处，对平顶山的农耕文明做出过突出的贡献。说老实话，刘家的后人们都不一定完全认识到了这一点。作为南湾人的一员，我早就有写写这位老人的欲望，但因种种原因，一直没能落笔，现在赋闲养老，有时间舞文弄墨了，这个愿望才得以实现。

    在平顶山地区刘永寿家是数得上的大户人家，红石崖子刘家和他们是五服之内的本家，前几年刘氏永寿的后人，由兴字辈主持，搞了一次祭祖活动，据说仅刘氏永寿家族一支的后裔目前已达三百六十多人之众，足见其家族之庞大，人丁之兴旺。在南湾，刘氏说不上名门，但可称作旺族，刘永寿老人说不上是名人，也算得上一个有突出贡献的"能人"，是一位勤劳朴实，不因循守旧、勇于创新的农民。只是小人物的事迹往往被历史的烟云所淹没，不被人们记忆和传颂罢了。之前刘氏永寿家族的兴字辈主持编写过一个族谱，撰稿人的挑担曾征询过我的意见，希望我对他的撰述有所帮助，因此，我对刘氏永寿老人的评价毫无保留地做了全面而概要的陈述，供他写作时参考，但成书后，我一直未能读到，不知我的见解在他的文字中有无体现或体现了多少。

刘永寿是一位勤劳朴实，不苟言笑，崇尚实干的普通农民。一米八出头的个子，背微驼，因此，并不显得高大伟岸。长着一副标准的中国农民的脸庞，眼睛明亮但有些怕风，迎风即流泪，他面目周正，脸色红润，显得慈眉善目，平易近人。他健康硬朗，留着一绺山羊胡须，经常是一副和颜悦色的样子，给人一种老成持重的亲近感。说起话来慢条斯理，声音浑厚，口头禅是"就是话呢……"表达时代时，往往说"（什么什么）的节儿"，做事不紧不慢、有板有眼，很有个性特点，可以推测，他年轻时是一个性格内敛、颜值颇高、脑筋灵活、精明能干的小伙子。

刘永寿是一个热爱生活、不满现状、勤于奋斗的人。新中国成立前，刘永寿经过自己的奋斗，家业就发展得不错，在达坂后头有一套四合院，耕种着自己的土地，以农为主，也零星做些易货的小生意，经营着自己殷实的生活。解放初他已有五男三女八个孩子（新中国成立后又生两个女儿），长子刘兴文子承父业；次子刘兴武精明伶俐，善于经商。那时两个儿子和大女儿已经长大成人，都是强壮的劳力，房里屋外的活计，都能拿得起放得下，都可以支撑门户，独当一面了。这也正是刘大爷子振兴家业，发家致富的资本和条件。据说当年刘永寿老人已把家里的掌柜"禅让"给了二娃刘兴武。为了家业的发展兴盛，他把达坂后头的房产卖给了当时从甘肃张掖迁至木垒的马氏兄弟。在转嘴子坡下的河坝沿之上，选择了一块有充分发展空间的风水宝地，大兴土木，重修了一套漂亮的宅院，带领子女们沿河坡开沟挖渠，筹划修一座水磨，经营面粉加工，派二娃刘兴武拉了一连子骆驼，去可可托海做生意，双管齐下，加速家庭经济的发展，尽快走上致富的道路。正当刘永寿带领子女们兴家立业、干得风生水起的时候，新中国诞生了，刘家的工程停了下来，自此搭乘时代的列车，开始了新的生活。

刘永寿老人在农民中是一个"开拓者"。他虽然斗大的字不识一升，没有半点文化，但他的思想解放，思路开阔。他不但在农耕上做得出色，园艺上也是一把好手。他敢想敢干，在家乡试种西红柿、辣椒、黄瓜等多种蔬菜，是平顶山地区种植蔬菜的开山鼻祖，对丰富平顶山地区老百姓的菜园子开了先河，起到了开拓引领，推广发展的示范作用。

有史以来，木垒河以西、小西沟以南的平顶山地区，因为年平均气温低，无霜期短，没有种植辣椒、西红柿、黄瓜等蔬菜的历史。旧中国没有，新中国的农科部门也未曾试种推广。这里的老百姓，一年四季，除了洋芋、再没有别的蔬菜可吃。就连韭菜都很稀奇，刘家的宽叶子韭菜在村上就很出名，特吃香。刘永寿老人不满现状，破除迷信，解放思想，大胆实践，经过细心琢磨，精心实验，终于在转嘴子坡下的河滩地里，将这些蔬菜试种成功，给平顶山地区的村民带来了欣喜和福音，启发、引领这里的居民在自家的园子里栽种上了西红柿、辣椒、黄瓜等蔬菜，改写了村民世世代代只能吃洋芋蛋的历史。这不能不说是刘大爷子的一大突破和历史功绩，应该将他写入平顶山乃至木垒的地方历史。刘永寿老人还试种了西瓜、甜瓜等作物，尽管当地的气温低，无霜期短，但他采用育苗移栽的方法都取得成功。

刘永寿老人在自家院子前面的河坡上垦荒开园，栽培果树，培育出平顶山地区有史以来第一个果园，他的果树栽种取得了成功，每当春暖花开，果园里果花飘香，夏秋之际硕果累累，"桃李无言，下自成蹊"，孩童时期的我们往往被吸引过来，坐在河坡上，眼巴巴地远望着园子里累累的硕果，眼馋得垂涎欲滴，恨不能使个魔法进入园中，美餐一顿。在果树栽培方面，刘大爷子也成了平顶山地区"第一个吃螃蟹"的人，结束了平顶山地区不能种植果树的历史。现今，刘大爷的后人，大都离开了老宅，或工作，或经商，或移居，老宅早已拆除变卖，宅址也已易主，老人家辛勤培育的果园，也饱经沧桑之苦，现今早已被砍伐，不见印迹了。然而他巨大的影响力，还在当地涌动着、波击着、推广着、发展着。半个世纪后的今天，平顶山地区的庄户人家，房前屋后果花飘香，硕果累累的景象已不鲜见。但刘大爷子率先试验栽培果树的开山之功却鲜为后人所知！

20世纪70年代中叶以前，木垒河流量颇大，河水轰鸣，汹涌而下，河坝两岸树木葱茏，河岸上一片碧绿。刘永寿家所对的一段河滩上，有一片天然白杨林，长得遮天蔽日，碧绿葱茏，林中溪流纵横，绿草如茵。刘大爷子把这片林子视为心头之肉，掌上明珠、爱护有加，看护甚严，严禁牲畜进入，不许行人攀折，更不许村民砍伐。因此，这片林地一直保护得很好，成了刘家门前一道亮丽的风景，给南湾增添了引人注目的色彩。正因为如此，刘大爷子引起了部分村民的贬责。他们认为刘永寿自私自利的思想严重，企图占公为私，行为霸道，此风气不允滋长，应该扼制，不允其蔓延。

20世纪70年代末，平顶山地区开始大规模砍伐林木，河岸上光秃秃的，只剩下一片茬桩。春天洪水泛滥，河床几经改道，洪水咆哮，泥沙俱下，冲毁了两岸的良田，留下了满河床的驴卵子石头，昔日的风景一去不复返了，河道上下，一片荒凉的景象，真乃"三十年河东，三十年河西"。刘大爷子和村民们，也只有束手无策，望洋兴叹！

斗转星移，世事沧桑，抚今思夕，当初刘大爷子爱护环境，主动看护河滩林木的行为实在令人钦佩，他爱林护林的行为不正是当今值得提倡和颂扬的嘛！历史是公正的，它终于用事实，为这位老人正了名、点了赞。近年来，特别是十八大以来，党和国家重视保护环境，提出"绿水青山就是金山银山"的科学理论，木垒河南湾段被开发为旅游景区。河岸上植满了树木，河里修建了水塘，养了鱼，林子里修上了木栈道，分段合理修建了亭台轩榭，供游人休息观赏。这段河岸又恢复了勃勃生机。想必在不久的将来，她会发展成驰名县内外的旅游胜地。若刘大爷子在天有灵，看到今天的变化，他老人家也会含笑九泉的。

现在，南湾的老年人相继去世了，这些老人的后辈们大部分都走出了南湾，遍及全州各地，甚至更远的地方，但是我相信，南湾儿女无论走到天涯海角，都不会忘记养育了自己的家乡，不会忘记守护家乡、建设家乡，为之奋斗了一辈子，最后长眠在家乡土地上的老一辈父老乡亲，刘氏永寿老人，应该是他的子孙后辈们引为骄傲的先祖，老人的言行应该提升为刘氏家风而代代相传，南湾人也应该记住这位老人为当地的历史添彩增色的不凡事迹。

平顶山一日

◇陈国斌

　　西北天高，秋阳明艳，田野里的庄稼散发出成熟的味道。不觉中，又到了乡村处处收麦忙，绣女老太急下炕的麦收时节。

　　有首禅诗说得好："春有百花秋有月，夏有凉风冬有雪。若无闲事挂心头，便是人间好时节。"时下，盛夏的酷暑已渐行渐远，初秋的太阳变得温和了许多，在这极适合出行的季节，与友相约同行，再次去往平顶山，如果说上次是去游山看花，那么，这次算是观田赏秋了。

　　天山木垒中国农业公园是国家 AAAA 级旅游景区，也是新疆首个，全国第二十六个中国农业公园。木垒中国农业公园总面积五百六十八平方公里，涵盖照壁山乡、东城镇、西吉尔镇等六个乡镇。其核心区平顶山村既拥有万亩旱田七彩斑斓的大地色块、神龙潭、平顶山湿地等自然景观，又有唐独山守捉城、中国传统村落河坝沿村、夹皮泉岩画等历史人文景观。

　　早就听说，秋天的平顶山是金的颜色，尤其那黄灿灿的旱田，就像艺术家都无法企及的一幅幅画作，金灿耀眼，令人陶醉；也有人说，秋天的平顶山是上帝遗落人间的大地调色板；还有人说……总之，溢美之词始终在调动着人们不见其真容而不快的视觉神经。今天，就让我们带着憧憬，身临其境去亲眼看看吧！

　　清晨，乘车从县城出发，沿人民路一路向南面山而行，途经龙王庙水库，跨越三眼泉中桥，就进入了平顶山的地界。穿过河坝沿中国传统古村

落，沿着蜿蜒向上的乡村公路继续前行，经河台子、南湾、红石崖子后不远，就到平顶山村委会所在地下泉子了。

我们将车停在村边的一块空地上，然后踩着铺满碎石子的山路，慢步攀坡前行。路旁，野花盛开；身边，蝶飞蜂绕；登上山顶，只觉微风拂面，山风里流淌着淡淡的野草香味；伫立山顶，举目四望，仲夏六月初次来平顶山看到的那绿荣戎装、生机盎然、一望无垠的田野全都变了模样，转眼间，忽如一夜东风来，绿野尽披黄金甲。满目斑斓的麦田与明净高远的天空、洁白飘逸的云朵，还有成群结队低飞的鸟阵，构成一幅美丽绝伦、韵味十足的秋景图。此时平顶山的秋色，就是一首诗、一幅画、一曲歌谣。对于久居城市的我们来说，置身这诗情画意的乡村田野中，整个人就变得格外轻松，看到的一切都是那么的妩媚、动人。

平顶山的秋天真的很美，五里景不同，名不虚传。穿行在阡陌纵横的豆田麦海中，成熟的庄稼特有的味道在空气中弥散，清新馨香，令人神清气爽。忽而，一阵风起，麦子舒展柔软的腰肢，闪着金色的光芒，如滚滚波涛千层涌动，一波一波，消失在田野深处，真可谓金黄尽染，遍野生辉。

割麦子、拉捆子、打场，农业社时期秋收的三部曲，是秋收过程中的重头戏，称其为"虎口夺粮"。之前因生产技术落后、生产力水平有限，秋收全靠人力和畜力来完成。如今，随着机械化程度的快速提高，拖拉机、汽车、收割机已基本代替了畜力和手工劳作，到处都是一幅现代化农业的壮丽画面，"点灯不用油，耕种不用牛"的愿景在这偏远的山村已变成了现实。

平顶山遍布山坡的庄稼，大多都能用机械收割，但也有一小部分地块坡高、地陡或去地里的路窄、弯急，不便机械作业。依照农谚"宁收青梢，不收弯腰""八成开镰，九成过半，十成收完"的农事经验，村民们会提早视麦子的成熟程度，人工收割这些无法机收地块的庄稼，以免抛撒浪费。

在田野里翻晒庄稼的妇女们，虽然穿着没城里人那么光鲜，皮肤也不比城里的妇女那么白皙，但她们不怕风吹日晒，用自己勤劳的双手创造富足幸福的生活，从内而外透露着一种健康美，令人心生敬意。

收割后的庄稼，晾晒一段时间，就拉回到场上去打了。收割、拉运、打场，环环相扣，有序进行，人们忙不暇接，在如今农业基本实现机械化的大背景下，这种承载着时代特征的秋收场景已不多见。

扬场是个技术活，非一般人能为。夕阳西下，习风阵阵，行家里手们男女上阵，手挥木锨，铲起沉沉粗麦，侧风弧线撒向空中，那金黄的麦粒直直落下，而那麦衣、草节随风飘去，纷纷扬扬的如天女散花。木锨在挥舞，麦堆也越来越大，夕阳的余晖洒在上面，宛如座座金山。

杏儿黄，麦飘香。杏子，这种时令水果，在山下、市场上早已无处寻觅，而在平顶山的农家院里，杏子却不急不躁，直到山上的麦菽一片金黄时，才露出橙黄圆润的脸庞，望着枝头上黄澄澄的杏子，谁又能不垂涎欲滴呢！来到园中的树下，随手摘一枚圆溜溜的杏子品尝，那种酸甜相间的浓香，令人口齿生津，回味无穷。这个季节，能品尝到如此山珍美味，真是可遇而不可求了！

秋天的平顶山是孩子的乐园，正值暑假，天真活泼的孩子们在田野里、麦场上尽情地追逐、嬉戏、玩耍，享受着假日时光，笑声在田野里飘荡，快乐洋溢在脸庞，这样的场景，不知会勾起你多少童年的回想！

平顶山的秋天是令人难忘的，是色彩斑斓的田装扮了山，或是平缓舒展的山衬托了田？总之，田在山间，山在田中，就有了独特的韵味。

平顶山的秋天是令人怀念的，它就像一幅世外桃源的归隐图，沉醉于兹，心旷神怡，沃土、麦浪、绿树、鸟鸣，走在这希望的田野上，在这美丽画卷的烂漫中，备感大自然生命的律韵。

平顶山一日，匆匆忙忙，虽走马观花留有些许遗憾，但也感慨良多。未来，多么想在这样一个有山有水也有田的山村，寻一随时可以看风景的栖身之处，看季节流转、寒来暑往、花开花落、自由的生活。

希冀时光驻足，丰景不逝，平顶山的明天更加美好！

2017年8月

风光旖旎马圈湾

◇李玉广

在距离木垒县城以南 28 公里的地方,有一片水草丰茂、气候宜人、地势开阔的广袤草原——马圈湾。

马圈湾草原在蒙古语中被称为"诺尔",意思为"湖泊"。地处木垒河支流南沟河上游北岸山间一低洼地中。草原四面群山环绕,中间低洼平坦,颇似牲畜圈,因此而得名马圈湾。也有说马圈湾是因在清同治年间,清廷官方在这里建有一处养马场而得名的。

我第一次领略马圈湾的旖旎风光,是在 20 世纪 60 年代末。当时我在平顶山学校任教,奉校长之命,与一位同事骑马到水磨沟林场批木材指标。从平顶山抄近路到水磨沟,马圈湾是必经之地。当我们骑马登临山顶极目远眺时,马圈湾草原的无限风光便尽收眼底。放眼望去,在连绵起伏的巍峨群山怀抱中,一片开阔舒展绿草茵茵的草甸就像一张铺展开来的绿色地毯,在阳光的照耀下,满眼幽幽的绿色闪动着五彩斑斓的光晕,教人心醉痴迷。我们禁不住一面兴高采烈地扯着嗓子嗷——嗷——嗷——的引吭高呼,一面在四面青山的回声中策马扬鞭在这绿色的草滩上纵马驰骋,只觉得耳边风声呼呼,眼前绿波荡漾,面对此情此景,一种酣畅淋漓的惬意从心头油然而生。当时正值盛夏,没膝深的牧草,在微风的吹拂下,翻滚着一波波绿浪。一顶顶白色的哈萨克族毡房,一群群珍珠般的牛羊星罗棋布地点缀在绿茸茸的草地上,就像绿海中随波逐浪的一艘艘扬着白帆的小船在微波中荡漾。这一次的马圈湾之旅，虽然是走马观花，却在我的记忆深处留下了无比美好的印象。

马圈湾草原是东城镇鸡心梁村的夏牧场，海拔约2250米，属天山北坡的山地寒温带草甸草原。青柔鲜嫩的早熟禾，修长绰约的苔草、狐茅，艳丽多彩的车前草蒲公英，还有野火球、糙苏、考鹳草及唐松草等知名的不知名的优质牧草密密匝匝地覆盖在山坡丘陵之上，为连绵的群山披上了一身绿装。在草甸的低洼地的西边有几眼经年不息的山涧小泉，泉水清洌甘甜，可供人畜用水。马圈湾草原周围山地阴坡中生长着茂密的天山云杉。一片片云杉林犬牙交错绵延相连，宛如一道天然的护栏拱围在绿草如茵的马圈湾草甸四周。草原周围山地土层较薄，参差嶙峋的山岩基石就像镶嵌在山体上的一块块峥嵘桀骜的脊骨彰显着巍峨大山的阳刚之美。在马圈湾四面的密林幽谷间时常有马鹿、狍子、棕熊、雪鸡、赤狐及小嘴乌鸦等出没。

马圈湾山势平缓，山泉密布，溪流纵横，塔松林立，毡房点点，畜群云移，是东城镇的重要夏牧场。每年6月以后，东城镇的1万多只大小牲畜将转入马圈湾夏季草场放牧。盛夏是放牧的黄金季节，也是牧民们最为欢快的时节。马圈湾也是木垒县哈萨克族牧民集会的胜地，每年的六七月份，生活在这片草原上的一千多牧民乃至全县性的各种集会也常安排在这里举行。

在马圈湾的中心地带，有一块方圆约三四公里的坡势平缓、地势开阔的草甸，是天造地设的一个天然赛马场，哈萨克族牧民在庆祝盛大的节日和举行婚礼时，常在此举办赛马、摔跤、叼羊、姑娘追、骑马抢布、马上拾银、马上角力和阿肯弹唱等体育娱乐活动。记得在20世纪80年代以前，木垒县几乎每年夏天都要在马圈湾举办一次赛马大会。运动的项目一般是速度赛马、赛走马、姑娘追、叼羊、摔跤、马上拾银等，届时，阿肯弹唱会也同时举行。在广袤的草原上身临其境地观赏赛马大会是生活在牧区的人的一次超级享受。白白的毡房，飘扬的彩旗，绿绿的草原，奔驰的骏马，悠扬的歌声，叮咚的琴声，为如诗如画的马圈湾披上了节日的盛装。在绿茸茸的草地上，来自四面八方身着节日盛装的哈萨克族男女老少欢聚一堂，载歌载舞，夏日的马圈湾顿时成了沸腾的海洋。

赛马大会集娱乐性与竞技性为一体，具有很强的观赏性。

姑娘追，哈萨克语称"克孜库瓦尔"。此项活动是哈萨克民族所喜爱的

马上运动。通常在喜庆丰收、举行婚礼、欢庆集会时举行。因其具有浓郁的生活情趣，往往被列为赛马大会的开场项目。只听一声号令，早已整装待发的一对对青年男女便急不可待地策马扬鞭飞奔而去。小伙子骑马在前面拼命地跑，姑娘骑马在后面使劲地追。如果姑娘追不上，小伙子就算胜，如果姑娘追上了，便抓住小伙子的衣襟，并将鞭子在小伙子的头顶上频频绕圈，或用鞭子在小伙子背上轻轻抽打。按照风俗，小伙子可以向姑娘说各种调笑话。整个场面风趣诙谐欢声笑语不绝于耳，洋溢着浓浓的生活气息。

叼羊，是骑手的体力、骑术和马力的综合较量。哈萨克族民间传统叼羊之前，代表一方先出场的一名骑手把已经宰杀了的山羊（要白色和青色的）夹在马背与脚膝之间，双手紧握羊的后腿压在马鞍上；对方出场的骑手抓住羊的前腿拽拉，随即叼羊竞赛开始。两人轮番对叼几次之后，双方众骑手蜂拥而上，大家合叼一只羊。最后谁能拎起羊冲出包围后继续激烈地奔跑，最终将其他骑手一直甩在后面，即为胜者。叼羊结束时，这只被叼的羊要送到一个受人尊敬的人家，按习俗，羊扔到谁家毡房门前，就会给谁家带来福气和吉祥，这家主人就要宰羊宴请叼羊的客人，客人们则弹着冬不拉，通宵达旦地唱歌跳舞娱乐直至尽兴而散。

赛马也是哈萨克民族所喜爱的一项竞技体育活动。马圈湾草地开阔平坦，是理想的天然赛马场。比赛开始后，那些担任骑手的十二三岁的男孩们，一个个就像出征的勇士一般英姿飒爽地跨在马背上，只待一声令下，便如离弦之箭一样，飞奔而去。赛场上你追我赶谁也不甘落后。获得头名的良马和骑手会得到重赏。对哈萨克族人来说，这不单是马主人的荣誉，同部落的人也会引以为荣。

歌和马是哈萨克族人的一对翅膀。与赛马大会比翼齐飞的还有独具民族特色的阿肯弹唱会。哈萨克民族是一个能歌善舞的民族，"阿肯"是哈萨克族人对民间歌手或行吟诗人的尊称。每年夏季，天气晴朗，水草丰茂之际，他们就要择日举行"阿肯弹唱会"。届时当地的哈萨克人就会骑着骏马络绎不绝地从四面八方聚集到马圈湾草原上，搭起帐篷，将牛、马、羊放牧在附近草地。各地"阿肯"也都会前来竞技献艺。他们身着鲜艳的民族服装，悠然自得地弹起"冬不拉"一展歌喉。人们围坐在"阿肯"的周围如醉如痴地侧耳听唱。阿肯们各有各的绝活，各有各的拿手好戏，他们一会儿独唱，一会儿对唱，一会儿合唱，声情并茂引人入胜，唱到精彩处，欢呼声、喝彩声往往不绝于耳。除传统曲目外，还往往即兴编词，歌唱赞美草原生活、追求自由民主的理想，其中弹唱时间最长、口才流利、声音嘹亮、最吸引听众者为优胜，备受人们尊敬。

在马圈湾赛马大会上，还会有精彩的舞蹈表演。哈萨克族舞蹈或轻盈欢快，或刚健苍劲，充满浓烈的草原生活气息。传统的挤奶舞、制毡舞、剪毛舞、哈熊舞、黑走马等的动人旋律和优美舞姿，使人仿佛身临其境般地感受到哈萨克族人丰富多彩情趣盎然的草原生活气息。

参加马圈湾草原盛会，既可以尽情地饱览旖旎秀丽的草原风光，也可以尽兴地领略哈萨克族人浓郁的民族风情。

沐浴着夏日习习的山风，我登临高岗极目远眺：南面，冰峰雪岭银装素裹，险峰峻岭参差巍峨；北面，丘陵连绵芳草萋萋，沃野千里，阡陌相连。笼罩在绿色氤氲中的马圈湾犹如一块镶嵌在莽莽巨龙颈项上的翡翠宝玉，玲珑剔透熠熠生辉。

马圈湾——绿色的"诺尔"（湖泊），多好的名字，多美的地方！

万亩旱田赏奇观

◇王以武

　　近几年来，百姓中、电视上不断传出有关木垒县平顶山万亩旱田奇观和四方游客慕名前来观赏的消息。正在为确定同学聚会地点犯难的我，不禁为之所动。2016年7月初，我欣然前往，实地考证。我惊喜地发现，万亩旱田奇观果然名不虚传，此处的食宿娱乐设施也一应俱全。作为聚会活动的筹划者，我毅然决定，把我们木垒县中学初中六六届同学毕业五十年聚会地点确定在平顶山。

　　7月29日早饭后，我们四十多位年近七旬的同学，从木垒县城人民广场乘坐大巴车，满怀着昨日下午同游守静园的欢欣和晚宴上共叙旧情的喜悦，在绕城一周观看山城新面貌后，便沿着去平顶山的柏油公路，向南奔驰而去。同学们的心儿早已飞向了平顶山万亩旱田。

　　大巴车驶过龙王庙水库，沿着木垒河东侧的公路向南大约行走了六七公里，再向西沿着一段蜿蜒崎岖的山路行走约半小时，光线由暗变明，山路由陡变缓了。不一会儿，我们就进入了一个开阔壮观、恬静多彩的新天地——平顶山万亩旱田。此时，同学们透过车窗玻璃张望着，不时发出一声声惊叹："哇，万亩旱田的景观真美啊！""啊，没想到，家乡竟有如此壮美的风光！"

　　上午11时许，大巴车爬行到红石崖西面一个山岭顶部的观景台停了下来。同学们纷纷走出车门，站在山顶上，视野是那样的开阔，自然也会有

"会当凌绝顶，一览众山小"之感。大家举目远望，一幅巨大无比的壮丽画卷就展现在了眼前。

　　一轮红日高挂在蔚蓝的天空，金色的阳光把大地万物照耀得格外通明鲜亮。黛青色的天山山脉，像一条巨龙横卧在南部天际，群峰耸峙，巍峨雄壮，烟云缭绕，宏伟神奇。覆盖在天山峰顶的皑皑白雪，闪耀着森森寒光。万亩旱田的东北两侧是连绵的山岭，上面铺满了茂密的花草树木，景色是那样的青葱亮丽。一群群的羊儿牛儿漫步在山岭的沟沟坡坡上，悠然安详地吃着鲜嫩的青草。眼前则是一垄一垄南高北低的黑土坡，上面种满了碧绿的庄稼，还零星散布着几户人家，屋舍俨然，鸡犬相闻，幽雅清静。素有粮仓之称的万亩旱田，就躺卧在由这些远山、近岭和黑土梁围成的摇篮似的盆地中央。

　　这片绵延起伏的山地旱田，东西长约四公里，南北长约六公里，面积约三万多亩，宛如一张巨大无比的彩色地毯。盆地内的梁顶上、斜坡上、沟槽里，种植着大片大片色彩各异的农作物，有小麦、豌豆、鹰嘴豆、糜子、谷子、荞麦、油菜、胡麻、红花等。山区海拔较高，雨量充沛，气候凉爽。此时，正是山下平原地带"虎口夺粮"的盛夏时节，而在平顶山则是农作物的开花旺期。各种花儿竞相开放，粉墨登场，粉得像霞，红得像火，白得像雪，黄得像金……这些万紫千红的花儿，争奇斗艳，妖娆多姿，煞是好看，与蓝天、云海、苍山、绿地遥相呼应，相映成趣，妙不可言。各种农作物形成的大型彩色条块，鳞次栉比地排列开来，纵横交错，跌宕起伏，共同构成了一个巨大的五彩斑斓的调色板，远远望去，犹如一片波澜壮阔的彩色海洋，彩浪涌动，大气磅礴，如诗如画，蔚为壮观，怎能不让人心灵震撼、流连忘返呢！我不禁想到，眼前这片农作物和大自然合成的奇观，不正是农耕文化与自然造化共同演绎出的奇妙乐章吗？

　　很显然，同学们完全被眼前的万亩旱田的奇观所吸引，一个个睁大了眼睛，凝望着这片钟灵神秀的美景。过了好一会儿，他们才纷纷拿出相机或手机，自选镜头，拍摄不止。有的说，要将此作为永久的纪念；有的说，要将此拿与亲友们分享。迎面吹来阵阵清凉湿润的微风里，还携带有丝丝清香。呼吸着新鲜芬芳的空气，让人备感神清气爽，舒畅至极。面对如此美妙的游览，我不禁感叹说："此时此刻，我们在此观赏美景，沐浴清风，嗅闻花香，经历一种新鲜壮美的人生体验。这是蜗居斗室、身处热浪中的人们无法享受到的呀！"我的话语引来了一片赞许声。有位同学有感而发，情不自禁地唱起了俄语歌曲《歌唱伟大的祖国》："我们的祖国多么美丽呀！我们的祖国多么伟大呀！我们热爱美丽的祖国！我们歌唱伟大的祖国！"听到五十年前在校园学唱的歌曲，同学们备感亲切，浮想联翩，好像又回到了校园，随即也应声唱了起来，深情悠扬的歌声在广袤的万亩旱田上空回荡着。

该吃午饭了。陶醉于赏景中的同学们似乎意犹未尽，却不得不惜别山顶观景台，乘车来到地处万亩旱田中心地带的闫家大院。这个集食宿、娱乐为一体的度假村院落，位置优越，环境优美，布局别致，色彩艳丽，另有一番新景象，又让我们眼前一亮。它坐落在木垒县旅游景点之一的"神龙潭"南面的坡上，掩映在一片浓郁的树荫中。院落的西边是一栋"U"形的平房，里面有十几间可供食宿娱乐的客房。客房东北边是一座巨大的彩钢做成的穹庐形娱乐厅，里面可容纳上百人，娱乐设施齐全。娱乐厅的东边是一座两层小洋楼。下层是十几间客房，房内设有配套的电器、用具及卫生间等，档次可与城里的星级宾馆相媲美；上层是东南西三面敞开、面积约一百平方米的观景台，顶部有宽大的顶棚覆盖着，可遮阳挡雨。同学们毫无倦意，兴致盎然地登上了高大宽敞的楼阁观景台，鸟瞰前方，那些云霞、远山、森林、丘壑、旱田、牧场等景物尽收眼底。极佳的观赏效果，往往会让人顿生海阔天空、心潮激荡、诗兴大发之感。此时，有位同学触景生情，手持酒杯，高声吟诵道："登斯楼也，则有心旷神怡，宠辱偕忘，把酒临风，其喜洋洋者矣？"闫家大院对面草沟里的景色令人赏心悦目。草沟周围长满了茂密的花草树木。沟底中间有条泉水汇成的小溪，清冽甘甜的溪水缓缓向北流去，流入被称为"大自然的鬼斧神工，木垒县的地质奇观"的神龙潭。神龙潭三面被陡峭直立的悬崖包围，石壁上长满了金黄色的苔花，煞是好看，走进细看能够清晰地看出古人在石壁上凿刻的岩画。溪水向着北面缓缓流入杜家泉沟，过去当地人把这里叫石圈沟。

闫家大院的主人叫闫立斌，约四十岁。看到他所拥有的两辆轿车和偌大家业，我饶有兴趣地询问他开办度假村的缘由。他说："近年来，木垒县党委政府大力号召和支持广大农牧民大搞旅游文化产业，以此来增加农牧民收入，加快实现全面小康的步伐。我曾在外做生意多年，效益欠佳。木垒的旅游资源极为丰富，又有政府的支持，搞旅游业前景光明。去年，我响应号召，毅然返乡，在万亩旱田中心的祖居地上，建起了这个初具规模的度假村。一年多来，由于我家的环境好、设施好、服务好，旅游生意越做越红火。我对自己的选择很有信心！"听了小闫充满自信的话语，我由衷为他的创业精神而点赞，更为党和政府竭诚让老百姓过上幸福生活的博大情怀而赞叹！

丰盛可口的午宴结束后，同学们来到娱乐厅，欢聚一堂，举行座谈。这些共和国的同龄人，抚今思昔，心潮起伏，话题丰富，不一而足：回顾当年寒窗苦读的情景，诉说久别重逢的喜悦，笑谈晚年生活的幸福，盛赞家乡木垒的巨变，表达国强民富的欣喜……情到深处时，不少人竟激动得热泪盈眶，哽咽难语。气氛之热烈，情景之感人，出我意料。环境宜人，同学情深，聚会尽兴，让人难忘啊！

值得一提的是，我曾为这次聚会的成功与否心存担忧，然而同学们在座谈中，纷纷称赞我将聚会地点选定在此，让来自天南海北的同学们，有幸观赏了家乡万亩旱田的奇观，丰富了聚会的内容，愉悦了大伙的心情，给这次历史性同学大聚会增添了光彩。声声赞誉让我深感意外和荣幸，心情也变得"其喜洋洋者矣"！

傍晚时分，同学们身披晚霞的余晖，在万亩旱田的怀抱里，伴随着优美的音乐，或引吭高歌，或翩翩起舞，或赋诗吟诵，尽情释放着久存于心的火热激情。娱乐活动高潮迭起，经久不息，似乎让万亩旱田也笼罩在这洋溢着蓬勃青春活力的氛围之中。

我们同学在平顶山万亩旱田大聚会、赏奇观的动人情景，让人回味无穷，感慨万千。我最大的感慨便是"南有元阳千层梯田，北有木垒万亩旱田"啊！

2016年7月

木垒民兵剿匪记

——木垒故事·献给为保卫木垒红色政权而英勇战斗的木垒民兵

◇周忠德

今日木垒风光旖旎，山河秀丽，政通人和，百业俱兴，各族群众安居乐业，其乐融融，但是人们没有忘记，在木垒刚刚回到红色政权怀抱之初，一小撮顽固敌对势力觊觎红色政权的存在，用极端残酷手段肆意破坏，企图颠覆已经回到人民手中的政权。为保卫新生的红色政权，木垒民兵和人民解放军与敌人展开了英勇的战斗，取得了剿匪的胜利。在这场旷日持久的战斗中，部分解放军战士在战斗中牺牲，有的木垒民兵也献出了宝贵的生命。木垒民兵在严酷的军事斗争中，服从指挥、机智灵活、英勇作战、不怕牺牲、勇挑重任的高贵品质，受到人民解放军指挥员的高度夸奖。下面的真实故事就是在向每一位朋友讲述当年发生在木垒大地上木垒民兵浴血奋战的英勇事迹。

第一节 马场窝子扫狼烟

1951 年 3 月，刚刚建立人民政权的木垒县，正在召开第一届政治协商会议，各族代表共商县策。正在这喜庆之际，一股由国民党骑七师部分变兵和反动的青洪帮、一贯道、政治土匪组成的土匪队伍，因进攻奇台未得逞，被我人民解放军击溃之后，流窜到木垒县英格堡，盘踞在英格堡的马场窝子一带，打家劫舍，祸害乡里。他们进行反动宣传，抢马要枪，到处烧杀掠抢。他们用烧红的铬铁，熔烫当地的群众，用"燕子衔泥"（把人背绑吊起，然后在背上加一块石头来去游荡）拷打群众，逼迫群众交出枪支和马匹，并搜寻曾打死过变兵的民兵许生鳌，扬言在攻打木垒县城出发前，要用许生鳌的头来祭旗，反革命气焰十分嚣张。在这紧急关头，县委书记张贵官召开紧急会议，部署了应对措施，又给木垒民兵自卫队小分队下了命令：一是民兵自卫队必须勇敢作战，坚决阻击敌人，确保木垒县第一届政协会议正常进行；二是如果作战不利，可采取撤退方式把敌人引到其他地方，民兵自卫队不能撤回县城；三是尽最大的努力，保护群众的生命财产安全。

　　接受任务后，我们民兵自卫队在队长李德民带领下和公安战士共七十人，向英格堡方向出发。当时的情况是变兵、土匪、青洪帮、一贯道共三百多人，民兵自卫队和公安干警只有七十人，武器配备只有一挺轻机枪。而且，民兵自卫队的大多数民兵连手榴弹都不会扔。李德民领命后，带领民兵干警连夜出发，早晨5点多钟到达菜籽沟的屯庄下面，择一平坦地带先教民兵扔手榴弹。李德民同志出生贫苦家庭，曾被国民党抓兵，九二五起义后，因军事素质好，作战勇敢，成为一名共产党员。在执行这次任务时，李德民和岳山武（解放军）分别担任民兵分队队长和指导员。经过部署，我部人马分三路进行设防。指挥部设在沟底的街街子村，其他两路人马设在沟两侧的两个小山头上，对敌人形成扇形的搜索围剿之态势。这样部署兵力的目的在于：中间正面进攻，两侧相互策应。

　　天亮前，木垒民兵和干警分别进入各自阵地。7点钟，战斗正式打响。战斗打响之前，具有作战经验的民兵队长李德民反复交代，发现敌人，不要轻易开枪，必须听命令，但民兵们由于没有打过仗，在东梁山头的民兵，看见了几个敌人，马上开枪射击。这样，敌人就发现了我方力量，而且知道了这是一帮子"土八路"，不是正规部队，三百多敌人端着枪，号叫着向我方阵地扑来。敌人的子弹打得非常密，我方无法进行有效还击。队长李德民急了，立刻命令民兵机枪手杨万生迅速冲上一个制高点压制敌人火力。杨万春（具有一定军事素质）和几个民兵迅速冲上制高点，居高临下，一顿扫射，敌人冲锋缓慢下来。初次参加这样的战斗，我们的民兵和公安战士，个个都是好样的。他们利用有利地形,用排子枪猛烈还击,打得敌人狼狈逃窜。趁敌人清退之际,我们的民兵勇敢地冲上去救回了三名被变兵绑着的解放军指战员。在民兵干警和敌人激战时,附近群众都冒着枪林弹雨前来支援,为民兵拉马看马。奇台县七户乡的青年农民"郑老五"拿着自己的枪,主动参加了木垒民兵的队伍。这个小伙子利索极了,枪法又好,他摩拳擦掌,要和敌人见个高低,一会儿骑在马上打,一会儿爬在树上打。虽然木垒的民兵没有正式打过仗,但没有一个怕死的,大家都抱着牺牲的决心,顽强阻击敌人,绝不能让他们向县城开去。这伙敌人仗着他们人多,武器好,发起了多次冲锋,都被木垒民兵一次次地打退了。木垒民兵干警在敌我力量悬殊的情况下,七十多人与三百多的敌人从早晨7点钟一直打到天黑。敌人越来越疯狂,民兵干警也杀红了眼,一个个舍生忘死顽强阻击。民兵干警们的子弹所剩不多,加上一天没有吃喝,李德民担心吃亏,果断命令,民兵干警和老百姓一起连夜撤到菜籽沟屯庄。撤回屯庄后,李德民当即开会研究对策,如何顶住敌人的进攻和保护老百姓的生命安全和财产。会议决定派两名民兵把救回的三名解放军连夜送回奇台,同时带去一封请求支援的信。内容是:这里的敌情严重,我方子弹已不多,请支援我们。夜晚11点左右,从敌方向过来一着解放军装的人送来一封信,说:"我们是剿匪部队,让你们的民兵队长过来。"李德民队长立刻意识到其中有诈,没有理睬。夜里3点左右,大家隐约听见一阵声音,李德民站在碉堡上一看,解放军的战车闪着灯光正隆隆向我方阵地开来。他高兴地大喊:"解放军来了,我们准备战斗。"与解放军会合后,李德民把情况给解放军一个小个子营长做了汇报,营长命令战车向敌阵地开了几炮。十分钟后,西梁一侧响起了联络号,听号音是剿匪部队。原来和我们现在接火的也是从奇台派来的由起义部队改编的剿匪部队,真正的土匪变兵料到解放军肯定要来围剿,已连夜朝马场窝子的南沟向东南方向逃去。一会儿,那个营的一个当官的骑着马来到了街街子村。他在马上呵斥道:"我看哪一个是李队长,我要见一见他。"他是一位起义部队的头儿,原来,在昨夜的混战中,木垒民兵干警把几个起义兵误伤了。此刻解放军战车营长一看是自己人,忙出来解释调停,那个起义军官也就再没说啥,悻悻地走了。

第二节　激战平顶山

　　1951年4月9日，首府迪化召开了八万余人的公审大会，政治土匪头子乌斯满被判死刑，执行枪决。其长子谢尔德曼率漏网残匪从甘肃阿克塞逃回新疆后，窜至奇台南山，勾结巨魁，会合哈拉提巴依等小股土匪，流窜于木垒、奇台、吉木萨尔等地继续杀人越货，打家劫舍。是年，阴历八月十三，正当木垒各族群众准备过中秋佳节时，谢尔德曼率近千名土匪由北沙窝窜至木垒县平顶山的夹皮泉，烧房屋抢牲畜，无恶不作。当时，县上正在举办的原国民党时期的保长学习班。正要吃早饭，张贵官书记和吐尔逊副县长找到民兵自卫队队长李德民，说敌情严重，近千名土匪已到平顶山，命李德民召集东城民兵火速到头道沟达坂地待命。军人出身的李德民深知军令如山，连一口饭都没吃，就带上家伙向东城奔去。路经西河坝，看见许多人骑着马乱跑，其中有土匪，也有老百姓。李德民到东城口时，东城的民兵已整装待命，其中有杨万云、王成剑等十八人。东城民兵到了达坂下面，碰到了从山上逃下来的一百多名平顶山的群众，这些群众挡住民兵的战马，说啥也不让上去。他们说："平顶山的民兵已经全部完了，漫山遍野都是土匪，你们去就是送死。"这时，经过党的培养后成为共产党员的李德民早已把自己的生死置之度外，"民兵就是保护老百姓的，关键的时候，怎能怯阵？"他毫不犹豫地喊了一声"上马！"民兵们齐刷刷地跨上了自己的战马。王成剑上马后，被群众硬拖下来摔坏了腿，不能去了。其他人驱马冲上大坂。李德民用望远镜一看，土匪到处抢东西、抢牲畜、有的正在放火，离民兵不远有几个土匪正赶着一群骆驼朝南走。大家一见到土匪，早已眼红，个个请求出击。李德民命令杨万云等四人去把骆驼抢回来。只见他们驱马冲去，一顿乱枪，土匪丢下骆驼，没命地逃去。下午6点，民兵总指挥陈保拴副县长又派十二名公安战士来与民兵会合，共三十人，由李德民指挥，向土匪窝夹皮泉方向靠近。民兵干警到了平顶山下泉子屯庄，发现平顶山的十名民兵正在那里待命，锅里还煮着肉。由于敌情严重，哪有时间去吃肉？于是马不停蹄，天黑前四十名民兵干警按时到达离夹皮泉很近的孙家湾。他们选择一个地方隐蔽好战马等待命令。这一天，大家都滴水未进。不远处有一个泉，但已被

土匪破坏,有水不敢喝。下午4点,陈总指挥命令,等解放军五十一团上山后就发起攻击。这天夜里,民兵干警们看见土匪在烤火,吃肉,还能听见他们说话的声音。土匪也发现了我们,但误以为这些人是老百姓。天刚亮,从望远镜里看见解放军的步兵已经到了下泉子,正朝我方过来。大家早已憋不住了,坚决要求出击,李德民答应先突击一次再说。民兵们上马时,被土匪发现,子弹嗖嗖地飞过来。后面的部队一听见枪声,就开炮,不料炮弹却落在民兵干警们的后边。大家又不得不隐蔽起来。此时,我们的目标已暴露在敌人的射程之内。忽然,一颗子弹飞来,打飞了李德民的帽子,紧接着又一颗子弹打中李德民的胳膊,幸好只是擦皮而过。李德民果断地说,这里不能待,得重找地方。民兵王忠武持一支三八大盖走过来说:"这么好的地方,不打,到哪儿去打?"刚趴下,飞来一弹将他的帽子打飞。民兵干警们只好重新隐蔽。这时解放军战士已经上来了。一战士看见我们隐蔽,以为我们怕死,提枪就冲,被土匪一枪把腿打断,抬了下去。大部分解放军上来之后,五十一团团长杨兴国对李德民说:"李队长,你的人不用上了,你们的任务是保卫指挥部,保住指挥部和电台就是我们的胜利。"大家心里明白,部队首长在关键的时候是把安全留给了我们民兵,危险由自己承担。这股土匪曾在北沙窝大沙坡吃掉过我一个连的解放军,自恃地形熟,马快,枪法准,妄图负隅顽抗,但刚刚交手就被我军打得屁滚尿流,仓皇逃窜到马圈湾南侧,龟缩在树林中。指挥部随之迁到马圈湾。为防止敌人晚上偷袭,确保指挥部安全,陈副县长命令李德民带十八人下马圈湾,到河坝南扼守。由于两天一夜没水喝,实在渴极了,就去找水喝。在防守地不远处有一股土匪,发现了民兵,像狼一样号叫着向民兵扑来。敌人认为我们这些民兵好打,想吃掉我们,气焰非常嚣张。但我们十八个民兵也不是吃素的,手中有的是枪,还怕你土匪!大家各自选择有利地形和土匪干起来。虽然敌众我寡,加之两天一夜没吃没喝,个个头晕眼花,但民兵们没有后退一步。这时李德民估计再坚持下去,可能要吃亏,于是果断命令撤退。撤退时,后面敌人的子弹不时从身边头顶飞过。李德民的战马是一匹巴里坤马,因是用四十二万旧币所买,取名叫"42万"。它纵身飞越而过,密集的子弹,从头顶嗖嗖飞过,公安队乔副队长则连人带马栽在沟里。此时,河坝北边的部队开始向土匪开枪,掩护我们安全撤回。在我追剿部队和民兵的沉重打击下,土匪们又逃到洞洞沟。解放军民兵干警又乘胜追到洞洞沟。敌人无法躲藏，第二天，趁着夜色，凭借地形熟悉和马快，沿山朝白杨河、博斯坦方向逃去。这天晚上，部队和木垒民兵干警住在了马圈湾。当晚，县上调来很多马匹，解放军的步兵全部配上战马。平顶山之战，虽然打击了敌人的嚣张气焰，截回了部分被抢牲畜，但未达到全歼的目的，同时有一名战士和一名民兵潘发明负伤，新户的民兵张成茂同志阵亡。

第三节　博斯坦顽匪丧胆

据侦察判断，敌人肯定逃往博斯坦山里。果不其然，这股土匪逃到博斯坦后，裹挟当地哈萨克族牧民赶上牲畜跟他们一块儿逃到一个地势平坦的山沟里。第二天下午两点钟，我军剿匪部队按时到达集合地。当年曾给部队当向导的维吾尔族老人库尔班·尼牙孜，至今谈起这段事，仍是赞不绝口：解放军真是了不起的人！他们不会骑马，地形又不熟，就凭一张纸（地图），那么远的路程，又那么难走，我至今想不通他们为啥这么快就到了博斯坦，那个曹营长真是个神人！

这股土匪，虽然在平顶山没占到便宜，但仍自信他们马快枪法好地形熟，仍不把解放军放在眼里，还在梦想第二个大沙坡之战。土匪逃到山里后，就在平坦地支起了帐篷，宰杀牲畜、煮肉、喝茶、吃馕，有的还在帐篷里像野猪一样打着呼噜睡大觉。他们做梦也不会想到，我军行动如此神速，会神兵天降。战斗一打响，我军如猛虎下山向敌人扑去。敌人在解放军的猛烈冲击下，有的来不及穿靴子，有的来不及备马鞍，丢盔弃甲，狼狈逃命。卸了鞍的马和一群群抢来的牲畜惊得漫山洼地狂奔。土匪的帽子、皮靴、马鞍、马鞭满地都是，煮在铜锅里的肉还在翻滚，帐篷内外一片狼藉；来不及逃的土匪，束手就擒。

这次战斗，虽然大股土匪逃走，但截获了被土匪抢去的几千只牛马羊驼，打死土匪十七人，活捉二十多人。在土匪扔下的物品中有我解放军的茶缸、水壶、背包等军用品，这是上次在大沙坡战斗中，敌人抢夺的我军牺牲战士的物品。根据部队同志讲，在俘虏中有两名俘虏还穿着解放军的上衣，衣领上还有我部队的番号和战士姓名，经请示，就地处决了这两个罪大恶极的家伙。自这次战斗之后，敌人再也不敢麻痹大意，逃跑的路线行踪更为诡诈。

第四节　南湖再交手

博斯坦战斗结束后，木垒民兵干警与解放军在当地住了一夜。第二天指挥部估计敌人可能朝鄯善逃窜，于是，大部队顺穆家地沟搜索前进。半途中发现敌人马蹄印和湿马粪，推断敌人就在附近。等部队到了大石头南湖地段，果然发现大股土匪，他们早已占领有利地形，准备负隅顽抗。战斗打响后，敌人凭借有利地形，死命抵抗，我军一个班战士为抢占一个重要山头全部壮烈牺牲。由于地势陡峻，无法架炮，杨团长一气之下，要枪毙炮排赵排长，被警卫员拦腰抱住。炮排的战士急了，几个人用手扶住炮架，向敌阵连续地发射炮弹。在我强大炮火的压制和骑兵部队的冲击下，几十名土匪被击毙，活下的没命地向巴里坤方向逃去。在激烈的战斗中，担任保卫指挥部和电台重任的木垒民兵自卫队始终没离开指挥部一步，随时准备用生命和身体保卫首长和电台，受到了杨团长的赞赏。当晚，部队和我们的民兵留宿大石头，我们民兵自卫队和九十名担架队员分得了二十只羊，煮着吃了一晚上，谁也没有睡觉。第二天追击到色皮口时，杨团长集合参战人员讲话，一个打盹儿的民兵在梦中听见有人喊了一声"土匪来了"，就朝天放了一枪，引起一场虚惊，幸好没有打伤人。

第五节　风雪乌克苏

从大石头出发，当天下午指挥部到达木垒与巴里坤交界处的乌克苏。那天天公不作美，先是狂风大雨，后是雨夹雪。部队战士全是单衣，而我们民兵自卫队知道木垒的天气，都带有棉衣和皮大衣。部队虽然有帐篷，但全被大风掀掉，人冻得没办法，只好原地跑步取暖。李德民看这样下去，肯定要冻坏人，就带几个民兵到附近的山上摘回来几捆穿地柏（野生灌木，易燃），用火点着取暖。那些冻得无法忍受的战士感激地说，你们才是真正的神兵，不是你们，我们今天非冻死不可。那一夜真是难挨，好不容易等到天亮太阳出来。一夜的寒冷，同志们早已没有食欲，大家随便啃了点锅盔就出发了。出发前，他们发现了在附近埋下的几十具土匪尸体。

第六节　硝峡侦察遭遇战

我们木垒民兵自卫队，不仅担任团部指挥部的保卫任务，还有侦察任务，因为木垒民兵不仅骑术好，还熟悉这一带的地形。从乌克苏出发，傍晚6点到达巴里坤硝峡，大家准备在这里吃饭住宿。那时所谓的"饭"充其量就是白水煮白面，再加点盐巴。饭刚熟，碗还没来得及端，就听见沟东边山上响起了枪声，而且越来越密，还有机枪声。杨团长问李德民，是不是巴里坤剿匪部队和敌人交火？李德民说不上来。杨团长就令李德民带民兵从沟右边南侧去侦察。李德民他们一口饭也没吃，便带民兵艾买提（维吾尔族）等十八人从沟南边向东边山峰摸去。马上到山顶时，突然发现九十多个敌人正猫着腰，提着叉子枪拉着马向我指挥部方向扑来。富有战斗经验的李德民立即命令迅速占领山头，准备战斗。由于山太陡，艾买提的战马一下子从上面滑下来，当时就把马的掀板骨（马前腿的膀子处）掀掉了，不能动弹。等我部民兵爬上山顶时，刚好比敌人先到了几分钟，和土匪打了个照面。大家不等队长下令，就开枪射击。由于这伙敌人血债累累，罪恶滔天，民兵们一个个对他们都恨之入骨。仇人相见，分外眼红，加之我部又占有利地形，居高临下，一顿狠揍，土匪被打得人仰马翻，鬼哭狼嚎地逃命。民兵们装子弹时顺势要在头发上擦一下，目的是打中敌人后让它开花。民兵们一鼓作气，快马加鞭追击敌人，一直追了二十多公里，才停止追击。返程途中，碰到五十一团一个营，原来他们是先头部队，前面的枪声是他们与敌交火的枪声。营长了解到木垒民兵把敌人打垮的事情后，认为战斗力很强，要把木垒民兵留下来不让回，和他们一起去追敌人。李德民回答说，我们的任务是保卫指挥部，我们必须回去。回到指挥部李德民向杨团长汇报了情况。杨团长说："我一直在用望远镜看你们打仗，你们很勇敢，应该表扬。"李德民把遇到营长的情况汇报后，杨团长派通讯员连夜去找，可是这个通讯员一去不复返，肯定是牺牲了。硝峡遭遇战之后，木垒民兵再次经受了战斗考验，自信心进一步增强。剿匪战斗结束后，艾买提、赵兵武两人被新疆军区授予了

"战斗英雄"的称号。木垒县的民兵受到了军队首长的表扬。

第七节　五个泉重创匪寇

剿匪部队和民兵到达红柳峡后，在梧桐窝子发现敌情。五十一团派一个连去侦察，结果被土匪打了埋伏，杨团长心情十分沉重和恼火。经过急行军，终于在五个泉追上了正在逃窜的土匪。这些土匪大多是和我军多次交手，死里逃生的悍匪。他们占据有利地形，死命顽抗，战斗打得异常激烈。这里虽名五个泉，实际有水的只有一个泉，且水量少，只能限量供水。警卫员给杨团长端去一茶缸水，被杨团长拒绝了，训斥道："这么多人都没水喝，为什么让我一个人喝？"我们的这些民兵看到此景十分感动，共产党的军队当官的都是些多么好的人啊！跟上这样的人打仗，即使死了，也值得。

由于敌人抵抗顽强，有一个阵地久攻不下，一位解放军营长脱掉上衣，光着膀子，提着手枪，就要往上冲，刚跑了几步，杨团长就朝天开了一枪，喝道：你这是勇敢吗？你这是白白送死！遂命令部队炮兵向敌阵发射燃烧弹。11月初的天气，草木已枯黄，燃烧弹爆炸，四周立刻变成一片火海，土匪被烧得鬼哭狼嚎。我军趁势攻上山顶，敌人再次做鸟兽散。我军又乘胜追击，以损失三十多人的代价，消灭了百余名土匪，缴获步枪七十二支，轻机枪十四挺，迫击炮两门。

有意思的是，在与敌激战时，大家用望远镜看到土匪也试图用这样一门迫击炮（注：大沙坡战斗抢劫的我军武器）打我们，但因为不会使用，炮弹朝天射出后，又落到自己的阵地上，吓得他们再也不敢摆弄这两个不听使唤的东西。这股土匪自在五个泉被消灭一部分之后，剩下的残兵败将只是没命的逃窜，行动也更加狡猾。为甩掉追剿部队，他们逃跑时，不是选择难以行走的山间崎岖小道，就是进入没有水源的沙漠戈壁。但无论敌人多么狡猾，追剿总是死死地盯住他们穷追不舍，结果证明这股土匪最终也没有逃脱全部被歼的命运。

第八节　跟随部队转战北塔山

我们木垒民兵小分队自硝峡战斗后，再没有直接参战，一直担任保卫剿匪指挥部和侦察的任务。木垒民兵随部队转战于小草湖、乌伦布拉克、哈力哈提。在哈力哈提打完最后一仗后，杨团长告诉木垒民兵，根据上级命令，我们追剿任务到此结束，由十七师四十九团接替我们继续追剿。于是木垒民兵随部队到达苏吉，跨越将军戈壁，经黄草湖、北头桥子，11月中旬到达北疆剿总驻地奇台，历时两个月之久。以后拍摄的电影《沙漠追匪记》里面描绘的一些片段，就取材于这次战斗。

在两个月剿匪斗争的日子里，木垒民兵小分队和解放军战士一样经历了各种艰难困苦的考验，表现了共产党领导下的民兵，具有优秀思想品质和英勇顽强的战斗作风。他们与解放军创造了只带五天给养行军打仗两个月的奇迹。他们赖以生存的食物就是土匪沙了掌的马和野生动物。每天的食物就是半生半熟的马肉，人瘦得灯笼怪棒（方言：特别瘦）浑身的衣服梭里零当，身上的虱子一摸一个，头发胡子长得像野人。难怪到奇台洗澡时，店主不让洗，误认为木垒民兵是从监狱跑出来的逃犯。在长达两个月的剿匪斗争中，他们虽然历经艰辛，但毫无半点怨言。这是因为，他们感到，自己所做的一切，都是为了人民的幸福安宁。在剿匪的总结大会上十七师师长陈悦长表扬了木垒民兵小分队，好几个同志受到军区的嘉奖。当大家回到木垒县城时，受到全县党政领导和各族群众的夹道欢迎。

当时参加战斗的十八名民兵，现在有的已经过世，在世的都已年逾古稀。每一个木垒人都应该永远记住他们，因为他们曾经为捍卫木垒县的新生政权和人民生命财产安全而风餐露宿，爬冰卧雪，舍生忘死，浴血奋战，流血牺牲。当木垒人民高扬实现中国梦的旗帜奋勇前进的时候，我们为我们的先驱——英勇木垒民兵感到骄傲自豪，因为这面旗帜上有他们的青春和热血。

（这个故事取材于木垒文史作品《同仇敌忾剿顽匪》，完全按照真人真事所编纂，具有真实的文史价值，为保留其真实性未做主观评价和虚构。）

2017年9月

主编点评：

新中国成立之前，平顶山因地缘环境特殊，物产丰富，人口稀少，居住分散，成为土匪觊觎的重点区域，常有小股土匪出没，他们杀人越货，抢夺粮食、成群吆赶牛羊马匹。我表嫂的爷爷就是那时候被土匪杀害的。平顶山人对土匪深恶痛绝，对中国人民解放军和木垒民兵有着特殊的崇敬深情，平顶山民兵，范兴义的舅舅杨增强就是在 1958 年最后一次剿匪中牺牲的。

英勇的人民解放军和勇于担当的木垒民兵舍生忘死，前赴后继，彻底地消灭了土匪，清除了匪患，从而使平顶山平安无虞，人们过上了安定祥和的美好生活。

《木垒民兵剿匪记》翔实地再现了 1951 年木垒民兵配合人民解放军剿匪的激战场景，热情讴歌了木垒民兵服从指挥，机智灵活，勇敢战斗，不怕牺牲的高贵品质。将"激战平顶山"及其他战斗都写得栩栩如生，给人以身临其境之感。读后使人对木垒民兵更加钦佩，也为木垒有这样一支不畏艰险、勇于战斗、不怕牺牲的英雄队伍而感到自豪。

让我们铭记他们吧：木垒民兵！

平顶山方言土语集锦

◇杨永信　王生喜等

写在前面：中华文化博大精深，语言文字包罗万象，然而随着文化普及，科技发展，网络兴盛，整个世界已成为随时可以到访的地球村，语言也随之趋向于标准统一，原来在不同地域沿用的方言土语也正在被普通话和标准规范的词语替代。尽管我们都已习惯了听、说普通话，使用标准词语，但偶尔听到故乡的方言土语就有一种久违的亲切感，为了怀念故乡，回味乡音，我们特意搜集整理了这份《平顶山方言土语集锦》。

平顶山的方言土语与盛行于新疆北疆各地的方言土语基本相近，只有一部分属于平顶山特有的方言土语。方言土语好说不好写，有些方言土语用文字表现出来并非易事，虽然我们寻访了不少高手专家，查阅了词典及网络资料，仍然无法用合适的字词表达方言土语和方言土语的准确意思。

为搜集这份《平顶山方言土语集锦》，我们动用大量的人脉资源，很多人为此走访查阅研究，才铸就了这份可贵的集锦，《平顶山方言土语集锦》是平顶山人共同努力的结晶。

色皮、色皮鬼——小气、小气鬼；

疙瘩瓦什——不平整；

倒巴郎——倒置，颠倒；

花里胡哨——并不喜欢的多姿多彩；

布拉——拨，翻炒；

炕——这里的意思是烙、烤，把饼子放到锅里再炕一下，洋芋切成薄片放到炉子上炕；

一欻（chuā）拉——一串；

然窝子——煮熟捞出来不过水的拉条子；

炮仗子、二截子——类似揪片子，但面搓拉成圆棍，揪成较长段的汤饭；

刀把子——馍馍、馒头，20 世纪五六十年代，吃集体食堂大锅饭时，为了使每一个馍馍的分量都是一斤、半斤或二两，发面揉成均匀的面剂子后，先切掉面头子，再切一个用秤称，当称够分量时，用切刀比其长短，然后在面剂子上用刀比一下、切一刀，由此人们把馍馍叫作刀把子；

戈头——牛拉车时架在牛脖子上面的光滑而弯曲的木制农具；

挡戈——二牛抬杠架在两头牛的脖子上方，和牛脖子接触处光滑弯曲的木制农具，挡戈正中固定一个和犁辕连接的铁环或绳索；

爬车——平顶山专门用于拉麦捆子或其他物品的没轮子的车，一头用绳索挂到牛背的鞍子上，一头着地，爬车最前端固定的戈头驾到牛脖子上部牵引拉动；

拖拖——爬车的改装版，经过夏秋拉捆子的爬车，着地尾端摩擦缩短，修旧利废，锯掉尾端，改装成容积更小的爬车用于冬季上公粮（爬车铺上板子装两三麻袋粮食）、卖猪（爬车横放个抬把子衬垫麦草，把肥猪绑到上面）、拉运危重病人到县医院看医生等；

楞头木——横担在爬车前后两根辕条（橡子）上，前窄后宽，固定爬车的扁平木头；

秋绳——拦在驴、牛屁股尾巴下，两头固定到鞍子上，避免下坡时鞍子向前蹿，如果驴备的是人骑的鞍子，秋绳一头固定在鞍子，一头固定在臭棍；

抬把子——用筋条编制在两边长出半米的木棒上，一种两个人抬着短途运送肥料等物品的器具；

皮窝子——商品经济欠发达时期，用牛皮、皮条抽揎，冬季穿的鞋（穿皮窝子要配毡袜穿）；

药铲——专门用于采挖贝母的工具，前半部分为铁制，后半部分为木制，木制尾部按拐，铁制部分中间绑枕木；

縻驴——把驴用一根长绳子拴到青草茂盛的地方让吃草；

齷索（齷索鬼）——垃圾，多说自己的孩子不争气，没出息；

胳老洼——腋窝；

波罗盖——膝盖；

架划、架拐子——肩膀；

哈巴子——下颚；

天门梁——额头；

哈喇子——口水，涎水；

茌巴子——刚接触，不熟练，生疏；

黑洞麻糊、黑麻咕咚——很黑，什么都看不清楚；

泥麻咕咚——稀泥巴烂路不好走；

乱麻咕咚——特别乱，乱得很；

脏麻咕咚——很脏，脏得很；

灰麻咕咚——满面灰尘，脸很脏；

土迷日眼窝——脸搞得很脏；

鼻塌嘴歪——形容相貌丑陋；

贼大鬼——对脑子灵活、点子多的人的戏称；

吱哩哇啦——话太多，说不完，类似于叽叽喳喳且声更高；

呲毛浪荡——头发散乱；

出惊捣怪——故意使人感到吃惊、古怪；

唧溜——机灵，灵光，敏捷；

相端——端详，细心观察；

兹一下——复秤，买的东西怕缺斤少两，再用其他秤验证一下；

那，那就——对他人称呼，一个人向别人表述另一个人时常用；

言传——说话，答复（答应）；

塌头——没本事，没能耐；

仰扳子——仰面朝天；

直停——粗俗而不和善地说睡觉；

马趴——向前栽倒趴下；

狗吃屎——向前栽倒趴下，啃了一嘴泥；

鼻喇 han 水——流着鼻涕涎水的邋遢相；

欧吆——象声词，表示惊讶；

列只子——成双成对的单一部分（不成双成对）；

勺子——傻子，傻瓜；

颇烦——烦恼，郁闷；

缠三道四——说话啰里啰唆；

丧眼——令人讨厌，看上去不顺眼的人或者事；

扫搅——故意打扰，扰乱，阻挠其达成目标；

木囊——行动迟缓、浪费耽误时间；

孽障——这里是可怜的意思，并非孽障（指罪恶）之意；

孽几沟呆——无精打采，没精神；

呱声天堂——说话声音高、一惊一乍；

失恼——一同玩耍交流中突然翻脸发脾气；

白卡儿——无真才实学，没本事，没能耐；

shun 气、shun 气鬼——倒霉，不顺，倒霉鬼；

鬼祟——并非书面的正规解释，这里是对比较小一些的人，带点贬义似乎又亲热的称呼；

显划——对人的称呼，和现在所说的"活宝"差不多；

邪乎——让人有点怕得厉害；

不尔识——不理睬；

扽（dèn）不展——不大方不洒脱，平时谈吐说话还行，关键时候缩头，不敢登台面；

不吱顾——跟别人说话谈事时，对方不吱声，不应称，不搭理；

迷三道四、洋洋干干——同五迷三道，浑浑噩噩，糊里糊涂；

老道——有能耐；

攒劲——能干，干活力气大，又快又利索；

抵挡——能干力气大，类似于攒劲；

歪得很——本事大得很，能干得很；

歹得很——好得很，美得很；

精巴得很——穿着精干、利索；

不楞增——不在乎、不在意；

恓惶惶地——即将坚持不住了；

胯歹势——做事言过其实不靠谱；

跟头马趴——紧赶慢赶，做事竭尽全力；

嚎鼻汰——爱哭的人；

塌头——做事能力低下，被人看不起；

零干了——狠，厉害，例如：冻零干了，热零干了，忙零干了；

歪拽——特指高龄老人身体健壮，能吃能走能动还能干活；

干散——一般指中年女人精干、利索；

麻欻——麻：麻利、利索，欻：用力扒下来，快捷利索的意思；

粑粑恰恰——碗等器皿没洗干净，沾有颗粒状物；

上炕的裁缝，下炕的厨子——指女人能干，样样精通；

拶（nòng）就——大小事都难以胜任，连一般的小事也做不好；

掂不停——不能正确识别处理轻重、缓急、远近、对错；

冻死不下驴——不知随机应变，一根筋；

膀肩些——差不多就行了；

迭故心——故意；

沟子臭了——服软害怕了，不敢继续对着干了；

索罗铃铛——身上戴的不合适的装饰很多，也说一个人去串门，身后跟了一群；

死乞白赖——纠缠不放；

喋溜瓦实——矫揉造作；

油几磨奈——穿着脏，不干净，也有说做饭、洗锅之类的活什不好干，油几磨奈的；

干毛湿缺——指庄稼、蔬菜长得不茂盛，也指小孩面黄肌瘦，不健康、不壮实；

平踏四围——伸开腿平坐在地上；

喝楞振道——形容声音高，动作猛；

灯娄柺棒——形容一个人身体虚弱，走路不稳；

老弥枯楚——显得老态，也含有嫌老的意思；

孽几沟呆——精神萎靡不振；

孽障瓦达——看上去很可怜；

咳呛打嗽——看上去不健康；

冰几瓦达——东西很冰凉，触手感到冰凉；

冰汤瓦食——食物冰凉，甚至有冰碴子；

清汤寡水、清几晄当——多指生活困难时期对饭的形容，做的饭水多米（面）少；

皮实——结实，多指小孩抗病能力强，不易感冒得病；

薹杆——特指没本事，没能耐的人；

搅打——干扰，打扰；

端直子——一直向前；

染挖——纠缠不清；

日怪——古怪；

甩套——编谎，说假话；

遛沟子——谄媚、拍马屁；

胡逼缭乱——胡说八道；

二不愣——愣头青；

搔情——风骚，轻佻，逞能，轻率而不庄重的试探；

烧试——鼓动，怂恿，煽动他人去做本不该做的事；

肚子胀——生气；

捣塞——将物品放到不好找的地方，说是藏又并非藏；

搜腾——到处乱翻，寻找；

谝传子、谝达拉子、喧谎——聊天；

拉达子——沾点边的远亲；

讨吃——乞丐，叫花子，败家子，没出息的人，说对方讨吃，意思是你这个只配当乞丐的；

一满——全部，所有；

活泛——灵活，随机应变能力强；

款款——1.缓慢，轻轻的意思，例：把桌子款款挪一下；2.没动，全都放着，例：端去的饭，一口没吃，款款放着呢；

厅堂麻斯——麻利、快捷；

紧赶麻斯——抓紧时间；

务习、经由——细心照料、管护；

糊里麻堂——稀里糊涂，应付差事，多指不认真，不用心；

克其麻嚓——快捷、利索；

半不拉——不完整，没做完，只有一半；

重茬——想拿过来盛饭，却发现是已经用过的碗，用后未洗的碗筷；

蜜住——渗漏的空隙眼被黏稠物糊住粘住了；

恶水——泔水，洗锅洗碗水；

捰布——洗锅擦碗擦桌子的抹布；

铺层——破旧衣服的破布洗净整理平展，用于做鞋帮、鞋底打褙子的垫层；

储褡——衣服上的口袋，有些从甘肃迁徙到平顶山的人又把口袋叫囊囊；

洋巾子——女人的头巾；

腰食——两顿饭之间吃点馍馍之类的加餐；

赶早——早晨；

饭罢——上午；

上午——中午、正午；

后晌——下午；

一歪夕——一晚上，一整夜；

夜朗个——昨天；

一子马儿——时间很短，一会儿；

咋咋些、乃咋些、哪咋些——这儿、那儿、哪儿；

主袄子——棉衣，棉袄；

汗褂子——衬衣，贴身穿的单衣；

七堂鼓——不好使用的器具、工具；

烧料子——不动脑子，爱冲动，好动粗爱打斗的人；

老声野气——大声吼叫；

拷武——主要指未婚女性厉害脾气大，谈婚论嫁时令男方家害怕；

沙合儿——用石头锻磨而成的小石球，男孩的玩具（20世纪60年代，男孩子们滚沙合儿被有的老师看作是赌博行为）；

污迷子揪眼——长相猥琐；

㞗旦子——专指小男孩；

㞗稀罕——对可爱的小孩的爱称；

圆头出脑——小男孩长得健康可爱；

㞗㞗的事情——小意思，小事一桩；

日鬼倒棒槌——似乎含有些贬义的点子多，有主意，有办法；

有事无场——做事不讲章法，想一出是一出；

叉巴撩腿——举止行为粗鲁不雅；

五马长枪——举止行为狂放；

谷堆——土、肥料、粮食等物品堆在一起形成小山一样的凸起；

折耶、窝耶——干净整洁，利索；

骚户——未阉割的公山羊；

剟顿——阉割后的抵羊；

满口——指喂养四年的羯羊，三年叫小满口，五年叫老满口，两年叫二齿子；

米牙子——未满岁的当年小羊；

杀米不杀二——长到秋季的米牙子羊羔肉多，二齿子正是长骨架的时候，反而肉少，杀了吃肉不划算；

腥戳戳的——有膻腥味；

咯（luò）——割，咯肉：割肉；

老鼠拉木锨，大头子在后面——主要内容在后；

腰里弁个死老鼠，假装是打猎的——装腔作势；

摸着稀屎不烫牙——占过一次便宜后，老想着用同样的方式或在同一个地方再占这样的便宜；

狗改不了吃屎——老毛病、顽疾改不掉；

猪嫌狗不爱——不讨人喜欢；

牛不吃水强按头——强迫他人去做他不愿做的事是徒劳的；

猫儿吃糨糊，嘴上挖抓——吃货，一心只想着吃；

瞎猫盯下个死老鼠——一根筋，不懂得变通；

呲叫子跟上亨猴熬眼——不干自己该干的事，跟着他人瞎胡闹；

天上下锥子，地上拿针接——处理问题精准，恰到好处；另一种说法是针尖对麦芒，针锋相对；

四月八，麦子盖着褐老哇（乌鸦）——平顶山谚语，平顶山海拔高，春来迟，公立五月中下旬麦苗有二十厘米高了（其实这时的华北、关中平原以及新疆南疆等地方小麦已孕穗灌浆了）；

褐老哇爬在黑猪上，嫌猪黑——自己没做好还去说别人做得差，一丘之貉的意思；

姜锤子锻磨，实打实——实在，老实；

养儿防备老，栽树歇阴凉——积善行德，有长远打算；

杀生害命，骨头啃尽——学会勤俭，不糟蹋浪费食物；

公鸡娃子叫鸣，紧康康扇——费了最大的力，付出了最大努力；

平处卧的狗你得防着——提醒人不可麻痹大意；

出头的橼子先烂——枪打出头鸟，不争强好胜，随大流保险；

山里的石头往洼里背——干重复的事或者说做无用功；

石头大了弯着走——要学会变通迂回，不莽撞，不硬碰硬；

软处好取土——欺软怕硬的意思；

不怕慢就怕站，站一站二里半——要执着专注，咬牙坚持不放弃，否则就会落后别人很多；

牛不抵牛是怂牛——坚守不退缩，一比高下定输赢；

树挪死，人挪活——不要老守着穷窝或不能发挥特长、作用的单位，要善于变通，另谋出路，"易地搬迁，精准扶贫"就是最好的例证；

朝有大臣，家有长子——各司其职，各负其责；

父愁儿妻，儿愁父葬——养育子女成人，帮子女成家立业，是父母的责任；孝敬父母，养老送终是儿女应尽的孝心；

好男不吃分家饭，好女不穿嫁时装——自己的日子自己过，自己的家业自己创，不计较，也不依靠分家时所得的那份财产；不贪图、不依靠出嫁时所得的那些财礼；

人情不是债，提上锅锅卖——提醒人们懂得感恩，要知恩图报；

萝卜是个菜，便宜是个害——别贪图小便宜，诈骗往往是以便宜为诱饵的；

从小偷油，到大偷牛——从小就要教育孩子养成好习惯，避免长大走上犯罪的不归路；

硬给歪汉子牵马坠蹬，也不给怂汉子出谋定计——意思是选择服务对象很重要；

宁看拉屎的，不看劈柴的——劈柴时飞奔过来的劈柴会伤人，意思是别在有危险的地方出没；

闲了不上香，忙了爬到供桌上——告诫人们要事先打基础，不打无准备之仗；

天窗上吊苜蓿，给驴中相思——引诱人却又可望而不可即；

精勾子打狼，胆大不害羞——胆子大，不害臊，丢人现眼；

驴乏了赖臭棍——责怪他人，为自己办事不力找理由、借口；

拙婆娘嘴巧——做事不行，但能说会道能狡辩；

官前马后少绕达——堂堂正正做人，不慕官，不谄上，不阿谀奉承、不溜须拍马；

素人吃个素菜——根据自身条件理事，不强求，不攀比，不打肿脸充胖子；

白天游四方，夜里补裤裆——白天贪玩瞎逛，本该白天干的事放到晚上突击干；

正着处不着，不着处挖个一勺（shuò）——该干的不干，不该干的瞎干，不务正业；

草花子存不住隔夜食——草花子：叫花子，乞丐；没有长远计划，不知道细水长流，与"今日有酒今日醉"的意思差不多；

骆驼脖子长，吃不了隔山草——意思是别把手伸得太长，不该你管的事别去管；

吃了蒸馍馍混卷子——不用心，不专心，应付差事混日子；

死猪不怕滚水烫——什么都无所谓了，不可救药的意思；

磨道里没马了拿驴支差——按说拉磨是驴的分内事，但平顶山大牲畜多，推磨用马不用驴，意思是"矬子里拔将军"，让能力差的人承担了分量重的工作；

车轱辘上绑绣球，轮也轮不到你们家——好事你沾不上边；

小脚老太太的裹脚布，又臭又长——令人厌烦的长篇大论；

斗大的麦子也得从磨眼里过——麦子磨成面粉，每一粒麦子都必须经过磨眼后被挤压粉碎，意思是你本事再大也得经过基层这一关。

（收集统计：邢志坚、郭冬梅、刘玉桂、麻永福等；解释说明：杨永信、王生喜；校对审核：丁巨年、石玉玲）

平顶山历史沿革

◇丁万荣

一、概述

平顶山位于天山北麓东段，南与鄯善县紧密相连，东以照壁山山脉南缘为界，西北与南闸村和东城鸡心梁接壤。地形地貌属浅山丘陵地带，四周群山环绕，泉沟纵横，起伏连绵，地势南高北低，区域面积约120平方公里。地理坐标为东经90°18′至90°11′，北纬43°40′至43°15′。年平均降水量为410毫米，年平均日照时数为3088小时，年平均气温2℃—5℃，极端最高气温29℃，极端最低气温-28℃，无霜期约120—130天，平均海拔1650米。具有"冬季漫长且温暖，夏季短暂但凉爽"之特点，属于典型的大陆性逆温带气候。南缘山区山势雄伟，峭壁高耸，山间各处水源汇集于大河坝，构成木垒河的主要水系，年径总流4304万立方米，集水面积达467平方公里。下游建有木垒最大的中型水库——木垒县龙王庙水库及富民兴牧的小型水库——三泉水库。深山林区松涛万顷，林木茂密，是天山白松主要产地之一。山林中有野山羊、野猪、梅花鹿、狍鹿、狗熊、野山鸡等野生动物。盛产贝母、柴胡、秦艽、独活、大黄、党参、麻黄等多种贵重药材。

平顶山区域的天山深处有三十多个冬季牧场（冬窝子）和春季草场。平顶山由乌宗布拉克泉水沟、红石崖子泉水沟、夹皮泉泉水沟、华树梁泉水沟、西达坂泉水沟、夏家沟泉水沟、下泉子泉水沟、北梁泉水沟、头道沟泉水沟、红家沟泉水沟、小西沟泉水沟、殷家沟泉水沟、庙尔沟泉水沟等泉水沟及干沟等浅沟小叉构成。有泉眼20多个，整个区域内只有南湾一口深井，水资源总量约230升／秒。平顶山水草丰沛、草场广阔，具有发展畜牧业得天独厚的条件。冬天白雪皑皑，银装素裹；春夏之时，山坡沟壑百花怒放，姹紫嫣红；秋季牧草丰茂，羊肥牛壮，是理想的天然草场。

平顶山的行政区划由下泉子、西大坂、徐家沟、边家湾、孙家湾、桦树梁、桥桥子、帽盒山、夹皮泉、红石崖、干沟口、河坝沿、南湾、小西沟、北梁、白石头沟等自然村构成。这里气候冬暖夏凉，草场辽阔，是一个宜农宜牧的地区。农作物一年一熟，种植业为旱地农业，农作物以小麦、豌豆、土豆为主，兼种油菜、鹰嘴豆等。畜牧业主要以养羊、养牛为主，兼养马、驴、猪等畜，有耕地面积28000余亩。养殖业和种植业较为单一，但由于土地肥沃、降水充沛，不论是养殖业还是种植业，都能够满足区域内农牧民自给自足的生活需求，每年都能够完成国家的粮食上交任务。平顶山俗称"万亩旱地粮仓"。

二、平顶山历史渊源

平顶山历史悠久，清同治年前称茂明山，从清末开始改为平顶山。文化遗迹遗留丰富，在平顶山村有"神龙潭岩画""夹皮泉岩画""平顶山古墓群""石人子居住遗址"，时代均为西周—东周时期。2011年4月，为配合自治区工程，由自治区考古研究所对水库淹没区的"干沟墓群"遗址墓葬、居住遗址进行了抢救性发掘，清理墓葬六十二座，居住遗址九处，出土各类文物五百余件，根据出土文物判断，该遗址距今有2600—3000年之久。从遗留文化遗迹表明，早在新石器时代中晚期就有氏族部落活动在平顶山大河谷两岸和冲积平原上，从出土器物特征、地理环境等综合分析，反映出当时远古先民是以狩猎采集经济为主，兼有一定的畜牧业经济，直至后来农耕文化的出现。

新中国成立后，平顶山也和全国一样，在中国共产党的领导下，经历了社会主义改造及全面建设社会主义、改革开放等重大历史时期。历史推动了社会的向前发展。

三、社会主义改造及全面建设社会主义时期（1949年10月—1966年5月）

解放初期建政时，废除了保甲制，平顶山成立乡公所（三乡），隶属东风公社（一区）管理，杜万顺同志任乡公所乡长，骆文才、丁尚仁同志先后担任农会会长职务。有组织、有计划地进行土地改革、减租反霸，农民都获得了自己的土地，开始经营起一家一户的小农经济生活。1953年，在县委的领导下建立了新户第一家黄全发初级农业合作社之后，各地都在推广农业合作社的经验，平顶山也积极响应，相继成立若干个互助组和农业初级合作社。1955年11月，时任县委书记的张尚德同志，带领工作组来到平顶山进行建政蹲点，农户们纷纷志愿取消土地报酬，将牲畜、大型农具折价入社，初级农业合作社全部转为高级农业合作社。

1953年在县委工作组的领导下，平顶山发展了第一批中共党员，他们是：骆文才、丁尚仁、杨春贵、闵永泉、杨多才五位同志，并于1953年1月建立平顶山党支部，党支部书记由孙殿美同志兼任（一区党总支书记）。1954年1月骆文才同志担任平顶山党支部书记。从此以后，在平顶山党支部的领导下，进入了全面建设社会主义阶段，由初级社向高级社过渡。广大人民群众在幸福安康的社会环境中感受到了党的温暖，过着自给自足的温饱生活。1954年平顶山发展了第二批中共党员，他们是：潘进昌、张应科、徐发盛、赵生文、王佰才、刘璋基、李有义、丁假年、赵学文、王汝林、张桂英、孙浩荣、贾福新、窦殿文、杨义新等同志。之后，县委从各地抽调部分积极分子成立了建政工作组，杨春贵（后来担任东风公社副社长）、丁尚仁（后来担任木垒县粮食统购统销站站长）、杨义新（后来到县治蝗办工作）、杨多才（后来到县西吉尔信用社工作）等同志被抽调到建政工作组，在县委的统一领导下分赴新户等地负责建政工作。

1951年4月9日，土匪头子乌斯满被判处死刑，并在迪化执行了枪决。其子谢尔德曼纠结残余哈拉提巴依等小股土匪，流窜于木垒等地继续杀人越货、打家劫舍。同年9月20日，这股土匪残余从北沙窝窜至平顶山夹皮泉，烧房屋、抢牲畜，无恶不作。解放军五十一团奉命来到平顶山，与自治县武装民兵和平顶山武装民兵配合，组成剿匪指挥部，在平顶山夹皮泉展开了一场激烈的战斗。通过两天一夜的交火，土匪们被打得焦头烂额，死伤数人。第二天，土匪向白杨河、博斯坦方向逃去。虽说这次战斗没有全部歼灭土匪残余，但夺回了被土匪抢去的牲畜，保全了人民生命财产的安全。我方也付出了代价，新沟民兵潘发明和平顶山民兵任俊朝同志负伤，新户民兵张成茂同志阵亡。

随着对生产资料私有制改造的顺利完成，平顶山进入全面建设社会主义阶段。1958年按照党中央的号令成立人民公社，乡公所改为大队、高级社改为生产队。随之成立了平顶山大队党总支，骆文才同志任党总支书记、潘进昌同志任大队长。随后，全国上下都在认真贯彻落实"鼓足干劲、力争上游、多快好省地建设社会主义"的总路线，"三面红旗"迎风飘扬，同年"大炼钢铁"运动席卷全国。平顶山大队的男性青壮年全部奔赴大黄山参加"大炼钢铁"。"大炼钢铁"运动，脱离了国家的国情，不久就停止了。平顶山参加"大炼钢铁"的同志们"班师回朝"，大部分同志到木垒县龙王庙参加了水库建设。

随后，各地红红火火地办起了人民公社"大食堂"，"大食堂"的"大锅饭"没有坚持多久，就解散了。

1958年冬季，土匪乌斯满残余逃窜到木垒，平顶山武装民兵受命参与搜捕捉拿，在白杨河山区搜捕中，武装民兵杨增强同志不幸中弹身亡，被授予革命烈士称号。

1959年，江苏滨海、扬中等地广大青壮年响应党的号召，来新疆支边，平顶山大队积极做好迎接和安置支边青壮年的各项准备工作。共接纳支边青壮年四百二十余人（含后来进入的支边青壮年家属）。这批人从入疆到现在已繁衍几代人。他们扎根边疆，建设边疆，为平顶山的建设付出了辛勤的汗水和心血。

自1960年开始，全国范围的三年严重困难接踵而来。人们都处在"食不果腹"状态，特别是农村饥荒蔓延，许多地方出现了饿死人的现象，灾区难民弃家外逃，迁徙到生活条件相对较好的新疆、内蒙古等地。这个时候从甘肃、河南等地迁徙到平顶山的难民就达一千五百余人，他们大部分都是投靠亲朋而来。本来粮食就比较紧缺的平顶山，一下子增加了这么多的人，粮

食就显得更加紧张了。虽说政府调拨了部分救济粮，但还不能满足果腹的需求。麸皮、苜蓿、野菜，甚至榆树皮都成了充饥的"宝贵"食物。在平顶山大队党总支的正确领导下，基层党组织在三年严重困难期间发挥了党支部的战斗堡垒作用和党员的先锋模范作用，大家克服重重困难，发扬自力更生、艰苦奋斗、互助互帮的精神，平顶山没有出现饿死人的现象，这是对社会的一大贡献。

三年严重困难期间，平顶山大队安排了一批城市"精减下放"人员。他们带着家眷来到农村，和本地农牧民一样参加农牧业生产劳动，后来根据党的相关政策逐步回城安排了工作。随后，经历了社会主义教育和"四清"运动，使广大党员干部群众受到了一次深刻的思想教育，但在某些方面也执行了一些"扩大化"的错误路线，伤害了部分干部群众。

平顶山小学始建于20世纪30年代末40年代初，到20世纪60年代末，由于生源增多，于1964年先后创办了河坝沿、孙家湾小学，增设了帽盒山教学点，为孩子们创造了就近就学的条件。进入20世纪90年代，由于生源逐步减少，先后将河坝沿、孙家湾小学和帽盒山教学点合并到平顶山大队小学，2006年9月，将维持了60多年的平顶山小学撤销，平顶山的适龄儿童全部进入照壁山小学（原县二校）接受寄宿制教育。

20世纪60年代初，平顶山建立大队卫生所，县医院医务人员经常下村送医送药，培养了平顶山自己的"赤脚医生"。基本解决了小病不出村的问题。

与此同时平顶山大队组建了以榨油、烧酒、酿醋、粉坊为主的手工业作坊，皮毛、铁器、木器加工厂，成立了骆驼运输队，还组建了缝纫铺、理发店、代销点等利民组织（统称为加工厂）。刘兴隆同志担任加工厂党支部书记，俞存明、刘合基同志先后担任加工厂厂长。加工厂的成立为平顶山地区乃至周边地区的广大农牧民提供了丰富的物资产品，人民生活的需求得到基本保障。

1964年秋季，昌吉州举行"军事大比武"，平顶山基干民兵刘玉清同志被选拔到木垒县代表队，参加昌吉州"军事大比武"活动。在比赛中木垒县代表队获得二等奖，刘玉清同志本人获得射击、投弹全能奖，为平顶山争得了荣誉。

1965 年 10 月，自治区举行"庆祝新疆维吾尔自治区成立十周年"活动，平顶山基干民兵刘玉清同志被选拔到昌吉州代表队，参加全区民兵"军事大比武"竞赛，在比赛中刘玉清同志获得手榴弹投掷三等奖，受到表彰和奖励。时任国务院副总理、中央代表团团长贺龙元帅和自治区领导王恩茂书记等领导接见了参赛队员，并与全体参赛队员合影留念。

1965 年秋季成立平顶山农业中学。地址确定在三眼泉南侧的一块平滩上，几十名农家子弟都走进了这所新型学校。白手起家建校，条件十分艰苦。农业中学的管理和生产队管理模式一样。实行半耕半读，建校初期，各项农活应接不暇，老师和同学们经常起早贪黑，早出晚归，很多时候累得腰都直不起来。

建校之初，农中只有沈殿清一名教师，沈老师是一位老高中生，他也和学生一样参加生产劳动，甚至比学生付出得更多。那时候日子过得非常艰苦，不少学生受不了这种苦和累，家长看到孩子们这样受苦受累都很心痛，不到一年时间大部分学生都辍学回家了。到完成三年学业毕业的时候，只剩下了七名同学，他们是：丁华年、丁万荣、高学义、单楚年、李士珍、杜有泉、焦龙林。

1966—1967 年，平顶山农中先后修建了两栋教室、学生食堂和仓库、农具房、牲畜圈棚等附属设施，解决了学生上课的教室和老师办公的场所及其他用房。1966 年秋季，农中招收了第二届学生，县教育局又给农中调来了一位教师唐学斌，后来随着学生逐年增加，教职工队伍也不断扩大。1967年后，县教育局先后调进了翁德英、阎焕文、李玉广、刘新全、娄生琦、杨淑秀、宋成武、丁巨年、陈光忠、孔一颂、张志孝等老师。有进有出，老师队伍基本固定在六人左右。教学质量也有了明显提高。1989 年 9 月平顶山农中撤销，与东风公社高中合并。

平顶山农业中学是时代的产物，这所不起眼的农业中学，是一所磨炼学生意志的大熔炉。办学二十四年，曾荣获昌吉州示范样板学校、自治区先进学校的荣誉称号，培养两千多名学生。如今看，早年进入农中的学生，磨炼三年之后又继续深造，走向社会各个部门。许多学生走上重要岗位，有的成为各行各业的专家、教授；有的成为县处级和科局级以上的领导干部，相当一部分毕业生从事教育事业，他们为祖国建设和家乡发展做出了贡献。

1958 年平顶山大队党总支成立后，共设六个生产队和一个牧业队，党员人数达近百人，1959 年 1 月骆文才同志调东风公社担任副书记职务，大队党总支书记由徐开祥同志担任（1959 年 1 月—1961 年 12 月）、大队长由潘进昌同志担任，闵永泉同志担任副大队长（1959 年 1 月—1961 年 12 月），1962 年 1 月潘进昌同志担任平顶山大队党总支书记，闵永泉同志担任大队长，丁假年（1962 年—1996 年 5 月）、窦殿文（1962 年—1966 年 5 月）同志担任党总支副书记，杨多仓、巴海（维吾尔族）、韩秀英等同志担任副大队长（1962 年 1 月—1966 年 5 月）。

在这期间各生产队都相继成立了党支部。

一队（河坝沿）党支部书记由刘璋基（1958 年—1966 年 5 月）同志担任。

二队（下泉子）党支部书记先后由蔺长有（1958 年）、李有义（1960 年—1966 年 5 月）同志担任。

三队（北梁）党支部书记先后由丁假年（1958 年、1959 年后调整为平顶山大队秘书、民兵连长）、杨成祥（1960 年—1966 年 5 月）同志担任。

四队（西达坂和卞家湾）党支部书记先后由王汝林（1958 年—1960 年）、赵学文（1961 年—1963 年）、丁永年（1964 年—1966 年 5 月）同志担任。

五队（孙家湾）党支部书记先后由王佰才（1957 年—1960 年）、孙浩荣（1961 年—1964 年）、叶得生（1965 年—1966 年 5 月）同志担任。

六队（冒合山）党支部书记先后由窦殿文（1958 年—1959 年）、贾福新（1960 年—1962 年）、赵生文（1963 年—1966 年 5 月）同志担任。

牧业队（干沟口）党支部书记先后由徐开福（1958 年）、蔺长有（1959 年）、王汝林（1960 年—1966 年 5 月）同志担任。

四、"文化大革命"时期（1966年6月—1976年10月）

1966 年开始的"文化大革命"，平顶山也受到了一定的冲击和影响，同年秋季，平顶山大队为迎合形势，进行"抄家游乡"和"打、砸、抢"活动，一些古迹文物受到破坏，同时也伤害了部分干部群众的身心健康，造成了一批冤假错案。

1966年，平顶山大队修建了一栋约四百平方米的俱乐部，为繁荣平顶山文化生活创造了较好的条件。各生产队组织文艺演出队，将《红灯记》《智取威虎山》等革命样板戏搬上舞台，以现代文化为引领的群众文艺活动发展到了鼎盛时期。

1968年，一大批"知青"上山下乡。先后有二百余名来自乌鲁木齐、木垒县城的知青到平顶山大队接受再教育。平顶山党总支和各生产队党支部很好地安排了他们的生活、生产。他们体验了广阔田地的农村生活，得到了劳动锻炼。后来这批"知青"先后考入中高等院校或回城安排了工作。

1969年，全国上下都成立了"革命委员会"，组建了老干部、军宣队和群众组织代表"三结合"的领导班子。平顶山大队潘进昌同志及一批老干部和群众代表朱之金、董傲生、徐永贵等同志先后被结合到班子中，并先后担任平顶山大队"革委会"主任等职务。

1971年冬季，木垒县委决定对龙王庙水库进行除险加固，平顶山大队派员参加了加固任务。从各队抽调部分强壮劳动力组成庞大的施工队伍，取土填坝，掀起了施工的热潮。在施工的过程中出现塌方，孙建国等人被黄土掩埋，现场立即组织抢救，在将孙建国等人救出来之时，苏思金（精减下发人员）、杜有观、刘玉盘三同志不幸又被黄土掩埋，由于没有及时发现他们掩埋的位置，耽误了抢救时间，他们献出了宝贵的生命。东风公社党委在龙王庙水库施工现场召开了肃穆庄严的追悼会，并对死者家属进行慰问，落实了抚恤政策。

1971年，党中央提出了对冤假错案进行复查，平顶山大队党总支认真落实党的复查政策，对冤假错案进行了平反，对被平反的干部群众恢复了名誉，赔偿了经济损失。但这次纠正冤假错案工作，由于受"左"倾错误路线的影响，工作不全面，不彻底，还有一部分"冤案"未能得到及时平反。

1973年，平顶山大队成了机耕队，徐万新同志担任机耕队党支部书记，贾福贵同志担任机耕队队长。机耕队拥有四台链轨（履带式）拖拉机，三台轮式拖拉机，从此，基本结束了"二牛抬杠"的农业生产局面。随着农业机械化的实施，平顶山粮食产量有了大幅度的提高，人民生活有了明显的改善。

1975 年，平顶山总人口达五千三百余人，由于受土地、草场、水资源的限制，制约着经济的发展和人民生活水平的提高，平顶山大队在上级部门的协调下，决定对现有人口进行搬迁分流。搬迁一部分农牧民到新沟戈壁定居，在志愿报名的基础上一次性从平顶山搬迁到新沟戈壁一千余人，后来又从平顶山搬迁到头畦（天山二场）一百六十余人，搬迁到新沟南塘一百余人，搬迁到新沟八队二百余人。先后共搬迁分流一千五百多人。此举不但解决了迁出户的家庭生活问题，也提升了原有住户的生活水平。

同年，平顶山大队在原有生产队的基础上又增加了再次搬迁新组建的生产队，使平顶山大队的生产队达到二十个，牧业队一个，并根据党员人数分别成立了党支部。

1966 年—1976 年任职的平顶山大队和各生产队主要领导：

大队党总支书记先后由潘进昌（1966 年 5 月—1973 年 12 月）、闵永泉（1974 年 1 月—1975 年 11 月）、王生荣（1975 年 12 月—1976 年 10 月）同志担任。党总支副书记先后由窦殿文、丁长年、丁假年（任职时间分别为 1966 年 5 月—1972 年，1973 年—1974 年和 1975 年—1976 年 10 月）等同志担任，副大队长先后由杨多仓、贾福新、卡得尔（维吾尔族）、韩秀英、徐风珍、常桂芳、李秀花等同志担任。

一队党支部书记先后由刘璋基（1966 年 5 月—1971 年）、丁长年（1972 年）、姚兆雄（1973 年）、孙西祝（1974 年—1976 年 10 月）同志担任。

二队党支部书记先后由李有义（1966 年 5 月—1969 年）、王生荣（1970 年）、徐永俊（1971 年—1974 年）、刘玉清（1075 年—1976 年 10 月）同志担任。

三队党支部书记先后由杨成祥（1966 年 5 月—1974 年）、李元平（1975 年—1976 年 10 月）同志担任。

四队党支部书记先后由丁永年（1966 年 6 月—1974 年）、杜有才（1974 年—1976 年 10 月）同志担任。

五队党支部书记由徐发枝（1966 年 6 月—1976 年 10 月）同志担任。

六队党支部书记由王生文（1966 年 6 月—1976 年 10 月）同志担任。

七队党支部书记先后由叶德生（1966 年 5 月—1969 年）、李胡光（1970 年）、杨有智（1971 年—1974 年）、李振发（1975 年—1976 年 10 月）同志担任。

八队党支部书记先后由杨增辉（1966年5月—1968年12月）、李振发（1969年—1970年）、孙浩荣（1971年—1972年）、杨增辉（1973年—1976年10月）同志担任。

九队党支部书记先后由杨多发（1966年5月—1966年12月）、贾福新（1967年1月—1968年12月）、贾福贵（1969年—1974年）、杨永义（1975年—1976年10月）同志担任。

十队党支部书记先后由俞存明（1966年5月—1969年12月）、潘竟孝（1970年1月—1971年12月）、焦江林（1972年1月—1976年10月）同志担任。

十一队党支部书记先后由赵生文（1966年5月—1969年）、窦殿文（1970年）、杨多成（1971年—1976年10月）同志担任。

牧业队党支部书记先后有王汝林（1966年5月—1966年12月）、高文斌（1967年1月—1976年10月）同志担任。

五、社会主义现代化建设新时期（1976年10月至今）

1976年10月，党中央一举粉碎了"四人帮"反革命集团，受到全党全国各族人民的热烈拥护，宣告"文化大革命"结束，平顶山和全国一样进入了新的历史时期。

1978年12月党的十一届三中全会召开，平顶山大队党总支带领全体党员和广大人民群众认真贯彻落实党的十一届三中全会精神，从思想、组织、政治上开始拨乱反正、正本清源，肃清林彪、"四人帮"极"左"路线的影响，平反和纠正冤假错案，党的中心工作开始向经济建设转移。农村面貌出现经济发展、社会稳定、民族团结、生活改善的局面，人们盼温饱、思稳定的思想逐步凸显。

1979年年初，原东风公社被划分为三个公社，即后来的东风公社、新户公社和雀仁公社。在划分公社的同时，把平顶山居住在新户范围内的五个生产队（即现在的新沟六、七、八队、头畦四队和新沟南塘的近一千五百人）划归新户公社管辖。

1982 年，中央关于农村工作的 1 号文件发布，1 号文件既反映了农村改革不断演化的步伐，也反映了农村社会实践不断深入、不断提高的过程，它是把以家庭联产承包为主的责任制引向全国。平顶山大队党总支把学习贯彻中央 1 号文件精神作为头等大事宣传落实，排除了各种思想干扰和阻力，把广大党员和基层干部的思想统一到中央 1 号文件精神上来。

1983 年，中央又发表了一个 1 号文件，文件明确指出：（家庭）联产承包责任制既克服了合作化的弊病，又继承它的经济成果，既适应落后的生产力，又适应先进的生产力。这个文件的贯彻落实使平顶山广大的农牧民吃了"定心丸"。平顶山党组织开始组织广大农牧民讨论研究土地承包、生产资料、牲畜和集体财产的分配方案。经过群众反复酝酿讨论，很快地就把土地和生产资料、牲畜、集体财产分配到农户手中。"包产到户"极大地解放了生产力，调动了广大农牧民的积极性。在农业科学技术的推动下，化学药剂除草推广应用，机耕条播带肥下种，增强了农业的后劲。粮食连年丰收，不但能够全面完成粮食合同定购任务，每年还向国家交售大量的商品粮。中央连续五个 1 号文件，肯定了家庭联产"包产到户"生产经营形式，巩固了"包产到户"取得的成果，使农村面貌发生了深刻的变化。家家户户都是"粮满仓、油满缸"。"温饱"问题得到彻底解决，人均收入有包产到户前的百十元提升到一千余元。钱袋子慢慢地鼓了起来。

1984 年改制建政，通过人民代表大会把人民公社改制为乡人民政府，生产大队改制为村民委员会，生产队改制为村民小组。平顶山认真贯彻村民委员会《组织法》，广大村民的政治权益、经济权益和自主权益得到了有效的保障。

这个时期，平顶山党总支书记先后由王生荣（1976 年 10 月—1992 年）、杨有智（1993 年—1995 年）、刘玉堂（1996 年—1997 年）同志担任。村委会主任先后由杨有智、刘玉堂同志担任。

1996 年 12 月，为了便于管理，平顶山村经上级民政部门批准划分为三个行政村，即平顶山村、双湾村和河坝沿村。各村党总支、村委会和经济合作社以及工青妇组织健全。

平顶山村村委会：村委会设在下泉子（老村委会原址）。全村总人口为一千一百八十三人，其中维吾尔族十一人，耕地面积 10858 亩，牲畜存栏四千余头，人均纯收入达 8761 元。有党员六十六人，四老人员三十三人，党总支书记先后分别由潘永兵（1996 年—1997 年）、刘玉堂（1998 年）、杨恒国（1998 年—至今）同志担任。村委会主任先后由刘玉堂、李万禄、杨恒国等同志担任。下设北梁、下泉子和帽盒山三个村民小组，分别建立党支部。北梁村民小组党支部书记由马学杰（1997 年—2001 年）、丁万红（2002 年—2010 年）、马学杰（2011 年至今）同志担任；下泉子村民小组党支部书记由杨恒国（1996 年—1999 年）、张志刚（2000 年至今）同志担任；帽盒山村民小组党支部书记由薛国民（1996 年—2008 年）、赵天仁（2009 年至今）同志担任。

双湾村村委会：村委会设在边家湾赵家庄子。全村总人口为一千一百人，其中少数民族四十七人，耕地面积 10500 亩，牲畜存栏五千余头，人均纯收入达 8870 元。有党员五十人、四老人员十八人，党总支书记先后由马新文（1996 年—2006 年）、麻永康（2007 年—2011 年）、王生桥（2012 年至今）同志担任。村委会主任由王生桥（1997 年至今）同志担任。下设边家湾、孙家湾两个村民小组，分别建立党支部。边家湾村民小组党支部书记由王生桥同志（兼）担任；孙家湾村民小组党支部书记由杨万兵同志担任。

河坝沿村村委会：村委会设在河坝沿（老一队学校旧址），全村总人口为六百五十三人，耕地面积 6650 亩，其中水浇地 300 亩，牲畜存栏八千零七十四余头，人均纯收入 8608 元。有党员三十二人，四老人员七人。党总支书记先后由姚兆雄（1996 年—1997 年）、杨永河（1998 年—1999 年）、杨建有（2000 年—2006 年）、温明泉（2007 年至今）同志担任。村委会主任先后由杨建有、吐尔逊、莎依木、王开生等同志担任。下设干沟口、河坝沿和南湾三个村民小组，分别建立党支部，干沟口村民小组党支部书记由赵成禄同志担任；河坝沿村民小组党支部书记由香兴环同志担任；南湾村民小组党支部书记由杨存宝同志担任。

改革开放四十多年来，平顶山发生了翻天覆地的变化。尤其是近几年，随着农村劳动力转移，土地向集约化方向流转，专业化生产模式初具规模。养牛专业户张德荣拥有五十多头牛，是平顶山的首富户。养羊两百只以上的专业户已达五十多家，如骆天义、李建国等家养羊数量都发展到五百余只，

仅牲畜一项的资产就达五十多万元。拥有百十只羊的家庭数不胜数；运输专业户达三十余户；农机专业户二十三家，康拜因等农机具配套齐全。农牧民经济收入有了大幅度提高，到 2013 年，人均收入过一万元的家庭达到 75%以上。电灯电话、有线电视入户、手机全覆盖、柏油公路村村通、人畜饮水达到了户户通的目标，新农合全覆盖，砖混、砖木结构的住房逐步增多，家家都显示出兴旺的情景，这都得益于家庭联产承包责任制、党的惠民好政策。广大人民群众的生活水平有了很大的改善，由温饱跨入小康。

六、山清水秀、人杰地灵、人才辈出

据不完全统计，从新中国成立后到现在走出平顶山参加工作的人员达千人之多，其中参军入伍二百六十多人，招工招干四百五十多人（含教师、国有企业和民营企业职工），各类大中专学校毕业分配，走向工作岗位的平顶山人达三百二十多人。他们栉风沐雨、精明强干，对工作兢兢业业、精益求精，为社会主义建设事业做出了不可磨灭的贡献。他们中很多同志走上领导工作岗位，担负着一个地区或单位的重要领导工作，在各条战线做出了突出贡献。据不完全统计，截至 2013 年，原籍为平顶山人员中，有一百九十多人担任副科级以上职务。其中正县级十一人，副县级二十九人，正科级一百四十人，副科级十人，获得中级职称和副科级职务的教育、卫生、企业界人达一百余人。他们为平顶山争了光，是平顶山人的骄傲和自豪。

通过招工、招干、考学走出平顶山的人继续发扬平顶山人吃苦耐劳，不畏艰险、努力进取、自强不息的优良品格，在各自的工作岗位上取得卓越成绩。

考取师范学校的平顶山四队王生喜，在县中学边教学边自学进修，取得硕士研究生学位，之后在新疆财经大学晋升为教授，升任应用数学学院院长，担任硕士研究生导师。

平顶山七队的麻永福，从水电学校毕业后，一直从事水利水电工程地质勘查工作，在工作中努力探索学习，晋升为教授级高级工程师，成为享誉新疆的知名专家。

徐永泉同志工作扎实，尽职尽责，由乡党委书记、县委组织部部长、县委常委、纪委书记、一步一个台阶进步，升任木垒县政协主席。

董秀华同志年少有为，才能出众，二十余岁就升任木垒县县委常委、县政府副县长，后来调任昌吉州计生委主任、州教育局工会主席。

焦士梯同志曾担任县委办公室主任、县农业局局长、昌吉州农经站站长等职务。

何成勇同志自小喜欢辨认收集中药材，为之后担任高级农艺师、玛纳斯县农业局局长、昌吉州农业局副局长、州农业技术推广站主任奠定了基础。

还有出自平顶山的王生廉担任自治区劳改局副局长；杨永瑞担任自治区高级法院翻译。

人民解放军是一所大学校，是磨炼意志的大熔炉。从平顶山应征入伍的孙宽仁成为昌吉州军分区团级干部；王兴才担任原驻港部队某部团长；杨万成担任解放军五十六团团参谋长。

在行政部门担任过副县级的干部有李成福、丁华年、李向东、窦青林、王生虎、刘永忠等。

在教育界被聘为中学高级教师的有沈殿清、丁巨年、丁建年、刘兴虎、陈国文、林正彩、沈崇飞、范新柱、李泰山、王生齐、闵秀艳；被聘为中学一级教师和小学高级教师的人员达五十余人。

在医疗卫生系统，龚旭光被聘为主任医师，赵俊艳被聘为高级护理师，杨存元、石玉玲、董风香被聘为副主任医师，三人聘为主治医师，一人聘为副主治医师，一人被聘为药剂师。

在行政部门的科级领导岗位、文体、广电、企业等部门奋发有为，发挥专长，担当重任的人才不胜枚举。

回顾过去，平顶山几代人，以一往无前的进取精神创新实践，谱写了平顶山人自强不息、顽强奋进、光辉灿烂的壮丽诗篇。新中国成立以来，平顶山实现了最广泛最深刻的社会变革，尤其是改革开放四十多年来，人民生活从温饱不足发展到总体小康，经济建设、政治建设、文化建设、社会建设及生态文明建设都取得了巨大的成就，创造了平顶山史上的奇迹。

展望未来，平顶山面临着前所未有的机遇和挑战。只要平顶山人认真贯彻落实自治县党委提出的"山川秀美、生态发展、人文和谐、幸福美满"的战略目标，依据平顶山独有的"山清水秀、冬暖夏凉、交通便利、主人热情好客"的特点，把畜牧业作为支柱产业大力发展；把劳动力转移作为最便捷的增收途径。把旅游业作为今后开发的重点。大力弘扬"热情、包容、勤劳、敢为"的木垒精神，以"争分夺秒地干、加倍地干、豁出去地干"的木垒速度，凝聚力量、攻坚克难，平顶山的明天一定会更加美好。

2013年

主编点评：

一部《平顶山历史沿革》，传承古人"究天人之际，通古今之变，成一家之言"的做法，将一个古今全貌的平顶山展现在人们眼前，丁万荣堪称平顶山著史立传的功臣。

《平顶山历史沿革》是留给平顶山后人们的珍贵史料，精神财富，文化瑰宝。

搜集整理，系统编撰平顶山的前世今生，彰显平顶山人"自强不息，厚德载物"的高贵品质，并非易事。动笔起草、撰写、订正文稿简单容易，查阅收集、寻访、甄别事件难上加难。丁万荣凭着执着专注，迎难而上，知行合一，历经数年，完成了这一艰巨工程，可赞可贺。

平顶山没有专门的史料档案管理，加之新中国成立前，世道混乱，各种大事、变迁，没有文墨记载。20世纪六七十年代各类运动不断，领导更替频繁，存在资料书写不规范，人名前后不一致等现象。"沿革"难免有断档、遗漏、纰漏。再则随日月轮回，干部调遣更迭，岗位变更交替，职称职务晋级升迁，人之介绍难以详尽准确。但瑕不掩瑜，这篇《平顶山历史沿革》为后人了解平顶山、建设平顶山、评价平顶山、文学艺术上塑造平顶山提供了宝贵的史料依据。

后记之一

　　《情系平顶山》的诞生离不开每一位作者的辛勤付出和独特贡献。我们这群各具特色的执笔人，怀着对平顶山这块土地的深情厚谊，以及对乡土文化的热爱走到了一起，创作了这部汇集了我们心声的文集。

　　每一位作者都是这部文集的灵感源泉。有的人是土生土长的平顶山儿女，他们深谙这片土地的一草一木，用生动的笔触为大家勾勒出了家乡的面貌；有的人是远道而来，他们的眼中看到的是陌生与新奇，他们的文字记录下了他们对平顶山的认知与体验。书中每一个生动的故事，无不散发着浓厚的乡土气息。正是这些不同视角的展现，才使得本书的内容丰富而多彩。

　　每一位作者都是这部文集的文字工匠。有的人深入乡村，与乡亲们亲切交谈，记录下了那些平凡而感人的故事；有的人翻阅古籍，追溯历史，挖掘出了深厚的文化根基；还有的人用诗意的文字，将自己内心的情感融入其中，为这本书增添了温度和深度。正是这些多样的创作方式，让这些故事更加丰富多元。

　　每一位作者都是本书的支持者和践行者。我们在创作的道路上互相启发，互相支持，互相补充。有时候，一个人的灵感能够点燃另一个人的创作火花；有时候，一个人的文字能够为另一个人的故事提供新的线索和情节。正是这种协同创作的精神，让这本书更加生动和丰富。

　　本书是我们所有作者共同的心血结晶。它是我们对平顶山这片土地的热爱和珍惜的表达，也是平顶山人努力建设家乡的见证。希望通过这本书，让更多的人了解平顶山独特的山水风貌，关注平顶山优秀的文化遗产。衷心希望我们的合著精神能够延续下去，创作出更多的美好故事。

编者

2023年8月

后记之二

在家乡的土地上，作者们汇集一堂，
用文字编织乡愁，激情在屏幕上荡漾。
我们的合著，如同美酒，令人陶醉，四溢芳香。
家乡的土地，滋养了我们的灵魂，
家乡的人文，激发了我们的创作激情。
合著的旅程，正如这美妙的华章。
感恩每一行字句，这份共鸣永生难忘。

李玉广用如椽劲笔，礼赞壮美的山乡。
陈光忠情感深邃，回忆如江水般悠长。
丁巨年的字、诗、文章，给文集添色增光。
丁建年的情感，宛如画中山水，于字里行间深藏。
丁万荣的故事，历久弥新，古老而绵长。
杨永信的思绪，如潺潺溪水，在文字中流淌。
王生喜的目光，犀利如明镜，洞悉万象。
麻永福的坚韧，铸就了辉煌事业的篇章。
陈国斌的文章，如诗如画，激情飞扬。
张辉笔下的五彩百合，幸福绽放。
丁彩霞母亲的巧手，编织出人间的勤劳善良。
陈桂萍的往事回忆，如山水般情深意长。
刘慧霞期盼着，优美的环境助力健康。
丁娟的文字充满正能量，赞美生活多彩多样。

周忠德讴歌木垒民兵坚忍顽强，誓死保卫家乡。
王以武的智慧，如江水滚滚，源远流长。
李天仁的镜头，揭示山乡四季的绚丽多彩。
师玉生的焦点，聚焦平顶山的丰收景象。

愿这美妙的华章，唤醒内心的乡愁与新的愿望。
家乡情感，在我们的血脉中激荡，
在这片土地上，我们将历久弥新，更加坚强。
祝愿我们的家乡，更加生气勃勃，更加繁荣兴旺！